Tony Cavanaugh
Tief ins Fleisch

Über dieses Buch:
Helen erlangte das Bewusstsein wieder und sah sich um. Ein Schlafzimmer. Dunkel. Aber nicht dunkel genug. An den Wänden hingen Fotos. Hunderte Fotos. Von Mädchen im Teenageralter. Nackt, gefesselt, hilflos, misshandelt, zerschnitten, blutend, weinend, flehend, auf den Knien, bettelnd. So viele Mädchen. Helen schrie erneut, schrie lauter, als sie es für möglich gehalten hätte. Ein Schrei, der tief aus ihrer Seele aufstieg, ein Schrei, der von dem Klebeband über ihrem Mund gedämpft wurde …

Über den Autor:
Tony Cavanaugh ist ein australischer Schriftsteller und Film/TV-Produzent, der seit mehr als dreißig Jahren in der Branche arbeitet. Zudem hat er an verschiedenen angesehenen Universitäten gelehrt und ist im Radio als Kommentator tätig.

Tony Cavanaugh bei LYX:

Tief ins Fleisch
Totenblässe (*erscheint Dezember 2015*)

Außerdem:

Jäger in der Dunkelheit (*exklusiv als E-Book erhältlich*)

Weitere Romane des Autors sind bei LYX in Vorbereitung.

TONY CAVANAUGH

Tief ins Fleisch

Roman

Ins Deutsche übertragen von
Michael Krug

LYX
EGMONT

Die Originalausgabe erschien 2012 unter dem Titel *Promise*
bei Hachette Australia, Sydney, Australien.

Deutschsprachige Erstausgabe August 2015 bei LYX,
verlegt durch EGMONT Verlagsgesellschaften mbH,
Gertrudenstraße 30–36, 50667 Köln

Published by arrangement with HACHETTE AUSTRALIA PTY LTD,
Sydney, NSW, Australia.
Dieses Werk wurde vermittelt durch die Literarische Agentur
Thomas Schlück GmbH, 30827 Garbsen.

1. Auflage
Redaktion: Stephan Bellem
Umschlaggestaltung & -illustration: bürosüd, München
Satz: KCS GmbH, Stelle | www.schriftsetzerei.de
Printed in Germany (670421)
ISBN 978-3-8025-9576-9

www.egmont-lyx.de

MIX
Papier
FSC® C083411

Für Delaware, Charlie, Scarlett

Teil 1

»Und dorthin, wo nichts leuchtet, schritt ich weiter.«
DANTE ALIGHIERI – »INFERNO«

1

Niemals Versprechen abgeben

Neun verpasste Anrufe.

Meine Waffe und mein Telefon; sie waren mein Leben. Mich von der Kanone zu trennen, fiel mir leicht. Ich schleuderte sie einfach wie einen Baseball ins Meer. Ihre Reise in den Tod von der Klippe zu beobachten, ersparte ich mir. Stattdessen starrte ich auf mein Telefon. Mir war klar, dass ich es ebenfalls vernichten musste, aber ich steckte es zurück in meine Gesäßtasche und ging weiter. Später, sagte ich mir.

Neun verpasste Anrufe, immer dieselbe Rufnummer. Achtzehn Stunden war ich gefahren, bis letztlich die Erschöpfung eingesetzt hatte und ich von der Schnellstraße abgebogen war. Nach sechs Kaffee starrte ich auf das Telefon, das ich behutsam auf die gegenüberliegende Seite des Tisches gelegt hatte, als wäre es ein Gast.

Dabei verkörperte ich die einzige Kundschaft in der Raststätte. Draußen erstreckte sich ein Parkplatz tief in die Nacht hinein, gerammelt voll mit Lastzügen, Wohnmobilen und Langstrecken-Lkw, aber sie alle schwiegen, sie alle schliefen. Eine zerknautschte Frau mit einem Namensschild, das sie als Rosie auswies, hatte mich hinter einem Tresen mit einem Tag altem, frittiertem Essen bedient. Auch sie hatte geschlafen, als ich hereingekommen war. Nun starrte sie mich an, was die meisten Menschen bei einem Mann tun würden, der nicht ans Telefon geht, wenn es klingelt und vibriert, klingelt und vibriert, geschlagene zwanzig Minuten lang. *Was ist los mit dir? Geh ans Telefon. Du versteckst dich, du bist auf der Flucht, du wirst gejagt.*

Rosie behielt mich finster im Auge. Ich wusste, dass sie sich bereits den schnellsten Weg nach draußen eingeprägt hatte – für den Fall, dass sich ihr Verdacht bestätigte und ich tatsächlich ein Monster war, das langsam mit jedem Schluck Kaffee erwachte, den sie mir zögerlich gereicht hatte. Vermutlich wirkte mein dubioses Verhalten durch meinen Klingelton umso beunruhigender: Jimi Hendrix' »Hey Joe«.

Ich kannte den Song gut. Ähnliche Details echter Fälle von Mord im Familienkreis kannte ich noch besser. Der Klingelton hatte als Code gedient, war bei uns allen in den Handys einprogrammiert gewesen, hatte einen Anruf von den Angehörigen eines Opfers signalisiert. Obwohl wir viele Opfer gehabt hatten, verteilt über lange Jahre und das Gebiet einer weitläufigen Stadt, spielte es keine Rolle; am Ende waren die Fragen immer dieselben.

Rosie fing wie auf ein Stichwort zu zucken an, als Jimis raue Stimme davon erzählte, wie Joe seine Frau abknallen musste, weil sie einen anderen Mann angesehen hatte.

Dieselbe Nummer erschien auf der Anzeige. Ich hatte sie mir vor langer Zeit eingeprägt. Ich schenkte Rosie ein breites Lächeln und fragte sie, ob sie so nett sein könnte, mir einen siebten Kaffee einzuschenken, dann ergriff ich das Handy und ging ran. Meine Stimme streckte sich über achtzehn Stunden und eintausend Kilometer.

»Hi.«

»Du hast gekündigt?«

Ich schätze, nach neun unbeantworteten Anrufen hatte

sich der Schock gelegt; geblieben sein dürften nur Wut und ein Gefühl des Verrats. Ihre Stimme klang müde. Ich wusste, dass sie geweint hatte, wusste, dass dieser Anruf sie auf eine dunkle Reise schicken würde, auf der es keine Hoffnung gab. Sie wusste es auch. Ich brauchte es nur zu bestätigen, mehr nicht.

»Ja«, antwortete ich ihr.

Ich hörte, wie eingeatmet wurde: tief, langsam, ein Geräusch wie der letzte Widerhall einer untergehenden Welt. Ich unterdrückte, wie sehr ich mich schämte, schloss die Augen und ließ sie fest zugepresst, während ich auf eine Erwiderung von ihr wartete. Von einem Ort, der weiter als tausend Kilometer entfernt zu sein schien, hörte ich sie sagen: »Also ist sie tot.«

Bevor ich etwas erwidern konnte, legte sie auf. Es wäre einfacher gewesen, wenn ich beim ersten Anruf rangegangen wäre. Nach neun unbeantworteten Versuchen hatte sich alles in eine stille Landschaft von Schuldzuweisungen destilliert, die noch lange weiter bestehen würde, nachdem sie aufgelegt hatte.

Ich blickte durchs Fenster hinaus. Auf dem Parkplatz mussten sich mindestens dreißig Sattelschlepper und Lkw befinden. Es ging auf vier Uhr morgens zu; bald würde der Sonnenaufgang einsetzen. Ein Auto raste vorbei. Ich hatte mitverfolgt, wie es sich näherte, seit ich in weiter Ferne ein winziges Licht wahrgenommen hatte. Draußen, jenseits des Neonlichthofs der Raststätte, herrschte Schwärze. Kein Mond, keine Sterne, keine Konturen des Buschlands, das sich weit und breit rings um mich erstreckte.

Ich legte das Telefon hin. Im Speicher des Geräts befanden sich Hunderte Kontakte. Ich zog die hintere Abdeckung ab, entfernte den Akku und holte behutsam die SIM-Karte heraus. Bevor mich Gefühle des Zweifels, der Reue oder der Schuld überwältigen konnten, zerbrach ich sie.

Draußen auf dem Parkplatz zerschmetterte ich den Rest des Handys mit dem Absatz meines Schuhs. Nachdem ich die Teile aufgehoben hatte, warf ich sie in eine Gewerbemülltonne. Ich hörte das Grollen und Brummen eines Lastzugs, dessen Motor zum Leben erwachte. Ich hörte das Knirschen von Schotter, als ein weiterer Laster auf die Schnellstraße zurollte.

Meine Schritte führten zu meinem Auto. Ich hatte noch weitere sechshundert Kilometer zu fahren.

—

Mein Name ist Darian Richards. Ich wuchs auf einer Schaffarm auf, im Schatten eines Berges namens Disappointment – *Enttäuschung* – in den sanften Tälern des Western District. Jede Nacht lag ich im Bett und starrte zum nächsten Berg. Der hieß Misery – *Elend*. Jeden Morgen ging ich hinaus und starrte zu einem dritten Berg. Dessen Name lautete Despair – *Verzweiflung*. Sie wurden vor hundert Jahren von einem dämlichen Entdecker so benannt, der nach dem großen Binnenmeer suchte, das es nicht gibt. Jedes Mal, wenn er einen der Berge erklomm, überkam ihn ein Gefühl. Jedes Mal, wenn er den Gipfel erreichte und den Blick über weiteres Land wandern ließ, empfand er … na ja, dürfte klar sein.

Ich konnte es nicht erwarten, von dort zu verschwinden. Mich plagten Albträume; es war, als verschwören sich die Empfindungen, die er diesen Orten als Namen gegeben hatte, gegen mich. Bereits im zarten Alter von sieben bildete ich mir ein, ich wäre verdammt. Ich wusste, dass mich Enttäuschungen erwarten würden. Aber Elend? Verzweiflung? Hielt die Zukunft das für mich bereit?

Ich war sechzehn, als ich per Anhalter mit einem Trucker davonfuhr. Zu jenen Bergen schaute ich nicht zurück. Er setzte mich nach zwei Stunden auf der Schnellstraße mitten in Melbourne ab.

Drei Jahre später war ich Constable bei der Polizei von Victoria, wo ich blieb und mich hocharbeitete, bis ich Leiter des Morddezernats wurde. Ich erlangte den Ruf, der beste Mordermittler im Land zu sein. Mit dreißig Jahren verkörperte ich zugleich den Jüngsten.

Die meisten Abteilungen hatten eine Erfolgsquote von neunzig Prozent. Unsere lag bei achtundneunzig. Die Menschen hielten mich für eine Legende. War ich aber nicht. Ich machte bloß meinen Job. Trotzdem riefen immer wieder Ermittler aus anderen Städten an und fragten mich um Rat. Minister anderer Distrikte lagen meinem Boss mit dem Gesuch in den Ohren, mich zu ihnen abzukommandieren, um einen Mordfall zu lösen, der sich schon zu lange auf den Titelseiten der Zeitungen hielt.

Sechzehn Jahre lang übte ich den Beruf aus, bis ich es nicht mehr ertragen konnte, was vor genau zwei Wochen eintrat. Da kündigte ich abrupt, denn ich hatte beschlossen, in ein eilends gekauftes Häuschen am Noosa River umzusiedeln. Viel weiter konnte man an der Ostküste Australiens nicht nach Norden, es sei denn, man wagte sich in die letzten Tausende Kilometer ländlichen Küstengebiets vor, das sich bis hinauf zum timorischen Meer erstreckt. Ich hatte genug gespart, um ein paar Jahre lang ein bescheidenes Leben zu führen und nur am Fluss herumzusitzen.

—

»Versprichst du es?« Als ich ins Auto stieg und die Tür schloss, hörte ich das Echo ihrer Stimme. Ich ließ den Motor an, trat aufs Gaspedal und ließ ihn aufheulen. Der Wagen war alt, mit Linkssteuerung aus Amerika importiert.

Rund drei Jahre lang waren wir hinter dem Täter hergewesen. Es lief immer nach demselben Schema ab. Ein Mädchen steigt in einen Zug. Und verschwindet. Eine Woche später wird sie in einer mehrgeschossigen Parkgarage freigelassen, wandert mit Drogen vollgepumpt benommen umher, unsicher, ob sie noch lebt; wahrscheinlich glaubt sie eher, tot zu sein, gefangen in einer geschlossenen Welt aus Betonspiralen und geparkten Autos. Immer in den Kleidern des vorherigen Opfers, zerfetzten, zerrissenen, mittlerweile so zerfledderten und losen Lumpen, dass sie zu Boden flattern und sie nackt ist, bis man sie findet. Sie hat einen finsteren Zusammenbruch der Zeit durchlebt. Er hat nichts zu ihr gesagt. Stattdessen hat er sie wiederholt, endlos vergewaltigt. Dann, eine Woche später, wacht sie zwischen abgestellten Autos auf. Es ist nicht mehr dieselbe Welt wie eine Woche zuvor.

Er hatte sich bereits die Neunte geholt – Lorna –, als ich die Frage von ihrer Mutter Diane hörte. Ich befand mich zu dem Zeitpunkt in der Küche ihres Hauses, um meinem Team nicht im Weg zu stehen, das nach irgendeiner Spur suchte, mit der sich vielleicht eine Verbindung zwischen der stabilen Welt des Opfers und der vom Täter heimgesuchten herstellen ließe.

Diane wusste, wie es ablief. Jeder wusste es. Zeitungen, Fernsehen, Radiomeldungen, alles strotzte vor atemlosen Spekulationen. Genauso gut hätte der Täter seinen eigenen Blog haben können. Er verkörperte den Herrn über die Stadt und all ihre Heime.

»*Er* war es, nicht wahr?«, fragte sie mit einer Stimme, aus der sich heraushören ließ, dass sie ihr Grauen nur mit knapper Not unterdrückte. Sie war stark. Sie würde sich zusammenreißen, bis ihr Mädchen zurückkäme. Die meisten Eltern tun das nicht. Sie erstarren und kehren sich nach innen. Ihr Leben ist bereits ruiniert.

»Ja«, bestätigte ich.

»Dann *wird* er sie freilassen, nicht wahr? Wie die anderen, in ungefähr einer Woche, richtig?«

Ich drehte mich ihr zu, als sie eine weitere Frage stellte: »Sie wird zu mir zurückkommen, oder?«

»Wenn er es ist«, sagte ich, »und wir haben jeden Grund zu der Annahme, dann ja, Lorna wird …«

Damit hatte ich bereits zu viel gesagt.

»… höchstwahrscheinlich freigelassen werden.«

Sie trat zu mir, und ich spürte, wie sich ihre Hand um meine schloss, sie sanft drückte – was ich weder erwartet noch geahnt hatte, sie hatte mich damit völlig überrumpelt. Dann fragte sie: »Versprechen Sie es?«

Ich wollte bloß, dass die Verzweiflung aufhörte. Nicht nur ihre.

»Ja«, antwortete ich.

—

Lorna kam weder nach einer Woche noch nach zwei Wochen nach Hause; aus den Wochen wurden Monate, und sie kam immer noch nicht zurück nach Hause.

Nach dem zweiten Monat fing ich an, bei Diane vorbeizuschauen, um nach ihr zu sehen. Jeden Monat. Sie klammerte sich an mich. Mein Versprechen hielt sie zusammen, nährte ihre Hoffnung, dass Lorna eines Tages zurückkehren würde.

Meine Besuche bestätigten, dass wir nach wie vor ermittelten. Ich war an dem Fall dran. Ich unternahm etwas. Wir waren dem Täter dicht auf den Fersen. In Wirklichkeit steckten wir fest. Aber ich hatte ein Versprechen abgegeben.

Einmal, als es schon spät war, nach Mitternacht, ergriff sie nach meinen Beteuerungen wieder meine Hand und setzte dazu an, mich zu ihrem Bett zu führen. Ich wollte sie so sehr, wie sie mich wollte, aus verschiedenen Gründen, allesamt selbstsüchtig. Ich entzog ihr meine Hand und ging. Manche Cops schlafen mit Opfern oder deren Angehörigen. Vielleicht brauchen sie das, um weitermachen, um weiterjagen zu können oder um ein wenig Freude in einer Welt trostloser Traumata zu finden. Ich tat das nicht. Obwohl ich es wollte.

—

Mit ihrer Stimme im Kopf fuhr ich von der Raststätte weg und zurück auf die Schnellstraße.

Sie hatte recht: Ihre Tochter war tot. Ich wusste es bereits, als die erste Woche verstrichen war und sie nicht auftauchte. Ich wusste es jedes Mal, wenn ich Diane besuchte, sie beruhigte, ihr Hoffnung schenkte, obwohl es in Wirklichkeit nur Verzweiflung gab, verschlimmert durch mein Versprechen. Noch schlimmer wäre es geworden, hätte ich die Hand nicht zurückgezogen; durch die Verschmelzung unserer Körper hätte ich die Heuchelei auf die Spitze getrieben.

Lorna würde nicht nach Hause zurückkommen. Genauso wenig wie die anderen sieben Mädchen, die nach ihr in Züge gestiegen waren. Wir haben ihn nie gefunden. Er sucht immer noch Züge heim.

Ich starrte geradeaus, fuhr schneller und verdrängte Bilder von Diane – mittlerweile nackt, den BH gelöst, der geräuschlos zwischen uns auf den Teppich fällt, ihr Körper an meinen geschmiegt – in die Dunkelheit. Alles, was ich sehen konnte, war die Straße.

2

Die Tochter des Zeitschriftenhändlers

Ein Jahr war vergangen, seit ich von jener Raststätte aufgebrochen war. Ein Jahr, seit ich versucht hatte, die Dunkelheit hinter mir zu lassen.

Eine Brise wehte vom Noosa River herauf durch mein Heim, eine klapprige Holzhütte, die ein Fischer vor etwa hundert Jahren gebaut hatte. Zwischen meinem Wohnzimmer und dem Wasser befinden sich nur Gras, Palmen und eine Hängematte. Wenn es stürmt, werde ich ein wenig nervös, weil dann das gesamte Haus erzittert.

Ich starrte gerade auf das Foto eines Mädchens auf der Titelseite der örtlichen Zeitung. *Weiteres Mädchen verschwunden – Killer holt sich Nummer 6.*

Ihr Name war Brianna.

Ich lauschte dem Rauschen der Brandung vom Strand einen Kilometer flussabwärts, wo der Pazifik durch einen schmalen Kanal über eine Sandbank mit einem dichten Mangrovengewirr zu beiden Seiten fegt.

Brianna sah aus, als hätte sie noch nicht entschieden, ob sie für das Foto lächeln oder ernst bleiben sollte. Ich fragte mich, wer es aufgenommen hatte und ob es drinnen oder draußen geschossen worden war; der Hintergrund präsentierte sich nichtssagend grau. Jedenfalls war das Bild nicht dafür gedacht gewesen, auf der Titelseite einer Zeitung zu landen.

Ich wandte mich davon ab und griff zum Telefon.

»Caseys Antiquitäten- und Gebrauchtwaren-Emporium«, meldete sich Casey, »ein Ort der Mysterien und Schätze.«

»Darian hier. Ich dachte mir, ich komme …«

»Darian?«, unterbrach er mich. »Der böse Mann von den gefährlichen Straßen Melbournes«, fügte er kichernd hinzu.

»… vielleicht heute später noch vorbei«, beendete ich meinen Satz. Ein kleines Aluminiumboot trieb an mir vorüber, wurde von der Strömung flussabwärts in Richtung der Sandbank getragen. Im Boot stand ein Fischer aus der Gegend, ein alter Bursche mit spindeldünnen Beinen, weit gespreizt, um nicht das Gleichgewicht zu verlieren. Ohne in meine Richtung zu schauen, winkte er. Der Mann verkaufte mir Mangrovenkrabben, wenn welche im Fluss waren.

»Bleib doch zum Abendessen«, sagte Casey, als ich zurückwinkte. Ich hasse es, zu winken, aber ich mag Mangrovenkrabben.

»Danke. Mach ich.«

Eine Pause entstand. »Cool«, erwiderte Casey gedehnt.

Es war nicht cool. Ich blieb nie zum Abendessen. Das war sogar zu einem festen Bestandteil unserer Freundschaft geworden, ein uns eigener Dialog. Auf sein »Bleib doch zum Abendessen« folgte immer mein »Nächstes Mal«. So funktionierte es. Er meint es nicht ernst, weil seine Freundin mich nicht mag, und ich meine es nicht ernst, weil ich ungern auswärts esse.

Ich mag mein simples Leben, mein abgeschiedenes Leben, ein Leben ohne Ablenkung. Das führt dazu, dass ich Menschen ausschließe, was ich in keiner Weise bereue. Die meisten Menschen, die ich kennengelernt habe, wollen sich über das Muster des Auftretens der Fische im Fluss oder über die

Wolken am Himmel oder, am schlimmsten von allem, darüber unterhalten, wie toll ihr Baby wächst. Nicht falsch verstehen: Ich habe mein Leben dem Schutz von Menschen gewidmet. Ich will bloß nicht darüber reden müssen. Ich verehre die Schriften und Lieder und Gedichte und Gedanken von Menschen – vorwiegend von toten Menschen. Regelmäßigen Interaktionen mit Menschen hingegen kann ich nichts abgewinnen. Casey verkörperte eine von zwei Ausnahmen.

Er sprach mit Bedacht. »Maria kommt um sechs nach Hause.«

Maria war Caseys Freundin, Senior Constable bei der Ermittlungsabteilung der Polizei von Noosa. Sie war genauso atemberaubend schön wie beliebt im Revier; obendrein ungemein clever. Die Jungs sagten Dinge zu ihr. Versuchten, die hübsche Frau zu beeindrucken. Allgemein gesprochen sind männliche Cops dumm. Manche sind dumm wie Holzpfosten, andere dumm wie Bohnenstroh. Die meisten sind einfach dumm wie Volltrottel. Weibliche Cops hingegen sind alles andere als dumm.

Maria hütet sich vor mir. Alle Cops an der Sunshine Coast hüten sich vor mir. Kleinstadtpolizisten zollen keinen Respekt. Sie fühlen sich überlegen. Ich wollte die kleinlichen Eifersüchteleien im Revier oben auf dem Hügel nicht schüren, deshalb fuhr ich immer so anonym wie möglich in die Ortschaft, wenngleich meist in einem knallroten Studebaker-Cabrio. Ich verriet nie jemandem, woher ich kam oder was ich tat, und ich winkte immer zurück, bemühte mich, unscheinbar zu bleiben. Was mir etwa so erfolgreich gelang, als hätte ich ganzseitig in der örtlichen Zeitung inseriert.

»Ich dachte mir, ich schlage so gegen vier bei dir auf«, sagte ich zu Casey. »Ich fahre durch Tewantin. Und kaufe unterwegs Wein.«

»Sie mag Rosé. Französischen …«

»Chateau St Paul«, fiel ich ihm ins Wort. »Ich weiß.«

»He, bleib beim Zeitschriftenhändler stehen und bring mir ein *Rolling Stone* und noch ein paar andere Zeitschriften mit. Aber nichts Albernes.« Menschen im Ruhestand sind seltsam; sie entwickeln verschrobene Gewohnheiten. Caseys Marotte besteht darin, dass er nie Geschäfte betritt. Meine ist, dass ich Leuten zuwinke.

Eine Pause entstand. Er dachte nach. Ich störte ihn nicht dabei. Dann fragte er: »Soll ich vorbereitet sein?«

»Ja. Ist das ein Problem?«, fragte ich und spielte damit auf mehrere Dinge an, unter anderem auf Maria.

»Nein.«

»Ich brauche eine Beretta.«

»Wir sehen uns dann gegen vier«, erwiderte er und legte auf. Ebenso gut hätte ich ihm sagen können, dass ich einen Bleistift brauchte.

—

Casey Lack war früher Manager eines Striplokals am Ende einer Ziegelsteingasse in der Nähe der Werften von Melbourne gewesen. Eines Nachts explodierte dort ein gigantischer Feuerball, der über dreihundert Meter hoch aufstieg und schwarzen Regen in eine Januarnacht spie; eine so laute Explosion, dass alte Menschen im Umkreis von zehn Kilometern aufwachten und Hunde bis zum Sonnenaufgang durchbellten. Etwa zu der Zeit stieß ich einen Feuerwehrmann von einer geschwärzten Markise beiseite und legte ein weiteres Opfer frei, der Körper der Frau so zerschmettert wie bei den anderen.

Casey und ich wurden Freunde, als er mir bei der Untersuchung des Todes der elf Stripperinnen half, die in jener Nacht getötet wurden. Er wusste, dass die Vierundzwanzig dafür verantwortlich waren. Ich nagelte sie fest. Casey liebte die Stripperinnen und war entsetzt darüber, dass ihnen überhaupt jemand etwas antat, geschweige denn, sie in Stücke bombte. Nach seiner Zeugenaussage flüchtete er aus dem eisigen Geflecht von Melbourne nach Norden, wo er sich auf einem zweieinhalb Hektar großen Grundstück im Hinterland von Noosa zur Ruhe setzte. Wie jedem Ruheständler hier oben wurde auch ihm langweilig, weshalb er einen besseren Schrottplatz eröffnete, einen »Ort der Mysterien und Schätze«.

Ich besitze zwei Autos. In einem fühle ich mich lebendig. Im anderen fahre ich nur. Das 1964er Studebaker Champion Coupé habe ich von einem alternden algerischen Gangster geerbt, dem ich in Melbourne das Leben gerettet habe. Der Wagen hat Heckflossen. Er fährt sich wie ein außer Rand und Band geratenes Monster. Hinter dem Lenkrad fühle ich mich unsterblich.

Den Toyota LandCruiser aus den 1990ern habe ich gekauft, als mir klar wurde, dass der Untergrund der Gegend alles andere als flach und ebenmäßig ist. Das Auto ist schmutzig-weiß. Es erfüllt seinen Zweck. Es erklimmt fast lotrechte Hügel. Und es rollt über kleine Bäume hinweg, die ihm dabei in den Weg kommen. Hinter dem Lenkrad fühle ich mich anonym.

Ich legte den Rückwärtsgang des LandCruiser ein und setzte vorsichtig zurück, um das rote Erbstück nicht zu zerschrammen.

Hier oben sind die Menschen freundlich. Sie winken einem zu.

Das tat auch Janice Soundso, eine Nachbarin von mir, als ich mit knirschendem Getriebe vom Rückwärtsgang in den ersten Gang schaltete und den Wagen zügig auf die Gympie Terrace lenkte. Ich tat so, als sähe ich sie nicht. Das schien mir besser zu sein, als Blickkontakt herzustellen. Blickkontakt konnte zu Vertrautheit führen; unter Umständen käme sie gar auf die Idee, sie dürfte bei mir vorbeischauen. So sind die Menschen hier oben. Man muss auf der Hut sein.

Die Gympie Terrace verläuft den Fluss entlang durch Noosaville nach Tewantin. Alte Queenslander aus Holz – kleine Häuschen, die auf dicken, weiß bemalten Hartholzpfählen hoch über dem Boden thronen – säumen die aufgerissenen, mit Pfützen braunen Wassers übersäten Fußwege. Vergangene Nacht hatte es gestürmt. Die Äste von Frangipani- und Jacaranda-Bäumen wachsen verrenkt ineinander, werden zu Mauern aus Grün mit violetten und weißen Blüten und reichen manchmal so hoch, dass sie einen Baldachin über Teilen der Straße bilden.

Ich rollte über die Brücke, die sich über den Lake Weyba spannt. Der See präsentierte sich spiegelglatt und ruhig, vielleicht einen halben Kilometer breit. Auf der anderen Seite befand sich in Ufernähe der Wooroi Forest. Aus dessen Mitte erhob sich ein schwarzer Berg. Er wies die Form eines Dolchs auf und hieß Tinbeerwah. Die Landschaft genügte nicht, um meine Gedanken zu zerstreuen.

In den vergangenen vierzehn Monaten waren sechs Mädchen verschwunden. Alle blond und hübsch. Die Jüngste war dreizehn, die Älteste sechzehn. Die Polizei führte sie als »vermisst« oder »verschwunden« – das müssen die Behörden sagen, wenn es keine Leichen gibt. Ich aber wusste, dass all diese Mädchen tot waren.

Jenny Brown war die Erste gewesen. Sie verschwand irgendwann nach vier Uhr nachmittags am Samstag, dem fünfzehnten Oktober. Jeder – abgesehen von ihren Eltern, Freunden und allen, die sie kannten – glaubte, sie wäre von zu Hause ausgerissen. Vor allem die Cops, die von Anfang an behaupteten, sie wäre weggelaufen. Bestimmt hatten sie gute zwei bis drei Minuten verstreichen lassen, bevor sie zu diesem Schluss gelangten. Und als sie das Heim ihrer Eltern verließen und das Tor am Ende des Wegs erreichten, noch bevor sie auch nur die Straße überquerten und in ihren Streifenwagen stiegen, da hatten sie bereits wieder vergessen, dass Jenny Brown überhaupt existierte.

Das ist Polizeiarbeit der Art, die ich als SS bezeichne: strunzdumm und schäbig.

Nachdem zwei weitere Mädchen verschwunden waren, ebenfalls blond und hübsch, wurde den Bullen klar, dass sie sich nicht länger auf einen Zufall berufen konnten. Es lag ein Muster vor, das sie nicht ignorieren konnten.

Jessica Crow war die Vierte. Mittwoch, dreiundzwanzigster Februar. Sie spazierte den Sunshine Beach entlang und anschließend durch den Nationalpark, einen dichten Wald, der eine Landspitze zwischen der ruhigen Laguna Bay und dem Ozean quert. Tausende Menschen schlendern jedes Jahr auf einem Touristenpfad durch den Park. Es gibt dort Plätze zum Verschnaufen und Schilder, die einem nüchterne Fakten über die Koalas mitteilen, die in den Bäumen leben. Als Jessica gerade diesem Weg folgte, befand ich mich am Strand und schlenderte barfuß über den Sand. Dabei fiel mir ein junges asiatisches Mädchen auf. Die Kleine konnte offenbar nicht schwimmen und sah aus, als hätte sie Schwierigkeiten. In Australien verlieren wir jedes Jahr ein paar japanische Touristen, weil sie nicht schwimmen können. Unter der ruhigen Wasseroberfläche verbirgt sich eine tückische, starke Strömung. Ich beschloss, herauszufinden, ob sie wirklich in Not geraten war.

Also zog ich mein T-Shirt aus, stürzte mich ins Wasser und hielt auf sie zu. Sie verstand nicht, was ich sagte, daher versuchte ich es mit Zeichensprache. Worauf sie damit reagierte, dass sie wie ein geölter Blitz davonpreschte, bis sie den Strand erreichte, wo sie über den Sand rannte, sich ihr Handtuch schnappte und in Rekordzeit über die Holzstufen hinauf zum Parkplatz verschwand.

Als ich zurück zu festem Boden watete, starrte Jessica Crow weniger als einen Kilometer entfernt in das letzte Augenpaar, das sie je sehen sollte. Ihre Leiche wurde so wie die Leichen der anderen Mädchen nie gefunden.

Zwei Monate später wurde Sein fünftes Opfer entführt, Carol Morales. Ich bemühte mich wirklich sehr, diese Vorfälle zu ignorieren. Mit diesem Teil des örtlichen Umfelds hatte ich nicht gerechnet, und ein Serienmörder, der frei herumlief und sich austobte, gehörte nicht zu meinem Vorruhestandsplan. Anfangs gelang es mir recht gut, so zu tun, als wäre der Mörder nicht mein Problem, aber die steigende Zahl der Opfer und das Wissen, dass die örtliche Polizei nicht die Fachkenntnisse besaß, um der Lage Herr zu werden, fingen letztlich an, mich nachts zu bedrücken, während ich schlief. Tagsüber kann ich die Gedanken löschen und meine Freunde anstarren, die Pelikane. Nachts bin ich ein ebenso hilfloses Opfer wie jene Mädchen.

Brianna wurde um 15:38 Uhr am Donnerstagnachmittag auf dem Heimweg von der Schule entführt. Vor drei Tagen. Zuletzt hatte man sie im Einkaufszentrum Noosa Civic gesehen. Brianna spielte klassische Musik. Klavier. Beim Abschlusskonzert ihrer Schule schockierte sie einige Eltern mit der Wahl ihres Stücks: »Stairway to Heaven«. Aber als sie fertig war, hielt der Applaus fast fünf Minuten lang an, und sie hatte Tränen in den Augen, als sie vor ihren Eltern, Lehrern und Schulkameraden stand. Sie hatte alle vom Sitz gerissen. Sogar der Direktor war aufgesprungen und beglückwünschte sie sowohl zu ihrem erstaunlichen Talent als auch zu ihrem Mut. »Na so was«, wurde er in der Lokalzeitung zitiert. »Wer hätte das gedacht? Led Zeppelin beim Schulabschlusskonzert. Unsere Brianna Nichols wird es noch weit bringen.«

Ich war hierher gezogen, um mich vorzeitig zur Ruhe zu setzen, und das hatte auch funktioniert – bis etwa drei Uhr diesen Morgen, als ich die Albträume und die flüsternden Stimmen nicht länger ertragen konnte. Also würde ich diesen Kerl finden, weil es die örtliche Polizei nicht konnte.

Dann würde ich dafür sorgen, dass er nie wieder tötete. Ich würde ihn vom Antlitz der Erde tilgen.

—

Ich griff mir eine Ausgabe des *Rolling Stone*. Außerdem *The New Yorker* und *Q*. Lady Gaga befand sich auf dem Cover von *Q*. Nackt. Das war das entscheidende Argument, obwohl ich Casey einreden würde, das *Q* sei cooler für einen Kerl wie ihn, zumal er ja mit Gebrauchtwaren handelte.

Der Laden präsentierte sich gerammelt voll. Cliff, der Besitzer, war damit beschäftigt, Scheine für die Lottoziehung zu verkaufen, bei der es diesmal um achtundzwanzig Millionen Dollar ging. Früher war er Kaffeebauer gewesen, hatte sich dann hier zur Ruhe gesetzt, und schon bald war ihm langweilig geworden. Als der Zeitschriftenladen zum Verkauf angeboten wurde – nachdem der Vorbesitzer einen plötzlichen und anscheinend spektakulären Herzinfarkt beim Einräumen von Ausgaben des *Playboy*, *Penthouse* und *Hustler* in die Regale erlitten hatte –, kaufte er das Geschäft. Das hatte ich, ohne zu fragen, von Silvio, der Zwiebel, erfahren – *»Nenn mich ruhig Sil«* –, dem eine Frittenbude in der Nähe meines Hauses gehört. Sil, die Zwiebel, hält mich auf dem Laufenden, auch wenn ich ihn nicht darum bitte.

Der Zeitschriftenladen liegt an der Hauptstraße von Tewantin, der nächsten Ortschaft entlang des Flusses nach Noosaville. Touristen verirren sich nicht nach Tewantin. Der Sitz der Bezirksverwaltung der Sunshine Coast befindet sich in Tewantin. In Tewantin holt man sich seinen Führerschein.

Cliffs Tochter stand hinter der Theke. Sie war etwa vierzehn. Außerdem hübsch und blond. Sie trug einen kurzen Rock und ein ärmelloses Shirt mit einem V-Ausschnitt, der einen winzigen Brustansatz erahnen ließ. Der Saum des Shirts endete hoch genug, um ihren Nabel zu entblößen. Süß und unschuldig lächelte sie mich an – ein Lächeln, das manche Kerle als Einladung auffassen würden.

»Sie mögen Lady Gaga?«, fragte sie, als sie den Barcode des Magazins einlas.

»Nur das erste Album. Dürfte bald ausverkauft sein.«

»Ja, kann sein, aber sie *ist* schon wirklich spitze.« Wieder lächelte sie mich an, diesmal jedoch anders, als hätten wir etwas gemeinsam. Lady Gaga. *Reiß dich zusammen und schweig*, riet ich mir.

»Unterwegs zum Buschwandern?«, erkundigte sie sich, als sie eine Karte der Umgebung scannte, die einzige präzise Darstellung der Bäche, Meeresarme, Wälder und Nationalparks an der Sunshine Coast.

Ich lächelte und nickte ansatzweise, während ich bezahlte, dann sagte ich: »Wiedersehen.«

»Bis dann, Mr Richards«, rief sie mir hinterher. Sogar die Tochter des Zeitschriftenhändlers kennt meinen Namen. Ich drehte mich um, wollte nicken oder etwas in der Art. Wieder erwartete mich dieses Lächeln. Breit, echt und – wie ich es unweigerlich empfand – gefährlich. Ich zog von dannen.

»Darian!« Cliff kam auf mich zugelaufen. *Was denn jetzt wieder?*

»Entschuldigung«, sagte er, als er mich erreichte. Wir standen auf dem Fußweg. *Wofür?*, fragte ich mich.

»Aber wissen Sie …«, setzte er an. Verlegen verstummte er. Ich starrte ihn an. Leute gingen an uns vorbei. Es war heiß. Die Sonne heizte glühend herab, der Fußweg strahlte weitere Hitze ab.

»Was wollen Sie sagen?«, hakte ich nach, obwohl ich wusste, wohin das führen würde; ich sah das Ende der Unterhaltung, die gleich folgen würde, bereits voraus.

»Sie. Henna.« Er deutete mit dem Kopf in Richtung seiner Tochter. »Sehen Sie Henna an«, forderte er mich fast anklagend auf.

Ich tat es nicht. Er fuhr fort: »Sie entspricht doch genau dem Typ von Mädchen, auf die er's abgesehen hat, oder?«

Ich erwiderte nichts.

»Also, sie ist blond, sie ist fünfzehn, sie ist wunderschön.«

Ich wartete.

»Tut mir leid«, entschuldigte er sich erneut mit brüchiger Stimme.

»Was genau wollen Sie mich fragen?«

»Sie waren doch Mordermittler.«

Da war es wieder, mein ganzseitiges Inserat.

»Ich möchte bloß einen Rat. Tut mir leid.«

»Hören Sie auf, sich zu entschuldigen. Fragen Sie schon. *Jetzt gleich.*« Geduld gehört nicht zu meinen Stärken.

Er holte tief Luft, sah sich um und beugte sich nah zu mir, als wären wir Brüder. Flüsternd wollte er wissen: »Soll ich ihr eine Schusswaffe besorgen? Eine Pistole, nur eine kleine, die sie in der Handtasche verstauen kann, um sie dabeizuhaben, wenn sie abends unterwegs oder allein ist – damit sie sich vor ihm schützen kann. Sie ist genau der Typ, den er entführt. Sie ist eine *verfluchte Zielscheibe*.« Er zitterte.

Ich ließ den Blick die Straße entlangwandern. Menschen beobachteten uns. Wahrscheinlich wussten sie, worüber wir sprachen. Angst zieht durchdringende Kreise. Wenn ein Mörder frei herumläuft und in der eigenen Gemeinde lebt, verändert sich die gesamte Welt. Man läuft die Straßen nicht mehr so entlang, wie man es früher getan hat. Jeder mutmaßt, und man tut es unwillkürlich selbst. *Ist es der? Oder der? Oder dieser Kerl – der war mir schon immer unheimlich.* Die Stadt wurde von Angst erwürgt, und ich stand mittendrin.

»Sie würde eine schwere Straftat begehen, indem sie eine Schusswaffe mit sich herumträgt.«

»Würde das denn eine Rolle spielen? Im Entführungsfall, meine ich?« Er wirkte wütend.

»Würden Sie ihr beibringen, wie man die Waffe benutzt?«

»Ja.«

»Würden Sie ihr auch beibringen, zwischen einem Betrunkenen, der sie anbaggern will, einem Kerl, der ihr Angst einjagt, *und* einem Serienmörder zu unterscheiden?«

Darauf erwiderte er nichts.

»Hier ist mein Rat: Kaufen Sie ihr *keine* Pistole. Sollte sie je in die Gesellschaft eines Serienmörders geraten, würde sie es nicht merken, weil er ihr genau wie ihr Lieblingsonkel oder wir ihr großer Bruder erscheinen würde. Und im unwahrscheinlichen Fall einer tatsächlichen Entführung hätte sie gerade mal zehn Sekunden, wenn sie Glück hat. Zehn Sekunden, um zu reagieren, und diese zehn Sekunden wären von einer einzigen Emotion ausgefüllt: Grauen. Alles klar?«

»Alles klar«, gab er langsam zurück.

»Gut. An der Stelle schlägt das Adrenalin zu. Nur jemand, der darauf geschult ist, unter solchen Umständen zu funktionieren und klar zu denken, kann eine Schusswaffe gezielt einsetzen, um eine Bedrohung zu beseitigen.«

Er nickte.

»Machen Sie Folgendes: Beauftragen Sie eine Sicherheitsfirma damit, sie zu bewachen. Kaufen Sie ihr zwei GPS-Peilsender und sorgen Sie dafür, dass sie die ständig am Körper trägt. Einen der Sender soll *sie* platzieren. Das ist der, den er finden würde. Der zweite muss sehr klein und leistungsstärker als der erste sein. Der wird zwischen zwei ihrer Zehen angebracht. Das ist so ziemlich der einzige Bereich des Körpers eines Mädchens, den er erst später untersuchen würde.«

Dazu schwieg er.

»Denken Sie gerade darüber nach, wie viel das kosten wird?«, fragte ich.

Plötzlich schaute er verdutzt drein und versuchte, seine Verlegenheit zu verbergen.

»Denken Sie nicht darüber nach, wie viel es kosten wird.« Damit ging ich davon, fest entschlossen, künftig sämtliche Magazine im Zeitschriftenladen in Cooroy zu kaufen, auch wenn ich dafür weiter fahren musste.

3

Hoheitsgebiet

Cops mögen es nicht, wenn sie das Gefühl haben, jemand mischt sich in ihre Ermittlungen ein, sogar dumme Cops, überforderte Cops oder Cops, die verzweifelt Hilfe und Anleitung nötig haben.

Mit diesem Wissen im Hinterkopf parkte ich den Land-Cruiser unter einer mächtigen Weide am Rand eines Trampelpfads, der in einem Wald aus Palmen und Eukalyptusbäumen in einer Sackgasse mündete. Ich schaute hinüber zu dem Haus, in dem Jenny Brown gewohnt hatte. Eine Hütte aus Holz, irgendwann in den 1930ern errichtet, keinesfalls später. Das Häuschen schwebte auf Holzpfeilern über dem Boden. Einst hatte man es schwarz gestrichen, seither jedoch nicht mehr. Es war damals ein Heim für arme Leute gewesen, und heute war es das immer noch. Unter dem Haus drängte sich zwischen den Holzpfeilern eine Ansammlung von Gerümpel: ein Fernseher, eine Couch, mehrere rostige Außenbordmotoren und ein kleines, umgedrehtes Boot. Der Garten strotzte vor dichtem Gras, ungeöffneter Post und Zeitungen in Plastikfolien.

Hier hatte es angefangen. Als die Polizei ursprünglich hier war, um Jennys Verschwinden zu untersuchen, hatte man nicht wegen eines Serienmörders ermittelt. Die Befragung der Mutter, mehrere Tage, nachdem der Mörder das Haus unter die Lupe genommen hatte, wie ich es gerade tat, konnte nur verheerend oberflächlich ausgefallen sein. Unvollständig. Irrelevant. Jenny verkörperte eine Ausreißerin, ein Ärgernis. Was die Beamten hätten fragen sollen – aber zweifellos nicht gefragt hatten –, war: *Sind Ihnen draußen in letzter Zeit irgendwelche Fremden aufgefallen?*

Ich würde bald wieder herkommen. Drinnen schien sich niemand aufzuhalten, doch selbst wenn, ich war noch nicht bereit. Ich musste nur ihr Zuhause sehen, mir eine erste leise Ahnung davon verschaffen, wer sie gewesen sein mochte und warum der Kerl ausgerechnet mit ihr angefangen hatte. Warum mit ihr? Sie hatte die Serie ausgelöst. Wieso?

Ich fuhr an den anderen Eigenheimen vorbei, genauso verwahrlost und vergessen wie das von Jenny, bis die Straße einem Wald aus myrtenartigen Gewächsen und Niaulibäumen wich. Sie endete in einem weitläufigen Kreis, auf dem ich gemütlich wenden konnte. Plötzlich hielt ich mitten im Drehen des Lenkrads inne.

Ein Pfad verlief ins Dickicht. Vielleicht führte er nirgendwohin, vielleicht zu einem Ort, an dem Teenager rauchten oder rummachten, vielleicht stellte er eine Abkürzung irgendwohin dar. Was immer er sein mochte, er sah aus, als würde er zu einem Ort mit Geheimnissen verlaufen.

Ich stieg aus, um einen Blick darauf zu werfen.

Dichtes, trockenes Gestrüpp säumte beide Seiten des Pfads. Nach etwa achtzig Metern stieß ich auf eine Lichtung unmittelbar abseits einer Biegung, verborgen hinter weiterem wild wucherndem Gebüsch und einem mächtigen, dicken Baumstamm. Ich schob die Büsche beiseite, trat hinein und fand mich auf einem kleinen, abgeschiedenen Lagerplatz wieder. Jemand hatte ihn errichtet. Warum? Hatte es etwas mit Jenny zu tun, oder war ich bloß über einen Pettingpalast für Kids aus der Gegend gestolpert?

Ich versuchte, mich zu orientieren. Mein Gefühl für Richtungen ist erschreckend. Ich habe keinerlei Vorstellung von Entfernungen. Dann fasste ich in ein Dickicht aus Palmwedeln, die eine natürliche Wand bildeten, und schob sie zur Seite, schuf ein Loch.

Klare Sicht auf Jenny Browns Haus offenbarte sich mir. Ich stand an der Stelle, wo der Mörder gestanden hatte. Ich wusste es.

4

Maria

Ich nahm aus Tewantin die Straße nach Cooroy und passierte die Abzweigung nach North Shore, eine Insel mit Büschen, Wald und Trampelpfaden, die man nur mit der Autofähre erreichen kann. Die Allradtouristen lieben es dort drüben. Sie können wie Irre den Strand entlangbrettern, der technisch gesehen eine Schnellstraße darstellt und womöglich der einzige Strand der Welt ist, an dem Straßenverkehrsregeln gelten.

Ich fuhr an einem Friedhof vorbei – von denen es hier oben viele gibt –, an einem Golfplatz – einem von Tausenden –, einer Seniorenwohnanlage – einer von Hunderttausenden –, dann aus der Stadt. Ich folgte dem gewundenen Verlauf der Straße, die einen Berg aus schwarzem Vulkangestein erklimmt, der sich aus Eukalyptuswäldern erhebt.

Auf der Kuppe bog ich auf die Sunrise Road, die oben entlang der Hügelkette von Eumundi verläuft. Auf einer Seite der Straße leben sehr wohlhabende Menschen in Häusern der Größe balinesischer Ferienanlagen. Auf der anderen Seite, abseits des Meerespanoramas, winden sich schmale Straßen ins Hinterland, ein Gebiet voll dichtem Buschwerk und Feldwegen, ein Gebiet, in dem Häuser und Bauernhöfe verstreut und verborgen liegen.

Caseys Emporium ist beschildert. »Magie! Antiquitäten! Mysterien! Nicht ignorieren! Biegen Sie rechts ab. Folgen

Sie den Schildern!« Ich folgte den Anweisungen und hielt mir vor Augen, wie einfach es ist, sich im einen Moment unter Millionären zu befinden und sich wenige Augenblicke später verloren wie der letzte Mensch auf Erden zu fühlen. Tief im Tal der Stille erstreckt sich Caseys Emporium über einen Hof der Größe eines kleinen Landes. Als ich durch die Fenster hinausspähte, fühlte es sich an, als führe ich durch einen Safaripark, nur sah ich statt Tieren alte Autos, Bretter, Badewannen, Blechplatten und Waschmaschinen. Unter dem Schutz von Markisen gab es Sofas, Stühle, Plattenspieler und eine Jukebox, Nähmaschinen der Marke Singer sowie Stapel von Zeitschriften und Büchern, genug, um dasselbe kleine Land mindestens ein Jahr lang mit Lesestoff zu versorgen. Caseys Haus war so chaotisch und unzusammenhängend wie das Emporium; auch seine Bleibe war ein Queenslander und ruhte aus Holz errichtet auf soliden Stützpfeilern, gesäumt von einer breiten Veranda.

Er trug einen samoanischen Sarong und ein T-Shirt mit der Aufschrift »Mach mir keinen Vorwurf daraus: Ich habe McGovern gewählt«, als er herausgestolpert kam, um mich zu begrüßen. Casey ist Anfang fünfzig. Er hat lange schwarze Haare und trägt sie zu einem Pferdeschwanz zusammengebunden, der hin und her schwingt, wenn er geht. Er gehört zu den Typen, die immer so aussehen, als kämen sie gerade von einer Kureinrichtung, sonnengebräunt und fit. Tätowierungen überziehen seinen Körper – Andenken an die frühen Tage, in denen er als Gangster in den Armenvierteln von Fitzroy aufgewachsen ist.

»Spitze! Lady Gaga nackt! Kennst du die Fotos von ihr mit diesen kegelförmigen Dingern auf den Titten, aus denen Feuer rausschießt? Die ist irre, Mann! Die ist irre!«

Wir ließen uns auf der Veranda nieder und schauten über die Täler und Hügel zum Meer. Casey setzte sich auf seinen Lieblingsplatz, einen Sitz aus einem Dodge Pick-up aus den 1950ern. Ich entschied mich für einen Stuhl. Wie weise Männer, die sich darauf vorbereiteten, die Probleme der Welt zu lösen, betrachteten wir die Aussicht und schwiegen. Während er die Zeitschriften durchblätterte, meinte er, ohne aufzuschauen: »Ich hab Maria gesagt, dass du zum Abendessen kommst.«

»Ja, natürlich«, gab ich zurück.

»Sie hat gemeint, sie wird dir nichts über die Ermittlungen erzählen.«

»Ich habe nicht vor, sie etwas über die Ermittlungen zu fragen.«

»Das weiß ich! Denkst du etwa, *ich* denke, dass *du* ein Volltrottel bist?«

»Ich mag Maria …«

»Ja, ja«, fiel er mir abfällig ins Wort. »Die Beretta: nächste Woche.«

Ich nickte.

»Die Cops haben keinen verfluchten Schimmer. Keinerlei Spuren: Sackgasse. Ist immer dasselbe bei solchen Serienmorden: Sie kapieren überhaupt erst, wenn es ein drittes oder viertes Opfer gibt, womit sie's zu tun haben. Die Opfer eins, zwei und drei: Allesamt vermisste Personen, deren Akten irgendwo vergraben liegen. Die müssen sie erst wieder ausbuddeln, und dann fangen sie von vorne an. Klar, was ich meine? Ist echt scheiße.«

Ich nickte über seine Weisheit. Casey hatte den Durchblick. Heute und auch früher schon. Nachdem der Feuerball damals seine elf Stripperinnen verbrannt hatte, wies ich mein

Team an, den Persern an die Gurgel zu gehen. Ich hielt es für offensichtlich: ein Bandenkrieg. »Nehmt euch ’n Boot nach Madagaskar, Mann«, war Caseys Reaktion darauf.

»Ein Boot nach Madagaskar nehmen? Wovon redest du?«

»Ich rede davon, dass ihr nach Süden fahrt, obwohl ihr nach Norden solltet.«

»Madagaskar liegt im Westen«, erwiderte ich verwirrt.

»Hältst du mich für einen Schwachkopf? Ich weiß, wo das verfluchte Madagaskar liegt! Nicht mehr auf der verfickten Karte, und genau dahin ist deine dämliche Mannschaft grade unterwegs. Das hier hat nicht das Geringste mit Banden zu tun. Es waren die Vierundzwanzig, du Armleuchter, die haben’s getan!«

»Wer sind die Vierundzwanzig?«, fragte ich.

»Endlich! Ein Mordermittler stellt eine intelligente Frage.« Und dann antwortete er.

Das Lokal gehörte zwölf Griechen, alle von Mitte dreißig bis Mitte vierzig. Die Haare trugen sie gegelt, um ihre Hälse hingen dicke Goldketten, die wie mächtige Schwänze schaukelten, und genau so sahen sie sich – als Großschwanzträger. Jeder dieser Jungs hatte eine Ehefrau. Zwölf mit Kindern gesegnete Ehefrauen, die in die Mündung der Knarre des mittleren Alters starrten, in dem selbst noch so viel Peroxid und Brustimplantate die Jugend nicht mehr retten können. Jeder dieser Jungs hatte außerdem eine Geliebte. Zwölf Geliebte, versteckt in hübschen Apartments, die ihnen nicht gehörten. Sie starrten in die Mündung der Knarre ihrer unausweichlichen Auswechslung.

Zwölf Ehefrauen, zwölf Geliebte: die Vierundzwanzig. Das Komische war: Sie hielten sich gewissermaßen gegenseitig die Stange, wenn es darum ging, den jeweiligen Mann nicht zu verlieren. Er vögelte seine Geliebte in der Wohnung, fuhr nach Hause, aß mit den Kindern Ravioli und sah sich anschließend mit ihnen *Der König der Löwen* an. Seine Ehefrau vögelte er nicht, aber das störte sie nicht allzu sehr, solange sie wusste, mit wem er stattdessen schlief. Die Geliebte wiederum störte nicht, ob er bei seiner Frau war oder nicht, solange er nicht mit einer anderen schlief, die jünger und hübscher war.

Dann warf einer der Jungs bei einem regelmäßigen Treffen am Mittwochabend im Stripklub einen ausgiebigen Seitenblick zu dem Mädchen auf der Bühne: Arlene, eine neunzehnjährige Schönheit der Sorte, die Herzinfarkte verursachen kann, die Art von Mädchen, für die Männer in den Krieg ziehen. Obwohl Casey seine Girls gewarnt hatte – keine Handjobs, keine Blowjobs, kein Ficken mit einem der Besitzer –, tat Arlene genau das.

Die Neuigkeit verbreitete sich rasch. Die Vierundzwanzig fühlten sich bedroht. Was nicht nur daran lag, dass Arlene eine neunzehnjährige Schönheit war, vielmehr daran, dass es schier unendlich viele neunzehnjährige Schönheiten gab. Die Vierundzwanzig beschlossen, ein Exempel zu statuieren. Was sie kurz darauf eindrucksvoll getan hatten.

Unten rollte ein Auto heran.

»Muss mal pissen; bin gleich wieder da«, verkündete Casey und ließ mich allein. Maria kam durch die Vordertür herein.

»Hi, Darian«, rief sie und ging in die Küche, ohne zu mir zu schauen.

»Hi, Maria. Wie geht's?«

»Casey hat gesagt, du bleibst zum Abendessen.«

»Wenn das in Ordnung ist.«

»Klar.«

Ich schlenderte in die Küche, um nachzusehen, ob ich anbieten könnte, bei irgendetwas zu helfen, beispielsweise einen Käseteller anzurichten oder Dips aus dem Kühlschrank zu holen. Maria war Ende zwanzig. Sie besaß langes, wallendes braunes Haar und graue Augen. Hohe Wangenknochen, ein breites Lächeln. Sie war atemberaubend, eine Frau, wie man sie sich gut bei einem Fotoshooting der *Sports Illustrated* vorstellen konnte. Während Casey wie ein Mechaniker mit den geistigen Fähigkeiten einer Bierflasche aussah, glich sie einer Göttin, dafür geschaffen, am Strand Bikinis zu tragen, und für kaum etwas sonst. Und genauso behandelten sie die meisten Männer. Womit sie völlig falsch lagen. Casey und Maria hatten sich vor einem örtlichen Fitnesscenter im Einkaufszentrum Noosa Junction kennengelernt. Maria verließ es gerade und überquerte die Straße zu einem von Palmen umgebenen Parkplatz. Dabei wurde sie von einigen örtlichen Möchtegernhelden bedrängt. Casey bretterte zufällig auf einer Harley-Davidson vorbei, die er unlängst gegen eine Ladung balinesischer Möbel eingetauscht hatte. Er wendete, zielte sorgfältig und donnerte mitten durch die Jungs hindurch. Nicht wild oder schnell genug, um ernsten Schaden anzurichten, aber ausreichend, um seinen Standpunkt zu verdeutlichen. Maria begann, ihn anzuschreien, ließ die Polizistin raushängen, teilte ihm mit, dass sie schon allein zurechtgekommen wäre. Er stieg vom Motorrad, nahm den Helm ab, ließ sein Haar herabwallen und lächelte sie an. Casey hat ein gewinnendes Lächeln, und Maria steht auf gefährliche Typen. Cops flirten gern mit Gesetzlosen. Bis Casey in ihr Leben trat, war sie an Gespräche übers Surfen und über Autos mit Kerlen gewöhnt gewesen, die ein gemeinsames Essen beim örtlichen Chinesen für den Inbegriff eines interessanten Abends hielten.

»Wow«, sagte sie zu mir und betrachtete die Flasche Rosé. »Das ist wirklich nett von dir. Danke.« Sie versuchte, freundlich zu sein, was ihr ziemlich schlecht gelang.

Ich lächelte, als wollte ich sagen: *He, ist doch keine große Sache* statt *Ich dachte, ich muss dich mit irgendetwas bestechen*. Sie griff sich einen Korkenzieher und brachte ihn zum Einsatz, wobei ihre Haltung vermittelte: *Stör mich bloß nicht*.

Cops haben diese Eigenart in Bezug auf Loyalität. Wenn ein Polizist in eine Uniform schlüpft, ist es so, als verlässt er damit die menschliche Rasse und schließt sich einem anderen Clan an. Ich war früher auch so. Man hält sich für anders, und in Wirklichkeit ist man das auch. Man denkt, die eigene Loyalität gilt den Kollegen, das jedoch stimmt nicht. Sie gilt den Opfern. Manchmal dauert es bei einem Bullen eine Weile, bis er das herausfindet. Manchmal findet er es nie heraus.

Bei Maria wusste ich, dass sie es irgendwann feststellen würde, sie aber noch nicht so weit war. Außerdem wusste ich, als wir uns mit ihrem Rosé und meinem Sodawasser auf der Veranda niederließen, dass sie Informationen besaß, die sie mir nicht mitteilen wollte. Während wir uns über Caseys bunte Vielfalt an T-Shirts von den Präsidentschaftskampagnen der 1970er und 1980er unterhielten, konnte ich es deutlich wahrnehmen. Sie schauspielerte. Es gab einen Hinweis oder eine Spur; was es auch sein mochte, es war wichtig. Und es galt als geheim. Alles an ihr klammerte sich an eine einzige, beherrschende Absicht: die Informationen vor mir zu verbergen.

Von einem Ende der Sunshine Coast zum anderen redeten die Menschen in jedem Haus über das sechste Opfer des Serienmörders, und wir beide, ein ehemaliger Leiter des Morddezernats mit mehr als ein wenig Erfahrung auf dem Gebiet, und Maria, Mitglied der mit dem Aufspüren des Serienmörders betrauten Ermittlungsabteilung, unterhielten uns über alles außer über den Serienmörder.

Maria wusste, dass ich ihr geheimes Wissen wollte; ich wiederum wusste, dass es für sie einem verwerflichen Vertrauensbruch gleichkäme, es mir preiszugeben. Der Abend entpuppte sich als eine Abfolge eleganter Ausweichmanöver. Ich wusste, dass sie intelligent war. Sie wusste, dass mich die Menschen als den besten Mordermittler von ganz Australien bezeichneten. Sie kannte meine Aufklärungsrate. Und sie wusste, dass ich kein Risiko verkörperte. Sie liebte Casey, vertraute ihm, und sie kannte unsere gemeinsame Vergangenheit und die Bande zwischen uns.

Wir aßen Fisch. Casey spielte Led Zeppelins *IV* und sang »Stairway to Heaven« mit, schmetterte den Text laut in das Tal unter uns hinab. Maria und ich stimmten mit ein. Ich glaube nicht, dass sie an jenem Morgen die Regionalzeitung gelesen hatte.

Nachts ist das Hinterland ein Ort dunkler Formen und tiefer Schatten, ein Ort dichter Wälder und abrupt ansteigender Berge aus glattem schwarzem Gestein. Es wirkt unheimlich.

Als wir dort anhielten, wo ich mein Auto geparkt hatte, flüsterte Maria: »Da ist etwas.« Ich stand nur da und wartete.

»Er prahlt«, verriet sie.

Ich sagte dazu nichts, spürte jedoch das vertraute Kribbeln, wenn ich kurz davor war, auf eine Spur zu stoßen. Aber ich schwieg und gab ihr die Gelegenheit, wegzugehen. Was sie nicht tat.

»Nachdem sie geschnappt worden sind, bekommen wir ihre Handys. Er lässt sie für uns zurück.«

»Wo?«

»An zufälligen Orten.«

So etwas gibt es nicht. Ich blieb stumm.

Maria sah mir in die Augen, und ich konnte darin erkennen, dass die Albträume und die flüsternden Stimmen begonnen hatten; ich konnte die Heimsuchung einer redlichen Frau durch etwas Böses sehen, das sie nicht kontrollieren oder aufhalten konnte, etwas Böses, das sie nicht verstand.

»Er macht Fotos von ihnen. Mit ihren Telefonen. Es sind immer dieselben. Sie sind an einen Stuhl gefesselt, und … er hat sie ausgezogen. Immer nur ein Foto auf jedem Telefon.«

Eine lange Pause entstand. Ich wusste, dass ihr der Ausdruck im Gesicht jedes Mädchens durch den Kopf ging.

Maria holte tief Luft.

»Sie sehen aus …«

Maria beendete den Satz nicht. Vermutlich versuchte sie, sich Worte zu überlegen, die dem Bild gerecht wurden. Die gab es nicht.

Solche Momente stellen die Hindernisse beim Langstreckenlauf eines Polizisten dar, der im Morddezernat sein will. Kann man sie überwinden – wobei keinen interessiert, wie – und die Arbeit fortsetzen, dann kann man überleben. Ich habe gesehen, wie gute Leute in solchen Augenblicken zusammengebrochen sind. Später, wenn ich sie aufsuchte, falls mir etwas an ihnen lag, bemühte ich mich, ihnen klarzumachen, dass es keine Feigheit war, sondern reiner Überlebensinstinkt, und dass ihnen, wenn sie nicht eingeknickt wären und die Hoffnung auf eine Karriere im Morddezernat aufgegeben hätten, der Tod durch Alkohol oder Selbstmord geblüht hätte.

»Ich werde ihn fassen«, sagte ich.

Maria drehte sich um und ging zurück zum Haus. »Ich weiß«, hörte ich sie noch erwidern, bevor sie durch die Tür verschwand.

—

Ich tackerte weiße Kartonblätter an die Wand meines Wohnzimmers. Dann breitete ich Fotos der sechs Mädchen aus. Ich verschob die Möbel und brachte an der nächsten Wand die Karte der Region an. Es handelte sich um eine gute Karte, handgezeichnet; ein Buschmann aus der Gegend war das gesamte Gebiet abgeschritten und hatte es vermessen, von der Tin Can Bay im Nordosten bis Maroochydore im Südosten, von der rauen, trostlosen Stadt Gympie – Waffenhauptstadt des Landes – im Nordwesten bis zu den Glasshouse Mountains und den Regenwäldern im Südwesten.

Danach fügte ich andere Karten hinzu: Karten für Touristen, Straßenkarten und Karten mit Radwegen. Schließlich ergänzte ich die Sammlung um Seiten, die ich aus Touristenbroschüren herausgerissen hatte: Standorte von Campingplätzen für Wohnwagen, von Motels, Bars, Klubs und Bekleidungsgeschäften – ganz besonders von Bekleidungsgeschäften. Solche Kerle lieben Klamottenläden; sie hängen in Einkaufszentren rum und beobachten Mädchen, die dort ein- und ausgehen. Hauptsache, es gibt dort Umkleidekabinen – mehr Mörder, als man sich vorstellen kann, treffen die Entscheidung über ein Opfer, während sie beobachten, wie Mädchen Umkleidekabinen betreten und verlassen.

Mittlerweile glichen meine Wände einer riesigen Übersicht mit Kultur-, Touristen- und Einkaufsinformationen. Ich trat einen Schritt zurück und ließ den Gesamteindruck auf mich wirken.

Dann fing ich an, den letzten Weg jedes Mädchens nachzuvollziehen.

Ich begann mit dem Verschwinden. Wo geschah es? In einem Einkaufszentrum, auf einer Straße, in einem Park? Was tat das Mädchen dort? Wie war sie dorthin gelangt? Mit wem war sie zusammen? Wer hat sie gesehen? Was wollte sie dort? Traf sie sich mit jemandem? Was hatte sie an? Hatte sie etwas bei sich? Hatte sie Make-up aufgetragen?

Mit jeder Frage trug ich an Informationen zusammen, was ich in dieser Phase hatte, um das Mädchen wieder zum Leben zu erwecken. Dann vergewisserte ich mich, dass ich alles berücksichtigt hatte, und begann, mich langsam rückwärts zu bewegen. Woher war sie gekommen? Welchen Weg hatte sie genommen? Hatte sie ihn allein zurückgelegt? Falls es sich um einen vertrauten Weg handelte, war sie davon abgewichen?

Indem ich die einzelnen Schritte so langsam wie möglich zurückspulte, um ja keine zu stellende Frage oder festzuhaltende Beobachtung zu übersehen, führte ich jedes Mädchen zurück an den Beginn des Tages, als es morgens aufwachte. Zu Hause. Wo lag das? Gab es in der Nähe einen Park oder Buschland oder irgendeinen sonstigen Ort, an dem sich unser Täter verstecken konnte? Wie weit war es zu den Häusern der anderen Mädchen? War zu Hause etwas Ungewöhnliches vorgefallen? Wer wohnte zu Hause? Hatte sie allein im Bett geschlafen?

Und dann weiter, zurück in die Nacht davor. War sie ausgegangen oder zu Hause geblieben? Hatte sie einen Freund? So ging es weiter, bis ich bei jedem Mädchen zwei Wochen in die Vergangenheit zurückgekehrt war.

Ich verlor die Zeit aus den Augen, während ich dastand und

meine Wand betrachtete. Mein Blick folgte jedem der Wege, und ich starrte auf die Verbindungspunkte – die Schulen, die sie besuchten, die Einkaufszentren, in denen sie sich herumtrieben, alles, das mir vielleicht irgendetwas verraten würde. Wenn ich das mache, muss ich eine geradezu schmerzliche Konzentration heraufbeschwören, um mich von nichts ablenken zu lassen. Er befand sich hier, auf meiner Wand. Mein Team riss früher immer Witze darüber, dass es beinah sei, als spiele ich »Wo ist Walter?«.

Sechs letzte Wege. Sechs Mädchen. Jenny Brown, Marianne McWinter, Izzie Daniels, Jessica Crow, Carol Morales und Brianna Nichols.

Vor der Entführung jeder Einzelnen würde er sich Fantasien hingegeben haben. Fantasien über eine Welt, in der er als König herrschte, in der sie die Königin seiner Träume verkörperte, eine Sklavin für sein Bett. Sie war dazu da, um ihm als Spiegelbild seiner Macht und seines Ruhmes zu dienen. Um den Sex geht es nie. Es dreht sich immer um die Macht. Dann würde er losgezogen sein, um seine Zielperson zu suchen. Er würde sie beschattet haben, vielleicht wochenlang. Das Nachstellen steigert die Fantasie. Er beobachtet sie in ihren letzten Tagen, malt sich aus, welche Herrlichkeit sie und er zusammen haben werden. Dann schlägt er blitzschnell zu. Und weg ist sie.

Fantasien erfüllen sich im wahren Leben nie, vor allem nicht für den Serienmörder. Bis er sie in seinen Schlupfwinkel geschafft hat, ist sie hoffnungslos unzulänglich für die Rolle, die er ihr zugedacht hat. Vielleicht weint sie die ganze Zeit, vielleicht ist sie aggressiv. Was immer zutrifft, sie ist nicht geeignet als seine Königin. Die existiert nur an einem Ort: in seinem Geist. An der Stelle wird sie zu einer bloßen Sklavin, einer Hure zur Befriedigung seiner Triebe. Da hat er bereits angefangen, über ihre Entsorgung nachzudenken. Sie ist zu wenig mehr als Müll geworden, der am nächsten Dienstag oder Mittwoch rausgebracht werden muss. Die Erfahrung wird ihn gesättigt haben, allerdings nicht für lange. Bald wird die Fantasiewelt zurückkehren, ein loderndes Verlangen wie das eines Junkies nach einem Schuss. Das Verlangen, sich eine andere Königin zu holen, der Drang, sich wieder auf die Suche zu begeben.

Er befand sich irgendwo dort an der Wand, versteckt inmitten der Collage aus Karten und Broschüren, irgendwo in den Details. Nun galt es, ihn zu finden. Ich schloss die Augen und atmete tief ein. Ich musste er werden. Ich atmete aus, öffnete die Augen und starrte so auf die Karte, wie er sie lebte.

Konzentration auf den einen Weg. »Lass mich dir folgen«, murmelte ich.

Mein Wohnzimmer glich einer gründlichen und vollständigen Ansicht seiner Welt.

Bis zu diesem Moment war mir nicht klar gewesen, dass die Sunshine Coast den perfekten Ort für einen Serienmörder darstellte.

Sie strotzt vor Touristen, Surfstränden, Wohnwagenparks, billigen Motels, Golfklubs, einem großen Flughafen für Horden von Urlaubern, japanischen Paaren auf dreitägigen Pauschalflitterwochen, Ferienanlagen mit Wegen aus italienischem Marmor und davor geparkten Limousinen, Wanderpfaden durch den Busch und durch Parks – dazu gewaltige, unverzeichnete Landstriche mit struppigen Eukalyptusbäumen, Mangrovensümpfen und Queensland-Schmuckzypressen ohne eine Straße oder einen Weg weit und breit. Kleine Dörfer mit Kunstgalerien, Kaffeehäusern, die Latte macchiato servieren, und Hellsehern, die einem die Zukunft vorhersagen. Aufgegebene Zuckerrohrplantagen, Hunderte Hektar mit Sanddünen und niedrigem Buschwerk, übersät mit Tausenden nicht explodierten Bomben von den Spielchen im Zweiten Weltkrieg, als sich die amerikanische Armee am Meer herumtrieb und darauf wartete, von MacArthur zurück in den Dschungel von Guadalcanal oder nach Milne Bay geschickt zu werden. Surfende Kids, verliebte Teenager, die sich ihren Eltern entziehen, um auf den Campingplätzen oder in den finsteren Winkeln der die Nacht hindurch geöffneten Kneipen rumzumachen. Touristen, die nur für wenige Tage bleiben. Eine Bevölkerung von Kellnern und Barkeepern mit kanadischen Pässen und schwedischer Unschuld. Rucksacktouristen, Mütter und Väter, die den Wellen und der Brandung, den beruhigenden Geräuschen des Strands lauschen, die stets vorhanden sind, einen stets im Hintergrund daran erinnern: Hier ist es sicher, hier herrscht Glück, hier ist ein Urlaubsgebiet.

Dieser Typ musste sich wie im Schlaraffenland vorkommen.

Serienmörder gleichen Phantomen. Unsichtbar. Sie führen geheime Leben. Nur ihre Opfer erhalten Einblick in diese Leben. Serienmörder werden selten gefasst. Wenn sie doch geschnappt werden, dann in der Regel, weil sie einen Fehler begehen, der die Polizei auf sie aufmerksam macht. Sie werden entweder faul und vergesslich, oder ihr Ego nimmt überhand, und sie müssen sich zwanghaft hervortun, um von der Welt wahrgenommen zu werden. Nur in seltenen Fällen gipfeln polizeiliche Ermittlungen in einer Verhaftung, ohne dass dem Täter ein Fehler unterlaufen ist.

Bei einer Untersuchung kommen Leichen wahren Schätzen gleich: Sie offenbaren die Geheimnisse des Mörders. Alle sechs Opfer dieses Kerls lagen höchstwahrscheinlich irgendwo tief unter der Erde vergraben. Was bedeutete, dass er intelligent war. Es bedeutete außerdem, dass ihn Schlagzeilen nicht interessierten.

Ich musste unbedingt in Erfahrung bringen, wo er diese Mobiltelefone zurückließ. Maria hatte noch nicht gelernt, dass es so etwas wie »zufällig« bei der Verfolgung eines Killers nicht gibt. Alles ist entscheidend.

Ich sah auf die Armbanduhr. Fast zwei Uhr morgens. Isosceles würde nicht vor zehn wach sein. Ich hätte ihn gestern anrufen sollen.

Um drei klingelte das Telefon.

»Ich habe Albträume«, sagte Maria.

»Ich weiß. Das zeugt davon, dass du eine gute Polizistin bist, die Anteil nimmt.«

»Verschwinden sie wieder?«

Wie sollte ich darauf antworten? Mein Schweigen übernahm es für mich.

»Also wohl nicht«, folgerte sie.

»Nein. Tun sie nicht.« Ich starrte zum Fluss. Kein Mond stand am Himmel; die Nacht präsentierte sich als schwarze Abfolge sporadischer Geräusche: das Platschen eines Fisches, ein Wasservogel, Frösche von der Insel auf der anderen Seite des Flusses. Mir kam der Gedanke, dass ich mich ebenso gut im Kongo hätte befinden können.

»Komm mich ruhig besuchen. Wann immer es dir passt. Ich kann zwar nicht wirklich viel tun, um zu helfen, aber vielleicht …« Ich dachte zurück an Melbourne. »Was ich weiß, ist, dass du sie nicht alleine überleben kannst. Und ich weiß, was ich falsch gemacht habe und was ich hätte tun sollen.«

»Jetzt gleich?«, fragte sie. Ich hörte die Stimme eines kleinen Mädchens, verängstigt.

»Jetzt gleich ist gut. Komm durchs Nebentor rein. Ich bin vorne draußen am Fluss.«

—

Ich dachte darüber nach, wer ich war und was ich getan hatte, wer ich gehofft hatte, zu werden, und was ich – da mich die Schreie und die Augen nunmehr gefunden hatten – tun konnte. Ich dachte an die Menschen, die ich getötet hatte, und an die Gelegenheiten, bei denen ich geweint hatte wie ein kleiner Junge. Ich dachte an die Zeiten zurück, als ich geflüchtet war. Das Geräusch eines auf dem Wasser landenden Vogels drang zu mir. Ich dachte über dieses ewig warme Ferienland nach, über den blauen Himmel und die Tropenstürme, die mit lauten Donnerschlägen und sintflutartigem Regen über mein Zuhause hinwegfegten. Ich dachte über das Leben nach, das ich mir hier geschaffen hatte, ein Leben voll Ruhe, Beschaulichkeit und Abgeschiedenheit.

Ich dachte auch über das Leben nach, das ich hinter mir gelassen hatte. Ein Dasein, geprägt von Brutalität, von Mördern, die Leben zergliederten, die Menschen das Licht ausbliesen wie einer Kerze, die ihren Erinnerungen den Atem auspressten und die Geräusche ihrer Schritte auslöschten; eine Barbarei des Blutes und abgetrennter Gliedmaßen, die Verstümmelung einer Reise, ein albtraumgleiches Wandeln entlang einer Linie, auf der Tag und Nacht zu Kummer und Verzweiflung wurden. Ich hatte mein Leben damit verbracht, durch Blut zu waten, den Anblick Toter in mich aufzunehmen und die Schlacke von Grauen und Ungläubigkeit in mir einzukesseln, während jede Ermittlung zu einem Gewaltmarsch wurde, zu einem dunklen Tunnel, den ich betrat, zu einer Welt, in der das Groteske gewöhnlich erscheint, in der man von Dämonen mit einer papierdünnen Schicht von Emotionen und Gefühlen begrüßt wird – eine verlogene Fassade, die ich erst erkennen und dann mit eigener Grausamkeit durchdringen musste.

Eine Welt, in die ich zurückkehren musste.

5

Der große Geek im Himmel

»Entschuldige dich zuerst.«

Im Hintergrund hörte ich das vertraute Dröhnen von Linkin Park. Als Nächstes würde Stevie Ray Vaughan folgen. Dann Noel Coward, Erik Satie und Neil Young.

»Tut mir leid.«

»Ziemlich hoher Grad an Unaufrichtigkeit, Darian. Wie soll ich dich inzwischen überhaupt anreden? Darian? Boss? Vielleicht Mr Richards? Instruktionen bitte; wir brauchen neue Grenzen. Übrigens, relevant *und* interessant dürfte sein, dass nur der Subkontinent als für die Verhaltensweisen unserer Täter geeignete Landschaft der Sunshine Coast das Wasser reichen kann. Fahr zurück zu dem Wald am Ende von Jenny Browns Straße: Zwei Tage, bevor sie entführt worden ist, hat dort ein weißer Van geparkt.«

»Du spionierst mir nach?«

»Mir ist langweilig; ich bin einsam; nachts breche ich voll Nostalgie zusammen. Prostituierte helfen da nicht. Gott auch nicht. Ich bin Existenzialist geworden; ich nehme Unterricht. Dass du weggezogen bist, war ungeheuer selbstsüchtig. Wenngleich mir bewusst ist, dass dir in den Kopf geschossen wurde; das ist eine große Sache. Wer ist die Frau an den Dienstagabenden? Roter Celica, Baujahr 2006; blond, hundertzweiundsechzig Zentimeter groß. Ist sie deine Methode der sexuellen Entspannung? Soll ich dir etwas über ihre Tagesabläufe erzählen? Ich habe alles da. Wusstest du eigentlich, dass die Sunshine Coast von Immobilienentwicklern 1958 so getauft wurde? Bis dahin hieß sie Near North Coast. Er wird sehr schwer zu fassen sein; ich vermute, wenn du gewusst hättest, dass er bereits dort war, hättest du dir eine andere Gegend für den Ruhestand ausgesucht.«

Früher hießen sie Analysten. Dann bezeichneten wir sie eine Zeit lang als Rechercheure. Mittlerweile nennen wir sie nur noch Geeks. Während meiner gesamten Zeit als Mordermittler habe ich nie einen Hehl daraus gemacht, dass ich lediglich die Summe vieler Teile verkörperte, deren mächtigstes das Genie am anderen Ende der Leitung war, wo der Mann in seiner Wohnung im obersten Stockwerk eines der höchsten Gebäude im Zentrum von Melbourne saß. Vorhanglose Fenster, die vom Boden bis zur Decke reichen, auf dem Boden eine Matratze mit Raquel-Welch-Laken und Wände, auf denen sich zweihundert gerahmte Drucke von Goyas düsteren und grausigen »Schrecken des Kriegs« um Platz drängen. Und natürlich sein Schreibtisch, der »den Puls« beherbergt, seine Ansammlung von Computern, alle miteinander und mit der Cloud verbunden, wo sämtliche digitalen Daten im Cyberspace gespeichert waren.

Isosceles.

»Erzähl mir von dem weißen Van«, forderte ich ihn auf.

»Er ist weiß.«

»Und es ist ein Van; was sonst noch?« Isosceles vertrat die Theorie, dass Humor ein wesentliches und zu Unrecht verunglimpftes Instrument bei Morduntersuchungen darstellte.

»Neueres Modell, möglicherweise HiLux; undeutliches

Bildmaterial. Das Weiß des Wagens ist tatsächlich relevant, Darian; er ist *makellos* weiß, das heißt neu oder gemietet.«

»Tut mir leid.«

»Dir ist verziehen. Du bist eingerostet. Hast du gewusst, dass der Ruhestand das Gehirn verkalken lässt?«

»Wie lange war er dort?«, fragte ich. »Wo genau war er? Hast du dir die Häuser der anderen Opfer angesehen, um herauszufinden, ob er dort auch gewesen ist? Kannst du die Autoverleiher hier oben durchsuchen und dir auch die Verkäufe der, sagen wir, letzten zwei Jahre neuer und gebrauchter weißer Vans ansehen?«

»Donnerstag, dreizehnter Oktober: Um null sechshundert hat der Wagen bereits direkt gegenüber dem Haus unseres Mädchens geparkt. Sieht nach einer Weide aus, was dort steht. Hast du gewusst, dass die Regierung von Queensland Weiden wegen ihrer gewaltigen Wasseraufnahme verboten hat? Achtzehnhundert am selben Tag: Van verschwunden. Die anderen Häuser habe ich mir aufgrund der Unsicherheit in Hinblick auf die Ermittlungen nicht angesehen; Überprüfung im Anschluss an diese Unterhaltung hiermit vermerkt …«

Ich schrieb mit, während er sprach; auch er würde sich einhändig auf einer Tastatur Notizen anfertigen, immer mit der linken Hand, während er von den zahlreichen Monitoren vor ihm ablas und die rechte Hand auf einer anderen Tastatur unmittelbar vor ihm benutzte.

»… was auch für den Verkauf und die Vermietung von Vans gilt; ich werde diese Information bald haben.«

»Bist du bereit?«

»Fang an.«

Wir legten los. Es war, als befänden wir uns wieder im achten Stockwerk der Zentrale in der St Kilda Road.

»Alle bekannten Sexualstraftäter. Versuch's mit Brisbane und der Sunshine Coast; das ist nur ein Radius von anderthalb Autostunden. Dehn die Suche bis nach Gympie ins Landesinnere und bis zur Tin Can Bay am östlichen Rand aus; bezieh das Hinterland jenseits der Glasshouse Mountains mit ein. Die örtliche Polizei wird das bereits gemacht haben, aber sie haben ihn übersehen. Er ist in der Datenbank, und sie haben ihn bereits befragt …«

»Höchstwahrscheinlich«, berichtigte er mich.

»Höchstwahrscheinlich. Insbesondere müssen wir uns auf kleinere Fälle obszönen Verhaltens gegenüber jungen Frauen konzentrieren, und zwar in einem Zeitraum von zwölf Monaten vor Jennys Entführung.« Serienmörder fangen nicht einfach zu töten an. Sie arbeiten sich dorthin. Dabei hinterlassen sie Spuren, in der Regel geringfügige Sexualvergehen.

»Notiert.«

»Kannst du dich in die Datenbank der Polizei von Noosa hacken?«

»Versuche ich gerade; sieht nicht gut aus.«

»Gib mir Bescheid.«

»Die Opfer?«

»Noch nicht. Bleiben wir vorerst bei ihm; er prahlt.«

»Tatsächlich? Gut.«

»Er lässt danach ihre Handys zurück.«

»Ich brauche ihre Nummern.«

»Die hab ich noch nicht. Er fotografiert sie mit ihrem Telefon in Gefangenschaft, noch lebendig, und dann …« Ich dachte nach: Was *tat* er dann? »Das ist eben erst ans Licht gekommen.«

»Warte«, sagte er gebieterisch.

Ich tat, wie mir geheißen. Ich hörte, wie seine Finger am

anderen Ende der Leitung über die Tastaturen klapperten. Er tippte sehr schnell. Ich wartete weiter.

»Darian?«

»Noch dran.«

»Ich komme an sie ran. Die von Jenny Brown habe ich gerade erhalten. Wird ein paar Stunden dauern, bis ich alle habe. Die Polizei dürfte das bereits gemacht haben.«

»Und haben die auch deine Spionage-Software?«

»Natürlich nicht. Eine Frage.«

»Ja?«

»Für wen arbeiten wir eigentlich?«

»Für die Opfer.«

»Oh.« Isosceles galt in der Welt der Ermittlungstätigkeiten als Koryphäe. Er nahm Aufträge von Privaten und Regierungen in aller Welt an. Für diesen Job würde er nicht bezahlt werden. Ich wusste, dass ich nicht wirklich zu fragen brauchte, trotzdem tat ich es, um sicherzustellen, dass es keine Missverständnisse gab.

»Ist das in Ordnung?«

»Musstest du das wirklich fragen?«

Die nächsten zwei Stunden verbrachte ich damit, das Profil jedes Opfers durchzugehen und Isosceles Anweisungen darüber zu erteilen, wonach er suchen sollte. Am Ende des Gesprächs, als wir kurz davor waren, aufzulegen, sagte er: »Ein geringfügiges Problem.«

»Ein Problem, das was betrifft?«, fragte ich.

»Eigentlich alles. Du hast kein Internet. Erinnerst du dich daran? Dieses Kommunikationshilfsmittel aus dem späten zwanzigsten Jahrhundert? Es wird immer noch verwendet.«

»Nicht von mir.«

»Was ist mit deinem Handy passiert?«

»Hab ich weggeworfen.«

»Nur eine Feststellung, eine Randnotiz, ein kleiner Makel bei den Ermittlungen.«

Daran hatte ich gar nicht gedacht. Isosceles hatte wie üblich recht. »Ich rufe jemanden an und lasse machen, was immer gemacht werden …«

»Schon erledigt. Es ist jemand unterwegs, er wird in einer Stunde bei dir sein. Ist mir einen Gefallen schuldig. Er bringt auch einen Computer für dich mit; er bringt dir alles, was du brauchst. Beschwer dich nicht, vor allem nicht über den Computer. Er wird sich beim Amt reinhacken und ein paar Verbrechen nach dem Telekommunikationsgesetz begehen, aber du wirst bis Mittag online sein.«

»Muss ich auf ihn warten und…«

»… nett zu ihm sein und ihm Tee kochen? Nein, ich würde von dir nicht erwarten, unnötigen menschlichen Kontakt zu erdulden; du kannst das Haus ruhig verlassen.«

Und so tat ich es, um Jenny Browns Mutter zu besuchen.

6

Gefühle

Der Zeppelin sagt, ich muss erwachsen sein.

»Sie sind kein kleiner Junge mehr«, sagt sie.

Der Zeppelin sagt, ich kann alles sein, was ich will.

»Sie wollen Ihr Leben nicht mit diesen Videospielen vergeuden, Winston.«

Der Zeppelin ist eine Fotze, und ich will sie umbringen, aber das kann ich nicht, denn wenn ich es tue, wird meine Ma wütend und sagt, ich bin verantwortungslos und vielleicht wieder *schräg*, und dann hört sie auf, mir Geld zu geben. Ich will auch meine Ma umbringen und an all ihr Geld ran, aber das kann ich nicht, weil die Bullen immer den nächsten Angehörigen als ersten Verdächtigen unter die Lupe nehmen, und das wäre ich, und dann würde ich gefasst. Also muss ich über mich ergehen lassen, dass mir der Zeppelin erzählt, ich sei ein Kind, aber das bin ich nicht, jedenfalls nicht ständig. Manchmal bin ich es, manchmal bin ich es nicht.

Hallo, meine Brüder und Schwestern. Willkommen in der Welt des Fantastischen. Ich bin Big Winnie, und ich bin der *Mann*. Freut mich, euch kennenzulernen, ich hoffe, die Lektionen gefallen euch.

Der Zeppelin sagt, ich soll Dinge aufschreiben. Gefühle. Damit befassen wir uns heute: Gefühle.

»Das soll Ihnen helfen, Winston«, erklärt sie.

Sie sagt, ich soll mit etwas Bedeutungsvollem anfangen, beispielsweise mit meiner ersten Erinnerung daran, glücklich gewesen zu sein, oder mit dem ersten Mal, als ich mich verliebt habe … oder vielleicht damit, wie ich zum ersten Mal Babygirl Jenny B gesehen habe – nicht Babygirl Jenny G, sie ist die Nächste –, als sie den Fußweg unter den großen Jacaranda-Bäumen entlangging, deren Äste wie Eiszapfen über der Straße herabhingen. Und von unter der Erde kam diese große Hitzewelle, die durch meinen Körper aufstieg wie ein heißes Bad. Da hat es bei mir überall gekribbelt, und mein Schwanz ist steinhart geworden, als ich dort auf der Straße stand. Keine Autos, keine Leute, nur ich und Jenny B mit ihrem blonden Haar, ihren engen Shorts, ihrem rosa T-Shirt und ihren nackten Füßen. Ich bin ihr den Fußweg entlang gefolgt, und sie wusste nicht, dass Big Winnie hinter ihr war, sie beschattet und Pläne für sie geschmiedet hat, während wir zum Ende der Straße gingen und die Gympie Terrace zur Bushaltestelle vor der Brücke über den Noosa River überquerten. Autos fuhren hierhin und dorthin, auf dem Fluss waren Boote, am Sandstrand suchten Kids nach Krabben, und Babygirl saß an der Bushaltestelle, spielte mit ihrem Telefon, schrieb SMS, ohne je aufzuschauen und Big Winnie zu bemerken, der ganz in der Nähe unter dem alten, abgestorbenen Eukalyptusbaum stand. Sie hat mich nicht mal bemerkt, als ich in den Bus stieg, so nah bei ihr, dass ich sie riechen konnte. Das ist gut, Zeppelin, das ist bedeutungsvoll. Ich und Babygirl fahren also mit dem Sun Bus durch die Straßen, bis wir beim Einkaufszentrum Noosa Civic ankommen. Ich liebe Noosa Civic. Dort gibt es einen Big W. Und jede Menge andere Läden mit Mädchenbekleidung. Und jede Menge Mädchen, sie gehen nach der Schule hin. An dem Tag ist dort

Babygirl. *Immer noch* hat sie mich nicht bemerkt, *und* ich bin schon seit über einer Stunde ihr Schatten, *und* inzwischen kenne ich ihre Form *und* habe ihre Stimme gehört, *und* ich weiß, dass sie eine Freundin namens Carol *und* Größe 10 hat, *und* schon bald werde ich noch mehr wissen, *und* sie wird mich kennen. Ich werde alles wissen. Aber zuerst müssen wir am Anfang beginnen.

Schritt eins: Rückzug von der Zielperson. Damit sie nicht weiß, dass ich überhaupt existiere. Ein Geist werden.

Schritt zwei: Die Zielperson verfolgen. Das kann bis zu drei Wochen dauern, bis ich genug über ihr Verhaltensmuster erfahren habe …

Halt.

Keine Bewegung. Einatmen. Zuhören. Abwägen. Absolut ruhig bleiben. Alle Blickwinkel konzentrieren.

Ist da eine Schwachstelle?

HÖR HIN! SIEH SIE NICHT AN. ISOLIER SIE UND ENTFERN SIE AUS DEINEN GEDANKEN.

JETZT …

Konzentrier dich.

Da ist eine Stimme.

Alles klaro.

Sie ist in der Nähe.

GIB DIR MEHR MÜHE. KONZENTRIER DICH.

Alles klaro.

Oh. Es ist der Zeppelin. Wow, die habe ich völlig vergessen.

»Hi.« Und lächeln. Alles klaro.

»Winston?«

»Tut mir leid, Doc.« Lächeln. »Ich war kilometerweit weg.«

»Ist Ihnen etwas eingefallen?«

Ja, absolut, mir ist mein Kribbler eingefallen, der sie gern ganz weich und rosa und nackt-nackt-nackt hat, Babybrüste mit kleinen Nippelchen, blaue Babyaugen …

»Winston?«

»Tut mir leid.« Konzentrier dich. Sayonara, Kribbler.

Big Winnie kommt wieder.

Was sollte ich noch mal tun? Irgendetwas war da. Der Zeppelin wartet irgendwie darauf, dass ich etwas tue. Oder vielleicht, dass ich etwas sage?

»Äh, vielleicht könnten Sie mir ein wenig auf die Sprünge helfen«, bitte ich sie.

»Es muss nicht Ihre erste angenehme Erinnerung sein, aber schon irgendetwas aus der Zeit, als Sie wirklich jung waren. Zum Beispiel ein Tag am Strand oder ein Campingausflug. Solange es etwas ist, worauf Sie *jetzt* zurückblicken und sich denken können: Das hat Spaß gemacht.«

Ach ja, richtig: Wir machen eine Übung. Ich soll mein erstes Erlebnis aufschreiben, bei dem ich Spaß hatte. Wow, ich habe ja sogar einen Stift in der Hand und einen Block vor mir auf meiner Seite ihres Schreibtischs.

Richtig: So bin ich auf Kribbler gekommen; ich verliere also doch nicht den Verstand. Na schön: Ich muss nachdenken, *die Übung abschließen*.

Sie lächelt mich an, als wäre ich ein dummes Insekt. »Irgendetwas, Winston. Vielleicht ein Hündchen, das Sie hatten.«

Wie lautet noch gleich das Wort, um zu beschreiben, wie sie mich ansieht? Ach ja: herablassend.

»Tja«, meine ich zu ihr, »ich würde sagen, das war entweder bei diesem Schulausflug außerhalb von Melbourne in diese Ortschaft namens Daylesford. Da hat es geschneit, und ich hab zum ersten Mal Schnee fallen gesehen und einen Schneemann gebaut … Oder es war damals, als ich …«

... mir die kleine Robin vor dem Videoladen geschnappt habe, als sie unter dem alten Feigenbaum hindurchging, hinein in den großen Schatten, den die Äste über den Fußweg werfen – kein verfluchtes Wort, kein Mucks. ZACK. Im einen Moment da, im nächsten weg. ZACK. So einfach, so erstaunlich einfach, und so schnell, Mann, verblüffend zu wissen, DASS ICH ES KONNTE, juhu!

»Nein, es war schon der Schnee. Kalt, aber wunderschön, verstehen Sie, was ich meine? Ich liebe die Natur. Deshalb bin ich auch hier rauf an die Sunshine Coast gezogen. Kein Schnee hier oben, gell! Gell?«

—

»Sie, äh, will mich wiedersehen, übernächste Woche.«

Sie starrt auf den Computerbildschirm.

Helen. Zwanzig, vielleicht zweiundzwanzig. Verlobungsring an der Hand. Dünne Goldkette um den Hals. Zierliche Finger. Tadellose Figur. Größe 36, Körbchen vielleicht D. Hübsche Lippen. Sehr gute Knochenstruktur. Achtet auf ihren Körper. Insgesamt eine Größe zwölf, vielleicht auch zehn.

Sinnlich. Kann nur ums Verrecken kein Augen-Make-up auftragen. Bin mir nicht ganz sicher bei dieser Haarfarbe. Ich meine, mir gefällt die Fülle und wie sie die Haare hinten zusammenbindet.

»Wie wäre es am Donnerstag um zehn?«

Hasst ihr es nicht auch, wenn Tussis mit euch reden, während sie auf einen Computermonitor glotzen?

»Das könnte problematisch sein, Helen. Tut mir leid.«

Und jetzt schaut sie auf und stellt Blickkontakt mit mir her. Und genau dasselbe ging mir beim letzten Mal durch den

Kopf, als ich hier gewesen bin: blassblaue Augen. Wässrig. Fast weißlich mit einem hellblauen Schleier.

»Hassen Sie Typen wie mich nicht? Tut mir leid.«

»Nein, schon gut, Winston.«

»Jederzeit außer um zehn.«

Der Blick schwenkt zurück auf den Bildschirm. Irgendwie *gefällt* mir das Dekolleté. Allerdings finde ich, sie sollte den obersten Knopf nicht offen lassen.

»Um zwölf?« Blick auf dem Monitor.

»Alles klaro.«

»Ich liebe es, wie Sie das sagen, Winston.« Sie lacht, glotzt immer noch auf den Monitor.

Das Dekolleté *ist* gut, ja, es gefällt mir. Ich habe schon vor langer Zeit gelernt, dass Verborgenes für Erregung sorgt. Mysterium und Wunder. Deshalb lässt mich das Dekolleté sagen: *Ich bin ein sehr neugieriger Mensch, Helen, sehr neugierig. Ich schwebe gerade. Ich liebe es, wenn ich schwebe. Ich will ihre Brüste sehen.*

Das ist irgendwie komisch, oder? Denn wisst ihr, *Frauenbrüste* habe ich nicht mehr begehrt oder angesehen oder gefühlt, seit …

Seit ich in jener Nacht im Park diese besoffene, zugedröhnte Tussi gefunden hab, die so weggetreten war, dass sie wie tot da gelegen hat, als ich sie gefickt hab, sogar, als ich in ihr abgespritzt und ihr ins Ohr gebrüllt hab: »Ich hab dich grade gefickt; ich bin in dir gekommen!« Aber nicht allzu laut, weil wir ja im Park gewesen sind, obwohl keine anderen Leute in der Nähe waren, die mich hören konnten. Dann hab ich ihren Busen begrapscht, ihn fest gedrückt und – wie vorher, nicht allzu laut – gebrüllt, den Mund direkt an ihrem Ohr: »Ich hab meinen Schwanz immer noch in dir.« Und sie hat trotzdem weitergeschlafen, also hab ich, wenn auch immer noch leise, gebrüllt: »Jetzt schlitz ich dir die Kehle von einem Ohr zum anderen Ohr auf.« Und immer noch hat sie geschlafen. Und dann kam mir der Gedanke, dass es echt cool wäre, genau das zu tun – ihr mit einer Hand die Kehle aufschlitzen, während ich meinen Schwanz noch in ihr und die andere Hand auf ihrer Titte hatte. Denn wisst ihr, ich schätze, dann würde sie aufwachen, und zwar so richtig WOW. Stellt's euch nur mal vor: Das totale Gefühl, gefickt zu werden, die Titte gedrückt zu bekommen, und gleichzeitig strömt Blut über den Hals hinunter, während man festgenagelt daliegt und in die Augen des Eroberers hinaufstarrt. So cool. Hinabblicken in ihre Augen, während das Blut aus ihr und über sie strömt. Meine Hand würde ganz klebrig werden, wenn ich fester zudrücke, und gleichzeitig – alles gleichzeitig – würde sie sterben: Ich würde sehen, wie ihre Augen ganz glasig werden, und sie würde … aufschauen … in meine Augen, als es aus meiner Schwanzspitze herausschießt, tief in sie hinein, und sie würde in meinen Armen sterben.

Aber nichts davon ist geschehen. Ich habe zwar die schlafende Tussi im Park entdeckt, und ich habe sie ausgezogen, ihre Titten geknetet und sie dann gefickt, aber ich habe sie nicht umgebracht, weil ich wusste, dass ich geschnappt werden würde. Fürchtet euch nicht, Brüder und Schwestern, Big Winnie verhält sich und denkt wie ein Kind, aber er ist gerissen-gerissen-gerissen.

Ich bin den Bullen weit voraus. Was ein weiterer Grund dafür ist, dass ich Helens Frauentitten anfassen und spüren will: Die Bullen werden verwirrt sein, nachdem sie verschwunden ist und ich ihr iPhone zurückgelassen habe, das ich auf dem Schreibtisch neben ihr sehe. Weil Helen nämlich rabenschwarze Haare hat und alt ist.

7

»Schluck-Izzie, die Fickmaschine«

Ich parkte unter der Weide. Die Straße präsentierte sich verwaist, genau wie am Vortag. Jenny Browns Haus sah genauso aus wie am Vortag, und genauso würde es auch am nächsten Tag und weitere Tage in eine ungewisse Zukunft hinein aussehen. Es gab weder Tor noch Zaun, nur einen rissigen Betonweg durch wucherndes Gras, wo die ungeöffneten Briefe und weggeworfenen Zeitungen wahrscheinlich von der Erde aufgesogen werden würden, bevor sich jemand die Mühe machte, sie aufzuheben. Ich erklomm die Holzstufen, die zu einer Veranda führten.

Die Eingangstür stand offen. Fast jeder in der Gegend lässt seine Eingangstür offen und sein Haus unversperrt. Die Menschen hier oben sind vertrauensselig. *Zu* vertrauensselig.

Bei mir ist immer abgesperrt.

Ich klopfte.

Dann zählte ich bis zwanzig und klopfte erneut. Ich spähte durch die Insektenschutztür, konnte jedoch nichts erkennen.

»Hallo!«, rief ich. »Mein Name ist Darian Richards.«

Ich wartete. Vielleicht hatte ich sie verpasst; vielleicht war Sheryl ausgegangen. Sie mochte Spielautomaten. Sie mochte Bingo. Sie mochte die örtliche Kneipe. Die Liste ihrer Lover aus der jüngeren Vergangenheit erstreckte sich über zwei Seiten.

»Ich möchte mit Ihnen über Jenny reden. Ich bin kein Bulle. Ich bin kein Reporter. Ich bin kein Medium.« Wenn man zum Angehörigen eines Opfers wird, fängt man an, Menschen danach zu beurteilen, was sie nicht sind.

»Sind Sie hier, um mir 'ne Spende zu bringen?«, ertönte von drinnen die Stimme einer Frau.

»Tut mir leid, nein.«

»Dann verpissen Sie sich.«

»Mach ich. Aber bevor ich mich verpisse, will ich Ihnen noch sagen, wer ich bin. Warum ich hier bin.«

Ich wartete, ob ich erneut aufgefordert werden würde, mich zu verpissen.

Schließlich brach ich das Schweigen: »Ich war früher Mordermittler. In Melbourne.«

Wieder war ich es, der das darauf folgende Schweigen brach: »Ich bin wegen Jenny hier.«

Ich hörte das Schaben eines Stuhls über Linoleum und Schritte, dann tauchte Sheryl an der Insektenschutztür auf.

»Ich bin pleite.«

»Ich verlange nichts. Ich bin kein Privatdetektiv.«

Die Tür öffnete sich. Ich setzte dazu an, einzutreten …

»Schuhe!«, mahnte sie mich, als sie von mir wegging.

Die Leute hier oben lächeln einen nicht nur ständig an, winken einem zu und wissen, was man getan hat und was man künftig tun wird, sie haben auch noch andere eigenartige Gewohnheiten. Sie sagen »Cheerio« statt »Tschüss« und »Bis denn«, wenn eigentlich jeder Normalsterbliche »Auf Wiedersehen« sagen würde. Und sie haben eigene Gepflogenheiten, was das Tragen von Schuhen in einem Haus angeht. Sie tun es schlichtweg nicht. Sie lassen ihre Schuhe an der Vordertür oder an der Hintertür, egal wo, nur gehen sie auf keinen Fall mit Schuhen hinein. Ich hasse es, in Socken herumzulaufen; das fühlt sich entmachtend an. Anders kann ich es nicht erklären. Allerdings habe ich gelernt, diese traditionelle Forderung nicht zu ignorieren, und so bückte ich mich an der Eingangstür, zog die Schuhe aus und tappte anschließend in meinen Socken ins Haus.

Sheryl wartete auf mich. Sie saß an einem blassgrünen Tisch aus Resopal in der Küche an der Rückseite des Hauses, an die ein bedrückender, verworrener Garten mit Würgefeigen- und Mangobäumen anschloss.

Sie sah mich an, als versuche sie, mir meine wahren Absichten an den Augen abzulesen. Ihre Züge wirkten traurig und deuteten auf einen verwelkten Geist hin. Ihre ungewaschenen Haare hingen strähnig herab. Obwohl sie vom Leben am Strand ledrig-gebräunte Haut besaß, wirkte sie blass. Sie trug ein Herrenhemd, das irgendwann mal weiß gewesen sein mochte. Es war ihr zu groß. Einige Knöpfe waren offen oder fehlten.

Als sie sich über den Tisch beugte, um sich das Päckchen Camels und die Flasche billigen Wodkas zu nehmen, erhaschte ich einen flüchtigen Blick auf ihre Brust. Früher einmal musste sie ziemlich hübsch gewesen sein.

»Die Bullen sind Flachwichser«, sagte sie.

Ich erwiderte nichts. Ich wusste, wie es ablaufen würde. Zuerst würde ich sie ihren Frust abladen lassen. Das würde sie dazu bringen, den Argwohn mir gegenüber zu verlieren. Und es würde sie dazu bringen, dem zuzustimmen, was ich wollte.

»Haben nie zugehört, als wir ihnen sagten, dass sie weg ist. Flachwichser. Dann ist dieses verfickte Flittchen von weiter unten an der Straße – Nummer 3 –, sie ist verschwunden, und die Cops sind wieder da, wuseln überall rum, fragen dies, fragen das. Verfickt noch mal zu spät, hab ich zu ihnen gesagt. Zu spät.« Kurz verstummte sie.

Ich fertigte eine gedankliche Notiz an: »Dieses verfickte Flittchen von weiter unten an der Straße – Nummer 3 –, sie ist verschwunden« … Was um alles in der Welt sollte das bedeuten?

»Und was macht ausgerechnet *Sie* anders?« Bevor ich antworten konnte: »Und wie oft muss ich eigentlich noch erzählen, was passiert ist? Jenny ist durch die Tür rausgegangen. Durch die da. Schauen Sie!« Sheryl deutete auf die Vordertür. »Sie hat nichts gesagt. Ich hab gehört, wie sich die Tür geschlossen hat. Das war das ›Lebewohl‹: das Geräusch der sich schließenden Tür.«

Sie atmete tief ein, während sie mit Tränen kämpfte.

»Spucken Sie einfach aus, was Sie wissen wollen.«

»Alles. Über Jenny. Über Sie. Über dieses Haus, diese Straße. Wer kommt und geht. Telefongespräche, Besucher. Jennys Freunde. Ihre Freunde; Ihr Freund …«

»Verpissen Sie sich.«

»Was haben Ihnen die Cops gesagt?«

»Dass ich die Hoffnung nicht aufgeben soll. Dass sie höchstwahrscheinlich noch lebt. Wie dieses Mädchen in Österreich. Viele Mädchen werden entführt und können flüchten.«

»Die lügen«, erklärte ich unverblümt.

Verdutzt sah sie mich an. Sie öffnete den Mund, um etwas zu sagen, doch es gelang ihr nicht. Die Tränen in ihren Augen quollen über.

»Sie lebt nicht mehr. Er hat sich sechs Mädchen geholt. Die sind nicht am Leben.«

Abrupt schob sie den Stuhl vom Tisch zurück und stand

auf. Sie trat an die Küchenspüle und starrte durchs Fenster in den Garten. Ich sah eine aus einem alten Reifen ausgeschnittene Schaukel, die von einem der Würgefeigenbäume hing. Die Wahrheit kann wehtun, trotzdem bleibt es die Wahrheit.

»Warum sind Sie dann hier?«, fragte sie leise.

»Um ihn davon abzuhalten, sich noch jemanden zu holen.«

Ich setzte viel auf dieses Gespräch, also hatte ich wohl nicht viel zu verlieren. Ich erhob mich von meinem Stuhl und stellte mich hinter sie. Ganz nah. Ich sprach mit sanfter Stimme. »Ich werde Ihr kleines Mädchen finden, wo immer er sie versteckt hat. Ich bringe sie zu Ihnen nach Hause.«

Sheryl weinte, als ich fortfuhr: »Sie muss nach Hause. Sie braucht das. *Sie* brauchen das. Es ist kein Abschluss. Es wird den Schmerz nicht auslöschen. Der vergeht nie. Aber Sie werden etwas für ihre Seele getan haben.«

Zwischen Schluchzen und japsenden Atemzügen stieß sie hervor: »Wissen Sie, wie viele Leute schon in diesem Haus waren und zu mir gesagt haben, sie würden sie finden?«

»Nein«, erwiderte ich. »Aber ich weiß, dass Sie gelernt haben, wie man diese Leute wahrnimmt. Deshalb sitzen Sie hier und lauschen ihnen an der Eingangstür. Sie können den Bullshit und die leeren Versprechungen hören, die Lügner, die Journalisten, die Bullen, die so tun, als hätten sie etwas zu sagen. Sie brauchen ihnen nicht mal in die Augen zu sehen. Ich wette, inzwischen hören Sie es am Klang ihrer Schritte und an der Art, wie sie an die Tür klopfen.«

Sie nickte. »Ja.« Immer noch blickte sie in den Garten hinter dem Haus hinaus.

»Ich bin anders.«

Abermals nickte sie.

»Und zwar, weil ich weiß, wie dieser Kerl denkt. Ich weiß, dass er tagelang vor Ihrem Haus gehockt hat. Er hat beobachtet, und er hat gewartet. Er ist Ihrem Mädchen gefolgt. Wahrscheinlich ist er auch Ihnen gefolgt. Nachdem er sich auf Jenny eingeschossen hatte, ist sie zu einer Besessenheit für ihn geworden, Tag und Nacht. Er hat alles mitverfolgt und aufgezeichnet, was Sie, Ihr Freund und Jenny gemacht haben. Er hat sichergestellt, dass es keine Risiken bei seinem Plan gibt. Als er sich sicher gefühlt hat, da hat er zugeschlagen. Sie hätten nichts tun können, um ihn davon abzuhalten.«

—

Sheryl erzählte mir alles, woran sie sich noch über die Tage vor Jennys Verschwinden erinnern konnte. Sie ließ mich in Jennys Zimmer. Dort öffnete sie den Schrank, holte ihre Kleider heraus, breitete sie auf dem Bett aus. Ich erkundigte mich, was Jenny gerne getragen hatte, und forderte sie auf, ehrlich zu sein. Sheryl kramte zwei knappe Shorts hervor und meinte, die wären ebenso widerlich wie die Stringtangas, die sie mir ebenfalls zeigte. Ich beteuerte, dass nichts davon bedeutete, Jenny sei sexuell provokativ gewesen. Oder falls doch, spielte es keine Rolle.

Die knappen Shorts könnten ihn angeturnt haben. Die Kleidung, die sie für den Besuch einer Disco in Noosa getragen hatte, könnte ihn angeturnt haben. Oder sie könnte ihn auch lediglich angeturnt haben, indem sie zufällig im falschen Moment an ihm vorbeiging.

Ich erkundigte mich nach ihrem Freundeskreis. Ich erkundigte mich nach ihrem Leben abseits von zu Hause. Facebook, Strand, Schule, örtliches Einkaufszentrum. Ich befragte Sheryl über ihren Arzt und Zahnarzt, über jeden Ort, an dem er Jenny gesichtet haben könnte. Ich erkundigte mich nach ihrem Weg zur Schule, nach ihren Busfahrten.

Sheryl erzählte mir alles, jede Einzelheit aus dem Leben eines Teenagers. Cheeseburger bei McDonald's; Fritten bei KFC; Hühnchen bei Red Rooster. Orte, an denen sie abhing. Jungs.

Der weiße Van, der vor dem Haus geparkt hatte, war Sheryl nicht aufgefallen.

Ich spürte ein Vibrieren in der hinteren Hosentasche. Mein neues Handy. Nur eine Person kannte die Nummer. Rasch überprüfte ich die Nachricht.

gofish

Das war unser alter Code für »Hab eine Spur«. Ich würde ihn anrufen, sobald ich fertig wäre. Irgendetwas fehlte hier. Mir war vollständiger Zugang zu Jennys Welt gewährt worden, sogar zu ihren letzten Postings auf Facebook, trotzdem führte mich nichts auf seine Spur, nicht einmal annähernd. Was erwartete ich eigentlich? E-Mail-Korrespondenz eines unschuldigen Mädchens, dem von einem Psychopathen der Hof gemacht wird? Überreagierte ich? Spielte ich mich als Retter auf, obwohl ich in Wirklichkeit eingerostet, abgehalftert war? Vielleicht lag meine große Zeit hinter mir. Immerhin hatte ich mich in dieses Unterfangen gestürzt, ohne auch nur daran zu denken, online zu gehen, mir ein Handy zu besorgen. Alles, woran ich gedacht hatte, war die Waffe.

Und dann erinnerte ich mich: »Dieses verfickte Flittchen von weiter unten an der Straße – Nummer 3 –, sie ist verschwunden.«

Sheryl war in Jennys Bett beinah abgetaucht. Mit der rosa Decke eng um sich gewickelt und den Stringtangas und knappen Shorts auf der flauschigen Oberfläche verstreut, kauerte sie inmitten der anderen Kinkerlitzchen und Erinnerungen an das Leben ihrer Tochter.

»Von wem haben Sie vorher geredet? Dieses Flittchen von weiter unten an der Straße, wer ist das?«

»Schluck-Izzie, die Fickmaschine. Warum? Wieso wollen Sie etwas über die wissen?«, fragte sie knapp.

Die was?

»Reden Sie von Izzie Daniels, seinem dritten Opfer?«, hakte ich nach.

»Wie viele Izzies sind Ihnen denn schon untergekommen?«

»Aber was meinen Sie mit ›weiter unten an der Straße‹? Sie hat doch in Mooloolaba gewohnt.« Das lag mindestens eine Autostunde entfernt; vielleicht würde ich gleich von einer weiteren örtlichen Eigenheit erfahren.

Sheryl setzte sich im Bett auf. »Sie hat dort gewohnt, ja, aber sie hat drei Häuser weiter von hier die Zwillinge und jeden anderen mit einem Schwanz gevögelt«, erklärte sie und zeigte mit dem Daumen in Richtung der Häuser an der Hauptstraße. »Carl, der Hässliche, war so was wie ihr Freund – die meisten Kerle stört's, wenn ihr Mädchen eine Schlampe ist, aber ihn nicht – und sie hat ihre gesamte Zeit hier oben verbracht. Es war abstoßend.« Sheryl richtete sich im Bett höher auf. »Ich bin beileibe keine Heilige, aber sogar ich hab die Bullen angerufen, um mich darüber zu beschweren.«

»Worüber?«, wollte ich wissen.

»Izzie! Die meisten Menschen ziehen die Vorhänge zu, bevor sie Sex haben. Izzie? Das genaue Gegenteil; das Mädchen war in der Ausbildung zum Pornostar. Jeder hat davon gewusst; ein paar der Kids aus der Straße haben sogar einen Platz eingerichtet, um sie zu beobachten, draußen im Gebüsch auf der anderen Straßenseite.«

»Izzie war dreizehn«, sagte ich, ohne nachzudenken.

»Muss wohl eine Spezialität von Queensland sein, gell?«, gab sie sarkastisch zurück.

Was mich flüchtig an eine weitere Eigenheit der Gegend erinnerte, nämlich das Beenden eines Satzes mit »gell« mit ansteigender Betonung, als würde eine Frage gestellt. »Hat Jenny Izzie gekannt?«, fragte ich.

»Jeder hat Izzie gekannt. Jenny hat sie gehasst. Alle Mädchen haben sie gehasst. Genau wie die Eltern und die Schule, vor allem, nachdem sie dabei erwischt worden ist, die DVD zu verkaufen.«

Die was?

—

Ich kämpfte mich durch die Palmwedel und das dürre Gebüsch, bis ich mich wieder in der Stille des provisorischen Lagers mit Blick auf Jennys Haus auf der anderen Straßenseite befand – nur starrte ich diesmal auf das Haus drei Grundstücke weiter. Ich konnte geradewegs ins Wohnzimmer der Zwillinge sehen, wo sich die Vorhänge immer geteilt, wo die Lichter im Raum hell gestrahlt hatten, bevor Schluck-Izzie das versteckte Publikum zu überwältigen begann, Dutzende draußen in der Nacht verborgene Augen, die beobachteten, wie sie »gefickt und geblasen hat wie eine Hollywood-Schlampe«, wie es mir Sheryl so lebhaft beschrieben hatte.

Das war es. Das war der Beginn; nicht Jenny. Izzies Ruf hatte sich wie ein Virus in den Schatten der Gegend verbreitet, die Straße entlang, in der Schule – wo sie eine DVD mit Blowjobs verkauft hatte, eine Zusammenstellung, die Izzie ihren Spitznamen einbrachte –, in den Wartezimmern örtlicher Ärzte, die Gehsteige entlang und die Gänge des nahe gelegenen Supermarkts hinauf und hinunter. Wenn er bis dahin noch nichts von ihr gehört hatte, dann hatte er wahrscheinlich von ihr erfahren, während er das Einkaufszentrum durchstreifte und den Unterhaltungen der Mädchen lauschte, die Bekleidungsgeschäfte betraten und verließen.

Izzie war die Nummer eins gewesen. Er musste sie aufgespürt und von der Stelle aus beobachtet haben, an der ich gerade stand. Allerdings dürfte ihn ihre übertrieben offenherzige Zurschaustellung von Sexualität zugleich erregt und eingeschüchtert haben; er mochte seine Mädchen dezent. An der Stelle kam wohl Jenny ins Spiel, die bloß die Straße entlangging, sein Blickfeld kreuzte, seine Aufmerksamkeit erregte: selbes Alter, hübsch, blond. Unschuldig, gefügig aussehend. So einfach musste es gewesen sein – so einfach und so tragisch.

Ich spürte eine Vibration in der Gesäßtasche.

»Wer ist da?«, fragte ich.

»Soll das Humor sein? Lass es. Nur dein Orientierungssinn ist noch schlimmer. Du musst nach Hause und dich vor deinen neuen Computer setzen. Ich habe Neuigkeiten.«

8

Fat Adam auf dem Steg

Die Cops erwarteten mich.

Ein weißer Streifenwagen stand ganz dezent unmittelbar vor dem Grundstück von Sil, der Zwiebel. Langsam rollte ich daran vorbei, als ich in meine Einfahrt bog. Ein weiterer Streifenwagen parkte direkt gegenüber auf der anderen Straßenseite. In der Einfahrt versperrten mir zwei weitere Bullenschaukeln den Weg in meine Garage. Ich zählte sieben Uniformierte, die kräftigsten Kerle auf dem Hügel. Keine weiblichen Cops. Nur die SS.

Vorsichtig parkte ich beide Streifenwagen zu.

»Jungs«, sagte ich zur Begrüßung, als wären wir alle gerade für eine Weihnachtsfeier am Strand eingetroffen.

Sie erwiderten nichts. Mit versteinerten Mienen standen sie stocksteif da, die muskelbepackten Arme vor der Brust verschränkt. Sieben Statuen mit Augen, deren Blicke mir folgten, als ich aus dem Toyota stieg und mir den Weg zum Fluss bahnte, wo, wie ich wusste, Fat Adam auf mich warten würde.

Vor Jahren war Adam Cross Senior Sergeant in Broadmeadows gewesen, einem riesigen und weitläufigen Vorort am Rand von Melbourne. Jemand hat mir mal erzählt, dass Melbourne die größte Landmasse einer Stadt pro Einwohner weltweit aufweist. Wenn man in Broadmeadows ist, denkt man sich: vielleicht.

Adam stieg nie über den Rang eines Senior Sergeant auf. Er war faul und wabbelig vor Speck, zufrieden damit, hinter einem Schreibtisch zu hocken, während andere die Action auf den Straßen erlebten. Als in unserem internen Newsletter die Stelle des leitenden Beamten für das Revier Noosa Hill ausgeschrieben wurde, gab es dafür innerhalb einer Stunde zweiundachtzig registrierte Bewerbungen. Die Neuigkeit, dass der Schreibtisch an Fat Adam ging, bedeutete entweder, dass seine neuen Bosse unsagbar dämlich waren oder dass er das beste Angebot unterbreitet hatte. Immerhin besitzt Queensland die schillerndste Geschichte der Polizeikorruption und stellt meiner Ansicht nach New South Wales und Victoria mühelos in den Schatten.

Ich hatte Adam gekannt, als er Senior Sergeant gewesen war, wenngleich nicht gut. Er wusste über mich mehr als ich über ihn. Jeder kennt den Leiter des Morddezernats. Man gleicht einem Revolverhelden, der den Saloon betritt: Die Leute starren auf alles, was man tut. Man starrt nicht zurück.

Wie erwartet saß er am Ende meines Stegs, wo ich eine robuste balinesische Bank mit drei Sitzplätzen aufgestellt hatte, gefertigt aus indonesischem Hartholz. Ich setzte mich nicht neben ihn. Stattdessen lächelte ich die Pelikane an, die im Wasser trieben, als wolle ich sie beruhigen und ihnen beteuern, dass er nur vorübergehend hier sein würde.

»Für wen arbeitest du?«, fragte er.

»Für niemanden. Ich komme dir nicht in die Quere. Du kannst die Lorbeeren einheimsen. Die Pressekonferenz gehört dir allein.«

Ich fand, damit wäre alles zusammengefasst, also ergänzte ich: »War nett, dich zu sehen, Adam.« Damit wandte ich mich dem Haus zu. »Du siehst aus, als hättest du ein wenig abgenommen«, fügte ich vergnügt hinzu. In Wirklichkeit musste er mindestens acht Kilo zugelegt haben.

»Hörst du je Bob Dylan?«, wollte er wissen.

Ich erwiderte nichts, aber ich ging auch nicht weg.

»Vielleicht kennst du ja seine religiöse Phase, als er wiedergeboren wurde.«

Ich blieb stumm, aber er hatte meine Aufmerksamkeit. Für gewöhnlich bin ich nach der ersten oder zweiten Äußerung einer Unterhaltung bereits an deren Ende angelangt – es ist gut, zu wissen, worauf man zusteuert, damit man entsprechend lenken kann –, aber ich hatte keine Ahnung, wohin genau *diese* Randbemerkung uns führen würde.

»Einer meiner Lieblingssongs ist ›You've Gotta Serve Somebody‹. Kennst du ihn?«

Immer noch sagte ich nichts, allerdings beschlich mich allmählich eine Ahnung, wohin das führen würde.

»Er singt über Präsidenten, gewöhnliche Frauen und Männer, jeden eigentlich. Er sagt darin, dass man, ganz gleich, wer man ist oder was man tut, irgendjemandem dienen muss.« Zum ersten Mal drehte er sich um und sah mich an.

»Wie viele Opfer hat er sich inzwischen geholt, dein bahnfahrender Killer?«

Ich antwortete nicht. Fat Adam erwies sich als verschlagener, als ich gedacht hatte. Am liebsten hätte ich ihn vom Steg in den Fluss gestoßen. Auch die sieben SS hätten das gern gewollt: sehen, wie ihr fetter Boss versuchte, nicht zu ertrinken, während sie die Scheiße aus mir rausknüppelten.

»Du glaubst, du arbeitest für die Opfer. Das höre ich ständig. Die Bürde der Gerechten. Dabei arbeitest du in Wirklichkeit für *dich*. Den Zugfahrer konntest du nicht schnappen, also musst du dich jetzt hier oben beweisen. Auch diesen

Kerl wirst du nicht fassen. Das wird niemand von uns. Du weißt es, ich weiß es. Sogar die Zivilisten wissen es. Jeder weiß es, abgesehen von ihm selbst. Aber *du* … du musst dich einmischen, musst das Abzeichen deines vergessenen Ruhms zücken und Hoffnung bieten, wo es keine gibt, stellst dich heldenhaft in die Abendsonne, wo dein Schatten so lang ist wie dein verfluchtes Ego groß.«

Damit setzte er sich watschelnd in Bewegung, sein Abklatsch eines Gangs. Fat Adam war obendrein kahl und klein, rötlich-braun und fleischig. Er sah wie etwas aus, das man an hungrige Tiere verfüttern würde. Kein Wunder, dass sich die Pelikane um ihn geschart hatten.

»Den Ablauf kennen wir beide. Mal sehen, wo er endet«, sagte er.

Ich blickte auf die Holzbank hinab. Er hatte eine Zeitung liegen gelassen, die *Herald Sun* aus Melbourne. Seite drei war aufgeschlagen, ein Artikel über den Zugfahrer. Sein letztes Opfer wurde seit mittlerweile über zwei Wochen vermisst.

Der Ablauf sah so aus: Sie konnten mich nicht aufhalten, solange ich gegen keine Gesetze verstieß. Ich musste als Zivilist agieren. Das bedeutete, dass mir die Leute die Tür vor der Nase zuschlagen konnten. Und ich konnte dann nur weggehen oder noch mal klopfen. Die Cops würden mich beobachten, vielleicht nur so zum Spaß auch ein bisschen härter anfassen, andererseits war die hiesige Polizei auf der Hut vor mir – sogar die SS, von denen zwei gerade den Steg entlang auf mich zukamen und sich lauthals darüber beschwerten, dass ich sie zugeparkt hatte.

Mein Telefon summte. »Gib Casey deine Nummer. Ich bin kein Telefonnachrichtendienst. Er hat gesagt, ich soll dir ausrichten, dass die Ware aus Brescia eingetroffen ist.«

9

Die Doppelgänger-Ausstrahlung

Ich ließ sie warten, während ich zurücksetzte, vorwärts schlich, das Lenkrad drehte, wieder zurücksetzte, aus dem Wagen stieg und den knappen Abstand zwischen dem Heck des Toyota und dem Holzzaun von Janice Soundso maß, dabei die Jungs anlächelte, als wollte ich sagen: »Ist das Leben nicht spitze?« Dann trat ich sachte aufs Gaspedal und rollte vorwärts, bremste, drehte abermals das Lenkrad und stieß langsam zurück. Zwei von ihnen standen da und beobachteten mich, während die anderen zwei jeweils mürrisch hinter dem Lenkrad jedes Streifenwagens saßen.

Ich hätte ja nur zu gern noch mehr Zeit der Jungs vergeudet, aber ich hatte Arbeit zu erledigen. Isosceles hatte Neuigkeiten, und ich hatte ihn noch nicht zurückgerufen. Casey hatte die Ware aus Brescia: meine Pistole.

Nachdem ich das Auto an eine wählerische Position manövriert hatte, zwischen einen nach Zitronen duftenden Eukalyptus, einen kleinen Garten mit italienischer Petersilie und einen wilden Bougainvillea-Baum, dessen schwere Äste dicht über das Dach des Toyota herabhingen, zwängte ich mich hinaus und ging auf die Hintertür zu. Die Jungs hatten sich nicht gerührt.

Zeit für eine Botschaft, erkannte ich. Unvermittelt hielt ich inne und wartete.

Wie auf ein Stichwort sagte Nummer drei: »Sie halten sich für richtig superschlau, was?« Er besaß diesen blonden, verträumten Strand-Look. Der König der Kids im Surfklub an Samstagabenden. Wäre ich ein erstklassiger Surfer gewesen, hätte er mich vielleicht nach meiner Meinung zum Wellenreiten befragt. Erstklassigen Cops wird selten Respekt entgegengebracht; sie bekommen eine Portion Neid, eingewickelt in höhnische Verachtung.

Ich erwiderte nichts.

»Tja, sind Sie nicht«, fügte er hinzu und lebte damit die Fantasie jedes Sechsjährigen davon aus, wie es sein müsste, ein tougher Bulle zu sein.

Der Gehirnamputierte rührte sich ebenso wenig wie das Genie neben ihm. Ich zählte bis zehn. Immer noch rührte sich keiner von uns.

Die Anrufe würden warten müssen.

Mittlerweile würden Fat Adam und die anderen Cops wieder im Revier sein; diese Jungs hier würden mit mindestens zwanzig Minuten Verzögerung eintreffen. Alle im Revier würden auf sie warten und wissen wollen, was sie mit mir gemacht, wie sie mich eingeschüchtert hatten. Ob sie mich vielleicht in den Fluss geworfen, mir eine kleine Abreibung verpasst hatten. Wie sie den Besserwisser aus der Großstadt im Süden in seine Schranken gewiesen hatten.

So weit hatten die Genies noch nicht vorausgedacht. Aber das würden sie noch, nachdem sie von hier aufgebrochen wären. Ihnen würde der Gedanke kommen, dass sie ein Begrüßungskomitee erwarten würde, zu dem auch der Boss gehörte.

Ich musste ihnen etwas klarmachen.

»Sagt euren Freunden, sie sollen aus den Autos steigen«,

forderte ich sie mit einer tödlichen Ruhe auf, die ich eine ganze Weile nicht mehr zum Einsatz gebracht hatte. Verunsichert sahen sie sich gegenseitig an.

»Oder wenn das ein Problem für euch ist, übernehme ich es«, fügte ich hinzu.

Beide drehten sich um und gingen zu den Streifenwagen. Einer öffnete die Beifahrertür und beugte sich hinein, um mit dem wartenden Fahrer zu reden, der andere trat an die Fahrerseite, klopfte ans Fenster und bedeutete dem Fahrer, die Scheibe runterzulassen.

Die beiden anderen stiegen aus. Es waren große, kräftige Kerle, alle vier. Sie standen nebeneinander und warteten. Wenigstens waren sie nicht so dämlich, die Hände zu Fäusten zu ballen.

»Kommt her«, verlangte ich.

Cops mögen es nicht, wenn man ihnen sagt, wo sie hingehen sollen. Sie rührten sich nicht.

»Kein Problem. Dann komme ich eben zu euch«, sagte ich und bewegte mich auf sie zu. Cops mögen es auch nicht, wenn sich ihnen Leute nähern. Ich kam ihnen nahe, aber nicht unklug nahe.

Ich sah jedem von ihnen in die Augen. Sie hielten meinem Blick stand. Ich konnte ihre flache Atmung hören und sah, wie sie die Körper anspannten, mit keiner Wimper zuckten.

»Ich erzähle euch jetzt eine Geschichte. Keine Sorge, sie ist kurz. Ich war neunzehn, als ich die Uniform angezogen hab. Ein alter Bursche, ein Senior Sergeant, der seit den 1930ern im Revier Collingwood gewesen war und Narben hatte, die es bewiesen, hat mir gesagt, dass man die Uniform nie loswird. Deshalb tragen sie auch alle beim Begräbnis. Sie folgt einem sogar ins Grab.«

Damit hatte ich mir ihre Aufmerksamkeit gesichert. Ich redete über etwas, das jeder von ihnen tief in seinem Innersten wusste, worüber jedoch in der Öffentlichkeit nie gesprochen wurde.

»Auf mich ist sechzehnmal geschossen worden; dreimal wurde ich getroffen. Ich habe meine Schusswaffe bei vierundsechzig Gelegenheiten abgefeuert. Bin dafür nie gerügt worden. Ich habe achtzehn böse Jungs getötet und mich richtig gut dabei gefühlt. Mehrere dieser Männer haben mir in die Augen geblickt, bevor ich den Abzug gedrückt habe. Ich war froh, dass diese Jungs vor mir abgekratzt sind. Drei davon waren Cops.«

Kurz verstummte ich. Mittlerweile tiefes Atmen, die Körper ein wenig schlaffer, die Muskeln nicht mehr zum Zerreißen angespannt. Sie hörten mir zu.

»Wenn ihr ins Revier zurückkommt, dann sagt, was ihr wollt. Aber tut nicht so, als wäre ich etwas, das ich nicht bin. Prahlt vor dem Boss, soviel ihr wollt, aber sagt euren Kollegen, wie die Dinge wirklich stehen. Einfach ausgedrückt, Jungs, sagt ihnen, sie sollen sich nicht zu dem Irrglauben verleiten lassen, ich wäre ein Kandidat dafür, ein wenig durch die Mangel gedreht zu werden. Das wäre ein großer Fehler.« Und damit wandte ich mich ab und ging in mein Haus.

Ich hörte, wie die Autos wenige Minuten später aufbrachen.

—

Ich besitze keinen Schreibtisch, deshalb stand mein neuer Computer an einem Ende meines Esstischs, bei dem es sich eigentlich um keinen Esstisch handelte, sondern um einen massiven Holzblock, den Casey in einem verlassenen Lagerhaus an den alten Docks von Brisbane entdeckt hatte. Neben dem Computer lag eine handgeschriebene Liste mit Anweisungen: Wie man ihn einschaltete, auf welches Symbol man klicken musste, um eine Verbindung herzustellen – und eine sehr lange Aufstellung von Dingen, die man nicht tun durfte.

Ich rief Skype auf.

»Wie war's mit der Polizei?«, erkundigte sich Isosceles.

»Woher weißt du davon?«

»Hat Casey mir erzählt. Er hat mich dreimal angerufen. Er hat eine 92 aufgetrieben. Ist frühzeitig angekommen.«

»Tatsächlich?« Ich war beeindruckt; die 92 ist schwer zu finden.

»Du bist sonnengebräunt.«

»Das kommt daher, dass ich in der Sonne lebe.«

»Widerlich.«

»Du hast dich überhaupt nicht verändert.«

»Ich bin unsterblich. Ich trage mich mit dem Gedanken, nach Burkina Faso zu reisen, wenn das alles vorbei ist; hast du Lust, mich zu begleiten?«

»Nein.«

»Wie du willst. Fahre ich eben alleine. Erinnerst du dich an unser letztes Gespräch über das Thema der Signale, die von Mobiltelefonen ausgestrahlt werden?«

»Vage. Nicht wirklich. Das war vor über zwei Jahren, ich hatte gerade einen Verbrecher hinten in einen Polizeiwagen verfrachtet, und ich hab aus einer Messerwunde geblutet. Ich erinnere mich allerdings daran, dass du unaufhörlich geredet hast.«

»Das tue ich immer. Annahme: Nach dem Neutralisieren der Zielperson deaktiviert er ihr Telefon.«

»Richtig.«

»Richtig«, wiederholte er, als hake er einen Punkt auf einer Einkaufsliste ab. »Ein Vorgang, der etwa zehn Sekunden dauert?«

»Sagen wir zwanzig; einige der Mädchen hatten Umhängetaschen, andere hatten Schulrucksäcke.«

»In diesem Fall haben wir nunmehr einen präzisen Standort für das Verschwinden jedes der sechs Opfer. Dir werden zwei Anomalien auffallen. Erstens: Opfer Nummer fünf wurde nicht bei KFC entführt, wo das Mädchen zuletzt gesehen wurde. Ihr letztes Signal trat vier Minuten später auf; es ist auf der Karte, die ich dir geschickt habe. Zweitens: Opfer Nummer drei …«

»Izzie«, ergänzte ich, da sie sich mir so unauslöschlich ins Gedächtnis eingebrannt hatte.

»… ist dreiundzwanzig Kilometer von dort entfernt verschwunden, wo sie laut Polizei entführt wurde. Auch die zeitliche Diskrepanz ist merkwürdig. Meinen Daten zufolge wurde sie achtundsechzig Minuten nach dem Zeitpunkt geschnappt, den die Polizei als ›zuletzt gesehen‹ protokolliert hat.«

»Dreiundzwanzig Kilometer und achtundsechzig Minuten? Wie konnten die dabei so weit danebenliegen?«

»Nicht nach den Gründen gilt es zu fragen, Kamerad, es gilt zu handeln und zu sterben in diesen Tagen.« Isosceles schwärmt für Geschichte und insbesondere für den irgendwie obskuren Krimkrieg. Das bildet den Quell zahlreicher Zitate, die er in Unterhaltungen, SMS und in gelegentliche E-Mails einbaut.

»Wenn wir an unser letztes Gespräch über das Thema zurückdenken«, fuhr er fort, »dann habe ich damals gesagt, dass es keine Vorrichtung gibt, die man verwenden kann, um das von einem Mobiltelefon ausgehende Signal aufzuhalten, nicht einmal, wenn man es ausschaltet. Um nicht aufgespürt zu werden, hilft einzig das Entfernen des Akkus. Du wirst dich vielleicht an die recht hitzige Debatte darüber erinnern, ob um Mobiltelefone gewickelte Alufolie dazu geeignet ist, die Entdeckung zu verhindern.«

Geeks: Sie lieben es, sich in Zweifelhaftes hineinzusteigern.

Ich nahm an, er hätte sechs aufflackernde Signale entdeckt, die wie Sterne an einem unzusammenhängenden Himmel nur wenige Sekunden lang blinkten, bevor sie wieder im Schwarz verschwanden; sechs Botschaften von den Telefonen der sechs entführten Mädchen. Ich lag falsch.

»Sobald er sie deaktiviert hat, bleiben sie deaktiviert.«

»Aber wie nimmt er die Fotos auf? Er muss die Telefone doch einschalten, um die Fotos aufzunehmen, oder?«

»Ergänzen wir sein Profil: Kenntnisse über Telekommunikation, Computerhardware und Fotografie. Er muss die SIM-Karten entfernen und sie in ein selbst gebasteltes Gerät einlegen, das es ihm ermöglicht, ein Foto – zweifellos von einer Festplatte – auszuschneiden und in die kleine Plastikwelt der Karte einzufügen.«

»Kosten? Läden, wo man solche Hardware kaufen kann?«

»Irrelevant. Es geht um die Kenntnisse, die sind deine erste Spur.«

»Die erste? Es gibt noch eine?«

»Sein Aufenthaltsort.«

So sind Geeks nun mal. Sie können nicht einfach sagen: »He, weißt du was? Ich hab gerade herausgefunden, wo der Täter ist.« Sie müssen einen darauf hinführen, als wäre es die Lösung eines mathematischen Rätsels. Ich blieb ruhig und nahm davon Abstand, ihn anzubrüllen, was bloß zu noch mehr Verzögerungen geführt hätte.

»Aha. Der Aufenthaltsort«, sagte ich, als bestellte ich eine Pizza.

»Ausstrahlungen. Fragmente. Erscheinungen. Vage Flimmerbilder. Die örtliche Polizei wird sie nicht aufgeschnappt haben. Sie sind wie Schimären, Geister. Vielleicht können wir sie als Doppelgänger bezeichnen.« Er kicherte. »Hast du gewusst, dass Abraham Lincoln seinen eigenen Doppelgänger gesehen hat? John Donne auch: der Dichter, der Lebemann, der die Hälfte seines Lebens mit ausschweifendem Verkehr und die andere mit reuiger Buße verbrachte.«

»Isosceles!«, entfuhr es mir ungeduldig, da ich wusste, dass er kurz davor stand, »Erstürme mein Herz, dreifaltiger Gott« vollständig aufzusagen.

»Ja. Entschuldigung. Ich schweife ab. Sie sind vorhanden. Nicht alle, nicht alle sechs, aber genug von ihnen. Doppelgänger-Ausstrahlungen, direkt von den Mobiltelefonen der Mädchen. Vier, um genau zu sein. Die anderen zwei müssen sich wohl in den Weiten des sich ausbreitenden Universums verflüchtigt haben. Und sie gehen von den folgenden Koordinaten aus.«

Als er sie nannte, schrieb ich sie mit einer Hand mit und gab sie mit der anderen in Google Earth ein.

»Ich habe in Google Earth nachgesehen«, verkündete er, bevor ich auch nur zur Hälfte gekommen war. »Darian, unser Mörder scheint in einer Luxusanlage auf North Shore zu weilen.«

10

Rückkehr zur Waffe

Ich schloss das Haus ab und stieg in den Toyota, der immer noch eingekeilt zwischen einem Baum, einem Busch und einem Kräutergarten stand. Ich rollte zum Ende meiner Einfahrt und hielt an. Aufmerksam schaute ich nach links, nach rechts und noch einmal nach links. Keine Streifenwagen. Keine Zivilfahrzeuge.

Ich fuhr so vorsichtig, als führte ich einen Beerdigungskonvoi an.

Fälle klärten sich nicht so schnell auf. Außer der Mörder steht mit der Pistole in der Hand über einer Leiche. Fälle *sollten* sich nicht so schnell aufklären. Aber Isosceles irrte sich nie, und außerdem wusste ich, dass er recht hatte. Cops besitzen einen sechsten Sinn – *alle* Cops, sogar die SS. Wir können einen Bösen aus einem halben Kilometer Entfernung erkennen – daran, wie er aussieht, wie er geht, wie er lächelt, wie er steht. Hätte ich Freunde, würden sie mich nicht zu Dinnerpartys einladen. Bis ich lächelnd sagen würde »Danke, nur ein Glas Sodawasser«, hätte ich bereits sämtliche Gäste durchschaut und kategorisiert. Darunter wären der Kokser, der Ehebrecher, der Typ, der seine Frau schlägt.

Ich fuhr durch Tewantin und passierte die Abzweigung nach North Shore – meinem Ziel.

Aber zuerst musste ich mir noch eine Pistole holen.

In Queensland ist die Standardwaffe der Polizei die in Österreich hergestellte halbautomatische Glock Kaliber .22. Die Glock ist eine überaus hässliche Waffe; sie erinnert mich an einen grauen Kühlschrank.

Die Standardwaffe für Mitglieder der Polizei von Victoria ist die Smith & Wesson Kaliber .38, eine amerikanische Handfeuerwaffe, die aus Springfield, Massachusetts stammt. Jeder Bulle in Australien erinnert sich daran, wie er zum ersten Mal Clint Eastwood als Dirty Harry gesehen hat. »Na los doch, *make my day*.« Das war eine Smith & Wesson. Der Lauf sah dreißig Zentimeter lang aus.

Jene spezielle Pistole wurde als Magnum bezeichnet. Es handelt sich um ein Kaliber .44. Alle Polizisten wollen Dirty Harry sein. Das können sie zwar nicht, aber die Abteilung kann ihren Frust darüber lindern, indem sie ihnen ihre eigene Smith & Wesson gibt.

Lange, nachdem ich meine Smith & Wesson erhalten hatte, und lange, bevor ich beschloss, nie wieder eine Pistole zu tragen, verliebte ich mich in die Form, den Griff und das Gefühl der Beretta 92. Die Kaliber .38 behielt ich als meine genehmigte Schusswaffe, aber ich benutzte sie selten. Die 92 bewahrte ich zu Hause auf. Zum Einsatz gelangte sie nur, wenn es sein musste, wenn ich eine Pistole brauchte, die keine Spuren hinterlassen würde. Die Beretta ist meine Studebaker-Version einer Pistole: elegant, kunstvoll gefertigt, Metall mit anmutigen Kurven.

Während Smith & Wesson seit 1852 Schusswaffen herstellt, was zeitlich mit dem amerikanischen Bürgerkrieg zusammenfällt, und während die Glocks seit 1963 kleine graue Kühlschränke sind, was zeitlich mit der Eskalation des Vietnam-Kriegs zusammenfällt, datiert das Unternehmen Beretta ins Jahr 1526 zurück, was mit den Italienkriegen zusammenfällt, die von 1494 bis 1559 dauerten, aber ihren Höhepunkt 1525 mit der »Schlacht bei Pavia« erreichten. Die Beretta wird an einem Ort namens Gardone Val Trompia gefertigt, der nördlich der Stadt Brescia und nicht weit vom Comer See entfernt liegt.

Die 92 wurde 1972 entworfen und produziert. Sie ist selten. Nur fünftausend Exemplare wurden hergestellt. Eines davon liegt nördlich von Melbourne, etwa hundert Meter vom Ufer entfernt, auf dem Grund des Pazifiks.

—

Casey reichte mir einen R. M. Williams-Schuhkarton, der das Gewicht von mehr als einem Paar Cowboystiefeln aufwies. Wir befanden uns auf dem Balkon, der das weitläufige Tal überblickte. In weiter Ferne stiegen dunkle Gewitterwolken am Horizont auf und verhüllten langsam den sanft-metallischen Himmel mit der Androhung eines mächtigen Sturms. Casey trug einen Sarong und ein Paar brandneuer R. M. Williams-Stiefel.

»Es ist eine 92«, erklärte er, als ich den Deckel des Kartons öffnete.

»Ich weiß. Hat Isosceles mir gesagt.«

»Er bucht gerade eine Reise nach Burkina Faso. Ich werd ihn begleiten. Du solltest dich uns anschließen.«

»Danke. Ich halte mich an Queensland.«

Ich nahm die Pistole in die Hand.

»Und diesmal nicht ins verfluchte Meer werfen, klar?«, mahnte er mich. »Was für eine verdammte Verschwendung. Weißt du eigentlich, wie viele davon hergestellt worden sind?«

»Fünftausend«, antwortete ich, während sich meine Finger

langsam um die geschmeidigen Kurven des harten Metalls schlossen.

»Fünftausend. Und deinetwegen sind jetzt nur noch viertausend-neunhundertneunundneunzig übrig. Wenn du der auch etwas antust, sind wir auf viertausend-neunhundertachtundneunzig runter. Und wer weiß, wie viele andere Volltrottel vom Wahnsinn beseelt worden sind und ihre in weit entfernte Flüsse, Bäche, Seen oder Meere geworfen haben. Pass auf das verfluchte Ding auf, in Ordnung?«

Ich hörte nicht wirklich zu. Stattdessen blickte ich auf meine rechte Hand hinab, als mein Zeigefinger die Kontrolle übernahm und sich mit vertrautem Druck auf den Abzug legte. Es fühlte sich genauso an wie damals, als ich ein Kind war und mich auf einem Stuhl zurücklehnte, auf den Hinterbeinen balancierte, in der Luft schwebte und selbst der leichteste Atemzug dazu führen konnte, dass ich nach hinten kippte und fiel oder aus dem Gleichgewicht geriet und zurück nach vorn sackte. All meine Sinne schärften sich, als mein Finger auf dem Abzug der 92 ruhte; ich befand mich in einer Zone, in der nichts anderes zählte. Das Gefühl des Gegendrucks des Abzugs an meinem Finger hatte mich an einen anderen Ort versetzt. Dies war der Moment, in dem Leben oder Tod buchstäblich in meinen Händen lag.

Wie der Junge, der auf den Hinterbeinen eines Stuhls balancierte, wusste ich haargenau, an welchem Punkt das Gleichgewicht kippen würde, wie viel Druck ich brauchte, um die Patrone mit ihrer abrupten, lauten, tödlichen und donnernden Kraft zu entfesseln.

Ich blickte den Lauf der Waffe entlang und sah Männer, die auf den Knien um ihr Leben bettelten. Andere flüchteten vor den Verfolgungsgeräuschen meiner hämmernden Schritte hinter ihnen. Einer versuchte, die Wand seines Schlafzimmers hochzuklettern. Manche – nicht viele – lächelten, als wollten sie mich verhöhnen oder vielleicht herausfordern. Allesamt Männer vor mir, alle in eine Sackgasse getrieben, in einen schwarzen Abgrund, den ihnen die 92 beschert hatte.

Ich weiß nicht, wie lange ich in jener Zone verweilte, aber als ich aufschaute, hatte Casey zu reden aufgehört, und hinter ihm stand an der offenen Tür Maria, fertig angezogen für die Arbeit.

»Sei vorsichtig«, sagte sie zu mir, beugte sich zu ihrem Geliebten und küsste ihn. Dann ging sie.

»Was zum Teufel hast du zu den Bullen bei dir zu Hause gesagt, Mann? Maria war nicht mal bei der Arbeit und hat trotzdem alles darüber gehört. Sie hat sich scheckig gelacht und gesagt, es sei der größte Aufruhr, seit Arch Raynor im Büro des Bürgermeisters eine Granate gezündet hat.«

Die Menschen hier oben tragen ihre Argumente mit unmissverständlichem Nachdruck vor. Arch lebt von mir aus gesehen den Fluss hinunter. Er besitzt eine der Ablaufbahnen, und fallweise versucht der Bezirksrat, sie ihm wegzunehmen. Manchmal hat er die Schnauze voll von der Bürokratie und wird mehr als deutlich, um den Leuten den Kopf zurechtzurücken.

»Sogar Fat Adam hat die Hose voll vor dir. Maria sagt, die glauben, du hättest zweiunddreißig Verbrecher und elf korrupte Bullen alle gemacht. Scheiße, Mann, sogar ich hab Schiss vor dir.«

Ich öffnete die Pistole und lud die Patronen ins Magazin.

»Halt mal, was wird das? Du brauchst sie *jetzt sofort*?«, fragte Casey.

»Ja.«

»Aber …«

»Soll ich sie zurückbringen?«, erkundigte ich mich. »Angesichts der Tatsache, dass wohl nur noch viertausend-neunhundertneunundneunzig existieren.«

Er überlegte kurz.

»Wird es eine Leiche geben?«

»Nein. Völlige Vernichtung.« Wie der Mann, den ich jagte, bestand ich auf vollkommener Auslöschung. Keine Leichen, keine Kugeln, keine Spuren, keine Forensik jeglicher Art.

Er starrte mich so an, wie man einen Menschen anstarrt, den man abschätzt.

»Weißt du, Darian, es geht nicht nur um ihn. Ich meine, klar, er ist ein richtig übler Kerl, aber die anderen, die noch kommen werden – was ist mit denen?«

»Es *geht* nur um ihn«, widersprach ich.

»Das glaube ich nicht.«

»Es geht nur um ihn«, beharrte ich.

»Nein, tut es nicht. Es geht um dich. Du bist zur Waffe zurückgekehrt. Ob's dir gefällt oder nicht, Bruder, du kannst sie behalten.«

11

Serien

Zum ersten Mal hörte ich den Begriff »Serienmörder« bei einem sechswöchigen Abendkurs, der »Neue Denkweisen in der Verbrechensbekämpfung« oder so ähnlich hieß. Er fand in einem alten technischen College gegenüber der weitläufigen, aus dem neunzehnten Jahrhundert stammenden Universität von Melbourne statt. Alle zwanzig Minuten hörten wir, wie eine Straßenbahn gefährlich nah über die breite Prachtstraße draußen knatterte und sich dabei wie tausend Gewehre anhörte.

Einmal die Woche behandelten wir einen »Themenschwerpunkt«. Wir lernten etwas über Psychologie. Uns wurde beigebracht, was »Viktimologie« bedeutet. Ein Typ mit buschigem Schnurrbart erzählte uns, dass Computer unerlässlich werden würden. Er meinte, »Mobiltelefone« würden zu unserem wertvollsten Pluspunkt werden. Eines Abends waren ich und eine genauso ehrgeizige Frau namens Rhonda Blank die Einzigen, die zu einem Vortrag über »Kriminalistik« aufkreuzten. Ich schrieb eifrig mit. Ich war der Einzige, der sich je Notizen anfertigte. Die meiste Zeit wusste ich gar nicht recht, was ich schrieb, aber ich dachte mir, dass mein Gekritzel vielleicht eines Tages einen Sinn ergeben würde.

Am allerersten Abend wollte ich neben Rhonda Blank sitzen. Jeder Tisch war für zwei Personen vorgesehen. Tiefe Augen, dunkles Haar, herbe Schönheit; alles an ihr sagte: *Trau dich doch!* Als ich den staubigen Raum mit der schwachen Beleuchtung, der schäbigen Heizung und den für Zehnjährige gefertigten Tischen betrat, erblickte ich sie und hatte schlagartig das Gefühl, in den Abgrund der Liebe gestoßen worden zu sein. Ein Kerl von der Verkehrspolizei schnappte sich den leeren Sitz neben ihr, nahm jede Woche darauf Platz und ignorierte sie die ganze Zeit.

Verkehrspolizisten. Dümmer als Bohnenstroh.

Ich vermutete, dass Rhonda aus demselben Grund dort war wie ich – weil sie alles verstehen wollte, was über die heile Welt der 1950er und 1960er hinausging, in der die meisten Cops immer noch lebten, alles über einen neuen Ort, einen unsicheren, dunklen, gefährlichen Ort voll unbekannter Bösartigkeit. Vielleicht spürten wir beide, dass wir uns in dessen Netz verfangen und darin um ein Gefühl von Identität kämpfen würden, während die Verbrechen zunehmend unaussprechlicher und scheinbar unmenschlicher werden würden. Vorbereitet sein: So hatte meine Prämisse gelautet.

Ich gab mich Fantasien über Rhonda hin und freute mich auf die warmen Mittwochabende in Zimmer 118 im zweiten Stock der Technikschule, wo ihre Gegenwart die Möglichkeiten von Fleischeslust, von Sinnlichkeit erahnen ließ. Wir sprachen nie miteinander. Nur einmal wechselten wir einen Blick, und das war an dem Abend, als uns ein Polizist von Scotland Yard einen Vortrag über die dunklen Abgründe in der Seele eines Menschen hielt, die jeglichem Mitgefühl und jeglicher Empathie trotzen.

Empathie. Ich schrieb mir das Wort auf, wusste nicht wirklich, was es bedeutete. Oder, um genauer zu sein, was das *Fehlen* von Empathie bedeutete. Ich sollte es noch herausfinden.

An den meisten Abenden saß ich neben einem Bullen namens Daryl Baldock. Daryl verkörperte alles, was ich an Männern hasste. Er war groß, blond, gutaussehend, muskulös und charmant. Er war unheimlich beliebt. An den Wochenenden surfte, wanderte oder kletterte er. Daryl hatte eine Menge Freunde und besaß eine unsichtbare Anziehungskraft, die ihm wunderschöne Frauen nur so zufliegen ließ. Er war nett und freundlich und erkundigte sich immer, was ich für das Wochenende plante. Er hatte eine geradezu unheimliche Gabe dafür, verständnisvoll rüberzukommen, und ich glaube, er war dabei obendrein aufrichtig, was ich noch schlimmer fand. Außerdem war er spektakulär dämlich. In all seinen Dienstjahren stieg er, obwohl er ein ach so toller Hecht war und etliche Surfwettbewerbe gewann, nie über den Rang eines Constables auf.

Der Typ von Scotland Yard sprach mit einem maschinengewehrartigen Akzent, dem keiner von uns folgen konnte, darüber, dass der Mangel an Empathie entscheidend zu etwas beitrug, was man bei ihnen als »Serienmörder« bezeichnete.

Mittlerweile ist das ein gängiger Begriff, aber damals hatte ihn niemand von uns je zuvor gehört. Ich versuchte, ein Gefühl dafür zu bekommen, ließ ihn mir durch den Kopf gehen, tastete ihn ab wie ein nervöser Boxer seinen Gegner, als Daryl plötzlich fragte: »Ist das so was wie ein Mörder, der nur tötet, wenn im Fernsehen eine Serie läuft?«

Die geradezu brillante Dämlichkeit der Frage war, obwohl keiner von uns in der Lage gewesen wäre, eine treffende Antwort zu liefern, verblüffend überwältigend.

»Nein, du bescheuerter Penner!«, gab der Mann von Scotland Yard barsch zurück – damals in den glorreichen Tagen, bevor man für den Gebrauch solcher Ausdrücke zu einer Aggressionsbewältigungstherapie verdonnert wurde. »Besorg dir ein verfluchtes Wörterbuch und mach den Mund bloß nicht noch mal auf.«

Daryl verstummte, wir alle lachten, und der Polizist von Scotland Yard fuhr mit seinem Vortrag fort. Wir alle hatten schon Erfahrungen mit Wiederholungstätern gesammelt, Typen, die es einfach nicht lassen konnten, sich in Schwierigkeiten zu bringen. Die Gefängnisse quollen über von ihnen. Der Knast bildete so etwas wie ihre dritte Heimat. Die zweite war unser Revier, wo sie die Cops kennenlernten, die erste das Loch, sei es eine Bretterbude oder ein Wohnwagen, wo sie ihr elendes, sinnloses Dasein fristeten.

Der Begriff *Serienmörder* jedoch bezeichnete etwas anderes. Er fasste die Beschreibung eines Mörders zusammen, den die Fantasie darüber, was er mit einem gefesselten, nackten Teenagermädchen oder -jungen anstellen wird, so aufblühen lässt wie Wasser eine Blume. Der anschließend dazu übergeht, zu planen, wie er sich das Mädchen oder den Jungen schnappen wird. Und der zuletzt seine Fantasie in grausige Realität umsetzt. In der Gedankenwelt des Serienmörders stellt das Finale des grotesken Schauspiels die Entsorgung des Leichnams dar. Und so wie eine Blume fortwährend Wasser braucht, um weiterleben zu können, muss es der Serienmörder immer wieder tun. Ein weiteres Mädchen oder ein weiterer Junge. Und wieder. Und wieder.

Im Raum wurde es still. Der Beamte von Scotland Yard holte eine Zigarette hervor – eine Kent –, zündete sie an und betrachtete uns, als wäre es ein Spiel, um herauszufinden, ob er uns schon erschreckt hatte. Ich hörte, wie hinter mir ein Stuhl über den Boden schabte und einer meiner Kollegen tollpatschig hinausging. Ich drehte mich nicht um, sah nicht nach, um wen es sich handelte. Niemand tat das.

Schließlich hob ich die Hand.

»Ja?«, sagte der Vortragende ruppig.

»Hören sie jemals auf?«, fragte ich.

»Zu töten?«

»Ja.«

»Die Ehe zwischen Psychologie und traditioneller Polizeiarbeit ist gerade erst geschlossen worden, Jungchen«, erklärte er, »deshalb können wir dir darauf keine Antwort geben, die wissenschaftlich fundiert oder definitiv wäre. Klar, was ich meine?«

Ich nickte.

Eine Weile musterte er uns, dieser schlaksige Glasgower mit dem zähen, schwer zu verstehenden Akzent, dem billigen Haarschnitt und dem zerfurchten Gesicht, ein Kerl, den ich bis zu dem Zeitpunkt für einen Schwachkopf gehalten hatte. Ich sah in seinen Augen, was ich noch in meinen eigenen erkennen sollte, und zwar jeden Morgen bei einem flüchtigen Blick in den Badezimmerspiegel: das erdrückende Gewicht der Vergeblichkeit, das wie ein Grabstein auf den zerbrechlichen Schutzschild der eigenen Seele presst.

»Aber nein«, fuhr er letztlich fort. »Das können sie nicht. So sehr, wie du …« Er zeigte auf mich. »… und du …« Er zeigte auf jemanden hinter mir. »… ihr alle – so sehr, wie ihr alle Wasser, Luft, Essen und ein Dach über dem Kopf braucht, vielleicht auch Sex oder vielleicht Gelächter oder Alkohol, um zu überleben …«

Er atmete tief durch.

»… so sehr müssen sie töten. Die Entführung und Versklavung, die Erniedrigung und Verstümmelung, die Folterung ihrer Opfer, das Flehen um Hilfe, die Qualen, all das ist für den Serienmörder so notwendig wie Atmen, Essen und Schlafen für euch. Serienmörder können nicht aufhören.«

Wieder breitete sich Stille im Raum aus, während die unzusammenhängenden Geräusche der Stadt von draußen gegen die Fenster dröhnten – ferne Stimmen, Gebrüll, vielleicht auch Gelächter.

Was ich an wirklich dummen Menschen liebe, ist ihr unvergleichlicher Mangel an Auffassungsgabe. Völlig ahnungslos brach Daryl das Schweigen und stellte eine weitere Frage.

»Ist das …«, begann er stockend und durchforstete einen Bereich in seinem Gehirn, in dem er vielleicht die richtigen Worte für seine Gedanken finden würde. »Diese Serienmördersache, ist das, na ja, Sie wissen schon …« Wieder suchte er. »Ist das etwas Neues? Ich meine, hat es solche Menschen schon immer gegeben oder sind sie ein neues, ein modernes Phänomen?«

Ich hörte, wie mehrere Anwesende »Ja« murmelten, als bestätige die Frage ihre eigenen Gedanken. Ich drehte mich um, weil ich sehen wollte, zu wem die Stimmen gehörten. Dabei begegnete ich Rhondas Blick. So wie ich kannte sie die Antwort, und eine Verbindung entstand.

»Jungchen«, sagte der Schotte zu Daryl, »ich bin fünfundsechzig Jahre alt und trage eine Polizeiuniform, seit ich siebzehn war. Lass mich dir etwas sagen, und vergiss es besser nie.«

Er ging zu Daryls Tisch, baute sich über ihm auf und blickte ihm in die Augen. »Es gibt ›uns‹, und es gibt ›sie‹«, sagte er zu Daryl, der dem älteren Mann in die Augen starrte, als verstünde er.

Dabei hätte ihm der Beamte von Scotland Yard ebenso gut

erzählen können, dass er Zitronenhühnchen zum Mittagessen gehabt hatte. Der Veteran trat zurück und sah uns alle an, betrachtete uns eingehend, ein alter Reisender durch eine schreckliche Welt. Der Blick, das Klicken, das Begreifen, die Verbindung. Gelassen musterte er jeden seiner jungen Schüler bei dieser kurzen Lehrveranstaltung an jenem klammen Abend in Melbourne. Füße scharrten, die Leute regten sich auf ihren Sitzen. Stille kann unbehaglich sein. Ich vermute, die meisten von uns hatten das Gefühl, der alte Kauz sei exzentrisch und hätte vielleicht vergessen, was er als Nächstes sagen wollte. Dann sah er mich an, und ich hielt dem Blick stand. Er schwenkte den Kopf in Rhondas Richtung. Ich wusste, dass auch sie seinem Blick unverwandt begegnete.

Nach einer bedrückenden Pause lächelte er, trat weiter zurück und lachte schließlich.

»Seht nur, wie spät es geworden ist. Danke fürs Kommen.«

Alle packten rasch zusammen. Wir alle hatten vereinbart, uns anschließend in einer Kneipe auf der anderen Straßenseite zu treffen. Der Wirt schenkte an Polizisten kostenlos Bier aus.

Ich bewegte mich langsam, steckte mir meinen linierten Notizblock in die Tasche, schraubte den Verschluss meines Stifts fest zu. Ich hörte, wie die anderen gingen, das hastige Rascheln desinteressierter Personen, die sich den Korridor und die Treppe zur Straße hinabdrängten.

Zurück blieben Rhonda, ich, zwei junge Polizisten und der Mann von Scotland Yard, jener alte Cop aus einer weit entfernten Stadt, der wusste, dass es in unserer Welt einen unterschwelligen Sog von Verkommenheit gab, in den wir noch so eintauchen sollten, wie er es getan hatte. Ich bin nicht religiös, und es war kein religiöser Augenblick, nur ein gemeinsames Bewusstsein, etwas, das uns verband.

»Wie heißt du?«, fragte er mich.

»Constable Darian Richards.«

Er sah Rhonda an.

»Constable Rhonda Blank.«

»Fergus McDowell. Chief Inspector.« Er streckte uns nicht die Hand zum Schütteln entgegen. »Habt ihr verstanden, was ich damit gemeint hab, dass es ›sie‹ und ›uns‹ gibt?«

»Ja, ich schon«, sagte ich und fuhr fort: »Aber … das ist neu für mich. Ist es wirklich so schwarz und weiß? Ich meine, Chief Inspector, ›die‹ können doch nicht durch und durch schlecht sein, oder? Böse, will ich damit sagen.«

Erst dachte ich, er hätte die Frage nicht gehört. Eine gefühlte Ewigkeit starrte er uns an, ohne ein Wort zu sagen. Vielleicht erinnerte er sich an die Vergangenheit, oder vielleicht wog er uns ab und fragte sich, ob wir es wert wären, dass er uns seine Geschichten erzählte. Mit durchdringendem Blick beugte er sich vor.

»So weit, wie ich gerade von dir und von dir, Mädel, entfernt bin, habe ich einem Mann gegenübergesessen, der ein achtjähriges Mädchen entführt hatte. Ihr Name war Gladys. Er hat sie nackt ausgezogen, am Betonboden seines Kellers festgebunden und zwei Tage lang alle drei Stunden vergewaltigt. Hat sich dabei aufgeputscht, damit er wach bleiben konnte. Er hat das kleine Mädchen mit dem Messer misshandelt, lange Schnitte entlang der Beine und Arme; während sie vor Schmerzen schrie, hat er masturbiert – durch ihr Gebrüll ist er zum Höhepunkt gekommen, hat er mir voll Stolz erzählt. Zu der Kleinen hat er gesagt, dass er sie auf die schmerzhafteste Weise umbringen würde, die man sich nur vorstellen kann. Er hat ihr gesagt, dass er danach ihre kleine Schwester auf dieselbe Weise töten würde. Er hat ihr die Ohren und die Zehen abgeschnitten, und nachdem er seine Vorstellungskraft ausgeschöpft und ihrem Körper alles abverlangt hatte, hat er ihr die Kehle aufgeschlitzt, ihr den Kopf abgetrennt und langsam begonnen, alle Spuren zu verwischen. Er hat mir das in allen Einzelheiten erzählt, als rede er von einem Urlaub oder von einem hervorragenden Essen in einem Gourmetrestaurant. Er hat die Erinnerung daran genossen. Und danach sah ich in seinen Augen, dass er innerlich nur eins bedauerte: dass er keine Gelegenheit bekommen würde, es wieder zu tun. Der Mann war verheiratet und nahm seinen achtjährigen Sohn jeden Samstag zu einem Fluss mit, wo sie Forellen angelten. Nachts saß er auf der Bettkante des Jungen und las ihm Geschichten von Roald Dahl vor. Er hat davon geträumt, dass sein Sohn einmal Jura an der Universität in London studieren würde. Seine Frau schlief jede Nacht an seiner Seite, weckte ihn jeden Morgen auf. Gladys war nicht die Einzige. Nur das Opfer, bei dem wir ihn erwischt haben. Es gab etliche weitere. Alles kleine Mädchen. Alle von den Straßen verschwunden, längst vergessen. Alle von diesem Mann entführt, der jeden Abend nach Hause kam, seinem Sohn vorlas, zu seiner Frau ins Bett stieg. Existiert das Böse, Darian? Ja, tut es. Aber werden du und du …« Das zweite »du« galt Rhonda, »… es je verstehen? Ich verstehe es immer noch nicht. Was ich hingegen sehr wohl verstehe, sind die Auswirkungen, die ›sie‹ auf ›uns‹ haben. Hütet euch davor, ihr zwei. Ihre Finsternis ist heimtückisch. Die Albträume sind das erste Anzeichen. Nicht die normalen Albträume, die man als Polizist hat, die suchen uns alle heim; nein, die Albträume, in denen man nicht mehr man selbst, sondern einer von *ihnen* ist.«

Jäh kehrte er an einen anderen Ort zurück. »Genug davon.

Ich geh mich jetzt volllaufen lassen. Schönen Abend noch euch beiden«, sagte er und marschierte davon.

»Was ist mit dir, Rhonda? Lust auf einen Drink? Ich kann auf jeden Fall einen vertragen«, sagte ich.

Dabei drehte ich mich zu ihr um. Sie war bereits gegangen.

Ich war allein.

12

Vampirjägerin

Ich bog von der Straße nach Tewantin ab und fuhr die Moorindil Street etwa zwei Kilometer entlang, bis die Fahrbahn an einem Zusammenspiel von Bäumen, Gras und Sand endete; das Flussufer. Ich rollte ans hintere Ende einer Schlange von ungefähr zwanzig Allradfahrzeugen, die alle geduldig darauf warteten, dass die Autofähre auf unsere Seite des Flusses zurückkehrte und uns nach North Shore übersetzte.

North Shore ist nur über den Wasserweg erreichbar, weist die Form einer langen, flachen Insel auf und wird auf einer Seite vom Meer, auf der anderen vom Noosa River und drei riesigen, seichten Seen gesäumt. Der Ort ist etwa einhundert Kilometer lang und drei Kilometer breit und keine Insel im eigentlichen Sinn, da er an der nördlichsten Spitze mit dem Festland verbunden ist, unmittelbar unterhalb des südlichen Endes von Fraser Island, aber er könnte genauso gut eine Insel sein. Dort oben, nachdem der Fluss zu einem schmalen Bach geschrumpft ist, der sich gewunden den Weg durch Mangrovenwälder, sumpfiges Grasland und die flachen Öden sandigen Buschlands bahnt, weist North Shore letztlich an einer Ortschaft namens Tin Can Bay eine einzige Verbindung zum Rest der Zivilisation auf.

North Shore ist die Heimat der einzigen Strandschnellstraße der Welt. Dort gelten – gewissermaßen – die Straßenverkehrsregeln: Man hält sich links. Das war's so ziemlich. Da die Schnellstraße hundert bis zweihundert Meter breit ist – und nicht von einer Mauer oder einem Zaun, sondern von der Dünung des Meeres begrenzt wird –, kann man recht weit ausscheren. Man hält sich einfach links der Entgegenkommenden und kann fahren, so irre man will. Keine Ampeln, keine Stoppschilder, keine Kreuzungen, keine Polizei. Das ist toll, wenn man drauf steht, querfeldein über sandige Hügel zu rasen und irgendwann hängen zu bleiben. Ich habe mir sagen lassen, das Hängenbleiben soll sogar das Beste daran sein; jeder hält an und hilft dabei, einen aus dem Sand zu zerren. Je schlimmer man hängen geblieben ist, desto größer die Party. Manchmal packen die Leute Zeltmarkisen aus, zünden den Grill an und lassen Bierdosen krachen.

Knapp unterhalb der Stelle, wo sich der Asphalt buchstäblich im Sand verläuft, wurde vor ein paar Jahren mit dem Bau einer luxuriösen Fünf-Sterne-Ferienwohnanlage begonnen. Die Anlage verfügt über einhundert Wohneinheiten und liegt ein wenig vom Strand zurückversetzt, umgeben von Akazienwäldern und wildem Gras. Es gibt dort Straßenschilder, Straßenlaternen und sogar den einen oder anderen Kreisverkehr. Entlang schmaler Alleen und gepflegter Rasenstreifen hat man sorgsam Palmen gepflanzt. Es ist eine Gemeinde wohlhabender Leute. Sie versenken ihre Autos nicht absichtlich im Sand, sie reißen nicht ihre Bierdosen auf und werfen sie anschließend ins Meer; in diesem Teil von North Shore trinken die Menschen Wein, essen dünn geschnittenen Schinken und Fromage d'Affinois – oder sie würden es, wenn sie könnten. Nachdem sich die Auswirkungen des großen Finanzverbrechens – bei dem sich ein Rudel Gauner in New York einen Plan einfallen ließ, um die Leute um ihr Geld, ihre Jobs, ihre Häuser, ihr Leben zu bringen – hierher ausgebreitet hatten, brach das Konsortium, das die Anlage errichtete, unter der Last der auf Derivaten beruhenden Schulden zusammen, von denen man wahrscheinlich gar nicht wusste, dass man sie hatte. Jedenfalls wurden die Arbeiten einfach eingestellt. Einige der örtlichen Bauunternehmen holten sich Armaturen aus Küchen als verzweifelten Zahlungsersatz, da sie wussten, dass sie nie Geld zu sehen bekommen würden.

Einige Abschnitte der Anlage wurden jedoch trotzdem fertiggestellt, und die entsprechenden Wohnungen standen zum Verkauf. Deshalb erwartete mich eine überzogen lächelnde Frau Ende dreißig vor dem Tor des Noosa North Shore Dreaming Resort. Sie war spindeldürr, hatte platinblonde Haare, rote Lippen und trug einen schwarzen Anzug.

»Hi!«, rief sie mit einem Lächeln, das so breit und gezwungen wirkte, dass es geradezu echt sein musste. »Ich bin Paula, und Sie müssen *Darian* sein. Ich glaube, das ist der fantastischste Name, den ich je gehört habe!«, fügte sie überschwänglich hinzu. Ich bin kein großer Fan von Immobilienmaklern, aber Paula mochte ich, sobald ich einen Blick auf ihr Auto – einen schwarzen Mercedes – geworfen hatte und sah, dass auf dem Rücksitz ein erschreckendes Chaos herrschte, das unter anderem aus Kleidung, alten Zeitungen, Cola-Dosen und Schokoriegelverpackungen bestand.

»Nicht!«, rief sie, als sie bemerkte, dass ich ihren Mülleimer auf Rädern betrachtete. »Schauen Sie nicht da rein; ich bin so unordentlich wie drei bekiffte Studenten zusammen! Sie werden mich bloß hassen und mir kein Wort glauben, geschweige denn eine halbe Million Dollar für das beste Apartment ausgeben, das die Anlage hier zu bieten hat.«

»Kommen Sie, Paula«, erwiderte ich lächelnd, »kommen Sie und zeigen Sie mir den Ort meiner Träume.«

»Worauf Sie sich verlassen können!«, rief sie. »Springen Sie in den Mercedes«, forderte sie mich auf und ging zur Fahrerseite des Autos. »Wir treffen uns mit Eddie. Er hilft mir dabei, Sie herumzuführen.«

»Wer ist Eddie?«

»Er ist der Hausmeister. Er wohnt hier. Netter Kerl. Sie werden ihn lieben«, meinte sie fröhlich, dann verstummte sie kurz und warf einen Seitenblick auf mich. »Worin machen Sie, Darian?«

»Ich habe mich zur Ruhe gesetzt. Früher hatte ich ein Sicherheitsunternehmen.«

»Wissen Sie, kaum waren Sie aus dem Auto gestiegen, da dachte ich mir schon, dass Sie in der Branche sein müssten. Sie erinnern mich an meinen ersten Mann; er war Mordermittler in Perth.«

Als wir die Sea Breeze Avenue hinabfuhren und uns der Anlage näherten – einer Ansammlung schlammbrauner Gebäude in gefälschtem toskanischem Look –, fragte ich Paula, wie viele Apartments belegt waren.

»Darian, das weiß ich gar nicht«, antwortete sie. »Eddie wird's wissen. Irgendjemand ist immer hier. Auch wenn die Anlage nicht komplett fertiggestellt worden ist, zwei der vier Flügel sind rundum bewohnbar. Ich finde es toll hier. Es gibt keinen anderen Ort wie diesen auf North Shore.«

Wir fuhren durch einen Kreisverkehr und hielten vor einem Gebäude namens Ocean Breeze. Es war nicht höher als die höchste Palme und umfasste drei Geschosse. Auf jeder Ebene gab es acht Wohnungen, jede mit einem Balkon. Sah wie ein netter Ort dafür aus, sich zur Ruhe zu setzen, wenn man Golf liebte – nur gibt es auf North Shore keine Golfplätze. Auf North Shore gibt es überhaupt nicht viel außer einem Schnellstraßenstrand, um Partys zu feiern, wenn jemand hängen bleibt. Für mich sah es nicht so aus, als würden Leute, die auf solchen Spaß standen, in Ocean Breeze leben. Eigentlich sah es nicht so aus, als würde überhaupt jemand in Ocean Breeze leben. Der Ort besaß die Atmosphäre eines Friedhofs.

»Er sollte eigentlich hier sein«, murmelte Paula und griff in ihre Handtasche. »Tut mir leid«, entschuldigte sie sich, als sie ihr Handy herausholte und eine Kurzwahlnummer anrief.

Nach wenigen Augenblicken: »Eddie? Paula hier. Wir sind vor dem Haus.« Dann: »Gut.« Und zu mir: »Er ist unterwegs.«

Ich nickte und sah mich um. »Ziemlich ruhig hier. Ich vermute, derzeit sind nicht allzu viele Bewohner hier.«

»Es *ist* ruhig, Darian.« Immobilienmakler widersprechen einem nie, um keinen Preis. Genau wie Autohändler. Sie sind Experten darin, das Positive hervorzuheben. »Aber«, fügte sie hinzu, »während der Schulferien ist es anders.«

»Ah.« Ich nickte wissend. »Schulferien.« Wäre ich ein Kind, würde ich einen Blick auf diesen Schuppen werfen und schneller das Weite suchen als Usain Bolt auf Speed.

»Da ist er ja!«, rief Paula.

Eddie watschelte seitlich um das Gebäude namens Ocean Breeze herum auf uns zu. Ich versuche, meine Eindrücke von Menschen zu differenzieren, vor allem bei einem Fall, bei dem viele der Menschen, denen man begegnet, der Mörder sein könnten, nach dem man sucht. Es ist wichtig, sich nicht von Äußerlichkeiten wie Hässlichkeit, Trägheit oder schierer Unheimlichkeit ablenken zu lassen.

Eddie wies alles davon auf. Er war beleibt und schwammig, und er gehörte zu der Sorte von Kerlen, die ständig so lächeln, als wären ihnen sämtliche Geheimnisse des Universums bekannt. Als er näher kam, fiel mir auf, dass er wulstige Lippen hatte. Als er noch näher kam, sah ich, dass seine Lippen zudem feucht glänzten. Er glich einer Kröte. Eddie trug eine idiotische Uniform, die aus einer kurzen Khakihose und einer eigens für die Anlage angefertigten Safarijacke bestand. Er schien um die achtundzwanzig zu sein, man hätte ihn jedoch angesichts seiner gletscherartigen Trägheit und seiner geradezu grotesken Hässlichkeit ohne Weiteres auch für achtundsiebzig halten können.

»Hi, Eddie!«, rief Paula. »Das ist Darian.«

Eddie streckte die fette Hand aus, und ich schüttelte sie. Er leckte sich über die Lippen. Eine dicke rosa Zunge schlabberte erst über die obere, dann über die untere. Ich bemühte mich, nicht zusammenzuzucken.

»Hallo, Darian. Interessanter Name«, befand er mit einer Nagerstimme.

Ich nickte und zog die Hand rasch zurück.

»Darian möchte sich einige der Wohnungen ansehen, die zum Verkauf stehen. Ich dachte, wir zeigen ihm die drei in diesem Gebäude und dann die anderen drüben im Sunset Breeze.«

»Kein Ding«, erwiderte Eddie, zog unter dem Hemd einen Schlüssel hervor, der an einer Kette um seinen Hals hing, und schwenkte ihn. »Mit dem kommen wir überall rein.« Er lächelte Paula an und leckte sich erneut über die Lippen. Ich kämpfte gegen den Drang an, zu meinem Auto zurückzulaufen, den Schuhkarton aus seinem Versteck zu holen, die Pistole herauszunehmen und dieses Monster für das Verbrechen abzuknallen, hässlich und gruselig zu sein.

»Gehen Sie voraus, Eddie«, ergriff ich das Wort. »Wir legen uns in Ihre Hände.«

Behäbig watschelte er los. Paula und ich folgten ihm. »Darian wollte wissen, wie viele der Wohnungen belegt sind«, sagte sie.

»Ich hab gern Menschen um mich rum«, warf ich ein.

»Belegt im Sinne von verkauft oder belegt in dem Sinn, wie viele Leute gerade hier sind?«

Gut, Eddie: hervorragende Klarstellung.

»Wie viele Leute gerade hier sind.«

»Puh«, machte er.

Mittlerweile hatten wir die Stufen erklommen und Ocean Breeze durch den Haupteingang betreten. Wir durchquerten das Foyer. Es erwies sich als groß und mit braunen Marmorböden, toskanisch-braunen Wänden und vergessbaren Allzweckdrucken von Frangipanis und Mädchen in Bikinis sowie Palmen in großen Töpfen ausgestattet. Als wir am Aufzug stehen blieben, wiederholte Eddie: »Puh.«

»Na ja, da hätten wir mal die Goldmans, und sind die Robinsons noch hier?«, ergriff Paula das Wort, um ihm auf die Sprünge zu helfen.

»Weg.« Die Fahrstuhltüren öffneten sich, und wir traten ein, zuerst Paula, dann ich, zuletzt Eddie, die Kröte.

»Ihre drei Monate waren um.«

»Ihre was?«, hakte ich nach.

»Oh!«, entfuhr es Paula. »Ich Dummerchen. Ich bin wohl einfach davon ausgegangen, Sie wüssten darüber Bescheid.«

»Man kann hier nicht länger als drei Monate leben«, erklärte Eddie, der über die Hälfte des Platzes im Aufzug einnahm, als wir in den zweiten Stock fuhren.

»Tut mir leid«, sagte Paula und berührte mich mit beruhigendem Griff am Arm. »Eine der Auflagen vom Bezirksrat sieht vor, dass die Aufenthaltsdauer auf drei Monate im Jahr beschränkt ist.«

Die Sunshine Coast: jeden Tag eine neue Verrücktheit.

»Man kann in einer Wohnung, die einem gehört, nicht länger als drei Monate im Jahr leben – haben Sie das gerade gesagt?«

»Ich weiß!«, rief sie mit Nachdruck und ausgestreckten Armen, als wolle sie mir verdeutlichen, dass sie es genauso verrückt fand wie ich. Schließlich kamen wir im zweiten Stock an. »Der Bezirksrat ist …«

»Das sind alles Grünschnäbel«, fiel Eddie ihr ins Wort. »Flachwichser.«

Paula warf ihm einen tadelnden Blick zu – kurz, scharf, professionell.

»Entschuldigung.«

Paula sprang ein: »Der Bezirksrat hat hier jahrzehntelang niemanden etwas bauen lassen. Es gab um die vierzig Baubewilligungen aus den 1920ern, das war alles. Sie wollen North Shore als Weltnaturerbe gelistet haben … und es *ist* ja auch wirklich wunderschön hier drüben«, fügte sie im Maklermodus hinzu. »Als die Bauträger endlich die Bewilligung für diese Anlage bekamen, mussten sie diese Dreimonatsauflage in Kauf nehmen.«

»Warum?«, bohrte ich nach.

»Man ist besorgt wegen des Bevölkerungsstands. Eigentlich ist das sogar gut …« Die Maklerin in ihr kam wieder durch, »… weil es bedeutet, dass Noosa nicht so überlaufen und überfrachtet wird, wie es unten an der Gold Coast ist. Sie wissen ja: Noosa ist etwas Besonderes. Etwas Vergleichbares gibt es im ganzen Land nicht, und diese Anlage – zumal sie sich auf dieser faszinierenden Insel befindet – ist auch etwas Besonderes.«

»Aber was, wenn man hier wohnen will?«, fragte ich. »Und ich meine *richtig* wohnen.«

Sie streckte die Hand aus, berührte mich am Arm und flüsterte: »Dann würde es nie jemand erfahren.«

»Stimmt«, bestätigte Eddie. »Ich lebe schon seit mittlerweile zwei Jahren hier.«

»Und die Leute, die jetzt hier wohnen, was ist mit denen?«

»Also«, setzte Eddie an. »Da sind die Goldmans und Naomi, die früher Investmentbankerin in Sydney war. Ian, der in Sydney Anwalt war, und seine Frau Wendy. Dann haben wir noch John und Anna – er war Buchhalter, hat dann aber kurz vor der Dürre in die Gartenbedarfsbranche gewechselt – und … oh ja, Ron. Und mich. Ich wohne dort drüben.« Er nickte zu einem weiteren identischen toskanisch-braunen Gebäude namens Sunset Breeze, das ebenfalls drei Geschosse aufwies. »Das war's. Aber während der Schulferien ist hier ziemlich viel los.«

Die Goldmans; Ian, der Ex-Anwalt; John, der Buchhalter, der zum Lieferanten für Gartenbedarf wurde; und Ron, wer immer Ron sein mochte.

Und Eddie.

Und jeder, der regelmäßigen Zugang zu einer leer stehenden Wohnung hatte.

Eddie schloss die Tür zu einem von Paulas Objekten auf. Sie hatte sich weiter darüber ausgelassen, welche Vorteile es hatte, auf einer abgeschiedenen Insel zu leben, auf der es keine Geschäfte gab, keine Kneipen, keine Lokale oder … sonst irgendetwas, nur einen nahe gelegenen Strand, der wie etwas aus *Mad Max* aussah.

Das Apartment entpuppte sich als unbeeindruckend. Die Aussicht vom Balkon bestand aus Bäumen. Ich wusste, dass sich das Meer in der Nähe befand. Ich konnte die Brandung hören. Langsam drehte ich mich zu meinen Begleitern um.

»Ist toll«, log ich.

»Die Wohnung gefällt Ihnen?« Paula wirkte überrascht.

»Ja. Genau das, wonach ich suche.« Aussicht auf Bäume.

»Nur eine Sache«, fügte ich hinzu, als wäre es mir gerade eingefallen. Paula beugte sich vor, und Eddie drehte sich mir zu.

»Internet. Ich verbringe den Großteil des Tags am Computer; ich muss online sein, um meine Aktien zu überprüfen, das Portfolio im Auge zu behalten.« Ich sah Eddie an. »Gibt es hier WLAN?«

»Ja. Kostenloses WLAN in der gesamten Anlage.«

»Ich habe mir gerade diesen neuen Computer gekauft …«

»Was für einen?«, fragte er.

»Apple. Und da liegt der Hase im Pfeffer: Ich weiß überhaupt nicht, wie man damit umgeht oder eine WLAN-Verbindung herstellt; ich kann das Ding kaum einschalten, so hilflos bin ich. Gibt es hier jemanden, der sich mit solchen Dingen auskennt? Irgendein brillanter Computerexperte in der Anlage?«

»Klar«, sagte Eddie. »Er steht vor Ihnen.«

—

Ted Bundy, der eine Reihe junger Frauen umgebracht hat, war ein attraktiver Mann. Harold Shipman, der über zweihundert seiner betagten Patienten getötet hat, sah wie ein verständnisvoller, liebenswerter Familienarzt aus. Dennis Rader – bekannt als BTK-Killer – hätte man für einen Busfahrer halten können. Vergewaltiger, Folterer und Mörder John Wayne Gacy wirkte drollig und komisch. Bevor sich Charles Manson ein Hakenkreuz in die Stirn ritzte, hatte er ein wenig eigenartig angemutet, hätte aber locker als interessanter Typ mit einer harten Lebensgeschichte durchgehen können. Nur Ivan Milat sah wie die Verkörperung des Bösen aus, das er – und jeder seiner Kollegen – war.

Eddie kam unheimlich und selbstgefällig rüber und leckte sich ständig die Lippen. Er strahlte eine Aura von Aufgeblasenheit aus. Aber er wirkte nicht richtig. Er fühlte sich nicht richtig an.

Ich habe mich schon öfter geirrt, und die erste Regel bei einer Ermittlung lautet: Ausschlussverfahren.

—

Ich saß da und wartete. Von meinem Versteck im Gebüsch hatte ich perfekte Sicht in Eddies Wohnung. Ich befand mich etwa zwanzig Meter entfernt, umrahmt von verkümmerten Neuseelandmyrten und hohem Gras.

Zuvor hatte ich mich von Paula verabschiedet, mir ihre Visitenkarte geben lassen, versprochen, mich zu melden, sobald ich mich entschieden hätte, und beobachtet, wie sie die Asphaltfahrbahn hinab zur Flussfähre davonfuhr. Ich steuerte mit meinem Toyota in die entgegengesetzte Richtung, als wollte ich zur Strandschnellstraße, und passierte die Einfahrt zur Anlage.

Kurz bevor der Trampelpfad in Sand übergeht, ein kleines Stück vom Beginn des Strands entfernt, wo die »Straße« zwischen zwei hohen Dünen hindurch verläuft, befindet sich ein Parkplatz. Die Leute lassen ihre Fahrzeuge dort stehen, um ihren Rausch auszuschlafen, bevor sie nach Hause fahren; oder sie ruhen sich aus, bevor sie an einem Strandrennen teilnehmen; oder sie schlagen ihr Lager auf, wenn die Flut einsetzen könnte und die Nacht heranzieht, weil die Strandschnellstraße dann hochgradig gefährlich wird. Es hat schon Leute erwischt, die mit ihrem Auto ins Meer gespült wurden.

Mein weißer Toyota fügte sich nahtlos ins Bild. Viel anonymer ging es kaum. Niemand bemerkte, wie ich mich ins Gebüsch schlug, oder falls doch, würde es niemanden jucken, man würde bloß annehmen, ich müsste mal pinkeln.

Es gestaltete sich einfach für mich, anonym zu bleiben. Genauso einfach würde es für den Killer sein.

Ich verirrte mich nur etwa eine Stunde lang, bis ich mich schließlich zwischen einem Keil von Bäumen hindurchzwängte und in der Ferne die toskanisch-braunen Gebäude erblickte, deren Fenster die Orangetöne des Sonnenuntergangs gleißend reflektierten.

Langsam arbeitete ich mich das Haus entlang vor und versuchte, festzustellen, in welchen Apartments jemand wohnte. Eddie machte es mir leicht: Er kam auf seinen Balkon heraus und fing an, Gymnastik zu treiben; ein schauderhafter Anblick.

Normalerweise hätte ich an dieser Stelle einer Ermittlung an den Argumenten gearbeitet, die ich einem Richter vorlegen würde, um einen Durchsuchungsbefehl zu erhalten. Mein Team würde das Leben des Verdächtigen durchkämmen: Antrag bei der Telefongesellschaft auf Herausgabe der Aufzeichnungen über seine eingehenden und ausgehenden Anrufe – ein frustrierender Vorgang, der mehrere Tage in Anspruch nehmen kann –, Befragung von Freunden und Kollegen, Überprüfen von Vorstrafen, Aufbau eines Profils, bevor der Hammer niedersaust. Die stille Ermittlungsarbeit eben, die Wochen dauern kann, bevor man endlich bei einem Eigenheim eintrifft und der Verdächtige ein Klopfen an seiner Tür hört.

Ich spürte, wie mein Handy vibrierte: eine SMS.

Nichts.

Keine Vorstrafen. Eddie war sauber.

Mordermittler verlieren fast den Verstand, während sie darauf warten, dass ein Richter entscheidet, ob man das Haus eines Verdächtigen durchsuchen darf. Sie schreien am Telefon, reißen es von der Wand und schleudern es quer durchs Büro, während der Bürokrat am anderen Ende der Leitung seelenruhig erklärt, dass es fünf Werktage dauert, die Aufzeichnungen der eingehenden und ausgehenden Anrufe des Verdächtigen zu beschaffen – unabhängig davon, ob der Verdächtige ein Kind, eine Frau oder sonst jemanden in seinem Haus eingesperrt haben könnte und vielleicht ein Menschenleben auf dem Spiel steht …

Tut mir aufrichtig leid, aber ich muss mich an das Datenschutzrecht halten. Mir sind die Hände gebunden. Und ich kann Ihre Frustration nachvollziehen, Inspektor, ehrlich.

Ich lag mit der Pistole im Gürtel vor der Wohnung meines Verdächtigen auf der Lauer. Dabei trug ich meine übliche Kleidung: schwarze Jeans, schwarzes T-Shirt, schwarze Converse. Die Dunkelheit der Nacht umhüllte mich. Es vermittelte mir ein gutes Gefühl, zu wissen, dass es nur Eddie und mich gab und niemand von mir verlangen würde, mich zu rechtfertigen, was immer ich tun würde.

13

Frischhaltefolie

Eddies Apartment lag im ersten Stock. Dreißig Sekunden, nachdem ich mein Versteck verlassen hatte, befand ich mich auf seinem Balkon. Es war kurz nach Mitternacht. Ich hatte sieben Stunden gewartet. Mir war nicht ausschließlich langweilig gewesen – Isosceles hatte mir fünfundsechzig SMS geschickt, alles Zitate aus seiner Sammlung.

Er versuchte, mir die Langeweile zu vertreiben. Und er tat es mit Inbrunst.

Ach! Es war nur allzu wahr –

ihr Mut der Verzweiflung kannte keine Grenzen und war wahrhaft weit entfernt von seiner sogenannten besseren Hälfte –

Umsicht.

William Howard Russell über die idiotische Attacke der leichten Brigade während des Krimkriegs.

Falls jemand fragt, warum wir tot hier liegen,

so sagt, der Lügen uns'rer Väter wegen.

Rudyard Kipling eingedenk des Vorgenannten während des Ersten Weltkriegs.

Eddie hatte den Abend an seinem Computer verbracht; der bläuliche Schein seines Bildschirms bildete das einzige Licht in seinem Apartment, bis er vor einer halben Stunde zu Bett gewatschelt war und den Rechner eingeschaltet gelassen hatte. Der Computer war wenige Augenblicke später in den Ruhemodus gegangen, hatte die Wohnung in Finsternis getaucht, und mir ging durch den Kopf: Wie der Computer, so der Mann.

Hier oben machen sich die Menschen nicht die Mühe, ihre Wohnungen abzuschließen, wie ich vielleicht schon erwähnt habe. Ich schließe schon ab; ich hab's nicht so damit, meinen gesamten Besitz offen für Fremde zu lassen, die einfach von der Straße reinspazieren und ihn sich nehmen können.

Eddie hatte nicht nur nicht abgeschlossen, er hatte zudem die Balkontüren sperrangelweit offen gelassen. Ich ging hinein. Die Schuhe zog ich nicht aus.

Aus dem Nebenzimmer hörte ich Schlafgeräusche, tiefes, gleichmäßiges Atmen, ein sauberes Geräusch, nicht von nervösen Bewegungen oder den verräterischen Geräuschen unterbrochen, die entstehen, wenn jemand versucht, sich still und leise zu verhalten. Ich ließ mich von der Dunkelheit vereinnahmen, stand still und wartete, bis sich meine Augen an die Verhältnisse anpassten. Nach zwei Minuten zeichnete sich der Raum deutlich ab, und ich konnte alles sehen. Ich stand da und betrachtete das Zimmer aufmerksam in seiner Gesamtheit.

War dies der Wohnraum eines Mannes, der Teenagermädchen nachstellte, sie entführte und dann tötete?

Es handelte sich um eine Zweizimmerwohnung. Sie besaß einen großen Wohn- und Küchenbereich – in dem ich stand – sowie ein Bade- und ein Schlafzimmer. Partys schmiss Eddie offenbar nicht regelmäßig. Es gab ein zweisitziges Sofa und einen Tisch mit einem Stuhl. Mehr nicht. Kein Fernseher. Kein Kaffeetisch. Alles befand sich auf dem Esstisch, der eindeutig nicht zum Essen benutzt wurde: Auf ihm standen zwei

Flachbildschirme, verbunden mit einem großen Rechner, der unter dem Tisch leise vor sich hinsummte und einige winzige Lichter blinken ließ, was anzeigte, dass er noch eingeschaltet war. Vor den Bildschirmen lag eine große Tastatur. Außerdem bemerkte ich Controller, wie sie Gamer verwenden. Dann erkannte ich eine Xbox.

Die Wand bedeckten Poster von *Star Wars* und *Buffy*, der Vampirjägerin, sowie Fotos der Schauspielerin, die Buffy verkörperte, Sarah Michelle Gellar. Wegen meines Freundes, der im obersten Geschoss des Glasturms in Melbourne residiert, weiß ich alles über sie. Unter Streikandrohung hatte er mich einmal gezwungen, mir eine Folge von *Buffy* mit dem Titel »Tod einer Mutter« anzusehen.

Abgesehen von der Sache mit den Lippen erwies sich Eddie bislang als etwa so ungewöhnlich wie fünfundachtzig Prozent aller Männer unter fünfundzwanzig.

Ich drückte auf die Tastatur, um den Computer aufzuwecken. Es wurde nach einem Kennwort gefragt. Ich gab »eddie« ein. Falsch. Ich gab »buffy« ein. Wieder falsch. Ich schaute zu einem der Poster von Buffy auf, mit ihrem strengen Blick, ihrer toughen Haltung und ihrem Vampirkillerpflock. Ich gab »angel« ein, und der Bildschirm öffnete sich für mich.

Buffy liebt Angel, und obwohl sie – ziemlich häufig – Sex mit Spike hat, würde sie ihn jederzeit für Angel abservieren. Das ist er. Eddies Alter Ego; der Kerl, den Buffy will. Ich rief seine Lesezeichen auf, um zu sehen, was mein potenzieller Verdächtiger so in den Tiefen des Cyberspace trieb.

Eddie stand auf Ordnung: Hilfreicherweise hatte er einen Ordner namens »Porno« angelegt. Ich klickte darauf – und eliminierte ihn auf Anhieb als Verdächtigen.

Eddie mochte Pornos – welcher Mann tut das nicht –,

aber nicht die Art von Pornos wie der Kerl, nach dem ich suchte. Eddie entpuppte sich als Fan von Frauen mit großen Brüsten. Insbesondere eines Pornostars namens Crystal Canyon aus den 1980ern. Ihren Künstlernamen hatte die Frau zweifellos aufgrund ihrer Körperformen gewählt. In jener Zeit hatten Frauen in Pornos noch Schambehaarung. Damals wurde nicht rasiert. Ich war überzeugt davon, dass Isosceles erschöpfendes Wissen darüber besaß, wann und warum Schambehaarung aus der Mode gekommen war, aber alles, was ich wusste und was mich interessierte, war, dass mein Mörder nicht auf Schambehaarung stand.

»Robyn, bist du das?«

Und dabei hatte ich gedacht, ich hätte die Tastatur so leise bedient.

»Robyn?«

Robyn? Es gab tatsächlich eine Frau im Leben der Kröte? Ich hatte etwa fünf Sekunden und vier Möglichkeiten: die Flucht ergreifen, vom Balkon springen und in die Nacht verschwinden; mich vorstellen und meine wahren Absichten erklären; so zu tun, als wäre ich Robyn mit Halsentzündung; oder …

Als Eddie aus dem Schlafzimmer trat, packte ich ihn von hinten mit einem schraubstockartigen Griff um den Hals, einen Arm fest an seiner Kehle, den anderen in seinem Nacken. Gott sei Dank trug er einen Pyjama.

»Der Zentralschlüssel. Wo?«, fragte ich mit tiefer, unerkennbarer Flüsterstimme.

Röchelnd und unbeholfen mit der Hand deutend gelang es ihm, mir zu zeigen, dass er auf der Küchenbank neben einer Taschenlampe lag.

Ich drückte mit beiden Armen zu und schickte ihn zurück

in den Schlaf. Sein Körper sank in meine Arme, und ich senkte ihn zu Boden. Ich ergriff die Rolle Klebeband, die von meinem Gürtel hing, und fesselte seine Fuß- und Handgelenke. Einen Streifen pappte ich ihm über den Mund. Die Nasenlöcher ließ ich frei.

Dann schleifte ich ihn zurück ins Schlafzimmer und schloss sowohl das Fenster als auch die Tür.

Ich hatte den Schlüssel zum Königreich; Zeit, die Wohnung zu finden, nach der ich suchte.

—

Falls Sie daran interessiert sind, ein Apartment im North Shore Dreaming Resort zu kaufen, lautet mein grundsätzlicher Rat: Lassen Sie es. Falls Sie jedoch fest entschlossen sind, eine halbe Million Dollar für das Privileg auszugeben, drei Monate im Jahr in einer Wohnung verbringen zu dürfen, die entweder auf staubiges Buschwerk oder hässliche Bäume hinausweist, dann empfehle ich 24a in Sunset Breeze und 20 oder 22 oder zur Not noch 26 in Ocean Breeze. Das ist alles.

Ich war widerrechtlich in das Apartment der Goldmans eingedrungen, die darin eine reizende Sammlung ausgestopfter Vögel hatten, dann bei Ian und Wendy, die eine prächtige Büchersammlung besaßen, anschließend bei John und Anna, die wie in einer Szene aus einer Sitcom der 1950er in getrennten Betten schliefen und für den nächsten Morgen bereits Cornflakes vorbereitet hatten, zu guter Letzt bei Ron, dessen Wände afrikanische Karten, Fotos, Masken und Gemälde zierten. Ich schloss die Tür zu jedem der schlafenden Bewohner und überquerte den Hof zum letzten Gebäude.

Keine der Wohnungen in Haus Sunrise Breeze war fertiggestellt worden. Kaum hatte ich die erste betreten, wusste ich, dass hier die Bauunternehmer und Handwerker, denen klar geworden war, dass sie für ihre Leistungen nicht bezahlt werden würden, als Ersatz dafür alles herausgerissen hatten, das irgendeinen Wert besaß. Wegen des Vandalismus wies jedes Apartment seinen individuellen Charakter auf. Keine ruhigen toskanischen Wände, keine gerahmten Drucke von Frangipani oder Mädchen in Bikinis, nur Staub und Schutt, die Rückstände gerechten Zorns. Diese Männer mochten gestohlen haben, aber sie hatten es in der Überzeugung getan, jedes Recht darauf zu haben.

Um 3:16 Uhr öffnete ich im ersten Stock die Tür zu Apartment 28 und betrat den leeren Schlupfwinkel des Mannes, nach dem ich suchte.

Der Staub und der Unrat aus Verputzbrocken, Spanplattenteilen und den kurzen Enden von Brettern waren ordentlich in eine Ecke neben der Küchenarbeitsfläche gefegt worden, die man im Architektenjargon als Insel bezeichnet. Im Hauptraum befand sich nichts. Er enthielt keinerlei Möbel. Keinen Stuhl – auf dem die sechs Mädchen gesessen hatten. Keinen Tisch – auf dem er seine Ausrüstung aufbauen konnte: einen Computer, auf den er das Bild des Mädchens auf dem Stuhl von seiner Kamera übertrug; ihr Mobiltelefon ohne Abdeckung und Akku; und die Hardware, in die er die SIM-Karte einlegte und dann für den Download des letzten Bilds öffnete, das sie lebendig zeigte.

Ich fuhr mit den Fingern über den gefliesten Boden, um zu überprüfen, wie viel Staub sich seit dem letzten Fegen angesammelt hatte. Nicht viel; aber natürlich war Brianna erst vor wenigen Tagen, als man sie entführt hatte, hier gewesen.

Oder doch nicht?

Ich hatte Maria noch nicht nach weiteren Informationen

über die Handys gefragt: Wo genau wurden sie gelassen, und wie lange nach den Entführungen wurden sie gefunden? Und – hatte man das von Brianna schon gefunden?

Ein plötzliches Gefühl von Dringlichkeit erfasste mich. Hatte ich es vor seinem Termin hierher geschafft? Ich holte mein Handy heraus, während ich rasch das Schlafzimmer überprüfte – leer – und das Badezimmer – ebenfalls leer. Ich wählte.

»Ja?«

Casey ging beim zweiten Klingeln ran; es war 3:30 Uhr.

»Ich muss Maria etwas fragen.«

Gleich darauf hörte ich sie murmeln: »Wer ist es?« Ohne eine Antwort auf ihre Frage abzuwarten, meldete sie sich: »Hallo?«

»Briannas Telefon: Hat er es schon irgendwo gelassen?«

Eine Pause entstand. Hier ging es um die illegale Weitergabe von Informationen, um wesentlich mehr als ein Flüstern in der Nacht. Ich wartete. Zu sagen brauchte ich nichts. Sie wusste, dass ich nicht gefragt hätte, wenn es nicht dringend wäre. Es lag an ihr.

Nach einer Zeit, die sich wie eine Reise nach Madagaskar und zurück anfühlte: »Ja. Heute Nachmittag.«

»Scheiße!«, schrie ich und streckte jäh den Arm weg, damit Maria nicht taub würde.

»Tut mir leid«, entschuldigte ich mich, wieder ruhig. »Kannst du mir sagen, wo?«

»Noosa Civic, wo sie zuletzt gesehen wurde. Sie stecken immer in braunen, an die Eltern adressierten Kuverts. Keine Fingerabdrücke. Wo steckst du, Darian?«

Nun war ich es, der zögerte.

Sie wartete, ohne ein Wort zu sagen.

»Ich bin zu Hause«, log ich.

»Nein, bist du nicht. Du lügst mich an.« Und damit legte sie auf.

Ich wählte erneut. Sie sprach kein Wort, wartete nur.

»Alte Gewohnheiten. Ich bin in dem Raum – glaube ich jedenfalls –, in dem er die Fotos der Mädchen aufnimmt.«

Jäh wurde scharf die Luft eingesogen.

»Wie? Wo? Wo genau bist du? Wie hast du das gemacht?« Während sie Fragen stellte, nahm ich eine gründliche Durchsuchung der Wohnung vor, um sicherzustellen, dass mir nichts entging, bevor ich gehen würde. Viel gab es nicht zu durchsuchen. Ich befand mich in der leeren Hülle von einer Küche, überprüfte die Schränke und Schubladen.

»Bist du sicher, dass es sein Zimmer ist?«

»Ja.«

»Woher?«

»Doppelgänger-Ausstrahlungen.«

»*Was?* Wo *bist* du, Darian, *wo*?« Ich konnte förmlich sehen, wie sie sich im Bett aufsetzte oder aus dem Bett stieg und auf und ab lief; was immer zutreffen mochte, sie wurde mit einem Schlag zu einer Polizistin mit der üblichen Ungeduld, die sich zeigt, wenn Fragen nicht sofort beantwortet werden. Sie noch einmal anzurufen, war notwendig gewesen, sie musste für mich fortfahren, allerdings warf es auch einen Haufen Probleme auf, die sich in jenem Augenblick auftürmten, als ich eine Schublade in der Küche aufzog und feststellte, dass der von mir Gesuchte doch nicht so gründlich war, wie er vermutlich dachte.

Beweise.

Ich sprach langsam. »Vielleicht ist es besser, wenn du nicht mehr erfährst.«

Genauso gut hätte man einem Kind sagen können, es soll Wasser statt Cola trinken.

»Erzähl mir alles.«

»Komm zum Haus, ich bin in neunzig Minuten dort.«

Damit legte ich auf, steckte das Telefon in meine Gesäßtasche und starrte auf eine längliche Kartonverpackung hinab – »Bewährte Qualität, mikrowellentauglich. Vorsicht: scharfe Abrisskante an der Unterseite. Black & Gold, Werte, denen Sie vertrauen können.« Frischhaltefolie. Einhundertachtzig Laufmeter Frischhaltefolie aus Kunststoff – eine ganze Menge. Der Karton war offen, ein Teil der Folie quoll heraus.

Natürlich konnte die Folie auch von Handwerkern zurückgelassen worden sein, bevor sie die Baustelle verlassen hatten, aber irgendwie bezweifelte ich das. Mit weitaus größerer Wahrscheinlichkeit betrachtete ich gerade eines der Werkzeuge des Mörders.

Ich zog mein T-Shirt aus, streckte meine rechte Hand hinein und hob den Karton behutsam an den Enden heraus, achtete sorgsam darauf, nicht zu viel Druck auszuüben, um keine möglichen Abdrücke zu verschmieren.

Ein Hauch von Silber, der Beginn des neuen Tages, drängte sich in die Nacht. Mittlerweile war es nach vier Uhr morgens. Ich dachte an Eddie, der gefesselt und geknebelt auf dem Boden seines Schlafzimmers lag und völlig aus dem Häuschen wegen des geheimnisvollen, plötzlichen und willkürlichen Angriffs auf ihn sein musste. Ich wusste, dass ich zurückgehen und ihn befreien sollte. Immerhin war er unschuldig.

Ich tat es trotzdem nicht. Ich hatte es eilig. Immerhin hatte ich etwas, das einem Beweis verdammt ähnlich sah, und ich musste der Spur folgen, angefangen mit Fingerabdrücken. Isosceles hielt sich bereit. Er hatte die Software, um latente

Abdrücke zu überprüfen. Anscheinend hatte ich auf meinem Computer Software, die ihm das ermöglichen würde. Black & Gold war eine Billigmarke, die über eine Supermarktkette vertrieben wurde, entweder Coles oder IGA oder Woolworths, glaubte ich, und auch dem musste nachgegangen werden.

Ich ließ den Zentralschlüssel im Foyer von Ocean Breeze, da ich dachte, das würde zu Fragen darüber führen, warum er dort lag, und ich hoffte, diese Fragen würden denjenigen, der sie sich stellte, hinauf zu Eddies Wohnung führen, wo wiederum die mangelnde Reaktion auf das Klopfen an die Tür vielleicht dazu führen würde, dass man Eddie entdeckte …

Drauf geschissen: Ich würde am nächsten Abend, in etwa sechzehn Stunden, zurückkommen und ihn selbst freilassen.

Vorerst sprang ich vom Balkon ins Gebüsch und rannte rasch los, wobei ich darauf achtete, die möglichen Beweise nicht zu verunreinigen. Wenige Augenblicke später fiel ich beinah in einen Bach, einen der Nebenarme, die vom Fluss abzweigen. Sah tief aus. Zur anderen Seite waren es ungefähr zwei Meter, und der schwarze Verlauf ruhigen Wassers erstreckte sich weiter ins Dickicht. Ich änderte die Richtung. Bald stieß ich auf einen offenen Pfad, der alles andere als vertraut wirkte. Wie üblich hatte ich mich verirrt.

Ich holte tief Luft und konzentrierte mich. Das Rauschen der Brandung drang von links zu mir: Osten. Ich steuerte in diese Richtung.

—

Hätte ich eine Ermittlung geleitet und ein Zivilist getan, was ich gerade getan hatte, ich hätte die folgenden Maßnahmen ergriffen: Ich hätte denjenigen wegen Behinderung einer Ermittlung, Hausfriedensbruch, Widerstand gegen die Staatsgewalt, Diebstahl, Vorschubleistung, Beihilfe zu Mord, Totschlag, Sachbeschädigung und Urinieren in der Öffentlichkeit angezeigt – und das ist nur, was mir aus dem Stegreif einfällt, ohne mich bei Sachverständigen zu erkundigen.

Und damit hätte ich mich nur zufriedengegeben, wenn der Zivilist die Ergebnisse seiner Aktivitäten unverzüglich preisgegeben hätte. Hätte er Informationen zurückgehalten, hätte ich zuvor Genanntes in die Wege geleitet und ihm dann noch *richtig* wehgetan.

Isosceles hatte ich meine Erkenntnisse mitgeteilt. Er überprüfte gerade, ob irgendetwas von Apartment 28 zu irgendjemandem führte – was nicht der Fall sein würde – und welche Fahrzeuge seine Satellitenbilder der letzten zweiundsiebzig Stunden zeigten – da würde sich vielleicht etwas finden, wenngleich höchstwahrscheinlich ein unscheinbarer weißer Van, das von Serienmördern bevorzugte Fahrzeug. Außerdem stellte er eine Liste aller Bauunternehmen und Handwerker der Gegend zusammen, um deren Personal auf Sexualstraftäter oder eigentlich Straftäter jeder Art zu durchforsten.

Ich musste wissen, wer die Anlage betrat und verließ; in der Hinsicht hatte ich einen schweren Fehler damit begangen, Eddie gefesselt in seinem Schlafzimmer zurückzulassen.

Das wurde mir klar, kurz nachdem ich herausgefunden hatte, in welcher Richtung Osten lag. Als ich den Geräuschen des Meeres folgte und schließlich auf die Strandschnellstraße gelangte, erkannte ich, dass ich mich etwa einen Kilometer von dort entfernt befand, wo mein Auto parkte. Als ich mitten auf der Schnellstraße entlangstapfte, wurde mir klar, dass mir ein Fehler unterlaufen war – ein Fehler, den ich nicht verziehen hätte, wäre er einem Mitglied meines Teams passiert.

Die Möglichkeit, die Fingerabdrücke des Täters zu finden, hatte mich dermaßen erregt, dass ich blind und taub für die genauso wichtige Spur geworden war, die das Kommen und Gehen in der größtenteils verwaisten Anlage bot.

Was stimmte bloß nicht mit mir? Lag es an der Kanone? Schon wieder? Ich wusste, dass ich zur Tat geschritten war, weil die Albträume wieder eingesetzt hatten, und ich wusste auch, dass sie erst verschwinden würden, wenn ich den Mörder zu Staub zermahlen hätte, aber hatte Casey recht? Verkörperte ich die Waffe im Gewand eines Ermittlers?

Ich beschloss, nicht darüber nachzudenken; für Selbstbetrachtung würde es noch andere Gelegenheiten geben. Vorerst zählten nur die sechs Mädchen und das Verhindern eines siebenten Opfers.

14

Helen, 36D (i)

»Hi!«

»Winston? Hi. Was haben Sie …«

Letzte Worte, Helen. Letzte Worte.

—

Willkommen zurück, meine Brüder und Schwestern. Gott ist groß: Er macht es einfach, eine Person zu entführen. Beabsichtigt hat er das wohl nicht, aber er hat's eindeutig getan. Es ist so verdammt einfach. Hört gut zu, meine Freunde. Hört zu und lernt vom Größten. Im Verlauf unseres Unterrichts werdet ihr viele Geheimnisse des Handwerks kennenlernen, die von mir, dem Fantastischen, perfektioniert worden sind. Es hat viele Tötungen gegeben, und dabei habe ich viele Lektionen gelernt. Es erfüllt mich mit großer Freude, jetzt bei euch zu sein, Brüder und Schwestern.

»Aber Winston«, höre ich euch fragen, *»wie viele Tötungen? Sag es uns.«*

Geduld, meine Brüder und Schwestern. Aber lasst euch gesagt sein, meine Freunde, die Antwort lautet: eine Menge.

Das Schnappen der Zielperson: Wie bei allem liegt auch hier der Schlüssel in der Vorbereitung. Man muss die Zielperson nicht nur ins Visier genommen haben, man muss ihr folgen und sie eingehend beobachten. Man muss ihre

Bewegungen kennen. Das perfekte Schnappen erfolgt mit Geschwindigkeit und einem Minimum an Lärm. Aber man muss vorbereitet sein. Helen zum Beispiel trifft immer mindestens eine Stunde vor den anderen zur Arbeit im medizinischen Trakt ein, weil sie sich gern einen Kaffee von den dreckigen Griechen auf der anderen Straßenseite besorgt. Sie parkt in der Tiefgarage, die noch eine Stunde nach ihrer Ankunft praktisch leer bleibt. Perfekt. Seht ihr? Das ist Vorbereitung.

Beachtet jedoch, Freunde, dass man manchmal unter Umständen improvisieren muss. Seid immer wachsam und bereit für den Zufall. Was ist beispielsweise, wenn der Gebäudereiniger, der sonst an Freitagen kommt, vorzeitig wegmusste und dafür ausgerechnet an dem Tag aufkreuzt, an dem man zuschlagen will?

Außerdem ist es überaus wichtig, es schnell zu tun. Ich benutze gerne Elektroschocker. Bei den Mädchen funktioniert das wirklich prima. Schnell und sehr wirksam. Früher habe ich auch andere Methoden ausprobiert, aber keine hat sich als so zuverlässig erwiesen wie ein Elektroschocker, daher schlage ich euch vor, es damit zu versuchen.

Am besten denkt man beim Schnappen daran, dass die junge Zielperson arglos ist und die meisten Menschen nett sind. Sie denken nie: *Oh, da kommt ein Serienmörder.* Sie denken immer positiv. Merkt euch das: Nette Menschen glauben, dass jeder andere auch nett ist.

Also, sobald die Ruhigstellung abgeschlossen und das Paket – das ist meine Bezeichnung für das Mädchen, sobald ich es im Van habe – gesichert ist, müsst-müsst-müsst ihr das Telefon des Opfers finden. Ihr müsst den Akku sofort herausnehmen. Tut ihr es nicht, werdet ihr durch den kleinen GPS-Peilsender aufgespürt. Und dann werdet ihr geschnappt. Ich habe euch gewarnt.

Hör auf, zu kichern. Konzentrier dich.

Wo ist ihr verfluchtes Telefon? Hier drin? Die Handtasche … ups, jetzt ist's passiert, das ganze Zeug von Frauenbusen Helen liegt auf dem Boden. Verstreut wie Süßigkeiten. Kein Telefon. Rollen wir sie mal herum, klopfen wir sie ab. Kein Telefon. Da muss aber ein Telefon sein. Scheiße! Ich muss sie ausziehen. Nur will ich das jetzt nicht tun – du Miststück, dafür wirst du noch bezahlen, aber ich muss das Telefon finden! Mach es schnell. Hübsche-Titten-hübsche-Titten-hübsche-Titten …

Konzentrier dich. Das Telefon. Konzentrier dich!

Gecheckt, gecheckt, gecheckt … Langsam. Ruhig. Okay: nicht in ihrer Handtasche. Durchsucht, abgetastet, erneut durchsucht. Nicht in ihren Kleidern. Das bedeutet …

Sie hat es im Auto gelassen. Toll. Wie spät ist es? Zehn nach sechs. Sie ist immer mindestens eine Stunde vor den anderen hier, aber was, wenn … Was, wenn der Zufall zuschlägt? Was, wenn das Unerwartete eintritt? Im Augenblick bin ich in Sicherheit. Frauenbusen Helen und ich, nur wir beide, und niemand weiß etwas oder wird je etwas erfahren. Ich liebe Tiefgaragen, vor allem die kleinen, vor allem, wenn es keine Kameras gibt, vor allem, wenn sie leer sind. Erinnerst du dich an den Feiertag damals, als du durch das verspiegelte Heckfenster beobachtet hast? *Oooh*: all die Babygirls. Fast so gut wie Sportsgirl und Supré im Einkaufszentrum.

Na schön. Geh das Risiko ein, du musst das Risiko eingehen. Du musst das Telefon holen. Wo hab ich ihre Autoschlüssel hingepackt? Da – großer Gott! Ist das ein Tampon? Hat sie ihre Tage? Falls ja, bring ich sie verdammt noch mal um.

Ruhig. Irgendjemand draußen? Nein. Mindestens weitere fünfzig Minuten lang wird niemand die Rampe zu dieser Garage herunterkommen, Helen.

Schiebetür auf, Schiebetür zu.

Zack! Auto offen. Runter mit den Ärmeln – vorsichtig, mein Junge, lass die Haut kein Metall berühren, und …

Aber hallo. Was muss ich da sehen, Helen? Dummes Frauchen. Du hast dein iPhone vergessen. Aber das ist schon in Ordnung, jetzt haben wir es ja. Oh, du hast 'ne Nachricht. Ist von Loverboy.

He, Loverboy, ich werd dir ein Foto von Lovergirl schicken. Sehr bald schon, und sie wird *richtig* hübsch aussehen. Und du wirst es *nie* vergessen, Loverboy.

Zack! Auto zu.

Auf Nimmerwiedersehen, Auto.

He, Helen. Hab das Telefon. Du meine Güte, der Akku fehlt. Das bedeutet, du bist von der Bildfläche verschwunden, Herzchen; es bedeutet, du kannst nicht gefunden werden; es bedeutet, dass es kein GPS-Signal von dir gibt. Moderne Technik; du könntest genauso gut tot sein.

Kontrolle: Paket gesichert? Ja, fest verschnürt seitlich hinten im Van. Arme ausgestreckt, zusammengebunden und an der Gitterwand gesichert? Ja. Die Beine? Ebenso. Dir passiert nichts, Helen; so kannst du hinten im Van nicht über den Boden kullern.

Alles klaro.

Kontrolle: Paket außerstande, zu sprechen oder – ha, ha, ha – zu schreien, brüllen, kreischen?

Klebeband von Bunnings, im Sonderangebot um $ 3,99.

Alles klaro, und Augen nach vorn: irgendwelche Anzeichen auf fremde Aktivitäten?

Nichts. Fünfundvierzig Minuten, bevor jemand die Rampe herunter in die kleine Garage fährt; fünfundvierzig Minuten, bevor jemand Helens blauen Mazda dort sieht, wo er immer abgestellt ist; fünfzig, vielleicht sechzig Minuten, bevor jemand – der Zeppelin? – auf die Idee kommt, das tote iPhone anzurufen und eine Nachricht zu hinterlassen: *Helen, alles in Ordnung? Wollte nur nachfragen.*

Loverboy wird das und all die anderen Nachrichten zu hören bekommen, darunter seine eigenen, wenn er das Telefon erhält.

Das Geschenk.

Konzentrier dich. Die Luft ist rein, Meister! Alles klaro.

Auf geht's, Helen! Lass uns Spaß haben, nur du und ich und diese großen Frauentitten, jede Menge Spaß, jede Menge Schritte bis hin zur Kette.

Eine vergnügliche Reise werden wir haben. Seid geduldig, Brüder. Bleibt ruhig, Schwestern. Fahrt ein Weilchen mit uns.

—

Gütiger Gott, sieh sich einer diese Sonne an, sieh sich einer diesen blauen Himmel an. Verdammt, ich liebe es hier oben. Alles klar, Winston, nicht schneller als fünfzig Stundenkilometer, und konzentrier dich, sei ein höflicher Fahrer und wink den alten Leuten zu, wenn sie dich passieren.

—

Helen hatte aufgehört, in das Klebeband zu brüllen. Sie wusste, dass niemand sie hören würde, aber nicht das ließ sie aufhören, zu schreien. Es lag an schierer Erschöpfung. Und an der Erkenntnis.

Sie würde sterben. Vielleicht … vielleicht könnte sie so tun, als würde sie ihn mögen, und bestimmte Dinge sagen, zum Beispiel, dass er attraktiv sei und sie ihn wollte.

Aber sie kannte die Wahrheit.

Es würde alles vergeblich sein.

Sie würde sterben, und davor würde er ihr wehtun.

Helen schloss die Augen und dachte an ihren sechsten Geburtstag zurück, als ihre Mutter und ihr Vater sie zum Luna Park mitnahmen, wo sie elfmal mit dem Riesenrad fuhr.

15

Der Deal (i)

Ich hatte Maria noch einmal angerufen und sie aufgefordert, mich in zwei Stunden statt in neunzig Minuten im Haus zu treffen, dann hatte ich sie ersucht, das Telefon an Casey weiterzugeben. »Bitte«, hatte ich hinzugefügt.

Sie war wütend und frustriert. Maria war Polizistin und keinem schlitzohrigen Einzelgänger, sondern einem etablierten Ermittlungsteam und einem Job mit klar definierten Grenzen Rechenschaft schuldig. Ich bewegte mich auf dünnem Eis; sie bewegte sich auf dünnem Eis. Ich schätze, wir wussten beide nicht, wohin das führen würde, sehr wohl hingegen wussten wir, dass wir bei der Jagd Fortschritte erzielten.

Ich beobachtete, wie sich die Autofähre vom Ufer auf der anderen Seite des Flusses löste. Sie wird von Riemenscheiben über das Wasser gezogen, über die zwei dicke Kabel gewickelt sind, die sich straff spannen, wenn die Reise beginnt – noch straffer, wenn der Wind die Fähre peitscht, als wolle er sie vom Kurs abbringen und ins Chaos stürzen.

Mittlerweile war es 6:20 Uhr; das Morgengrauen war längst vorbei. Es herrschte bereits brütende Hitze, die Sonne stand mit voller Kraft am Himmel.

Caseys Auto rollte von der Fähre, sobald diese Land berührte, statt zu warten, bis das Schaukeln endete, was die meisten Fahrer taten, weil sie sich davor scheuten, loszufahren, während das Heck nach dem Übersetzen noch heftig schlingerte.

Maria brachte Caseys Wagen abrupt neben meinem zum Stehen.

Eine weitere Fehleinschätzung meinerseits – natürlich würde sie seine Aufgabe an sich reißen. Immerhin war sie eine kluge Frau. Warum hatte ich mich nicht in ihre Lage versetzt? Ein Jahr aus dem Spiel, und schon war ich mehr als eingerostet; wenn es so weiterginge, würde der Mörder an Altersschwäche sterben.

»Du bist nicht Casey.«

»Tu einfach so, als wär ich's«, erwiderte sie und zeigte auf das Lyndon-Johnson-T-Shirt aus dem Jahr 1964, das sie trug und das einen entzückenden Spruch über seinen damaligen Rivalen Barry Goldwater aufwies: »Tief in eurem Innersten wisst ihr, dass er meschugge ist.«

»Was ist los? Warum hättest du Casey hier drüben gebraucht? Sag es mir. Sag mir alles.« Dabei sah sie nicht mich an, sondern in ihren Innenspiegel.

»Etwa hundert Meter die Straße rauf auf der linken Seite ist ein Feldweg; wir treffen uns dort nach ungefähr zweihundert Metern. Ist abgeschieden, dort sieht uns niemand.«

Damit trat ich aufs Gaspedal und bretterte davon.

Als ich nach links auf einen kaum wahrnehmbaren, unscheinbaren Pfad bog, sah ich, dass sie begonnen hatte, mir zu folgen.

Während ich in einem staubigen Wäldchen aus Eukalyptusbäumen und Goldfruchtpalmen auf sie wartete, spielte ich die Möglichkeiten durch, die größtenteils auf dasselbe Ergebnis hinausliefen, nämlich, dass es vorbei war. Ich hatte mich soeben überflüssig gemacht.

Aber ich musste im Spiel bleiben. Das Schlimmste, was passieren konnte, war, dass die Cops übernahmen, den Kerl verhafteten und nach ein paar Jahren juristischen Tauziehens mit ansehen mussten, wie er wegen gerissener Anwälte und des üblichen Vertrauens auf Indizienbeweise freikam. Nennen Sie es Gerechtigkeit, nennen Sie es Rache, nennen Sie es Mord – ich musste sicherstellen, dass *ich* derjenige sein würde, der das Ende herbeiführte.

Maria rollte neben mich, stieg aus und verscheuchte einen Moskito von ihrem Gesicht. »Rede«, forderte sie mich auf.

Ich erzählte ihr alles, was sich seit dem vergangenen Nachmittag zugetragen hatte. Vor allem erzählte ich ihr von Eddie, denn ich brauchte jemanden, der ihn befreite und über Leute befragte, die in der Anlage kamen und gingen. Für Casey wäre die Aufgabe einfacher gewesen. Ein Zivilist, der zufällig in die Anlage fuhr, zufällig ins Foyer schlenderte, zufällig einen Schlüssel mit einem Zettel entdeckte, auf dem sinngemäß stand: »Hilf der fetten Kröte in Apartment 20 im ersten Stock.« Nun jedoch würde Maria das übernehmen müssen.

Einiges ließ ich aus. Beispielsweise den Namen meines Cyberspace-Kriegers und wie es genau dazu gekommen war, dass Eddie verschnürt in seiner Wohnung lag.

Und die Frischhaltefolie. Auch die vergaß ich zu erwähnen.

Als ich mit meiner Schilderung begann, zog Maria aus der Gesäßtasche ihrer Jeans einen kleinen Notizblock hervor – einen jener, die man nach oben umblättert und die Polizisten so gern verwenden. Das gefiel mir gar nicht. Sie schrieb mit, während ich sprach, wie es Bullen am Tatort eines Verbrechens tun, wenn sie mit einem Zeugen oder vielleicht einem Verdächtigen reden. Daran war ich nicht gewöhnt.

»Das war's?«, vergewisserte sie sich und klappte den Block zu, nachdem ich geendet hatte.

»Ja«, antwortete ich unwahrheitsgemäß.

»Ich muss das melden, Darian. Tut mir leid. Ende der Fahnenstange. Aber was du getan hast, ist schon erstaunlich.«

So bin ich nun mal: erstaunlich.

»Ich halte dich raus, so gut ich kann. Versprochen.«

Damit spielte sie auf die Litanei meiner Straftaten an: Einbruch; tätlicher Angriff; schwere Körperverletzung; Entführung; es gab auch irgendeine Straftat hinsichtlich der Beschneidung der Freiheiten einer Person, mit der ich mich nie näher auseinandergesetzt hatte – auch der hatte ich mich jedoch schuldig gemacht. Ganz abgesehen natürlich von den zahlreichen Verbrechen, die eine unbekannte Person und ich begangen hatten, indem wir uns in die Telefonaufzeichnungen eines Mordopfers gehackt hatten. Und allgemein verabscheuungswürdigem Verhalten in Hinblick auf den Einsatz von Spionage-Software, Satellitenbildern und Internet für die Weitergabe von Informationen, die vermutlich ein strafrechtliches Ermittlungsverfahren behindern würden.

Ich war selbst einst wie sie gewesen: ehrgeizig und ungeduldig. Früher konnte ich es kaum erwarten, meine Fähigkeiten als Ermittler unter Beweis zu stellen. Der junge Spund, der noch lernt, aber gleich den ganz großen Fall knackt. Blind – das wird man durch Ehrgeiz. Abwärts kann die Lernkurve ziemlich rau sein. Allerdings gibt es daran nichts zu verurteilen, ganz im Gegenteil: Ehrgeiz ist bewundernswert, vor allem, wenn man intelligent und engagiert ist.

»Ich habe ein paar Fragen«, sagte ich und deutete auf ihren Notizblock, den sie gerade zurück in die Tasche stecken wollte.

Sie starrte mich an, als wolle sie sagen »Wir sind fertig« und schob den Block ganz in die Tasche.

»Beginnen wir bei Izzie. Zwischen ihrer Entführung laut Protokoll und ihrer tatsächlichen Entführung klafft eine Lücke von dreiundzwanzig Kilometern und achtundsechzig Minuten.«

Der Wir-sind-fertig-Blick bekam erste Risse.

»Das könnte etwas mit den Beschwerden bei der Polizei über Izzies öffentliche sexuelle Eskapaden zu tun haben. Izzie war eine Nymphomanin, wie sie im Buche steht, und hat das so ausgelebt, dass praktisch jeder dabei zusehen konnte. Wirklich sehr öffentlich. Es gab sechs Beschwerden von Eltern in der Straße, wo sich das zugetragen hat. Derselben Straße, in der auch Jenny Brown gewohnt hat.«

Mittlerweile starrte mich Maria mit wachsendem Entsetzen an.

»Erstens: Wer von den Jungs ist rausgefahren, um auf die Beschwerden zu reagieren? Dann: Warum besteht ein zeitlicher Versatz von achtundsechzig Minuten zwischen dem offiziellen Zeitpunkt von Izzies Verschwinden und der tatsächlichen Entführung? Neue Frage, selbe Richtung: Wer hat Izzies Verschwinden im Revier protokolliert? Ich will hier keine Schlussfolgerungen ziehen oder Annahmen treffen. Aber ich finde, das sind berechtigte Fragen. Was meinst du?«

Sie erwiderte nichts. Ich konnte beinah sehen, wie ihre Gedanken rasten, als sie versuchte, mir zu folgen und mich zu überholen, aber das würde ich nicht zulassen. »Also, was willst du den Jungs im Revier erzählen? Ernsthaft, meine ich? Vergessen wir mal den Quatsch, dass du nett sein und mich decken wirst. Das wird nicht passieren – du weißt es, ich weiß es. Weil du nämlich im Arsch bist.«

Dem Ausdruck in ihrem Gesicht nach zu urteilen, hatte lange niemand mehr so mit ihr geredet, vielleicht sogar noch nie. Wunderschöne Frauen haben es leicht; das mag nicht fair sein, aber es ist wahr.

»Ich bin der Feind. Du hast heimlich mit mir kollaboriert. Damit bist du raus. Glaubst du, man wird dir verzeihen, weil du den Fall geknackt hast? Nie im Leben. Im Gegenteil, man wird dich umso mehr hassen. Und das gute Aussehen, das dir geholfen hat, in die Ermittlungsabteilung reinzukommen – das wird dann plötzlich zum Aussehen einer Schlampe. Wenn man wunderschön wie du ist, kann man nur auf eine Weise spielen: still, unscheinbar, ohne Ruhm für irgendetwas einzuheimsen. Die Jungs warten nur darauf, sich gegen dich zu wenden. So sehr sie dich schon jetzt ficken wollen, was sie aber nicht können, weil sie wissen, dass du klug und still und aufrichtig bist, sie werden dich stattdessen ins Hirn ficken, weil sie dich so wenigstens überhaupt ficken können – auf die eine oder andere Weise.«

Ihre Augen blitzten vor Wut, und sie schwang mit der Faust nach mir. Es war ein guter, harter Schlag, der mich ohne Weiteres hätte treffen können, allerdings hatte ich jahrelange Übung; ich wusste, dass er auf mich zukam. Also lehnte ich mich zurück und beobachtete, wie ihre Faust einen Bogen durch die Luft beschrieb.

»Du Arsch!«, brüllte sie, als sie einen weiteren Angriff startete. Diesmal fing ich ihre Faust mit der offenen Hand ab und hielt sie fest. Mitten in der Luft umklammert, erstarrt.

»Wäre dir lieber gewesen, ich hätte gelogen? Manche Menschen stehen auf den Kick des Unerwarteten. Ich hingegen weiß lieber, was mich hinter der nächsten Kurve erwartet.« Ich ließ ihre Faust los.

Sie atmete schwer, war stinksauer auf mich und vielleicht tief in ihrem Innersten auch auf sich selbst.

Einige Augenblicke lang starrten wir uns gegenseitig an. Ich setzte auf ihren Ehrgeiz. Sie mochte loyal sein, aber mehr als alles andere wollte sie auf der Karriereleiter nach oben. Sich mit mir auf Abwege zu begeben, konnte man zwar als illoyal betrachten, doch es würde ihr helfen, das zu erreichen, was sie wollte. Zumindest hoffte ich, dass sie es so sehen würde.

»Ich könnte dich auf der Stelle verhaften. Dich abführen. Ist dir die Möglichkeit je in den Sinn gekommen? Denn das scheint mir gerade eine verdammt gute Idee zu sein. Und die Jungs, von denen du da redest – ich wäre ihre Heldin, würde ich dich ins Revier schleifen. Was ist damit? Was hältst du davon als Alternative zu deiner brillanten Zusammenfassung?«

»Dann tu's doch. Tu's, Maria, und tu's sofort.«

16

Helen, 36D (ii)

Da sind wir, meine Freunde, fast zu Hause. Passt gut auf, meine Brüder und Schwestern. Merket: Es ist wichtig, dass ihr einen Ort wählt, an dem ihr nicht hervorstecht. Es ist wichtig, sich einzufügen und den Anschein zu erwecken, normal zu sein.

Was zum Teufel ist denn normal?, höre ich euch fragen. Ah, gute Frage. Und hier kommt die Antwort: Es gibt keine Antwort. *Normal* existiert nicht. Aber dabei dürft ihr eines nicht vergessen, Freunde: Jeder denkt, es gäbe so etwas wie normal, und fast jeder versucht, es zu leben.

Daher wohne ich in einer netten Straße in einem netten Vorort mit nettem Rasen und netten Autos und netten Leuten, die jeden Abend fernsehen und morgens zur Arbeit gehen und nach dem Einkaufen im Supermarkt nach Hause kommen. Auch ich mache das alles. Na ja, nicht wirklich. Aber ich tue so, als ob. Merket: Tut so, als wärt ihr wie die anderen um euch herum.

Wisst ihr, es ist nicht normal, einen Van mit einem Paket hinten drin eine nette Straße entlangzufahren. Also muss man dafür sorgen, dass es normal aussieht. Man muss wie die anderen Spießer in der Straße aussehen, man muss aussehen wie der Eisverkäufer oder ein Bote oder ein Kerl, der Klempner oder Elektriker sein könnte. Und es ist so verdammt einfach. Helen, hörst du zu? Du bist auch ein Teil davon. Normale Menschen denken, du könntest ein eingerollter Teppich oder Kisten mit Draht sein. Deshalb nenne ich die Mädchen, nachdem ich sie mir geholt habe, *das Paket.*

Langsamer, Soldat – schreck die Nachbarn nicht durch rücksichtsloses Fahren auf.

Manchmal fühle ich mich wie ein echtes Mitglied der Gemeinde. Manchmal habe ich das Gefühl, ich könnte Rotarier oder Pfadfinder sein.

Langsamer. Pass auf den Jungen auf, der wie der verfickte Spiderman mitten auf der Straße mit seinem Fahrrad fährt. Wink dem kleinen Arschloch zu. Lächle den kleinen Widerling an.

Da sind wir. Vor den Toren zur Burg. Rolltore sind gut. Besorgt euch am besten nicht nur ein Haus, das wie alle anderen Häuser aussieht, sondern versucht, eines mit einem Rolltor zu bekommen. Sehr sicher. Ich liebe-liebe-liebe es, wenn ich endlich mit dem Paket in der Garage bin und sich das Rolltor hinter uns scheppernd auf den Betonboden senkt, uns einschließt.

—

Helen war extrem fest an dem Drahtgitter festgebunden und konnte sich deshalb kaum rühren. Trotzdem gelang es ihr, den Kopf zu drehen und zu ihm hinaufzustarren, während sie fuhren. Sie hörte, wie sich ein elektrisches Tor schloss. Gleichzeitig senkte sich eine bedrückende Düsternis herab. Sie wusste, dass sie sich in einer Garage befand.

Winston lächelte sie an.

»Hi, Helen. Ich mache das schon eine ganze Weile. Daher: Je mehr du dich wehrst, desto schlimmer wird es. Für dich.«

Sie beobachtete, wie er die Drahtgitterwand losschraubte

und einrollte. Dann kletterte er vom Fahrersitz nach hinten in den Van und kniete sich neben sie.

Warum sie? Was hatte sie ihm denn getan? Lag es an etwas, das sie gesagt hatte? Irgendwann, als er zu einer seiner Sitzungen gekommen war? Sie versuchte, sich an seine Akte zu erinnern. Alles, was ihr einfiele, würde ihr vielleicht helfen können. Sie wusste aus Film und Fernsehen, dass man bei solchen Leuten Empathie schaffen musste.

Allerdings entsprang jener Gedanke einem Ort namens Hoffnung, und an jenem Ort hielt rasch Dunkelheit Einzug. Helen wusste, dass keine Hoffnung bestand. Alles, was sie aus ihrem Gedächtnis kramte, war, dass er einen langen Namen hatte, vierundzwanzig Jahre alt war und unter einem seltenen Pigmentierungsgebrechen der Augen litt, das seinen Iriden eine orange Färbung verlieh.

Er berührte ihre Brust. Er drückte sie. Er starrte sie an, drückte fester. Sie versuchte, sich den Schmerz nicht anmerken zu lassen, doch es war hoffnungslos. Alles war hoffnungslos. »Denk dran, was ich gesagt habe«, hörte sie.

Helen erstarrte. Sie löste den Blick nicht von ihm.

»Im Haus gibt es eine Liste von Regeln. Die gehen wir demnächst durch. Aber davor werde ich dich ficken.«

Er sprach ohne jede Emotion.

»Das wird Fick eins. Wenn wir zu Fick zweiunddreißig kommen – kannst du dir das merken? Fick zweiunddreißig? –, dann sage ich dir, ob du weiterleben oder ob du sterben wirst. Aber du musst dir Fick zweiunddreißig merken, denn wenn nicht, wenn ich dich frage, wie oft wir gefickt haben und du falsch antwortest, dann …«

Er zuckte mit den Schultern, als wolle er sagen: *Dann kann man nichts machen.*

»Oh, und um fair zu sein: Mit dem Mund zählt es nicht als Fick. Da besteht ein großer Unterschied. Zähl das nicht mit. Alles klar?«

Helen hatte längst aufgehört, sich zu bewegen, und starrte auf ein Grauen, das sie nicht für möglich gehalten hätte.

»Fangen wir an. Du liegst einfach da, dann passt das schon.«

—

Helen erlangte das Bewusstsein wieder und sah sich um. Ein Schlafzimmer. Dunkel. Aber nicht dunkel genug. An den Wänden hingen Fotos. Hunderte Fotos.

Von Mädchen im Teenageralter. Nackt, gefesselt, hilflos, misshandelt, zerschnitten, blutend, weinend, flehend, auf den Knien, bettelnd. So viele Mädchen.

Helen schrie erneut, schrie lauter, als sie es für möglich gehalten hätte. Ein Schrei, der tief aus ihrer Seele aufstieg, ein Schrei, der von dem Klebeband über ihrem Mund gedämpft wurde.

17

Der Deal (ii)

An Eddies Stelle wäre ich ziemlich glücklich gewesen: Buffy, die Vampirjägerin, mochte sexy sein, aber von einer zum Niederknien schönen Polizistin befreit zu werden, gehörte in ein Reich der Fantasie, das er sich bestimmt noch nicht einmal ausgemalt hatte. Etwa in diesem Augenblick würde die Fantasie wahr werden.

Ich war in dem Wäldchen geblieben, nachdem ich beobachtet hatte, wie sie wie ein wutentbrannter Derwisch davongerast war. Was wohl nicht an meiner Warnung davor lag, dass Eddie die Gewohnheit hatte, sich über die Lippen zu lecken.

Der Deal sah so aus: Sie würde ihn retten und eine blödsinnige Geschichte darüber erfinden, dass sie gesehen hätte, wie eine verdächtige Gestalt verstohlen von den Mauern der Anlage geflüchtet war. (Ich.) Dann würde sie ihr Abzeichen aufblitzen lassen und den armen Eddie darüber befragen, wer Zugang zur Anlage hatte, über alle Personen, die für diesen so schrecklichen und grundlosen Angriff auf ihn verantwortlich sein könnten. Mir war aufgefallen, dass jedes der vier Gebäude über eine Tiefgarage mit elektrischem Tor verfügte. *Wer kann dort rein, Eddie? Vor allem drüben in Sunrise Breeze. Spielt keine Rolle, dass Sie nicht dort überfallen worden sind, Eddie, Sie müssen gründlich nachdenken. Verstanden? Gründlich.*

Danach würde sie zurückkehren und mir Bericht erstatten. So sah der Plan aus. Weiter hatte sie noch nicht vorausgedacht; sie agierte nach wie vor unter dem Einfluss von Adrenalin. Maria hatte noch nicht kapiert, dass ich sie mit einem Makel behaftet hatte, jedenfalls war es ihr nicht richtig bewusst. Der Deal hatte weiterreichende Folgen, als ihr klar war. Das würde ich sie später herausfinden lassen, nachdem wir aus Eddie alles herausgequetscht hätten, was er zu bieten hatte. Ich zeichnete mit der Schuhspitze Kreise in die Erde. Das Warten machte mir nichts aus.

—

Ein Cop zu sein, bedeutete mir viel. Nach dem Aufwachen duschte ich und zog die Uniform an. Wenn ich sie trug, war ich jemand. Ich glaubte an das, was ich tat. Ich arbeitete hart. Vielleicht zu hart. Aber ich schaffte es dorthin, wo ich hinwollte: Ich fuhr täglich mit dem Aufzug ins Stockwerk des Morddezernats. Alle Bullen wollen ins Morddezernat, ganz gleich, was sie einem erzählen. Dafür gibt es zwei Gründe. Erstens: Jegliche andere Polizeiarbeit ist Quatsch. Betrunkene Fahrer, Autounfälle, Brandstiftung, Betrug, Fischereiwesen, Nutztiere, sogar Vergewaltigung. Alles Quatsch. Klar, alles irgendwie wichtig, aber es gibt eine Rangordnung in der Welt, eine Hierarchie. Im Morddezernat beschäftigt man sich mit Mord. Jemand hat einem anderen Menschen das Leben genommen. Ein *Leben*. Falls wir inmitten all des Chaos, das auf der Welt herrscht, etwas gemeinsam haben, dann die Schlichtheit des Lebens.

Man tötet keine unschuldigen Menschen. Tut man es doch, ist man fällig. Das Morddezernat ist für alle Bullen eine Verlockung, weil alle Bullen, sogar die schlechten, die Mörder schnappen wollen, die lächelnd und lügend zwischen uns wandeln.

Der zweite Grund ist noch schlichter: Ist man nicht im Morddezernat, dann ist man ein Loser. Durchquert man das Foyer des Reviers in der Innenstadt und fährt man mit dem Aufzug, präsentiert sich folgendes Bild. Erdgeschoss: Sesselfurzer, die nicht mal Uniformen tragen. Erster Stock: Lohnverrechnung. Zweiter Stock: Brandstiftung und Fischereiwesen. Dritter Stock: Ermittlungsabteilung. Vierter: Betrug, vielleicht noch die Internetjungs. Fünfter: Kindesmissbrauch. Sechster: Vergewaltigung und vermisste Personen.

Jetzt wird es heiß – noch zwei Stockwerke übrig, eines mit Bürokraten, das andere mit den Söhnen Gottes. Morddezernat. Wir stiegen stets im siebten Stock aus, wo immer vier Schreibtische aneinander standen und Kartons mit Beweismitteln, Whiteboards, Aktenschränke sowie etliche leere Kaffeebecher das Bild beherrschten. Das Bier versteckten wir im Konferenzraum hinter dem Bildschirm, auf dem wir uns VHS-Bänder mit Verhören oder von Tatorten ansahen. Das Stockwerk über uns beherbergte den Polizeichef in einem sehr großen Büro, das eine Aussicht über eine Millionenstadt bot. Der Polizeichef, wer immer es gerade war, stellte seinen Schreibtisch immer von der Stadt abgewandt und der Port Phillip Bay zugewandt auf, eine Panoramaaussicht auf graues Meer, gesprenkelt mit Segelbooten und Windsurfern. Die Aussicht mag schöner sein, aber ich empfand das immer als ein Drücken vor der Verantwortung für die Sicherheit all dieser Millionen Menschen.

Einmal verbrachte ich einen Nachmittag mit dem Polizeichef in dessen Büro. Wir tranken Johnny Walker Blue: $ 260 Steuergeld. Er starrte die ganze Zeit durch ein riesiges

Fernrohr, während wir tranken und ich von meiner Verhaftung eines Serienvergewaltigers im lahmen Vorort Frankston erzählte.

»Halten Sie Ausschau nach möglichen Verbrechen, die begangen werden, Chief?«, fragte ich.

»Nein, Sie Schwachkopf. Kommen Sie her«, erwiderte er, lehnte sich zurück, um Platz für mich zu schaffen, und trank einen Schluck im Wert von $ 40.

Ich spähte durch das Fernrohr und erblickte eine Frau mit nacktem Oberkörper beim Sonnenbaden am Strand.

»Und da.« Er neigte das Fernrohr behutsam, als befänden wir uns in einer Raumstation. »Sehen Sie sich das an.«

Eine weitere ahnungslose Bürgerin, die ihren Freitagnachmittag – oben ohne – am Strand verbrachte, ohne zu wissen, dass der mächtigste Polizist der Stadt sie beobachtete wie ein perverser Spanner, während er eigentlich eine ernsthafte Diskussion über den Mann führen sollte, den ich kürzlich verhaftet hatte – Davo, der im Verlauf seiner »Spermaorgie«, wie er die Zeit zwischen seiner Entlassung aus dem Knast im Vorjahr und seiner Verhaftung vor wenigen Stunden lachend nannte, sechzehn Mädchen geschlagen und vergewaltigt hatte.

Mittlerweile ist Davo tot. Er wanderte damals zurück ins Gefängnis. Die Staatsanwaltschaft war unterbesetzt und ließ den Fall von einem pickligen Jungen verhandeln, der das Studium vor höchstens einem Jahr abgeschlossen hatte. Sechs Monate später kam Davo raus. Ich beobachtete, wie er durchs Tor herausspazierte, und folgte ihm zu seinem neuen Zuhause, einer schäbigen Pension. Ich wartete, bis er die Stufen herunterstolperte und den Weg zur nahe gelegenen Mädchenschule einschlug. Dann sorgte ich dafür, dass er es nicht dorthin schaffte.

Der Polizeichef schaffte es auch nicht. Polizeichefs schaffen es nie. Dort oben in den mit dicken Teppichen ausgelegten Räumen des Führungstrakts werden der Polizeichef und seine Stellvertreter täglich und endlos von Politikern heimgesucht, die darüber zetern, dass die Verbrechensraten nicht gesunken sind. Dann verbringen sie lange Stunden in Gruppenbesprechungen mit Beratern und versuchen, sich etwas einfallen zu lassen, wie man die Verbrechensraten nach unten revidieren kann, indem man den Begriff »Gewaltverbrechen« neu definiert.

Können wir Totschlag herausnehmen? Müssen wir Vergewaltigung dazuzählen?

Nach einer Weile macht einem das zu schaffen, ganz gleich, wie viel Johnny Walker man in sich hineinschüttet. Und dann, wenn man bis dahin noch nicht gefeuert ist, knipst man sich aus.

Im siebten Stock stellte unseren Lebensgrund etwas dar, das wir als »Totentafel« bezeichneten – die Liste der toten Opfer in chronologischer Reihenfolge. Auf die linke Seite der Tafel schrieben wir jeden Namen mit blauem Filzstift und zogen eine lange Linie von dort nach rechts. Nach den grundlegenden Informationen über das Wann und Wo folgte der wichtige Teil: Name des Mörders und ein Häkchen, wenn er vor Gericht gestellt und verurteilt worden war. Bis Weihnachten gelangten wir in der Regel bei rund einhundert an – das entspricht in etwa der Mordrate, mit der man in Melbourne in einem Durchschnittsjahr rechnen muss.

Es war nach acht Uhr, als ich zurück in den Toyota stieg und den Motor anließ, um Kühlung durch die Klimaanlage zu bekommen. Kein Lüftchen wehte, und es musste wohl locker an die fünfunddreißig Grad gehabt haben. Ich schloss die Augen und ließ mich von der kühlen Luft umhüllen. Und ich kehrte in den siebten Stock zur Totentafel zurück.

Lange, nachdem ich die Uniform gegen einen Anzug eingetauscht hatte, fuhr ich jeden Morgen mit dem Aufzug und beobachtete, wie die Loser in ihren Anzügen von Big W und Zehn-Dollar-Schuhen im zweiten Stock bei Fischerei und Brandstiftung ausstiegen. Während ich lässig an der hinteren Wand lehnte und sich die Fahrstuhltüren schlossen, radierte ich die Loser aus dem Gedächtnis, die sich ans Werk machten, um Typen zu verhaften, die zu viele Meeräschen gefangen hatten oder auf leisen Sohlen durch die erlöschende Glut eines Hausbrands geschlichen waren.

Der Aufzug fuhr weiter nach oben, Stockwerk um Stockwerk, und unterwegs stiegen weitere Loser aus, bis ich meine Etage erreichte, die Etage, die ich leitete.

Als ich zum Morddezernat kam, wurde ich zusammen mit einem anderen, im siebten Stock ebenfalls neuen Beamten einem Team zugeteilt. Carita. Es gab nicht viele weibliche Mordermittler. Wir waren über vier Jahre im selben Team.

Einmal spürten Carita und ich einen Mörder auf und jagten ihn an einem Samstagabend eine Nebenstraße in South Yarra entlang. Er stolperte und fiel, und wir taten es ihm gleich, direkt auf ihn, Ellbogen und Knie voraus. Er hatte eine siebenundachtzigjährige Frau namens Doris getötet. Sie hatte nie geheiratet, was irgendetwas mit dem Zweiten Weltkrieg zu tun gehabt hatte. Die alte Dame hatte Briefmarken aus Tahiti gesammelt – sie lagen in der Nähe der Stelle, wo ihr der Mörder einen Korkenzieher in die Kehle gerammt hatte, auf dem Boden verstreut.

Carita und ich droschen die Scheiße aus dem rattengesichtigen Mörder raus, während er sich auf dem nassen Kopfsteinpflaster krümmte und wand. Ich brach ihm die Nase. Carita trieb ihm das Knie so heftig in den Genitalbereich, dass ich dachte, sie hätte ihm die Hoden in die Luftröhre geschossen. Er weinte, war gebrochen. Niemanden juckte es. Zwei Uniformierte Mitte zwanzig tauchten auf und verfrachteten ihn hinten in ihren gepolsterten Wagen. Stehen konnte der Mann nicht mehr. Reden auch nicht, was gut war, weil ohnehin niemand hören wollte, was er zu sagen hatte. Es regnete immer noch. Wir waren völlig durchnässt, doch das spielte keine Rolle. Wir hatten einen Bösen erwischt und ihm die Seele aus dem Leib geprügelt. Niemand würde davon erfahren. Es bestand keine Gefahr eines internen Ermittlungsverfahrens. Niemand interessierte sich für den Typen. Wir fühlten uns wie berauscht. Eigentlich mussten wir in den siebten Stock zurückkehren und Berichte im Umfang von etwa sechzehntausend Seiten darüber anfertigen, was passiert war, aber wir standen nur da und starrten uns gegenseitig an, während der Polizeiwagen samt Sirene und Blaulicht in die Ferne entschwand. Ich begann so zu lachen, wie man es tut, wenn man etwas gewonnen hat. Es musste ansteckend gewesen sein. Carita und ich lachten wie Vollidioten in einer Sackgasse in South Yarra, während rings um uns große, düstere Eichen aufragten und dicke, fette Regentropfen auf unsere Köpfe einprasselten. Ich unternahm den ersten Schritt, indem ich das Wort ergriff: »Carita, was ich gleich sagen werde, könnte mich in mächtige Schwierigkeiten bringen, aber weißt du was? Es ist mir egal. Nach dem, was wir gerade durchgemacht haben, will ich dich nur noch mit zu mir nehmen, was nur ein paar Straßen weit weg ist, eine Flasche Wodka köpfen und …«

Sie lächelte bloß und nickte, und so taten wir es: Wir tranken Wodka und fickten uns gegenseitig, als wäre es die letzte Nacht auf Erden.

Am nächsten Tag flüsterte sie mir an unserem Schreibtisch zu: »Ich wechsle die Abteilung. Ist gerade bestätigt worden. Ich geh zum Betrugsdezernat.«

»Betrug?« Das kam einer Abdankung gleich.

Sie sah mich mit einem Anflug von Mitgefühl an, als hätte ich irgendetwas nicht verstanden.

»Bei Betrug sind die bösen Jungs charmant«, sagte sie. Aber das war nicht, was sie wirklich meinte. Am nächsten Tag präsentierte sich ihr Schreibtisch leer.

Jahre später sah ich sie noch einmal, da war ich vielleicht sieben Jahre im Morddezernat. Ich fuhr gerade mit dem Aufzug vom siebten Stock nach unten in die Lobby. Es lag drei Jahre zurück, dass wir die Rattenfresse in der nassen Gasse fertiggemacht und anschließend die Nacht mit Wodka und Sex verbracht hatten. Sie stieg unterwegs in den Fahrstuhl und lächelte. Ich grüßte sie, und sie grüßte zurück. Sie trug einen dunkelblauen Anzug. Sie roch wie ein Blumenmeer. Carita beobachtete mich, während ich ihren Duft einsog, und sie folgte meinem Blick. Sie sah richtig glücklich aus.

Offenbar hatte sie meine Gedanken gelesen, denn sie sagte: »Ich liebe den Job.«

»Charmante böse Jungs, was?«

»Süßholzraspler, allesamt.«

»Wie ich höre, ist das ein wachsendes Betätigungsfeld«, meinte ich. Der Nigeria-Scam galt als Spitzenreiter der Betrugshitparade. Alle redeten darüber, dass Internetverbrechen die angesagte neue Masche wären. Das Betrugsdezernat befand sich unten im vierten Stock, und es gab immer ein reges Stimmengewirr, wenn der Fahrstuhl dort anhielt. Wir verkörperten oben im Siebten zwar immer noch die Söhne Gottes, allerdings war unser Glanz mit dem Aufkommen der neuen Masche verblasst. Bei uns gab es immer rund hundert Morde. Wir stellten eine Konstante dar.

Nach sieben Jahren im Morddezernat freundete ich mich nicht mehr mit Cops aus anderen Abteilungen an, und sie alle reagierten entsprechend darauf. Wenn ich mit dem Aufzug fuhr, herrschte Stille, wenn ich ihn betrat, verstummten Unterhaltungen. Aber nicht an jenem Tag, nicht während der Aufzugfahrt mit Carita. Wir unterhielten uns, und ich sagte so ungefähr: »Wie ich höre, soll's am Wochenende regnen.« Als der Aufzug die Fahrt vor dem Anhalten verlangsamte, meinte sie zu mir: »Die Albträume sind verschwunden.« Es klang, als flüstere sie es mir zu, als verriete sie mir ein Geheimnis, denn ich hatte ihr nie von den Albträumen erzählt.

Carita schaute weg – oder vielleicht auch nicht, vielleicht wandte ich den Blick ab. Jedenfalls hatten wir das Erdgeschoss erreicht, und die Türen öffneten sich. Neue Gesichter, die einsteigen wollten, warteten darauf, dass wir zuerst ausstiegen. Kevin, einer meiner Kollegen, der in seiner Laufbahn über achthundert Mordfälle aufgeklärt hatte, starrte mich mit gefühlstoten Augen an, als er sich als Erster hineindrängte und sich an die hintere Wand stellte, wo er darauf wartete, dass die weniger Wichtigen nach ihm einstiegen.

Ich konnte immer noch das Blumenmeer riechen, was sich in der Lobby der Polizeizentrale völlig falsch anfühlte, und mich überkam der plötzliche, beinah verzweifelte Drang, mit Carita zusammen zu sein. Aber ich konnte den Blick nicht von Kevin abwenden. Er selbst sah mich nicht an, seine stechenden Augen hingegen schon.

»Darian?«, fragte er. »Gibt's ein Problem?«

Ich schüttelte den Kopf, und die Fahrstuhltüren schlossen sich. Er war weg. Ein Veteran des Morddezernats mit gefühlstoten Augen, der den langsamen Weg in den siebenten Stock antrat.

Ich drehte mich um. Carita ging von mir weg auf die Eingangstüren zu. Aus irgendeinem Grund machte mich das wütend. Ich wollte, dass sie auf mich wartete. Ich wollte den Geruch ihres Parfums und ihren kostspielig gekleideten Körper. Ich wollte sie über die Albträume befragen, doch das sollte ich nie tun. Ich redete nie mit jemandem über die Albträume, obwohl ich vermutete, dass wir sie im Morddezernat alle hatten. Sie war die Einzige, die je darüber sprach; sie und der Mann von Scotland Yard.

—

»Zwei der Bauunternehmen haben ihre Zugangsschlüssel nicht zurückgegeben. Ebenso wenig der Elektriker, der mit der gesamten Verkabelung beauftragt war. Eddie glaubt, er sei von Tonto angegriffen worden.«

Wir befanden uns am Ende des Trampelpfads neben der Straße zur Fähre. Stille herrschte; die Schnellstraßenfahrer hatten sich noch nicht versammelt.

»Von wem?«

»Tonto. Das ist der Sidekick des Lone Rangers. Er ist wirklich hässlich.«

»Ich bin ein *Sidekick*? Und Eddie hält *mich* für hässlich?«

»Nein, du Trottel: *Eddie* ist hässlich – hässlicher, als du ihn beschrieben hast. Aber das mit dem Sidekick siehst du richtig. Folge mir«, forderte sie mich auf und fuhr los.

Sie hatte gelächelt. Es fühlte sich beinah an, als wären wir Partner.

18

Der Fluch: ein Schatten

Kurz vor Sonnenaufgang herrscht eine perfekte Stille. Diese Zeit liebe ich mehr als jede andere. Abgesehen vom leisen Murmeln des vorbeiströmenden Flusses und den entfernten, monotonen Geräuschen des Meeres ist es völlig still. Ich hörte das Auto, hörte, wie sich die Tür öffnete und schloss, hörte, wie sie sich näherte.

»Hier«, sagte ich. Es war noch dunkel. Am Fluss kann man Stimmen ziemlich weit hören

Nachdem sie mich auf dem Steg gefunden hatte, spürte sie, dass es besser wäre, zu flüstern. »Ich wollte immer Polizistin werden. Aber ich weiß nicht, ob ich damit klarkomme.«

»Seit wie vielen Jahren bist du dabei? Fünf?« Sie nickte. »Was du zu sehen bekommst, was du gezwungen bist, zu sehen, sind die Gefilde erfahrener Mordermittler. Du solltest dich nicht schon so früh mit solchen Dingen auseinandersetzen müssen.«

»Aber das tue ich.«

Ja. Tat sie. »Es ist nicht bloß ein Job«, erklärte ich, »und du hast dabei keine Freunde; es gibt nur dich.«

»Aber die Albträume. Die Gesichter der Mädchen … Es ist, als ob sie mich heimsuchen.«

»Das tun sie. Genau das tun sie.« Der Fluss zeigte eine

schimmernde, wabernde Reflexion des schockierten Ausdrucks in ihrem Gesicht. »Weil sie wissen, dass dir etwas an ihnen liegt. Sie verschwinden *nicht*. Sie werden immer da sein. Das ist ein Teil des Fluchs …«

»Fluch?«, fiel sie mir ins Wort, und ihr traten Tränen in die Augen.

»… ein Polizist zu sein, der nicht nur Anteil nimmt, sondern auch nicht aufhört. Das ist dein erster Mörder. Wenn er gefasst und abgehakt ist, werden weitere kommen, und du wirst stärker sein, bereit für sie, bereit, sie um jeden Preis aufzuspüren und auszulöschen. Nimm die Mädchen an, das wollen sie von dir. Hab keine Angst vor ihnen. Ich hatte Angst. Ich habe gegen sie angekämpft. Nur geht das nicht. Man verliert unweigerlich.«

»Auslöschen?«, fragte sie.

»Was immer nötig ist«, erwiderte ich.

»Daran glaube ich nicht.«

»Ich sagte nur, *was immer nötig ist*. Ich hab nicht gesagt, dass du sie abknallen musst.«

»Aber du tust das«, flüsterte sie mit einer Stimme, die ich kaum hören konnte.

»Ja, das tue ich.«

—

Es kam mir wie eine Unterhaltung aus einer anderen Epoche vor, dabei hatte sie erst am frühen Morgen des Vortags stattgefunden. Nachdem Maria losgefahren war, wurde mir bewusst, dass ich seit fast achtundvierzig Stunden nicht geschlafen hatte. Ich würde schlafen müssen, sonst würde mir ein richtig dummer Fehler unterlaufen. Nur ein paar Stunden, mehr brauchte ich nicht. Aber noch nicht. Es gab nach wie vor Arbeit zu erledigen; ich musste Maria zeigen, wie genau der Deal aussah.

Sie hatte ihren freien Tag, trotzdem parkte sie ihr Auto ein Stück weiter in einer Nebenstraße und nahm einen schmalen Fußweg zum Fluss. Dann watete sie etwa hundert Meter am Wasser entlang, vorbei an den Rasen und Stränden meiner Nachbarn, bis sie meinen Vorgarten mit seinem Dickicht aus Palmen an jeder Seite erreichte, das vollkommene Ungestörtheit gewährleistet.

Mittlerweile hatte ich ihr von der Frischhaltefolie erzählt. Wir setzten uns über Skype mit Isosceles in Verbindung, der sich gleich mal erkundigte, ob sie Verkehr mit ihm haben würde. Er referierte ausgiebig über Barry Goldwater und ersuchte mehrmals darum, Marias T-Shirt zu sehen, eine Bitte, der sie nachkam, obwohl wir alle wussten, dass er in Wirklichkeit eingehend ihre Oberweite beäugte. Wir stäubten den Karton der Frischhaltefolie ein und suchten nach Anzeichen von Fingerabdrücken – wir stießen auf einige mögliche –, dann befolgten wir mit meinem Computer und einem weiteren summenden Metallkasten Isosceles' Anweisungen, damit er etwaige Abdrücke auf seiner Seite durch das System jagen konnte. Anschließend gingen wir die Liste der Handwerksbetriebe durch, die an der Anlage auf North Shore gearbeitet hatten, und achteten insbesondere auf die Elektrofirmen. An der Sunshine Coast gab es rund fünfundsechzig, aber wir schränkten das auf eine A-Liste von Unternehmen in unmittelbarer Nähe zu North Shore ein. Jedes arbeitete mit Freiberuflern, und wir hatten über einhundert Elektriker. Dennoch war es eine gute Spur und passte zu den wenigen Dingen, die wir über unseren Mann wussten, nämlich zu seinen Kenntnissen über Computer und Telekommunikationstechnik.

Als es so schien, als wären wir fertig, zeigte sich Maria überrascht, weil ich Isosceles aufforderte, bei uns zu bleiben. Sie sollte wissen, dass es ein Publikum gab, auch wenn es nur aus einer – obendrein sehr exzentrischen – Person bestand.

Wir hatten uns bereits auf einen Schattentanz paralleler Ermittlungen geeinigt. Das war der einfache Teil. In gewisser Weise. Maria stand in der Ermittlungsabteilung auf der untersten Stufe, war »Operation Blond« – der Arbeitsgruppe für die Jagd auf den Mörder – nicht einmal offiziell zugeteilt. Aber sie befand sich im selben Raum. In Noosa gab es keinen siebten Stock. Hier arbeitete die gesamte Ermittlungsabteilung von einem einzigen großen Raum aus. Als aus dem lästigen Fall vermisster Mädchen eine Morduntersuchung wurde, schuf man zusätzlichen Platz, indem man die Schreibtische der Fischereijungs näher zur Hintertür rückte; als aus der Morduntersuchung die Jagd auf einen Serienmörder wurde, schob man zusätzlich die Tische der Teams für Alkohol am Steuer und Marihuana zu denen der Fischereijungs. Maria wusste darüber Bescheid, war aber nicht mittendrin. Fat Adam war der Steuermann; er besaß sein eigenes Büro. Ich versicherte Maria, dass ich wüsste, wie man Informationen inszenierte und die Kontrolle behielt. Ich versicherte ihr, dass es funktionieren würde. Sobald wir den Mörder im Visier hätten, würde sie diejenige sein, die das Team auf ihn aufmerksam machte. Maria wusste, dass sie den Ruhm dafür nicht ernten würde – niemand würde Fat Adam davon abhalten können, ihn sich zu holen –, aber ihre Ideen, die zur Ergreifung des Killers führten, würden bemerkt, gelobt und natürlich belohnt werden.

Es gab eine kleine Meinungsverschiedenheit darüber, was genau geschehen sollte, sobald wir den Mörder gefunden hätten. Sie war jung und glaubte an das Rechtssystem. Maria würde noch einige Jahre brauchen, um festzustellen, dass es sich um ein Spiel mit einem entschiedenen Mangel an Gerechtigkeit handelte. Sie wusste, dass ich eine Pistole hatte, und sie wusste auch, wie ich solche Angelegenheiten vorzugsweise beendete. Ich versprach ihr, dass ich nichts tun würde, ohne es vorher mit ihr zu besprechen. Sie glaubte mir nicht, was ich auch nicht erwartete. Ich meinte zu ihr, wir wären anmaßend; vielleicht würden wir den Kerl gar nicht schnappen, und vielleicht würde es Unglück bringen, so selbstverständlich davon zu reden, als würden wir es schaffen. Darauf sprach sie an; sie ist ausgeprägt abergläubisch. Außerdem sagte ich zu ihr, es zähle nur die unbestreitbare Feststellung seiner Identität. Sobald wir seinen Namen hätten, würden wir ziemlich rasch Beweise finden. Ich erinnerte sie daran, dass solche Typen ihre Trophäen lieben. Die Leichen mögen sie vergraben, aber sie bewahren Kleinigkeiten, Siegesbeute auf. Kaum hatte ich das erwähnt, fühlte sich Maria besser: Auch wenn er selbst verschwinden sollte, würden sich die Ermittlungen abschließen lassen.

Für mich funktionierte das natürlich nicht; er und ich hatten ein paar Takte zu reden. Ich musste herausfinden, wo er die Mädchen vergraben hatte. Sie mussten nach Hause zu ihren Eltern. Sie brauchten den Respekt einer Beerdigung, einer anständigen Verabschiedung.

»Hast du noch mal über diese achtundsechzig Minuten nachgedacht?«, fragte ich sie.

»Nein«, antwortete sie überrascht.

»Ich schon«, sagte ich.

»Das war bloß Zufall«, meinte sie.

Zufall; schon wieder dieses Wort. Mittlerweile hatte sie uns mitgeteilt, wo jedes der Mobiltelefone gefunden worden war, was ich meinem Wandtableau hinzugefügt hatte.

»So etwas gibt es nicht. Zufälle existieren nicht – jedenfalls nicht bei der Jagd auf einen Serienmörder«, erklärte ich ihr. Ich konnte sehen, wie Isosceles zustimmend nickte.

»Jemand hat die Zeiten geändert. Warum?«, stellte ich in den Raum.

»Muss ein Fehler gewesen sein«, sagte Maria. »Fehler passieren andauernd.«

»Was, wenn nicht?«

Darauf erwiderte sie nichts.

»Was, wenn es Absicht war? Und das war es höchstwahrscheinlich. Jemand verschleiert einen Zeitraum von achtundsechzig Minuten. Wieso? Weil derjenige etwas zu verbergen hat. Es werden nicht Izzies achtundsechzig Minuten vertuscht, sondern die eigenen. Wahrscheinlich Zeit, die mit ihr verbracht wurde.«

Maria gab kein Wort von sich, ließ nur den Blick auf den meinen gerichtet.

»Was, wenn der Mörder ein Cop ist?«, sagte ich, als wäre mir der Gedanke gerade erst gekommen.

»Was?«, entfuhr es ihr.

»Du hältst das für absurd? Unterzieht man Cops Psychotests? Nein. Feuerwehrleute schon – zehn Prozent der Anwärter sind Pyromanen.«

»Acht«, berichtigte mich Isosceles.

»Bei all den Männern an der Sunshine Coast, all den Männern, die du schon angesehen und bei denen du dich gefragt hast: Ist es der? Oder der? Oder vielleicht der? Hast du dir je *sie* angesehen und dir dieselbe Frage gestellt? Die Jungs im Revier. Wie viele sind es? Fünfzehn? Sechzehn? Hat sie schon irgendjemand als Täter ausgeschlossen? Oder sich auch nur gefragt: Was turnt sie an? Träumen sie von vierzehnjährigen blonden Mädchen? Überleg mal: Hast du je gehört, wie einer der Jungs erwähnt hat, eines der Opfer sei hübsch oder sexy oder heiß gewesen? Hat irgendjemand gesagt: ›Sie hat es verdient?‹ Weil sie mit einem T-Shirt rumlief, das sich straff über ihre Brust spannte, und das Kleid der Schuluniform so geändert war, dass es nicht mal bis zu den Knien gereicht hat, vielleicht sogar so knapp war, dass man die Unterwäsche sehen konnte, wenn sie sich gebückt hat?«

Ich erschuf einen dunklen Tunnel, aus dem es keine Flucht gab. Durch den Ausdruck in ihren Augen – glasig, weit entfernt, vermutlich im Revier – erkannte ich, dass sie sich bereits tief darin befand.

»Wie viele Beschwerden hat es darüber gegeben, dass Izzie in der Öffentlichkeit Sex hatte? Wer hat darauf reagiert? Was haben diejenigen getan, wenn sie dort angekommen sind? Sie haben zugesehen. Izzie hat nicht aufgehört, für alle in der Straße sichtbar zu ficken – die Beschwerden bei der Polizei haben gar nichts bewirkt. Außer, dass sie ein noch größeres Publikum geschaffen haben. Was meinst du, wie viele der Jungs waren dort, um zuzusehen? Nur wer von ihnen hat beschlossen, mehr zu tun, als bloß zu spannen? Irgendetwas; wir wissen nicht, was, aber es hat irgendwie zur Beseitigung von achtundsechzig Minuten geführt.«

Maria blinzelte und starrte mich an, als hätte ich irgendeine Saite in ihr angeschlagen.

»Am anderen Ende jener achtundsechzig Minuten war der Mörder. Hat er auf sie gewartet? Oder hat er nur in der neunundsechzigsten Minute seine Identität geändert?«

»Das kann nicht sein.«

»Weil du es sagst? Wach auf. Soll dir Isosceles ein paar Daten vortragen? Über Cops, die töten? Pass auf«, sagte ich und beugte mich zu ihr, »nur du kannst das. Du musst ich sein.«

Damit erschreckte ich sie.

»Wenn du ins Revier zurückkehrst, musst du für mich Augen und Ohren sein. Du trägst die Uniform, und du spielst Maria … aber ich bin dort drin dein Schatten. Du siehst sie mit meinen Augen an und hörst ihnen mit meinen Ohren zu, während du lachst und Witze reißt, übers Surfen, die dämlichen Touristen und die Flusswilderer mit ihren Bootsladungen voll Fisch redest. Meine Augen, meine Ohren: Ist es der? Oder der? Vielleicht der? Niemand ist immun.«

Maria stand auf und ging, ohne ein Wort zu verlieren.

»Wow, Mann, das war wirklich verdammt intensiv«, befand Isosceles. »Glaubst du die Scheiße ernsthaft?«

Ich zuckte mit den Schultern. »Ist der Mörder einer der Bullen? Unwahrscheinlich. Hat einer von ihnen Izzie gevögelt? Ja. Mehr als einer? Vermutlich; wahrscheinlich haben sie alle Izzie abwechselnd beobachtet, und einer von ihnen ist einen Schritt zu weit gegangen. Spielt es eine Rolle? Nur insofern, als der Killer zugesehen und die beiden verfolgt haben dürfte. Höchstwahrscheinlich hat er sich auf Izzie gestürzt, unmittelbar nachdem sie von dem Bullen abgesetzt worden ist. Diese Information ist hilfreich.«

»Und warum der Gehirnfick, wenn du die Ausdrucksweise gestattest?«

»Sie ist klug, sie ist einfallsreich, sie ist unabhängig, sie ist ehrgeizig, und sie ist im Begriff, abtrünnig zu werden. Ich muss sie voll im Griff haben.«

»Oh. Verstehe. Das ergibt ja voll und ganz Sinn. Toller Busen übrigens.«

Damit beendeten wir das Gespräch. Er würde den Spuren folgen, die sich aus dem North Shore Dreaming Resort ergeben hatten, und ich würde mich für höchstens drei Stunden ins Bett legen, länger nicht.

Ich erwachte durch das Geräusch von jemandem, der meine Vordertür aufschloss.

19

Angie

Ich hörte erst Schritte auf dem Holzboden, dann eine leise Stimme. Angelique. Dienstags um acht, jede Woche. Angie, die Frau, die ich insgeheim liebte.

Es war dunkel. Ich hatte sieben Stunden geschlafen, viel zu lange. Ich war wütend auf mich, weil ich verschlafen hatte und weil ich nicht daran gedacht hatte.

Ich werde nicht einsam. Einsamkeit ist vielmehr eine Freundin. Sie und ich sitzen zufrieden am Fluss. Aber ich brauche die Berührung und Umarmung eines Frauenkörpers. Ich bin nie verheiratet und viele Male ein katastrophaler Freund gewesen. Pünktlich oder auch nur überhaupt verlässlich aufzukreuzen, hatte sich ein ums andere Mal als unmöglich erwiesen. Beim Morddezernat war ich selbst an meinen freien Tagen – die ich mir nie freinahm – immer bei der Arbeit. Frauen bei der Polizei wie Carita und Rhonda mochten entweder meine Intensität oder vielleicht bloß mich nicht. Höchstwahrscheinlich spürten sie das völlige Fehlen der Möglichkeit von Hingabe meinerseits.

Als ich zum ersten Mal eine Frau dafür anheuerte, mit mir zu schlafen, war ich nervöser als je zuvor in meinem Leben. Da war die Sache mit dem Ausverhandeln: Für wie lange wollte ich sie? Wollte ich sie besuchen, oder sollte sie zu mir kommen? Erwartete ich GFE (Girlfriend Experience – die gespielte Freundin) oder PSE (Pornstar Experience – der gespielte Pornostar)? Begriffe, die ich noch nie gehört hatte. Aber nachdem ich diese Welt der Verhandlungen unbeschadet überstanden hatte, legte ich mich zurück und schloss die Augen, als sie über mich kam, und ich verspürte eine fesselnde Vollständigkeit.

Von da an – und das war vor vielen Jahren – fand ich Trost und Zuflucht in der Gesellschaft von Prostituierten. Etwa einen Monat nach meiner Ankunft in Noosaville suchte ich diesen Trost und diese Zuflucht erneut. Das war nichts, was speziell Bullen taten. Es war etwas, das speziell *ich* tat.

Es gibt verschiedene Möglichkeiten, um Prostituierte zu finden. Man kann ein Bordell aufsuchen, was ich nie getan habe – die Vorstellung, einem Gangster oder einem Kollegen über den Weg zu laufen, verdränge ich lieber, und im Großen und Ganzen hasse ich Menschen; dieser Deal, der Deal mit Sex, würde nur in der Dunkelheit meiner eigenen vier Wände stattfinden. Man findet Prostituierte auch, indem man online sucht oder Inserate in den Kleinanzeigen liest, in denen die Schlagworte »Escort« oder »private Dienstleistungen« aufscheinen.

Solchen Inseraten haftet ein Gefühl von Verzweiflung an: »willig«, »neu in der Stadt«, »Pornostar-Körper«, »unvergesslich«, »aufgeschlossen«, »alles Natur«. Es ist ein skrupelloses Spiel, in dem die Worte als Tarnung dienen. Ich starrte damals zwei Stunden lang auf die Seite der Zeitung, las jedes Inserat mehrfach durch, kam jedoch immer wieder zurück auf die folgende schlichte Anzeige: »Angie. Neunzehn. Süß.«

»Darian, bist du hier?«, fragte sie.

»Ja, tut mir leid, ich hab geschlafen. Warte«, sagte ich, als ich wie ein Betrunkener aus dem Bett stieg, noch halb verschlafen, wachgerüttelt von den Geräuschen eines Eindringens in mein Haus, so harmlos es auch sein mochte.

Ich schleppte mich ins Wohnzimmer. Sie hatte sich ein Glas Sancerre eingeschenkt. Ich selbst trinke nicht mehr, aber ich bewahre eine kalte Reserve im Kühlschrank für sie auf, wenn sie jeden Dienstag bis Mittwoch von acht bis acht hier ist. Wir sitzen dann am Ende des Stegs, wir reden, wir haben Sex, wir liegen einander nackt in den Armen, Stunde um Stunde, fest aneinandergeschmiegt, und wir reden noch mehr. Sie studiert an der Uni und erzählt mir, über welchen Philosophen sie gerade etwas liest oder – mein Lieblingsthema – welchen Abschnitt der afrikanischen Kolonialgeschichte sie gerade lernt. Oft stellt sie mir Fragen über meine Vergangenheit, aber keine düsteren Fragen, die zu Bildern des Grauens führen könnten. Ich zensiere meine Geschichten und erzähle sie so, als wären sie Märchen.

Ihr richtiger Name ist Rose, aber das hat sie mir noch nicht verraten. Sie wohnt zusammen mit zwei anderen Mädchen in der Nähe des Campus der University of the Sunshine Coast, aber auch das hat sie mir nicht verraten. Ebenso wenig wie ihr richtiges Alter, das siebenundzwanzig lautet. Sie hat keinen Freund. Ich glaube, sie lügt, wenn sie das zu mir sagt.

»Hi«, begrüßte ich sie. Angie starrte an meine Wand, die einem Schaubild einer gewaltigen Verbrecherjagd glich. Das war eigentlich nichts, was sie sehen sollte. Ich hatte vergessen, dass Dienstag war. Hätte ich daran gedacht, hätte ich ihren Besuch storniert.

»Großer Gott, du bist aus dem Ruhestand zurück.« Sie stellte ihr Glas ab und hielt mich fest. »Geht's dir gut?«, fragte sie. Angie wusste mehr über mich als jeder andere Mensch.

»Alles bestens. Ich musste nur …« Ich ließ den Satz im Raum stehen, ohne ihn zu beenden.

»Wow«, flüsterte sie bei sich. Ich folgte ihrem Blick. Richtig, wow. Sie starrte auf die Beretta.

»Es ist eine 92. Sehr selten. Es wurden nur …«

»… fünftausend davon hergestellt, ich weiß. Eine davon liegt auf dem Meeresgrund.« Immer noch hielt sie mich fest. Sie küsste mich; ein Kuss, der in Wirklichkeit eine Umarmung, Unterstützung, Bestätigung war. Aber mir entging nicht, dass sie zittrig wirkte. Ihr Blick zuckte durch den Raum, von der Pistole zur Wand, weiter zum neuen Computer und zu den Metallkästen daneben.

Doch er kehrte immer wieder zur Pistole zurück. Es ist eine Sache, zu wissen, was ein Mensch einst getan hat; eine völlig andere jedoch, zu wissen, was derselbe Mensch tun könnte.

»Soll ich lieber gehen?«, fragte sie. Normalerweise würden wir zu diesem Zeitpunkt den Steg hinabschlendern, und sie würde mich mit Geschichten von Cicero erfreuen oder mich mit Fragen unterhalten wie: »Ist das zu glauben, wie oft Kurt Vonnegut in *Schlachthof 5* ›so geht das‹ geschrieben hat?«

Nein, dachte ich. »Ja«, antwortete ich. In Wirklichkeit wollte ich sie, ich wollte ihre Gesellschaft und das Gefühl ihres weichen, warmen Körpers an meinem. Ich wollte sie in den Armen halten, ihr Geschichten erzählen und ihr umgekehrt zuhören. In dem Jahr voller gemeinsamer Dienstage hatte ich mich hoffnungslos in sie verliebt. Sie war wunderschön, sie war komisch, und sie ließ mich immer wieder wissen, wie dämlich ich war, indem sie neckte, stocherte, scherzte, lachte, mich festhielt. Die Herausforderung ihres brillanten Geistes und atemberaubenden Körpers schob mich konstant in ein Leben des Lichts.

Jede Woche bezahlte ich für die zwölf Stunden, und sie nahm mein Geld. Ich gab ihr willkürliche Beträge, was immer ich in der Brieftasche hatte; es entsprach immer dem Doppelten, vielleicht auch dem Dreifachen des einst vereinbarten Tarifs, von dem wir längst abgekommen waren. Mehrere Male ging sie, während ich schlief, schlich sich aus meinem Bett – Examen, für die sie lernen musste, überfällige Hausaufgaben.

Sie betrachtete weiter die Wand, die Gesichter der sechs Mädchen.

»Das ist schrecklich«, sagte sie.

Ich setzte mich an den Computer und rief meine E-Mails ab. Sie ergriff ihr Weinglas. Ich hatte siebenundfünfzig ungelesene Nachrichten, alle von Isosceles.

Ich stand auf, umarmte sie von hinten, küsste sie zärtlich in den Nacken. »Ich muss arbeiten.«

»Ich komme nächsten Dienstag wieder, in Ordnung? Du kannst mir ja sagen, dass ich gehen soll, aber ich schaue einfach vorbei. Okay?«

»Ja, klingt gut.«

Sie trank ihren Wein aus, spülte das Glas ab und ging.

20

Welche Frequenz, Kenneth?

Helen gefällt *POCAHONTAS* nicht. Sollte ihr aber gefallen. Ist ein wirklich guter Film. Meine Lieblingsfilme sind:

Pocahontas.

Toy Story 2.

Die Unglaublichen.

Das Dschungelbuch. Wenn ich mir *Das Dschungelbuch* ansehe, stehe ich auf und tanze und singe mit den Tieren mit.

Schneewittchen und die sieben Zwerge.

Irgendwie gefällt mir auch *Die Schöne und das Biest*, aber der Streifen steht ganz unten auf meiner Liste.

Ich hasse *Fantasia*. Ich hasse-hasse-hasse es.

An Realfilmen – ich drehe übrigens meinen eigenen Film – mag ich *Henry, Portrait of a Serial Killer*. Ich hab dem Regisseur mal geschrieben, aber er hat nie geantwortet. Hannibal Lecter ist fantastisch, aber nur im ersten Film. Die anderen sind scheiße. Ich hab Anthony Hopkins geschrieben, aber er hat nie geantwortet. Der erste Realfilm, den ich je gesehen habe, war *Uhrwerk Orange*. Alex ist ein Droog, und ich war das auch. Damals war ich acht. Alex ist so cool. Wie er sich diese riesige Schwanzskulptur schnappt und die Tussi damit alle macht – *zack*, auf den Kopf. Spitze. Ich hab Stanley Kubrick geschrieben, dem Regisseur, und er hat nicht geantwortet. Ich hab Anthony Burgess geschrieben, dem Mann, der das Buch verfasst hat. Hab ihm mitgeteilt, dass sein Buch dumm, aber der Film spitze ist. Er hat nie geantwortet. Ich hab Alex geschrieben. Er hat nie geantwortet. Ich hab Carol Drinkwater geschrieben, die in dieser Schnellvorlaufszene, die mich genervt hat, von Alex gefickt wird. Hab sie in einer Fernsehserie namens *Der Doktor und das liebe Vieh* wiedererkannt. Handelt von einem Tierarzt. Meine Ma und meine Tante haben sie sich immer angesehen und dabei gesagt: »Das ist genau wie zu Hause.« Aber Carol Drinkwater hat nicht geantwortet. Ich liebe den Teil, wo Alex den alten Kerl tritt und gleichzeitig ein Liedchen trällert.

Das machen Helen und ich gerade. Wir singen. *Ich* singe. Helen kann nicht. Ich singe die Songs aus *Pocahontas*. Weil wir nämlich in einem Kanu sind. Ich, Helen mit den dicken Titten und ein Kanu.

Helen ist rundum eingewickelt, ganz glänzend und silbrig. Einfach toll. Und noch dazu im Kanu. Helen konnte nämlich nicht richtig mitzählen. Keine von denen kann mitzählen. Ich glaube, Mathematik wird heutzutage nicht mehr unterrichtet. Ich sollte dem Bildungsminister schreiben, aber ich tu's nicht, weil's mir eigentlich egal ist.

Bei *Der König der Löwen* bin ich mir nicht ganz sicher. *Taxi Driver* ist auch richtig cool. Wie er dem Bösen den Finger abschießt – das hat was. Aber das große Problem an *Taxi Driver* ist, dass man Jodie Foster nicht nackt zu sehen bekommt. Was für einen Sinn hat sie, wenn sie nicht nackt ist? Sie geht auf die Knie, um Robert de Niro einen zu blasen, aber sie ist dabei nicht nackt. Das ist einfach dämlich. Ich hab ihr geschrieben und sie wissen lassen, dass sie dämlich ist, und sie hat nie geantwortet. Brooke Shields ist splitternackt, umwerfend und nackt und wunderschön wie eine nass schimmernde Pocahontas, und zwar in *Pretty Baby*, dem besten Film, der je gedreht worden ist. Dem besten *Realfilm*, der je gedreht worden ist. Nicht Zeichentrickfilm. Wenn sie splitternackt aus dem Bad aufsteht – das ist die beste Szene eines Realfilms aller Zeiten. Ich hab Brooke Shields geschrieben und ihr gesagt, dass sie wunderschön war. Ich schreibe ihr jede Woche. Ich weiß, dass sie inzwischen alt und runzlig ist, und sie hatte ein Kind, und sie und Tom Cruise hatten einen Streit über Antidepressiva, aber sie ist unsterblich. Wie sie aus dem Bad aufsteht und das Wasser ihren zierlichen Mädchenkörper runterläuft – so ist sie unsterblich. Das lasse ich sie in all meinen Briefen wissen. Wenn ich den Namen ihres Kinds herausfinde, schreib ich auch dem Kind, um es wissen zu lassen, dass seine Ma unsterblich ist. Ich hab auch Tom Cruise geschrieben und ihm gesagt, dass ich ihn umbringe, wenn er je wieder ein schlechtes Wort über Brooke Shields verliert. Bald darauf hat er damit aufgehört. Er hat sich sogar bei Brooke Shields entschuldigt. Ich hab ihr in einem meiner Briefe davon erzählt, aber sie schreibt mir nie zurück. Trotzdem weiß sie, wer ich bin, nämlich ihr Retter und der Mann, der dafür gesorgt hat, dass Tom Cruise aufhört, schlimme Dinge über sie zu sagen.

Ich hab's nicht wirklich genossen, Helen mit den dicken Titten zu ficken. Oder doch. Am ersten Tag jedenfalls. Ich schätze, auch am zweiten und am dritten. Inzwischen will ich sie nur noch loswerden. Ich will zurück zum ursprünglichen Plan und mir Jenny G holen, nicht Jenny B – das war die Erste –, sondern Jenny G. Sie wird meine bisher Jüngste, was eigentlich richtig geil ist, wenn man genauer darüber nachdenkt, ziemlich cool, denn Helen mit den dicken Titten ist meine Älteste, und gleich die Nächste wird die Jüngste. Ich finde das richtig cool. Manchmal ergeben sich unvorhergesehen erstaunliche Dinge. Dabei hatte ich's gar nicht so geplant. Ist einfach passiert. Manchmal glaube ich, dass Gott mich leitet. Ich glaube, er möchte, dass ich Dinge verstehe. Was für Dinge, weiß ich nicht. Ich denke, ich werd's wissen, wenn ich's weiß, also, ich meine, ich werd's merken, wenn der Moment gekommen ist. Ich werd's einfach erkennen. Wie ich gerade erkannt habe, dass Jenny G die Jüngste und Helen mit den dicken Titten die Älteste ist.

Vielleicht …

Moment mal.

Wow. Ja. Das ist spitze, was für eine Spitzenidee. Warum ist mir das nicht eingefallen? Ist es aber doch. Oder nicht? Das war Gott. War das Gott?

Das ist ja so cool.

Alles klaro, Meister. Besser das Fahrzeug wenden, Meister.

»Helen«, flüstere ich. »Helen, ich hatte gerade die beste Idee überhaupt. Sie ist einfach toll. Du bist die Älteste, und Jenny G, sie wird die Jüngste. Ich bringe euch zwei zusammen. Ihr könnt euch das Zimmer teilen. Sie wird doch aufs Bett passen, oder? Klar wird sie.«

Helen ist so langweilig. Sie sagt nie etwas. Starrt mich bloß mit diesem dämlichen, leeren Blick an. Das werd ich beheben.

—

Helen versuchte, zu den Sternen zu blicken. Sie lag auf dem Boden eines Kanus. Sie beobachtete, wie sich Winston zu seinem Rucksack hinüberbeugte, den Reißverschluss aufzog und hineinfasste. Was er tat, konnte sie nicht sehen, aber sie vermeinte, ein Funkeln wie das Aufblitzen einer Taschenlampe im Mondlicht zu erkennen. Dann spürte sie einen unglaublichen, tiefreichenden Schmerz in ihrem Bein. Etwas Scharfes und Langes bohrte sich sengend in ihr Fleisch, und sie konnte fühlen, wie warmes Blut in die enge Plastikfolie schoss, in die sie eingewickelt war. Er drehte sich um und betrachtete sie wie ein Kind, das einen Frosch bei einem Naturkundeexperiment seziert.

Wieder schrie sie in Stille hinein. Winston lächelte.

—

Manchmal, meine Brüder und Schwestern, sind Folter oder auch nur willkürlicher Schmerz der starken-starken-starken Art unbedingt notwendig.

21

Der Junge, der prahlte (i)

Plötzliche Musik. Ein Klingelton.

Hilary Duff? Lady Gaga? Amy Winehouse? *Wozu gehört was?*, fragte ich mich, als ich ins Wohnzimmer zu den vier auf dem Esstisch liegenden Handys rannte: Jedes hatte eine andere Farbe und einen eigenen Klingelton. Das gelbe vibrierte: Henna.

»Was?«, fragte ich barsch.

Keine Worte. Schluchzen. Tiefes, stockendes Schluchzen.

»Was ist passiert?«, fragte ich eindringlich, während ich mir die anderen drei Telefone in die Tasche stopfte, mir meine Schlüssel schnappte und losrannte. Sekunden zählen.

»Ich hab ihn erschossen.«

»Was?«

»Es war dunkel.«

»Was ist passiert?«, wiederholte ich.

Gleichzeitig riss ich die Tür des Toyota auf und drehte den Zündschlüssel bereits im Schloss, als ich noch einstieg. Die Freisprechanlage hatte ich noch nicht eingerichtet, was in dem Moment ziemlich nervte, weil ich mit den Knien lenken musste und die Hände benutzte, um das Navi einzuschalten.

»Ich hab jemanden umgebracht.«

»Wo bist du? Genauer Ort.« Das Licht meiner Scheinwerfer beschrieb einen Bogen über die menschenleere Straße, als ich nach rechts lenkte, in die Richtung, wo sie wohnte. Ich konnte nur hoffen, es würde der richtige Weg sein.

»Bushaltestelle.« Kaum ein Flüstern.

»Straße?« Die Scheinwerfer fluteten einen Jacaranda-Baum, und für den Bruchteil einer Sekunde konnte ich nur eine Welt aus violetten Blüten sehen. Dann war sie verschwunden.

»Die Schnellstraße. In der Nähe von zu Hause.«

»Ist es die nächstgelegene Bushaltestelle von dir zu Hause?«

»Ja.«

Gut. Nahe. Vier Minuten entfernt. »Bist du allein?«

»Ja, ich …«

»Wo ist die Person, die du erschossen hast?«

»Auf dem Boden. Neben seinem Auto.«

»Irgendwelche Lebenszeichen?«

Zwischen Schluchzen: »Nein.«

»Hast du die Pistole benutzt?«

»Ja, sie war …«

»Wo ist die Pistole?«

Ich schaute in den Innenspiegel; niemand hinter mir.

»Sie ist in meiner Hand. Ich war …«

»Bist du immer noch allein?«

Vor mir tauchte ein Kreisverkehr auf – hier oben lieben sie diese Dinger. Ich scherte wild aus, um nicht geradeaus darüber hinwegzubrettern. Sie hatte nicht geantwortet.

»Hör mir zu! Tu, was ich sage! In Ordnung?«

»Ja.«

»Bist du immer noch allein?«

»Ja.«

»Schau in jede Richtung. Kannst du irgendjemanden sehen? Irgendwelche Autos?«

»Nein. Nichts.«

»Hinter dir ist ein Parkplatz. Siehst du ihn?«

»Ja.«

»Er ist finster.«

»Ja.«

»Geh darauf zu. Stell dich neben den niedrigen Holzzaun.«

Ich hörte das Knirschen ihrer Schuhe auf Schotter. Und Schluchzen.

»Bist du am Zaun?«

»Ja.«

»Wirf die Pistole auf den Parkplatz, so weit du kannst.«

»Aber …«

»Tu's.«

Ich hörte ein Geräusch. Die Läden und die Hauptstraße von Tewantin lagen hinter mir, als ich das kleine Polizeirevier passierte, das zwischen neun und fünf geöffnet ist und wie ein Kindergarten aussieht.

»Okay«, meldete sie sich.

»Wie weit ist sie reingeflogen? Ungefähr.«

»Dreißig Meter?«

»Gut. Dreh dich zurück zur Straße. Siehst du jemanden?«

»Nein. Alles völlig menschenleer.«

Erstaunlich. »Gut«, befand ich. »Und jetzt hör mir sehr, sehr genau zu.« Ich verstummte kurz. Ich wusste, dass sie zuhörte. »Ich bin weniger als zwei Minuten entfernt. Trotzdem könnten andere Leute vor mir eintreffen. Polizei.« Wieder verstummte ich. Sie hörte immer noch zu. Konzentriert. Gut.

»Du darfst nur Folgendes sagen: ›Ich kann mich an nichts erinnern. Ich habe einen Schock.‹« Neuerlich eine Pause, dann forderte ich sie auf: »Wiederhol es.«

»Ich kann mich an nichts erinnern. Ich habe einen Schock.«

»Ganz gleich, *wer* dich fragt. Ganz gleich, *was* du gefragt wirst. Du sagst nur eins …«

»Ich kann mich an nichts erinnern. Ich habe einen Schock.«

»Aber du hast verdammt noch mal einen Mann umgebracht!«, brüllte ich. *»Was hast du dazu zu sagen?«*

Eine Pause entstand, dann antwortete sie zittrig und unsicher: »Ich kann mich an nichts erinnern. Ich habe einen Schock.«

»Gut. Sag bloß nichts anderes.«

Eine weitere Pause, und ich hörte, wie scharf die Luft eingesogen wurde.

»Sie sind hier.«

»Du weißt, was du zu sagen hast?«

»Ja.«

»Sag nichts anderes. *Nichts* anderes. Okay?«

»Okay. Wann werden Sie hier sein?«, fragte sie. Durch das Telefon hörte ich hinter ihrer Stimme das Geräusch eines Autos, das auf den Schotter rollte, diesmal ein tieferes Knirschen. Die Cops.

»Das zu deiner Linken bin ich, zweihundert Meter entfernt. Ich bin auch schon hier.«

—

Ich hatte Sheryl Brown gefragt, ob ich mir Jennys Schuljahrbuch ausleihen dürfte. Jenny hatte die Tewantin High School besucht. Genau wie Izzie und Brianna. Drei von sechs Mädchen. So etwas wie Zufall gibt es bei einer Mordermittlung nicht.

Tage waren vergangen. Von Maria hatte ich nichts gehört, aber damit rechnete ich auch nicht; ich war derjenige, der Verbindung aufnehmen würde, nicht umgekehrt. In der Zwischenzeit arbeiteten wir die Liste der Elektriker ab. Es war ein langwieriger und frustrierender Vorgang, aber wir kamen voran; wenigstens blieben wir in Bewegung und traten nicht auf der Stelle. In weniger als einer Woche hatten wir viel geschafft.

Ich hatte Isosceles gebeten, mir so viele Namen und Adressen wie möglich von Mädchen im Teenageralter zu besorgen, wie sie der Killer mochte: hübsch, blond, jung. Die Anfrage strotzte vor Löchern. Einerseits, weil sie Subjektivität seitens des Mannes im Glasturm erforderte, dessen Bewunderung für das weibliche Geschlecht sich auf Raquel Welch und Sarah Michelle Gellar beschränkte. Andererseits deshalb, weil sich viele Eltern heutzutage weigern, die Fotos ihrer Kinder auf Websites von Schulen veröffentlichen zu lassen.

Bei Schuljahrbüchern verhält es sich anders. Darin finden sich Fotos aller Klassen, des Schachklubs, der Sportteams, des Debattierklubs, des Chors. Ein Kind müsste schon praktisch unsichtbar sein, um nicht im Jahrbuch aufzutauchen.

Als ich es durchstöberte, stieß ich auf Henna und drei andere Mädchen etwa im selben Alter, die alle Eigenschaften besaßen, auf die es der Mörder abgesehen hatte. Ich wusste, dass Hennas Vater ihr bereits eine Pistole gekauft hatte; er hatte nicht wirklich um meinen Rat gefragt, sondern Bestätigung bei mir gesucht. Dass er sie von mir nicht bekommen hatte, war irrelevant. Er würde sie woanders gefunden haben, und bei wem spielte keine Rolle. Jede beliebige Stimme hätte genügt. Cliff hatte nur *irgendjemandes* Zustimmung gebraucht: *Ja, Kumpel, das ist gut, nur zu, kauf ihr die Kanone, ich würde das auch tun.*

22

Henna, ich und Lady Gaga

»Was für ein Modell ist die Pistole, die er dir besorgt hat?«, fragte ich. Für Taktgefühl war ich nicht in der richtigen Stimmung.

Sie wirbelte herum. Es war ihre Mittagspause, und wie in jeder Mittagspause verließ Henna den Zeitschriftenladen und schlenderte die Hauptstraße von Tewantin hinab, überquerte jenseits des weitläufigen alten Royal Hotels die Fahrbahn und betrat den Park, der abschüssig zum Fluss hinunter verläuft. Sie setzte sich auf eine der Holzbänke, die der Stadtrat entlang des Flussufers hatte aufstellen lassen. Am Rand wuchs eine Reihe Schraubenbäume und spendete dichten Schutz vor der Sonne.

Sie fütterte gerade einen Schwarm Pelikane.

»Wovon reden Sie da?« Sie log richtig schlecht.

Ich setzte mich neben sie auf die Bank.

»Dein Dad hat dir eine Pistole gegeben, die du benutzen sollst, falls du von dem Serienmörder entführt wirst.«

Henna erwiderte nichts, starrte mich nur mit traurigen Augen an.

»Die Waffe wird dir nicht helfen. Sie wird dich nicht retten. *Das hier* schon.«

Ich reichte ihr ein Handy. »Nimm es«, forderte ich sie auf.

Sie tat es zwar, wusste aber eindeutig nicht, warum.

»Es ist ein Guthaben von zweihundert Dollar drauf.« Die Kleine wirkte verdutzt. »Und nur eine einzige Nummer: meine.«

»Was soll das alles?«, fragte sie.

»Weißt du, wer ich bin?«

»Mr Richards«, erwiderte sie und wirkte erleichtert darüber, endlich auf etwas gestoßen zu sein, das einen Sinn ergab.

»Darian«, berichtigte ich sie.

Sie lächelte verhalten. Obwohl sie keine Ahnung hatte, was vor sich ging, wusste sie, dass sie mir vertrauen konnte. Sie kam allgemein wie ein vertrauensseliges Mädchen rüber. Umso mehr Grund, ihr das Telefon zu geben und Klartext mit ihr zu reden.

»Weißt du auch, *was* ich war?«

»Ja«, antwortete sie leise. »Jeder weiß das.« Da hatten wir wieder diese Werbekampagne.

»In unserer Mitte gibt es einen Mörder.«

Henna nickte.

»Du entsprichst seinem Typ.«

Als sie mit den Tränen kämpfte, sah ich, dass sie es wirklich, wirklich wusste. »Ich hab mit dem Gedanken gespielt, mir die Haare schwarz zu färben, aber dann würd' ich so hässlich aussehen.«

Teenager.

Sie fasste in ihre Handtasche und begann, etwas daraus hervorzuziehen: die Pistole. Rasch packte ich ihr Handgelenk und hielt es fest.

»Nein«, wehrte ich ab. »Sag mir einfach, was es für eine ist.«

»Eine Glocken«, antwortete sie. Ich sparte mir die Mühe, sie zu korrigieren. »Dad hat mich in einen der Nationalparks mitgenommen und mir gezeigt, wie man sie benutzt. Wofür ist das?«, wollte sie wissen und hob das Handy an, das ich ihr gegeben hatte.

»Das ist deine Rettungsleine, falls du je in eine Notlage kommst. *Das*. Nicht die Pistole. Wenn du in Schwierigkeiten gerätst: Ruf mich an. Nur mich. Niemanden sonst. Sofort. Ich will keine leeren Versprechungen abgeben: Unter Umständen bin ich nicht in der Lage, dich zu retten, aber niemand kann dir so sehr helfen wie ich.«

Wieder sah sie aus, als würde sie gleich weinen. Dann: »Haben Sie wirklich fünfzehn Leute umgebracht? Fünfzehn Mörder?«

»Nein.« Sie wirkte ernüchtert. »Mehr«, fügte ich hinzu. Sie wirkte entzückt.

Teenager.

»Ruf mich an – such mich in der Kontaktliste und ruf mich an. Jetzt gleich.«

Ihre Finger flogen effizient und selbstsicher über die Tastatur.

Ich hatte eine Menge Telefone gekauft. Das Gerät, das ich ihr gerade gegeben hatte, gehörte zu einem mit einer gelben Hülle. Ich beobachtete, wie die Nummer von ihrem Telefon auf dem winzigen Bildschirm auftauchte.

»Jetzt«, forderte ich sie auf und reichte ihr mein Handy, »speicherst du diese Nummer unter deinem Namen, damit ich weiß, dass du es bist.«

Sie gab »Henna« ein und speicherte den Eintrag.

»Jetzt stellen wir noch einen Klingelton ein. Ich brauche einen bestimmten Song, damit ich weiß, dass du es bist.« Und als ich ich sie gerade vor die Wahl zwischen »The Wind Cries Mary« oder »Purple Haze« von Jimi Hendrix oder »Cortez the Killer« von Neil Young stellen wollte, ergriff sie mein Telefon und lud einen Song herunter. An den Titel kann ich mich nicht erinnern, aber er war auf Anhieb erkennbar und angesichts unserer zuvor eingegangenen Gaga-Verbindung absolut passend.

Ich stand auf. »Als Erstes das Telefon, verstanden?«

Sie nickte. »Als Erstes das Telefon.«

Und dann, als ich gerade gehen wollte, sprang sie von der Bank auf, erschreckte dadurch die Pelikane so sehr, dass sie über die spiegelglatte Oberfläche des Flusses davonstoben, beugte sich vor und küsste mich auf die Wange.

»Danke«, sagte sie. »Vielen Dank.«

Ich war so verdattert, dass ich nicht wusste, was ich sagen sollte, also lächelte ich nur, nickte, ging davon und wünschte, sie hätte das nicht getan, hätte meine Emotionen nicht mit dem Dank berührt, der mit jenem Kuss einherging.

23

Der Junge, der prahlte (ii)

Sie wirkte klein, aber nicht verletzlich. Aufrecht stand sie da und schaute konzentriert in meine Richtung. Ein Polizist redete mit ihr, einen Notizblock in der Hand. Ich näherte mich schnell, hatte keine sechzig Meter mehr vor mir. Der Typ fing an, vertraut auszusehen. Eine der SS-Statuen, die Adam zu meinem Haus mitgebracht hatte. Vielleicht. Der andere Cop war eine Frau. Nicht Maria. Sie redete in ein Mobiltelefon, während sie die Leiche des Jungen untersuchte, der auf dem Boden in der Nähe seines Autos lag. Henna hatte mir zwar nicht genau erzählt, was passiert war, aber in groben Zügen ließ es sich einfach erahnen: Ein willkürlicher Kerl hatte ein verängstigtes Kind angemacht, das sich nicht anders zu helfen wusste, als das Problem mit einer Pistole als erstem, nicht als letztem Ausweg zu lösen.

Auch ich hing am Telefon. »Ich brauche dich«, sagte ich.

Sirenen näherten sich; es klang nach zwei Polizeiautos und einem Krankenwagen. Henna sprach kein Wort, und ich konnte aus fünfzig Metern Entfernung sehen, dass der Cop allmählich aggressiv wurde. Auch der Ausdruck in Hennas Gesicht entging mir nicht:

Beeil dich, besagte er.

Also rannte ich.

»He!«, brüllte ich dem Bullen zu.

Die beiden Beamten schauten gleichzeitig zu mir, die Polizistin immer noch neben dem toten Jungen am Telefon.

»Was machen Sie da?«, rief ich zu dem Bullen, der mittleres Aggressionspotenzial zeigte. Ich würde Raum brauchen, um ordentlich aufzudrehen.

»Bitte bleiben Sie zurück, Sir: Das hier ist ein Tatort«, erklärte er mir. Er war doch keine der Statuten. Der Bursche wusste nicht, wer ich war. Seine Partnerin schon, das merkte ich daran, wie sie plötzlich anders am Telefon redete, den Blick auf mich geheftet. Zweifellos kommentierte sie gerade meine Ankunft.

»Nein«, entgegnete ich entschieden. »Ich bin der rechtliche Vertreter dieses Mädchens. Sie ist minderjährig. Sie hat eindeutig einen Schock. Sie dürfen ihr keine weiteren Fragen stellen. Haben Sie schon einen Krankenwagen gerufen?«

Während ihm durch den Kopf ging *Wer zum Geier ist das?* und bevor er entschieden hatte, ob er mir eins mit dem Knüppel verpassen oder auf Verstärkung warten sollte, sprudelte er hervor: »Natürlich haben wir das. Da drüben liegt ein Mann, der tot ist.«

»Nicht für *ihn*!«, schrie ich, drehte eine Stufe höher. »Für *sie*. Wir haben hier eine Minderjährige. Ein Kind, das einen Schock hat und ein schreckliches Verbrechen bezeugen musste. Haben Sie die Sanitäter und das örtliche Krankenhaus verständigt? Falls nicht, ist das eine Verfehlung, und Sie müssen es umgehend tun. Dieses Mädchen muss ärztlich betreut werden. Wenn der Herr dort drüben tatsächlich tot ist – wozu Sie ihn erklärt haben, bevor der Gerichtsmediziner ihn überhaupt gesehen, geschweige denn untersucht hat –, dann gilt Ihre Fürsorgepflicht als Beamter der Krone dieser jungen Dame. Ich frage Sie noch einmal: Haben Sie die medizinischen Behörden darüber in Kenntnis gesetzt, dass eine Minderjährige ein Gewaltverbrechen bezeugt hat und umgehende ärztliche Versorgung benötigt?«

Henna hatte nun, da ich übernommen hatte, abgeschaltet. Das war gut. Der Bulle hingegen flippte aus. Ich hatte mit solchem Nachdruck, solcher Befehlsgewalt und so bedrohlich gesprochen, wie er es zuvor bestimmt noch nie zu hören bekommen hatte, und damit hatte ich eindeutig einen Nerv getroffen. SS.

»Einen Moment«, vernahm ich. Von der Polizistin. Sie hatte sich genähert und meine Tirade mit angehört. Mit wem sie auch telefoniert hatte, sie legte auf und wandte sich mir zu. »Sie sind Darian Richards«, warf sie mir in anklagendem Tonfall vor.

Wissen Sie noch, was ich über weibliche Cops gesagt habe? Sie sind nicht dumm.

»Der bin ich«, gab ich zurück.

»Ich glaube nicht, dass Sie hier etwas zu suchen haben, Mr Richards«, meinte sie zu mir. »Wir kümmern uns um das Mädchen. Machen Sie sich deswegen bitte keine Sorgen.« Sie war schlau. »Wir wissen, dass sie minderjährig ist, und wir wissen, dass sie höchstwahrscheinlich bis zu einem gewissen Grad unter Schock steht, aber es lässt sich auch nicht verleugnen, dass sie die einzige Person an diesem Tatort war. Es ist, und ich bin sicher, Sie verstehen das, zwingend erforderlich, dass wir mit ihr reden.«

»Natürlich ist es …«, erwiderte ich mit der sanften Diplomatie eines UN-Beamten, »… zwingend erforderlich.« Ich sprach ohne Ironie, trotzdem verengte sie die Augen, und ihre Lippen wurden schmal. *Vorsicht*, warnte ich mich. Ich war im Recht, hatte das Gesetz zu hundert Prozent auf meiner Seite, nur spielte das keine Rolle. Mit Cops zu reden, ist gefährlich. Reden Sie nie mit Cops.

»Ich vertrete die Interessen dieser jungen Dame …«

»Woher wussten Sie, dass Sie herkommen sollen?«, unterbrach sie mich mit einer guten Frage.

»… und in dieser Eigenschaft«, fuhr ich fort und ignorierte die gute Frage, »verlange ich lediglich, dass wir uns ordnungsgemäß an die Richtlinien und Vorschriften halten, die gelten, wenn eine Minderjährige in ein schweres Verbrechen verwickelt ist, insbesondere angesichts der Tatsache, dass diese junge Dame eindeutig unter Schock steht.«

Die Polizistin war im Begriff, mich erneut zu unterbrechen. Ich ließ es nicht zu.

»Und jegliche Form der Befragung könnte ihren Zustand durchaus verschlechtern. Ganz zu schweigen von der Bestimmung, dass eine Minderjährige bei einer solchen Befragung von einem Erwachsenen begleitet werden muss, vorzugsweise von einem Psychologen. Das alles sehen Sie doch genauso, nicht wahr?«, sagte ich mit einem Lächeln, das die Situation so wirken ließ, als wären wir Partner.

»Nein, ich fürchte, das tue ich nicht«, widersprach sie. Mittlerweile war der Lärm der Sirenen ohrenbetäubend. Der Krankenwagen und ein Polizeiauto kamen über einen Hügel. Ihre Lichter rotierten in blendendem Rot und Blau durch die Bäume des Parks und erfassten die Fassaden der Häuser, aus denen nach und nach Leute hervorkamen. Bald würden wir einen regelrechten Zirkus haben.

»Ich muss Sie auffordern, weiterzugehen, Sir«, sagte die Polizistin. Der Krankenwagen hielt an, das Polizeiauto krachte mit quietschenden Reifen um ein Haar in sein Heck.

»Nein«, gab ich ungezwungen zurück.

Der SS sah uns hoffnungslos überfordert an. Er war ausgestiegen, als wir angefangen hatten, dreisilbige Wörter zu verwenden.

»Wie bitte?«, fragte sie, unübersehbar entgeistert von der Unverhohlenheit und Beiläufigkeit meiner Entgegnung.

Dann geschahen zwei Dinge gleichzeitig: Die Sanitäter sprangen aus dem Krankenwagen, und ich brüllte: »Wir haben hier drüben ein Kind, das umgehend ärztlich versorgt werden muss!« Damit zog ich sie vom Toten ab. Der SS packte mich am Arm und raunte: »Haben Sie gehört, was sie gesagt hat, Kumpel? Verpissen Sie sich von hier, bevor es Ihnen leidtut.«

Noch bevor ich mit meiner Erwiderung begonnen hatte, wusste die Polizistin, dass ihm damit ein schwerer Fehler unterlaufen war.

»Dennis…«, warnte sie ihn. Weiter kam sie nicht, denn in dem Moment, als er mich anfasste, trat ich einen Schritt zurück, packte seinen Arm und wuchtete ihn kraftvoll auf meinen Oberschenkelknochen hinab. Sein Arm brach wie ein morscher Zweig.

Heulend fiel er zu Boden.

»Ich zeige diesen Mann wegen tätlichen Angriffs an«, sagte ich. Es ist immer am besten, in die Offensive zu gehen.

Die Sanitäter führten indes eine benommene Henna zum Krankenwagen. Einen von ihnen hörte ich sagen: »Ruft besser noch einen Krankenwagen.« Dabei gingen sie weiter, ließen die Polizistin, mich und den zwischen uns auf dem Boden heulenden SS hinter sich zurück. Die Cops aus dem anderen Streifenwagen waren ausgestiegen und starrten auf den Toten hinab. Das Geheul erregte ihre Aufmerksamkeit.

Die Polizistin starrte mich mit offenem Mund unverhohlen

verblüfft an. Ich hatte meinen Standpunkt deutlich gemacht, und sie knickte ein. Von ihr würde kein Widerstand mehr kommen, obwohl sich uns die zwei anderen Bullen näherten.

»Ich zeige diesen Mann wegen tätlichen Angriffs an«, wiederholte ich. »Holen Sie Ihr Notizbuch heraus und halten Sie die Einzelheiten des Zwischenfalls fest.«

»Du hast mir den verdammten Arm gebrochen. Ich bring dich verflucht noch mal um«, hörten wir von unten.

»Wie heißt er?«, fragte ich die Beamtin. Eine weitere Polizeikutsche rollte heran. Henna befand sich wohlbehalten hinten im Krankenwagen. Einer der Sanitäter hatte sie in eine Decke gewickelt.

»Dennis.«

Ich schaute hinab.

»Dennis, halten Sie die Klappe. Sie haben mich physisch angegriffen: Das ist eine Straftat namens tätlicher Angriff. Sie haben mich verbal bedroht: Auch das fällt unter Tätlichkeit. Das sind schwere Vergehen, Dennis; offensichtlich haben Sie sich nicht damit auseinandergesetzt, bevor Sie den Eid geleistet haben, die Gesetze des Staates zu achten.« Ich wandte mich an seine Partnerin. Sie hatte sich nicht gerührt. Die zwei anderen Bullen standen neben ihr. Alle drei glotzten mich an und wussten nicht recht, was sie tun sollten. Hätte ich bloß einen gewöhnlichen Zivilisten verkörpert, wäre es einfach gewesen: Dann hätten sie mich niedergeknüppelt, verhaftet, meinen Arsch ins Revier verfrachtet und mich dort noch mal durchgeknüppelt.

»Ich scherze nicht. Holen Sie Ihr Notizbuch raus, halten Sie die Vergehen fest und schaffen Sie diesen Idioten ins Krankenhaus. Ich gehe jetzt da rüber«, kündigte ich an und zeigte auf den Krankenwagen. »Zu meiner Mandantin. Morgen gebe ich Ihnen Bescheid, ob ich die Anzeige aufrechterhalten möchte. Geben Sie mir Ihre Karte.«

Sie fingerte in ihrer Brusttasche und zog eine Karte mit dem rot und blau eingeprägten Abzeichen »Queensland Police Service« heraus. Darunter stand ihr Name, Sergeant Jackson Toyne. Ich nahm sie entgegen, steckte sie in meine Gesäßtasche und ging davon.

»Richards«, rief sie mir nach.

Ich blieb stehen und drehte mich zu ihr zurück. Inzwischen waren weitere Bullen eingetroffen. Zwei davon hatten sich zu ihr gesellt. Ich erkannte sie als einen Teil des Statuenkontingents bei meinem Haus in der vergangenen Woche. Das ergab insgesamt vier Jungs, die Polizistin und den SS, der mittlerweile zu ihren Füßen das Bewusstsein verloren hatte.

»Ich bin nicht sicher, ob Sie wissen, mit wem Sie's zu tun haben, Kumpel«, sagte sie.

Nur einer der vier Männer hinter ihr nickte; bei den anderen dreien war die Botschaft angekommen.

Die Cops würden es mir heimzahlen. Man mischt einen Cop nicht ungestraft auf. Aber ich hatte sie ausreichend verwirrt, um mir Zeit zu erkaufen, und zum Glück besaßen sie nicht die Entschlossenheit, mich an Ort und Stelle zu verhaften. Sie waren von mir eingeschüchtert. Sie würden nichts unternehmen, bis sie Anweisungen von Fat Adam erhielten, und er würde nichts unternehmen, bevor er ein paar Burger gegessen und gedanklich alle Möglichkeiten durchgespielt hätte. Man verhaftet nicht einfach einen ehemaligen Bullen wie mich, ohne sich vorher zu vergewissern, dass es keine schlechte Publicity einbringt.

»Doch, das weiß ich, Sergeant Toyne. Ich weiß es. Und Sie sollten es auch wissen.«

Sie sah mich missbilligend an und trat instinktiv einen Schritt auf mich zu. Ich glaube nicht, dass es ihr bewusst war. Eine der Statuen streckte den Arm aus und hielt sie an der Schulter zurück.

»Komm, Jack«, sagte der Mann und drehte sie weg.

—

Als ich hinten in den Krankenwagen stieg, fiel mir auf, dass zwei weitere Polizeiautos eintrafen. Ich hörte die Sirene eines zweiten Krankenwagens, und ich sah, dass Leute aus der Nachbarschaft die Straße überquerten. Handys schossen Fotos, Finger zeigten auf Henna. Wäre es warm und sonnig gewesen, hätten die Leute wahrscheinlich Gartenstühle und einen Grill hervorgeholt.

»Wie geht es ihr?«, fragte ich die Sanitäter.

»Unter Schock, davon abgesehen gut«, antwortete einer der beiden verhalten. Er war eindeutig nicht sicher, wer ich war oder ob ich auch ihm den Arm brechen würde.

Ich sah Henna an. Sie begegnete meinem Blick. Ich zog eine Augenbraue hoch: *Alles in Ordnung?* Sie nickte kaum wahrnehmbar: *Ja*. Ich nickte zurück: *Gut*. Mein Blick zuckte in Richtung der Cops: *Es ist noch nicht vorbei; sei vorsichtig und bleib stumm*. Sie nickte: *Ich verstehe*.

»Ich begleite sie ins Krankenhaus«, teilte ich dem Sanitäter mit.

»Tut mir leid, Kumpel, das ist nicht gestattet.«

Als sein Partner hörte, wie mir eine Absage erteilt wurde, schaute er drein, als würde er gleich in Ohnmacht fallen.

»Sie können uns in Ihrem Auto folgen«, fügte er hilfreich hinzu.

»Ich fahre im Krankenwagen mit, bei ihr.«

Er setzte dazu an, mir zu widersprechen.

»Streiten Sie nicht mit mir«, warnte ich ihn. Und er ließ es bleiben.

»Wir fahren gleich«, meldete sich der andere zu Wort. »Ich muss nur noch schnell der Polizei mitteilen, dass sie zum Noosa Emergency gebracht wird. Die wollen bestimmt jemanden hinschicken, der ihr Fragen stellt, sobald sie bereit dafür ist.«

»Natürlich«, erwiderte ich mit einem Lächeln. Er wirkte erleichtert darüber, dass ich ihm nicht den Schädel spaltete. Hurtig sprang er hinaus und eilte zu Jackson Toyne. Noch ein Streifenwagen traf ein. Jemand marschierte mit einer Nikon D3000 herum und schoss Fotos; musste ein Journalist sein. Ich versuchte, mich abzuwenden, wurde jedoch geknipst, wie ich hinten im Krankenwagen neben dem zusammengekauerten Teenagermädchen saß. Der Fotograf betätigte seinen Zoom und nahm weitere Bilder auf; sie würden von Henna sein. Das würden die Fotos sein, die man in der Zeitung abdrucken würde.

Rasch betrachtete ich den Bereich jenseits der Bushaltestelle, die Düsternis des Parkplatzes. Ich vermeinte, zu erkennen, dass ihn jemand durchquerte.

Mein Blick richtete sich auf die Fahrzeuge, die kreuz und quer entlang der Straße parkten, als wären sie zu einem Ramschverkauf auf einem Football-Feld gekommen. In der Ferne machte ich einen Dodge Pick-up aus den 1950ern aus. Casey war eingetroffen. Das bedeutete, er hatte die Gefahr bereits beseitigt, dass Hennas Vater mit wehklagenden Schuldbeteuerungen an den Tatort getaumelt kommen könnte. Nun drückte sich Casey in der Dunkelheit herum und suchte von den Cops unbemerkt nach der Mordwaffe, die er ebenfalls verschwinden lassen würde.

—

Bevor wir losfuhren, forderte ich die Sanitäter auf, uns alleine zu lassen. Sie taten es. Schließlich erzählte mir Henna mit stockendem Atem und kullernden Tränen, was sich zugetragen hatte. Sie hatte auf den Bus gewartet, wollte sich mit ihrem Freund treffen. Es wurde allmählich spät. Ein Auto fuhr vorbei und hielt an. Ein junger Mann stieg aus und bot ihr an, sie mitzunehmen. Henna weigerte sich. Er begann, auf sie zuzugehen. Sie geriet in Panik und dachte, er wäre der Serienmörder. Dann fing er an, zu prahlen. Damit, was für ein toller Liebhaber er sei, damit, dass er ein hübsches junges Ding wie sie mit seinem herrlichen Schwanz geradewegs in den Himmel schicken könnte. Zur Betonung fasste er sich in den Schritt, und da erschoss sie ihn.

Sie bewegte einen Arm unter der Decke hervor und ergriff meine Hand. Ich erwiderte ihren sanften Druck, um ihr meine Unterstützung anzuzeigen. Henna war noch ein Kind. Was sie getan hatte, würde für immer das Entsetzlichste, das Schrecklichste in ihrem Leben bleiben. Sie begann wieder zu weinen.

Es wurde eine holprige Fahrt; hinten in Krankenwagen gibt es keine Sitzgurte, denn die medizinische Ausrüstung ist wichtiger als Passagiere.

»Es tut mir so leid«, murmelte sie.

Im Krankenwagen, während der Tatort weiter und weiter in der Ferne zurückblieb, wuchs das Grauen mit jedem verstreichenden Moment. Das volle Ausmaß der Erkenntnis, einem anderen Menschen das Leben genommen zu haben, fing allmählich an, sie zu überwältigen. Henna stand kurz davor, in eine Welt aus Schuldgefühlen und Reue zu stürzen, aus der es kein Entkommen gab.

Ich persönlich machte ihr keinen Vorwurf. Sie war fünfzehn

Jahre alt. Ein verängstigtes Kind, dem man eine Kanone wie einen Beruhigungsschalter gegeben hatte – einfach draufdrücken, wenn man Angst hat. Nur gab es in Wirklichkeit keinen Schalter, sondern einen Abzug und eine Kugel.

Wenigstens hatte sie mein Eingreifen vor der Verdammung einer Mordanklage, eines Gerichtsverfahrens, einer wahrscheinlichen Inhaftierung und eines zerstörten Lebens bewahrt. Die Dämonen in ihrem Geist konnte ich nicht aufhalten, aber ich konnte verhindern, dass unser Rechtssystem sie in die Finger bekam. Die Bullen konnten sich aufplustern, wie sie wollten – es war vorbei. Casey hatte mir eine SMS geschickt.

hab sie

Ich löschte die Mitteilung und hielt weiter Hennas Hand. Mittlerweile schluchzte sie tief und hemmungslos; ein Schluchzen, das sie noch jahrelang heimsuchen würde.

24

Oh holder Retter, hab Dank, hab tausendfach Dank

Ich stand vor dem Krankenhaus. Henna befand sich in der Obhut der Ärzte. Sie hatte aufgehört zu weinen. Ich hatte sie an das Mantra erinnert. Was gar nicht notwendig gewesen wäre. Ungeachtet der Dämonen hatte sich der Überlebensinstinkt in die vorderste Reihe gedrängt. Zwei wütend wirkende Polizisten waren eingetroffen, um Hennas Aussage aufzunehmen, sobald die Ärzte es gestatteten. Sie würden gar nichts kriegen. Die beiden gingen um mich herum, achteten darauf, mir nicht zu nahe zu kommen.

Ein Auto rollte heran und hielt auf einem Behindertenparkplatz. Cliff sprang heraus und rannte auf mich zu.

»Oh danke, vielen Dank, danke«, stieß er hervor.

Am liebsten hätte ich ihn geschlagen und ihm richtig wehgetan, aber ich behielt mich im Griff. »Sie hätten fast das Leben Ihrer Tochter zerstört, Sie Idiot.«

Ich packte ihn und rammte ihn gegen die Mauer des Gebäudes. »Am Straßenrand liegt ein junger Mann. Tot. Erschossen. Das ist *Ihre* Schuld. *Sie* haben ihn umgebracht. *Sie* haben ein Leben auf dem Gewissen. *Sie* haben ihr die Pistole in die Hand gedrückt. *Sie* haben die Kugel abgefeuert. Henna ist fünfzehn, um Gottes willen.« Ich ließ ihn los und stieß ihn angewidert von mir.

»Es tut mir leid«, brabbelte er.

»Leisten Sie Wiedergutmachung«, forderte ich ihn auf. »Finden Sie heraus, wer er war, wer seine Freundin, seine Eltern, seine Saufkumpanen waren. Finden Sie alle. Jede und jeden Einzelnen. Sie, und nur Sie. Gehen Sie zu ihnen. Entschuldigen Sie sich. Tun Sie Buße. Und nicht nur einmal. Notieren Sie sich Tag und Uhrzeit seines Todes. Schreiben Sie sich die Daten in Ihren Kalender, damit Sie sich jedes Jahr daran erinnern.«

Er nickte.

»Und wenn Sie es nicht tun, statte ich Ihnen einen Besuch ab«, warnte ich und ging davon. Ich zitterte. Ich brauchte einen Drink. Allerdings trank ich ja nicht – nicht mehr. Ich rief Angie an.

»Darian?«

Ich erwiderte nichts. Ich konnte nicht. Sie hörte, wie ich schier endlos die Luft einsog.

»Ich bin gleich da«, sagte sie, und ich klappte mein Telefon zu und ging weiter.

—

Jeden Morgen gegen vier Uhr fuhr ein Junge namens Harold die Park Street hinab und trug Zeitungen aus. Harold sparte für ein iPhone, und seine Mutter, die es sich nicht leisten konnte, alleinerziehend war und kaum die Miete bezahlen konnte, hatte zu ihm gemeint, er solle sich besser einen Job suchen, auch wenn er erst dreizehn war. Für einen Dreizehnjährigen war das so ziemlich die einzige Arbeit, die zur Verfügung stand, und deshalb verrichtete Harold sie. Nach drei Monaten hatte er einen Rückwärtsschwung perfektioniert, bei dem er am jeweiligen Haus vorbeiradelte und in dem Moment, wenn er das nächste Gebäude erreichte, die zusammengerollte Ausgabe der *Sunshine Coast Daily* mit dem rechten Arm über die linke Schulter nach hinten warf. Gelegentlich vernahm er ein dumpfes Klatschen, was bedeutete, dass er zu kräftig geworfen und die eingerollte Zeitung das Haus getroffen hatte, statt auf dem Rasen zu landen, aber es beschwerte sich nie jemand. Immerhin war es vier Uhr morgens, und alle schliefen noch.

Harold mochte die Park Street; es war die einfachste Straße seiner Route. Was daran lag, dass jedes Haus die Zeitung bekam, nicht wie in der Duck Street, der schlimmsten Straße, wo er ständig vergaß, ob Nummer acht oder achtundzwanzig die Zeitung erhalten sollte, und Cliff, sein Boss, brüllte ihn regelmäßig an, denn bis Harold zum Zeitschriftenladen zurückkehrte, hatten die Leute bereits angerufen, um sich zu beschweren.

Harolds Zeitungstour dauerte drei Stunden.

—

Ich würde diesen verfickten Zeitungsjungen so gerne umbringen. Aber gelegentlich, meine Freunde, muss man sich mit extrem lästigen Wespen wie dem Zeitungsjungen abfinden, der jeden Tag an meinem Haus vorbeifährt. Wespen sind Leute, die einem dabei in die Quere kommen, Spaß zu haben. Eigentlich sollten sie alle getötet und entsorgt werden, aber das kann man nicht tun, denn sonst würde man Aufmerksamkeit auf sich ziehen. Ich habe zwei Wespen. Harold und meinen Nachbarn von nebenan. Sie unterbrechen mich. Aber ich stelle mich darauf ein.

Früher habe ich es geliebt-geliebt-geliebt, gegen vier Uhr morgens ins Zimmer der Mädchen zu schleichen. Nebenbei bemerkt: Macht euch keine Sorgen, falls euer Schlafrhythmus durcheinandergerät, wenn ihr ein Paket zu Hause habt; gebt euch dem Spaß hin, sage ich. Jedenfalls habe ich es geliebt, mich ins Zimmer zu schleichen und das Mädchen mit einem großen Schreck zu wecken, um jede Menge lustiger Dinge zu tun, aber mittendrin – nicht immer zwar, trotzdem oft genug, um mich verflucht wütend zu machen – höre ich gelegentlich dieses Klatschen an der Seite meines Hauses.

Lasst mich euch sagen: Als es das erste Mal passiert ist, da dachte ich, die Welt würde mit einem Erdbeben wie jenem in dem alten Film *Krakatoa – Das größte Abenteuer des letzten Jahrhunderts* explodieren. Aber als ich raus ins Vorzimmer rannte und durchs Fenster hinausspähte, sah ich nur diesen Teenager auf einem Fahrrad, der Zeitungen zustellte, als wäre er der verfickte Green Hornet oder so. Und am nächsten Tag hat es der Bursche wieder gemacht. Da, meine Freunde, wurde mir die Lektion klar. Finde dich mit Wespen ab. Durch eine Beschwerde würde ich auffallen. Oberste Regel des Handwerks? Normal sein. Das bedeutet: Nicht auffallen. *Hallo,* hätte ich gesagt, *Ihr Zeitungsjunge ist wirklich lästig. Oh*, hätte man erwidert, *wie heißen Sie und wo wohnen Sie?* Kapiert?

Das absolut Schlimmste an einer Wespe ist, dass man sich an *deren* Routine anpassen muss. Ich muss diesen kleinen Scheißer auf seinem verfickten Fahrrad jeden Morgen ertragen. Ich musste meine Gewohnheiten umstellen.

Eines Tages wird sich das ändern. Eines Tages *werde* ich ihn umbringen.

Für diejenigen von euch, die sich vielleicht fragen: *Warum stornierst du die Zeitungszustellung nicht einfach, Winston?* Die Antwort darauf lautet: Das kommt nicht infrage, Freunde.

Weil nämlich die Regionalzeitungen über meine Triumphe schreiben. So wächst die Legende. Würden die Regionalzeitungen nicht über die wachsende Zahl der Pakete schreiben, bekämen die Leute keine Angst. Sie müssen Angst haben, und sie müssen anfangen zu glauben, man sei Gott-Gott-Gott, denn wenn man letztlich stirbt und der Welt die Einzelheiten seines fantastischen Lebens preisgibt, dann wird man unsterblich.

—

Heute Morgen gehe ich nicht ins Zimmer der Mädchen. Ich bekomme allmählich genug von Helen. Manchmal passiert das schon früh, meine Brüder und Schwestern. Es passiert immer. Letzten Endes. Manchmal allerdings lässt das Paket einfach zu wünschen übrig, wie meine Mama sagen würde. Das ist, wie wenn man ein neues Spiel bekommt, es ein paar Mal spielt und es dann langweilig wird. So verhält es sich bei Helen und mir. Als wir unlängst nachts nach Hause gekommen sind, hab ich sie einfach wieder ans Bett gebunden. Ich wollte eigentlich gar nichts mit ihr anstellen, aber dann dachte ich mir, ich könnte sie ficken, was ich auch tat. Anschließend bin ich zu Bett gegangen und hab geschlafen wie ein Murmeltier.

Routine ist sehr wichtig, Freunde. Ich habe viele Routinen. Ich habe morgendliche und nachmittägliche Routinen und nächtliche Routinen mit den Paketen. Es ist allerdings auch wichtig, flexibel zu sein, zum Beispiel, wenn man es mit Wespen zu tun bekommt. Im Leitartikel der Zeitung von heute Morgen ging es nur um mich.

Ich liebe es, wenn es sich in der Zeitung um mich dreht.

Heute war es etwas Besonderes.

Gelobt seist du, sagte ich zu Gott, und dann sagte ich es noch einmal. *Gelobt seist du*.

—

Angie stupste mich. »Wach auf«, sagte sie. Ich konnte ihren herrlichen Körper riechen.

»Wie spät ist es? Denn es ist eindeutig noch zu früh«, gab ich zurück und streckte die Hand aus, um sie zu mir zu ziehen.

»Darian.«

Ich setzte mich auf. Sie hielt die aufgeschlagene Zeitung. Auf der Titelseite befand sich ein Artikel über den »Beinah-Zusammenstoß mit Mörder«, und neben einem Ergänzungsbericht mit der Überschrift »Experte für Serienmord: Ist er involviert?« prangte eine Nahaufnahme von mir, wie ich hinten im Krankenwagen saß. Keine Fotos von Henna, keine Fotos des toten Jungen, nur eine Weitwinkelaufnahme des Tatorts und eine Nahaufnahme von Darian Richards, »bekannt als Australiens führender Experte bei der Aufklärung der Verbrechen von Serienmördern«.

Ich hörte auf, Angies nackten Körper anzustarren, als sie sich auf meine Brust setzte und aus der Zeitung vorlas. Mein Verstand raste: Wohin würde das führen?

»›Eine Quelle bei der Polizei von Victoria meint, dass Richards, der vor einem Jahr aus heiterem Himmel gekündigt hat und nach Noosaville gezogen ist, unter allen Mordermittlern der absolut Beste sei, den es gibt.‹«

—

Ich bin der Beste. Bin ich wirklich. Der absolut Beste. Nur die Besten können versuchen, den Besten zu fangen. Willkommen und hab Dank, hab tausendfach Dank. Du kannst mich zwar nicht fangen, aber ich kann dir zeigen, wie fantastisch ich wirklich bin. Du wirst es verstehen. Du wirst es zu schätzen wissen. Freunde, jetzt haben wir ein Publikum.

Teil II

»Gewalttat übt an sich und an dem Gute ...«
DANTE ALIGHIERI – »INFERNO«

25

Opferfamilien

Nachdem Angie den Zeitungsbericht ein zweites Mal zu Ende gelesen hatte, hörte ich das Geräusch von knirschendem Schotter: Ein Auto näherte sich draußen in meinem Vorgarten. Es war noch nicht ganz fünf Uhr morgens.

Angie wirkte panisch.

»Keine Sorge«, beruhigte ich sie, stieg aus dem Bett und zog eine Jeans an. »Das sind weder die Cops, noch ist es die Presse, dafür ist es zu früh.«

Ich forderte sie auf, im Bett zu bleiben, und schloss die Tür hinter mir, als ich den Raum verließ. Ich konnte damit leben, im Rampenlicht der Presse zu stehen, Angie hingegen nicht; für sie wäre das katastrophal gewesen. Sie wusste, dass ich ihre Anonymität bei Bedarf mit tödlicher Entschlossenheit schützen würde.

Als ich die Vordertür öffnete und hinausging, wusste ich auf Anhieb, wer sich draußen befand. Ich hatte die Verzweiflung in den Geräuschen der Bremsen des Autos gehört, als es jäh zum Stehen kam. Es würden die Eltern eines der vermissten Mädchen sein.

Tatsächlich waren es alle außer Sheryl Brown. Die anderen hatten auf der Straße geparkt. Sie standen wie in einer Szene aus *Die glorreichen Sieben* in meinem Garten. Bildeten eine zornige Linie. Wollten Antworten.

»Für wen zum Teufel halten Sie sich eigentlich?«, lautete der Eröffnungskommentar, der von einem kleinen Kerl mit kurzer Hose und einem T-Shirt stammte, das für Foster's-Bier warb. Izzies Vater. Er verkörperte den Vertreter der Angehörigen, ihren Sprecher, und nach den Mienen der anderen zu urteilen, hatte er sich selbst dazu erkoren. Mit anderen Worten: Er war der Lauteste. Alle trauerten, alle waren verwirrt, alle lebten in einer schrecklichen Welt der Unsicherheit, deshalb bemühte ich mich, mein Temperament im Zaum zu halten.

»Ich bin Darian Richards. Sie sind zweifellos wegen des Artikels in der heutigen Zeitung gekommen …«

»Warum hat man uns nichts gesagt?«, unterbrach mich Izzies Vater. Ich vermeinte, mich zu erinnern, dass er Alf hieß. Jedenfalls sah er wie ein Alf aus. Ich fragte mich, ob er über die Eskapaden seiner Tochter Bescheid wusste.

Obwohl ich merkte, dass es in den Rängen Unstimmigkeiten über Alfs Rolle als Sprecher gab, wurde zu seiner Frage zustimmend genickt. Warum *hatte* man ihnen nicht gesagt, was ich vorhatte?

»Ich mache das nicht offiziell. Ich bin sicher, Sie alle wissen, dass Zeitungen Dinge regelmäßig falsch darstellen; der Artikel in der heutigen Ausgabe ist ein gutes Beispiel dafür …«

»War er es?«, fragte eine der Mütter. Ich war nicht sicher, wessen Mutter, aber allmählich beschlich mich die Gewissheit, dass es mir nicht gelingen würde, auch nur einen Satz zu beenden.

»Der Mann, der erschossen worden ist«, fuhr sie fort, »war es *er*?«

Bevor ich darauf antwortete, musste ich ein paar Dinge klarstellen. »Ich bin nicht offiziell involviert. Solche Fragen müssen Sie an die Polizei richten …«

Wieder wollte sie mich unterbrechen, diesmal jedoch ließ ich es nicht zu: »Aber«, fügte ich mit Nachdruck hinzu und brachte sie dadurch zum Schweigen, »ich bezweifle stark, dass der junge Mann, der gestern Nacht getötet wurde, die Person ist, nach der die Polizei sucht.«

»Also sind wir wohl nicht wichtig, was? Ist es so? Zu uns mussten Sie nicht kommen, um mit uns zu reden, richtig? Aber zu dieser verdammten Sheryl Brown schon …«

»Alf«, tadelte ihn eine Frau, wahrscheinlich Izzies Mutter. Sie war klein und stämmig, genau wie er. Ich konnte beobachten, wie seine Verärgerung bei den anderen Unruhe auslöste. Sie wichen zurück, als wollten sie sich von seiner Wut distanzieren. Einige sahen mich mit geradezu flehentlichen Mienen an, als wollten sie sagen: *Tut uns leid*.

»Was?«, wollte Alf von seiner Frau wissen und wirbelte selbstgerecht vorwurfsvoll zu ihr herum. »Dieser Kerl fängt an, das Verschwinden unserer Töchter zu untersuchen, und fragt uns nicht mal, hat nicht mal die Höflichkeit, uns zu *fragen*!«

Damit hatte er seinen Standpunkt dargelegt, und ohne Widerspruch von seiner Frau drehte sich Alf wieder mir zu und spie mir die Frage entgegen: »Was gibt Ihnen überhaupt das Recht dazu? Wie kommen Sie darauf, dass Sie einfach aufkreuzen und über unseren Verlust ermitteln können, ohne uns zu fragen, ohne uns etwas zu sagen? Was glauben Sie denn, wer wir sind? Hä? Wer? Wer sind *wir*?«, fragte er und klopfte sich auf die Brust.

—

Die traurige Wahrheit lautet, dass sie irrelevant waren. Ich brauchte sie nicht; ich wollte sie nicht. Natürlich würde ich ihnen das nicht sagen, aber es stimmte.

In Viktimologie lernt man, dass man durch das Studieren des Opfers Informationen über den Killer entdeckt. Eine Betrachtung dessen, wer sie sind, verrät zumindest etwas darüber, wer er ist. Das ist wichtig und so grundlegend und offensichtlich, dass manche Ermittler dazu neigen, es zu ignorieren. Der Zugang zu Opfern wird natürlich von denjenigen gewährt, die zurückbleiben – in diesem Fall von den Eltern in meinem Garten. Allerdings hatte ich bereits alles, was ich brauchte. Alles, was ich über die Mädchen und seine Schattenspur bei ihnen benötigte, befand sich an der Wand meines Wohnzimmers. Davon war ich überzeugt.

Die Familien von Opfern, vor allem, wenn es sich bei den Opfern um Kinder handelt, entwickeln unausweichlich einen sippenartigen Zusammenhalt, verbunden durch die schockierende Gemeinsamkeit ihres Verlusts. Ihr Kummer und ihre betäubende Unfähigkeit, irgendetwas zu unternehmen, schlagen in der Regel in Selbstgefälligkeit und Selbstgerechtigkeit um. Was letztlich, so traurig es ist, die Menschen zerstört, die sie einst waren. Wenn ein Kind entführt, wenn ein Leben genommen wird, dann verändert sich alles. Was man einst war, ist so tot wie das Kind oder der geliebte Mensch, den man verloren hat. Man wird zu einem Überrest.

Damals im siebten Stock, als mir die Idee kam, unterschiedliche Klingeltöne für verschiedene Kategorien von Leuten zu verwenden, mit denen wir es zu tun haben würden, gab es keine Debatte darüber, dass dafür nur Jimi Hendrix oder Neil Young infrage kamen. Ich halte nichts von Demokratie. Mein Wort gilt. Und dennoch gab es eine Debatte, als wir, nachdem wir dem Büro des Polizeichefs »Purple Haze« und Informanten »Spanish Castle Magic« zugewiesen hatten, eine Entscheidung über einen geeigneten Klingelton für die Familien von Opfern treffen mussten. Die meisten der Teams sprachen sich für »The Wind Cries Mary« aus, weil sie durchaus zu Recht fanden, dass der elegische Text zur Traurigkeit dieser Menschen passte. Sie gerieten ziemlich außer sich, als ich mich über sie hinwegsetzte und ablehnte. Ich bestimmte, dass es »Hey Joe« mit dem zornigen, kontroversen Text über Joes irrationale Entscheidung würde, seine Freundin zu töten, weil man sie mit einem anderen Kerl gesehen hatte.

Ich wurde gefragt, wie ich so herzlos sein könne.

»Die Familien trauern«, erklärte ich. »Hütet euch vor Emotionen, hütet euch vor Kummer; Kummer fällt nicht in unsere Zuständigkeit. Natürlich tun sie uns leid, aber Kummer, Bedauern, Traurigkeit – das sind keine Emotionen für die hartgesottenen Krieger der Justiz.«

Niemand stimmte mir zu, und jedes Mal, wenn »Hey Joe« im Büro ertönte, sah ich, wie sie zusammenzuckten – was genau dem entsprach, was ich erreichen wollte.

—

»Wer sind wir?«, hatte Alf gefragt.

»Weiß ich nicht«, erwiderte ich, eine Antwort, die als Reaktion unübersehbar Betroffenheit, Fassungslosigkeit, Verblüffung auslöste, bis ich auf Izzies Vater zutrat und sagte: »Außer bei Ihnen. Alf. Richtig?« Ich streckte den Arm aus, um ihm die Hand zu schütteln.

Er blinzelte Tränen weg. In seinen Augen blitzten Wut und Kummer auf – tiefer, anhaltender, grauenhafter Kummer. Schließlich ergriff er meine Hand und schüttelte sie.

»Darian.«

Er nickte nur, dann ließ er meine Hand los und trat einen Schritt zurück. Ich wandte mich an seine Frau.

»Darian«, wiederholte ich mit neuerlich ausgestreckter Hand.

»Angie«, erwiderte sie. Manchmal, korrigierte ich mich in Gedanken, gibt es bei Mordermittlungen *doch* Zufälle. Angie und Alf: Izzies Mutter und Vater.

Wir schüttelten uns die Hände. Ich wechselte zum nächsten Elternteil. Und zum nächsten und nächsten.

Rob; Curly. Curly und Rob: Marianne – Opfer Nummer zwei: vierzehn Jahre alt, kurze blonde Haare, zwischen den zwei Vorderzähnen eine Lücke, für deren Korrektur bereits ein Termin beim Kieferorthopäden vereinbart gewesen war. Die Schule hatte sie in ihrem Heimatort Maroochydore besucht, einer Strandortschaft eine halbe Stunde südlich von Noosa.

Donna; Neil. Donna und Neil: Jessica – Opfer Nummer vier: vierzehn Jahre alt, wurde entführt, während ich ganz in der Nähe schwamm, stammte aus Nambour, einer alten Stadt, die einst der Nabel der Zuckerrohrbranche gewesen war; durch die Hauptstraße verlaufen nach wie vor Schienen aus den Tagen, als Zuckerrohr noch mit dem Zug befördert wurde.

Johnno; Tera. Tera und Johnno: Carol – Opfer Nummer fünf: sechzehn Jahre alt, lange, blond gefärbte Haare, zuletzt auf dem Weg zum Friseur gesehen, wo sie sich die Haare nachfärben lassen wollte, weil sie am Samstag eine Geburtstagsparty gehabt hätte und sich wegen des dunklen Nachwuchses schämte. Auch sie kam aus Nambour.

Juanita; Jim. Jim und Juanita: Brianna – Opfer Nummer sechs: vierzehn Jahre alt, das Mädchen, das beim Schulabschlusskonzert »Stairway to Heaven« gespielt hatte. Sie hatte in Noosaville gelebt, acht Straßen von dort entfernt, wo wir alle gerade standen.

Ich glaube, sie erwarteten von mir, dass ich sie einladen und ihnen vielleicht Tee anbieten würde. Aber ich war fertig. Ich hatte ihnen meinen Respekt erwiesen.

»Danke, dass Sie gekommen sind«, sagte ich.

»Aber …«, setzte Juanita an. Die Worte gingen ihr aus, bevor sie zu Form und Inhalt fanden.

Ich wusste, dass sie keine Ahnung hatte, was sie eigentlich sagen wollte. Ich sagte es für sie alle: »Sie alle leben in einer Welt zwischen Hoffnung und Verzweiflung. Das weiß ich, das verstehe ich, aber die Polizei leistet hervorragende Arbeit und befasst sich rund um die Uhr mit dem Fall. Ich hingegen bin bloß ein Mordermittler im Ruhestand. Wenn ich Hilfe oder Rat zur offiziellen Untersuchung beisteuern kann, tue ich das. Ich wünschte, ich hätte mehr zu sagen. Ich wünschte, ich hätte Antworten. Aber die habe ich nicht.«

»Sie haben zu Sheryl Brown gesagt, dass die Mädchen alle tot sind.« Wieder Juanita. Allmählich tat sich die wahre Sprecherin hervor.

»Ich hab gelogen«, log ich. »Geben Sie die Hoffnung nicht auf.« Sie waren so erleichtert, dass niemand daran dachte, mich zu fragen, warum ich Sheryl angeblich belogen hatte – was gut war, denn mir war noch keine Antwort dazu eingefallen.

»Dürfen wir herkommen und Sie aufsuchen?« Und wieder Juanita. Die Frage, die sie alle stellen wollten.

Auf keinen Fall. Angehörige von Opfern geraten einem nur in den Weg. Es gibt einen Grund, warum Cops den Leuten sagen, sie sollen zu Hause bleiben und am Telefon warten, damit wir wissen, wo sie sind. In Wirklichkeit bedeutet das: *Lassen Sie mich in Ruhe, denn leider verkörpern Sie eine Ablenkung.*

»Besser nicht. Ich wünschte, ich könnte ja sagen, aber wissen Sie, das sind nicht meine Ermittlungen, nicht mal annähernd. Ich arbeite unter Anleitung der Polizei. Die haben die Fäden in der Hand. Rund um die Uhr. Die Polizei wird immer mehr wissen als ich.«

Sie glaubten mir – abgesehen von Juanita, deren eindringlicher Blick mir verriet, dass sie Bullshit einen Kilometer gegen den Wind witterte – und dankten mir. Einige segneten mich sogar, bevor sie leise gingen. Sogar die Geräusche von Alfs aus dem Garten zurücksetzendem Auto klangen verhalten und respektvoll. Es mutete wie ein beschaulicher Sonntagmorgen an.

Als ich zurück hineinging, saß Angie mit untergeschlagenen Beinen auf dem Bett, immer noch herrlich nackt, und las in der Zeitung ihr Horoskop. Steinbock.

»Du bist wirklich gut«, meinte sie mit aufrichtiger Anerkennung, da sie alles mit angehört hatte, was draußen gesagt worden war.

»Bin ich«, gab ich zurück und zog meine Jeans aus.

Sie hielt mein Handy hoch. »Was bedeutet ›gofish‹?«

26

Schritt 1: Rückzug von der Zielperson

Jenny G weiß nicht, dass es mich gibt. Ich hingegen weiß eine Menge über Jenny G. Ich weiß, wo sie wohnt, ich weiß, dass ihre Ma Lehrerin in der Grundschule und ihr Pa Betonierer ist. Sein Name ist Rocky. Jenny G ist zwölf, und ihre winzigen Tittchen gleichen kleinen Knospen – ich weiß es, weil ich sie gesehen habe.

Die Supré-Filiale im Einkaufszentrum Noosa Civic ist am allerbesten, weil man auf der Holzbank draußen in der Nähe der Fassade von Big W sitzen kann und geradewegs durch den Eingang des Ladens sieht, vorbei an all den Kleiderständern in die Umkleidekabinen. Man kann die Beine der Mädchen über die Fußgelenke hinauf sehen, nicht viel, aber ein bisschen. Ich hab's mit den Fingern nachgemessen. Man bekommt ungefähr zwölf Zentimeter zu sehen. Das ist die halbe Strecke vom Fußgelenk zum Knie. Die Türen im Umkleideraum bei Supré im Noosa Civic sind auch absolut spitze, weil es Pendeltüren sind, die sich nie ganz schließen – es gibt immer eine kleine Lücke, durch die man Rosa und Körperteile aufblitzen sieht. Hätte ich ein Fernrohr, könnte ich auf jener Bank sitzen und würde Muschis sehen. Aber ich kann kein Fernrohr mitnehmen und benutzen, ebenso wenig wie ein Fernglas oder auch nur ein Teleobjektiv an meiner Nikon-Kamera, weil mich die Leute bemerken und wissen würden, dass ich spanne, und dann wäre ich weg vom Fenster.

Cotton On im Sunshine Plaza, einem gigantischen Einkaufszentrum, ist auch total cool, weil man ebenfalls auf einer Bank sitzen kann und durch den Laden freien Blick zum Umkleideraum hat. Einmal habe ich ein Mädchen vollkommen nackt gesehen. Nur für ungefähr eine Millisekunde, aber das hat mir schon genügt. Es war Brianna, richtig? Oder Jessica? Scheiße. Kann mich nicht an ihre dämlichen Namen erinnern. Spielt keine Rolle. Wenn sie kommen und bei mir bleiben, verwenden wir eigentlich keine Namen mehr. Ich finde, Namen sind dumm. Meinen Namen hasse ich.

Jedenfalls hat diese schreckliche fette Frau, die wohl Griechin gewesen sein dürfte, den Ständer mit den Sonderangeboten verschoben, und ich konnte nicht mehr durch den Laden sehen. Ich ging hin und tat so, als schaute ich ins Geschäft nebenan. Dabei stieß ich »versehentlich« gegen den Kleiderständer, der unten Rollen hatte, und danach hatte ich wieder klare Sicht. Ich bin zurückgegangen, hab mich wieder hingesetzt und Jenny G beobachtet, der ich von ihrer Schule dorthin gefolgt war, denn all das hat sich nach der Schule abgespielt, als sie zwei rote, ärmellose Tops anprobiert hat. Mir haben sie nicht gefallen. Ich fand sie billig. Ich fand, Jenny G sah darin aus wie ein Flittchen. Ich bin ihr gefolgt, als sie in die Umkleidekabine ging, und als sie gerade ihr T-Shirt auszog, über die Schultern und über den Kopf, da haben sich die Türen zur Umkleidekabine für eine Sekunde geöffnet, mehr als eine Millisekunde – eine richtige Sekunde, vielleicht sogar zwei oder drei Sekunden –, als hätte Gott sie mit einem Windstoß aufgepustet. Und da hab ich ihre Tittchen und ihre winzigkleinen roten Nippel gesehen und gewusst, dass sie und ich für immer zusammen sein würden.

An der Stelle muss man den aufregenden, aber sehr harten Teil hinter sich bringen: zurücktreten. Soldaten nennen es »abrücken«, glaube ich. Rückzug ist ein weiteres Wort, um es zu beschreiben. Im Klartext bedeutet das, ich tauche unter, damit sie unmöglich wissen kann, dass ich sie beschatte. Rückzug von der Zielperson bedeutet eigentlich das Gegenteil: Man rückt der Zielperson näher, allerdings dadurch, dass man von ihr abrückt. Das ist ziemlich clever und funktioniert immer.

Ich habe mich vor zwei Wochen von Zielperson Jenny G zurückgezogen. Dann, nachdem ich beschlossen hatte, besonders clever zu sein und mir Helen mit den dicken Titten zu holen, stellte ich Jenny G hintenan und sagte mir, ich würde sie mir bald greifen, aber noch nicht. Inzwischen jedoch bin ich so weit.

Schritt 2: Die Zielperson verfolgen. Erledigt.

Schritt 3: Tagesplan der Zielperson ermitteln. Auch erledigt.

Schritt 4: Bestimmen, wann man sich die Zielperson am besten holt. Ebenfalls erledigt.

Schritt 5: Wahrscheinliche Gefahren und potenzielle Probleme bestimmen. Habe ich gemacht. Aber jetzt muss das noch mal überprüft werden. Was an meinem neuen Freund mit dem albernen Namen Darian liegt.

Der Artikel über ihn hat mich so erregt, dass ich reingegangen bin und Helen davon erzählt hab, und als ich ihr davon erzählt hab, bin ich noch erregter geworden, was mich dazu gebracht hat, den Kribbler auszupacken und sie zu ficken, aber sie ist mir bewusstlos geworden. Ist wohl in Ohnmacht gefallen. Keine Ahnung. Ich wollte ihr ja ins Fußgelenk stechen, nur irgendwie hatte ich keine Lust darauf. Ich frage mich, ob es Jenny G gefallen würde, so gefickt zu werden. Ich wette, es wird ihr gefallen, und ich wette, *Pocahontas* wird ihr auch gefallen.

27

Funkenkitzler

»Ich glaube, wir haben eine Verbindung«, offenbarte Isosceles. In seiner Stimme schwang Dringlichkeit mit. »Wahrscheinlichkeit: hoch.«

gofish. Angie küsste mich auf die Stirn und verließ leise das Haus. Vergangene Nacht hatte ich sie gebraucht. Ich hatte die rationale Ruhe eines Menschen mit Verstand und Anmut gebraucht. Ohne sie wäre ich vielleicht nach nebenan gegangen und hätte den Hund von Janice Soundso in den Fluss geworfen.

Nun fühlte es sich gut an, allein zu sein, allerdings würde dieser Zustand nicht von Dauer sein – nicht angesichts meines wiederauflebenden Titelseitenruhms. Ich fragte mich, ob mir Sil, die Zwiebel, einen Preisnachlass auf seinen Fisch mit Fritten gewähren oder ob mir der Krabbenmann mit den dürren Beinen beim Preis für die Mangrovenkrabben entgegenkommen würde.

»Schieß los«, sagte ich.

»Oh! Sieh sich einer das an«, hörte ich vom anderen Ende der Leitung und fragte mich, welcher Ablenkung wir uns jetzt wieder zuwenden würden.

»Du bist auf der Titelseite der Regionalzeitung dort oben. Ich hätte das schon viel früher gesehen, wäre da nicht meine derzeitige Gewohnheit, *L'Hebdo Madaire du Burkina* zu lesen – das ist eine der Regionalzeitungen in Burkina Faso, hast du das gewusst? Ein hervorragendes Qualitätsblatt, wie ich hinzufügen möchte. Du meine Güte: Du bist letzte Nacht ja tatsächlich in ein wenig Ärger geraten. Was treiben unsere Freunde von der Polizei dort oben? Sind sie beim Surfen?«

Er kicherte.

»Können wir uns wieder der Verbindung zuwenden?«, fragte ich.

»Selbstverständlich, Darian, selbstverständlich. Ein Gentleman namens Winston Daniel James Promise – ich schicke dir gerade die Einzelheiten über ihn – wurde von der Ermittlungsabteilung North Brisbane verhört, nachdem er ungebührlich viel Zeit vor einer Privatschule für Mädchen im Vorort Ascot verbracht hatte.«

»Anklage?«

»Keine. Nur das Protokoll des Verhörs.«

»Datum?«

»Vor sechs Jahren.«

Das lag so tief unter dem Radar einer normalen Polizeiliste und kam einer solchen Verletzung der Privatsphäre einer Person gleich, dass ich einfach anmerken musste: »Beeindruckende Arbeit.«

»Du sprichst immerhin mit einem überaus intelligenten Menschen«, bestätigte er ohne Ironie.

Im Polizeijargon gibt es den Ausdruck Prä-D. Er bezieht sich auf die Zeit vor 1988, als man noch einen Anruf tätigen und Informationen über jemanden anfordern konnte, von dem man dachte, er könnte ein Kind entführt haben und bei sich zu Hause festhalten – und man bekam die Informationen, um die man gebeten hatte. Man konnte herausfinden, wen derjenige angerufen hatte, wen er traf, was er in letzter

Zeit getrieben hatte – mit anderen Worten, man erhielt ein Bild von seinem Leben. Das half dabei, festzustellen, ob man den Richtigen ins Visier genommen hatte oder ob man sich irrte. 1988 erließ die Regierung das Datenschutzgesetz. Das war ein schwarzer Tag für den Gesetzesvollzug. Nicht falsch verstehen: Ich bin der Erste, der sich für die Rechte eines Menschen auf seine Privatsphäre einsetzt, und ich würde an vorderster Front für das Recht eines Menschen kämpfen, zu schweigen und verborgen zu bleiben – solange meine Mordermittlungen davon nicht behindert werden. Wenn ich jedoch auf der Jagd nach einem Killer bin, dann hat es keine Hindernisse zu geben, und das gilt auch für das Recht auf Privatsphäre. Die Prä-D-Tage waren herrliche Zeiten. Will man jetzt Informationen über eine Person erhalten, muss man ein Gesuch einreichen, das Gesuch rechtfertigen und anschließend warten. Geduldig. Unter Umständen muss man noch die Erlaubnis der Person einholen, um die Informationen zu bekommen. In Queensland, wo man lobenswert rückständig ist, hat man das Datenschutzgesetz erst 2009 verankert, einundzwanzig Jahre später. Als ich noch in Melbourne lebte, haben sich die Menschen über die Barbaren im Norden mokiert, über sie gelacht; nicht jedoch wir bei der Polizei. Wir hätten die alten Zeiten sofort gerne zurück.

Leute wie ich – eigentlich alle guten Cops – fanden Wege und Mittel, das Gesetz zu umgehen. Es zu brechen. Bis die Geeks mit ihren Laptops und der Cloud in unsere Arbeitswelt Einzug hielten, mussten wir uns auf Bestechung, Beziehungen und einfache Drohungen verlassen, um Informationen der Art zu bekommen, die zu beschaffen ich Isosceles gebeten hatte. Eine Aufstellung von jedem, dessen Namen mit einem Sexualdelikt in Verbindung stand. Ich brauchte eine umfassende Liste. Isosceles hatte sie. Ich hatte sie auch.

Sie war lang. Länger, als man sich vorstellen kann.

Außerdem war sie bedeutungslos. Nur eine Liste mit Namen, zuletzt bekannten Adressen und einer Übersicht über das Böse. Um ihr Leben einzuhauchen, mussten wir eine Verbindung finden, bei dieser speziellen Jagd zu einem Kerl, der als Elektriker im Noosa North Shore Dreaming Resort gearbeitet hatte. Und Isosceles hatte diese Verbindung entdeckt. Sie mochte dünn sein, trotzdem war sie stark. Und ich vermutete, dass sie dem offiziellen Ermittlungsstand um Lichtjahre voraus war.

»Mr Winston Daniel James Promise ist derzeit als Mitarbeiter eines Unternehmens namens Zap Electrics registriert, das als wichtiges Subunternehmen bei der Anlage fungiert hat.«

»Aber nichts außer der Beschwerde von der Mädchenschule?«

»Nicht für Winston Daniel James. Aber …«

Ich spürte, wie die Spannung stieg.

»… Danny Jim Winston war bis ins reife Alter von siebzehn Jahren ein sehr ungezogener Junge. Das dir, Darian, durchaus bekannte Jugendstrafrecht von Queensland aus dem Jahr 1992 hat es ihm ermöglicht, allerlei ungehörige Handlungen mit seinem Penis und jungen Mädchen zu vollziehen, ohne registriert zu werden. Die entsprechende E-Mail kommt jetzt gerade durch …«

Ich klickte darauf, und vor mir entfaltete sich eine Aufstellung der von unserem Danny Jim verübten Sexualdelikte, die begann, als er gerade mal acht Jahre alt war. Die Identität des kleinen Danny Jim wurde gerichtlich geschützt, aber als er achtzehn wurde, konnte er sich nicht mehr verstecken. Da wandelte er seinen Namen ab und verschwand vom Radar.

Die Liste entsprach dem, was ich erwartet hatte: unsittliche Entblößung, unzüchtiges Verhalten, unerwünschte sexuelle Annäherung, derlei Dinge. Dann ein allmählicher Anstieg zu sexueller Belästigung und Vergewaltigung. Er war schon damals auf einem üblen Weg gewesen, und anscheinend hatte er sich inzwischen zu einem vollwertigen Sexualstraftäter der schlimmsten Sorte entwickelt.

Außerdem war er ein kluger Junge. Diszipliniert. Gefährlich. Ich wollte Danny Jim kennenlernen.

Ich verabschiedete mich von Isosceles und griff nach meinem Handy, um Maria eine SMS zu schreiben. Ich hatte versprochen, sie auf dem Laufenden zu halten. Natürlich nur, wenn es mir in den Kram passte.

Es passte mir gerade in den Kram. Die meisten Befragungen verlaufen wesentlich besser, wenn die Fragen von einer Frau gestellt werden. Maria wäre perfekt für Danny Jim: reif, selbstsicher, vollbusig, sexy, Polizistin. Sie würde all seine Ängste wie eine allergische Reaktion auf Erdnüsse hervorkehren.

28

Die Frau in L. A.

»Dieser Schwanzlutscher wird teuer bezahlen. Den mach ich fertig, bis er sich wünscht, er hätte nie einen Fuß in diese Stadt gesetzt.«

Ha-ha-ha-ha-ha.

Maria lachte mit den anderen. Sie machte »gute Miene zum bösen Spiel«, wie ihre Mutter sagen würde. Unter dem Lächeln empfand sie Verachtung. Jackson Toyne – oder Jack, wie sie gern genannt wurde – kauerte auf einem der Schreibtische in »dem Zimmer«, dem großen, unordentlichen Raum, der den Arbeitsplatz der Ermittlungsabteilung darstellte. Früher war er geordnet gewesen, mittlerweile glich er einem wüsten Gewirr von Schreibtischen, in dem Cops nach Lust und Laune kamen und gingen. Die Leute von der Fischereiabteilung hatte man hinüber neben die Tür zu den Toiletten verfrachtet. Beherrscht wurde der Raum natürlich von der »Sondertruppe«, die Operation Blond leitete, dem Schwergewicht der Suche nach dem Serienmörder.

Maria saß an ihrem Schreibtisch am äußeren Rand von Operation Blond und tat so, als gehöre sie zur Gruppe, die fasziniert Jacks Auflistung von Vergeltungsmaßnahmen lauschte. An sich war es ihr freier Tag, aber sie war für eine Unterweisung ins Revier zitiert worden.

»Wenn er einen verfickten Fuß auf die Straße stellt: Zack,

schon hol ich ihn mir wegen verkehrswidrigem Überqueren einer Straße. Wenn ich ihn husten hör: Zack, schon zeig ich ihn wegen Urinieren in der Öffentlichkeit an.«

Ha-ha-ha-ha-ha.

»Und wisst ihr was? Ich hab einen Kumpel bei der Steuerbehörde und werd dafür sorgen, dass Mr Ich-bin-der-große-Experte-aus-Melbourne von jetzt an bis in alle Ewigkeit so was von streng geprüft wird.«

Ha-ha-ha-ha-ha.

»Ich vertreib diesen Flachwichser aus der Stadt. Er wird sich wünschen, er wäre nie hergekommen, er wird sich wünschen, er hätte sich nie mit uns angelegt. Richtig?«

Richtig!

Etwa um die Zeit, als Maria fünfzehn war, hatten Kerle begonnen, zu versuchen, sie anzubaggern, indem sie ihr sagten, sie sei hübsch oder, noch häufiger, sexy. Trotz der Überzeugung, dass sie schlicht war und eine Botox-Behandlung, eine Brustvergrößerung, eine Kinnkorrektur und eine strenge Diät bräuchte, wusste Maria, dass Jack nicht in ihrer Liga spielte – oder zumindest wusste sie, dass Jack das glaubte und dass Jack sie dafür hasste. Jack war süß, allerdings haftete ihr die Verzweiflung von jemandem an, der unbedingt dazugehören wollte. Jack produzierte sich; sie hatte sogar mit einigen der Jungs geschlafen, um ein Teil der Gruppe zu werden. Dumm, fand Maria.

Manchmal jedoch, beispielsweise jetzt, sah sie Toyne an und fand es unmöglich, das Aufflackern von Eifersucht zu verleugnen, als sie beobachtete, wie Toyne auf dem Schreibtisch kauerte, umgeben von acht der Jungs, die ihre prahlerische, aber armselige Aufbereitung der Demütigung von vergangener Nacht begierig aufnahmen.

Alle wollten es Darian heimzahlen. Er hatte ihre Männlichkeit angegriffen, und davon gab es im Revier einen Überfluss. Den Großteil davon strahlte ironischerweise Jack aus, die Frau.

Marias Telefon summte, als sie eine SMS erhielt.

gofish

Sie stammte von Agnew. Um Anonymität zu wahren und ihm einen Namen zu geben, der widerspiegelte, was sie von der großen Nummer aus Melbourne hielt, hatte sie Casey gefragt, wer der übelste, widerlichste Mensch sei, der ihm einfiel. Wenngleich die Gedankenwelt ihres Lebensgefährten vielschichtig und bunt gemischt war, drehte sie sich in der Regel zuerst um amerikanische Politik.

»Das ist einfach, Schatz: Spiro Agnew, Nixons Vizepräsident, der wegen Steuerhinterziehung zurückgetreten ist und angeblich auch Bestechungsgelder angenommen hat. Ein fettes, kahles Arschloch mit einem riesigen Zinken von einer Nase.«

Perfekt. Während sie damals die Buchstaben in ihr Telefon eingab, hatte Casey noch eine Weile Nixons Verbrechertum mit dem von Agnew verglichen, aber so sehr sie Casey liebte, sie hatte ihm nicht zugehört. Stattdessen hatte sie über die Lage nachgedacht, in die Agnew sie gebracht hatte.

Nacheinander sah sie ihre Kollegen an. War es der? Oder der? Könnte es vielleicht sogar Jack, die Frau sein? Weibliche Serienmörder waren zwar selten, aber es gab sie.

Den wahrscheinlichsten Kandidaten verkörperte Billy. Er war derjenige gewesen, der ständig darüber geredet hatte, wie sexy die Mädchen wären und dass er nur allzu gern ein »kleines Blondchen« ficken würde. Fat Adam hatte das Geschwafel gehört und Billy für eine Woche suspendiert. Beinah hätte er ihn mit der offiziellen Begründung ungebührlichen

Verhaltens rausgeworfen. Allerdings war alles im Revier ein Männerverein, und die Loyalität für einen Kumpel überwog die Perversität von pädophilen Ausdrucksweisen einer der Polizisten, die nach einem Pädophilen fahndeten.

»He, Maria: Hallo!«

Jäh kehrte sie aus ihren Gedanken in die Realität zurück und stellte fest, dass sie Billy unverhohlen angestarrt hatte.

Rasch setzte sie ein Lächeln auf und zog sich aus der Affäre. »Du hast Erregung öffentlichen Ärgernisses ausgelassen. Das ist wirklich einfach«, sagte sie, und alle lachten, sogar Jack, wenngleich es bei ihr gezwungen wirkte.

Maria löschte die SMS und saß wartend da. Um elf Uhr sollten sie eine Unterweisung vom Boss erhalten. Wie üblich kam er zu spät. Wahrscheinlich frühstückte er noch bei McDonald's.

Obwohl Agnew sie auf die abscheulichste – aber cleverste – Weise vergiftet hatte, die man sich nur vorstellen konnte, und obwohl ihre Loyalität dem Abzeichen, das sie voll Stolz trug, und den Leuten in diesem Raum galt, verspürte sie durch die Nachricht ihres Mitverschwörers einen von Adrenalin begleiteten Anflug von Erregung. Sie war den anderen so weit voraus, dass ihr allein beim Gedanken daran schwindlig wurde. Darian mochte durch die Art und Weise, wie er sie benutzte, ein Arsch sein, aber er war brillant – er und der außergewöhnlich verschrobene Isosceles. Maria schwelgte in der Exzentrik ihres Lebensgefährten, aber Isosceles hatte ihr in der Hinsicht eine völlig neue Perspektive eröffnet: die Welt eines Ermittlergenies, die keiner ihrer Kollegen je kennenlernen würde, geschweige denn zu schätzen wüsste.

Dafür – und für die codierte Botschaft – musste sie Darian widerwillig dankbar sein.

»Lern von den Besten«, pflegte ihre Mutter zu sagen. »Wenn sie deinen Weg kreuzen, dir etwas beibringen können und dir erlauben, ihnen über die Schulter zu blicken, dann folge ihnen«, hatte ihre Mutter zu ihr gemeint.

Maria hatte zwei Jahre gebraucht, um ihrer Mutter zu offenbaren, dass sie Polizistin werden wollte. Sie hatte Angst gehabt. Ihre Mutter war eine der ersten weiblichen Kriminalbeamten in Queensland gewesen. Das war in den 1980ern, als Queensland noch ein rückständiger, engstirniger, hässlicher, korrupter, bibelfanatischer Ort war, den fette Verbrecher regierten, die sich als gottesfürchtige, die Menschen liebende Politiker ausgaben, zusammen mit ihren Clans ebenso fetter, korrupter männlicher Anhänger. Alte Männer. Allesamt Männer.

Ihrer Ansicht nach taugten Frauen in Queensland nur für zwei Dinge: Kochen und Ficken. Die ersten weiblichen Polizisten in Queensland wurden Ellen O'Donnell und Zara Dane, die den Dienst gleichzeitig im Jahr 1931 antraten. Während ihrer lebenslangen Laufbahnen bei der Polizei wurden sie nie vereidigt. 1984 wurde Lorelle Saunders als erste Frau Kriminalbeamtin in Queensland. Ihre männlichen Kollegen beglückwünschten sie zu diesem Meilenstein, indem sie Lorelle Verschwörung zum Mord an ihrem Geliebten, einem Polizisten, zur Last legten, ein Vorwurf, dessen sie sich nicht schuldig gemacht hatte. Sie wurde ohne Bezahlung suspendiert und aufgrund einer anderen frei erfundenen Anklage ins Gefängnis geworfen, wo sie darum flehte, in Einzelhaft verlegt zu werden. Dort vegetierte sie vor sich hin, bis das Rechtssystem sie schließlich freisprach. Willkommen im Klub, Schwester. Marias Mutter wurde etwa zur selben Zeit Kriminalbeamtin und musste voll Grauen mit ansehen, wie die Männer bei der Polizei von Queensland, vom obersten bis zum untersten Rang, mit den Frauen umsprangen.

»Würden wir doch nur in L. A. leben«, klagte ihre Mutter damals regelmäßig. Sie betrachtete L. A. nicht als Stadt, sondern als Symbol: Los Angeles, wo die erste Frau, die Polizistin wurde, Alice Stebbins Wells, bereits 1910 die Verhaftungsbefugnis erhielt.

Über einhundert Jahre später saß Maria da, ließ den Blick durch den Raum wandern, beobachtete Jack, die auf dem Schreibtisch hockte und inmitten der Jungs maskuline Drohungen ausstieß, und fragte sich, was sich seither eigentlich geändert hatte und was sich bis zu ihrer Pensionierung in weiteren dreißig oder vierzig Jahren vielleicht ändern würde. Nichts, vermutete sie. Überhaupt nichts.

—

Maria hatte sich die Aufzeichnungen noch nicht angesehen. Sie hatte bewusst Abstand davon genommen, herauszufinden, wer das Protokoll ausgefüllt und eine Diskrepanz von achtundsechzig Minuten verschleiert hatte. Allerdings dachte sie jeden Tag daran. Jeden Tag sagte sie sich, dass sie es heute tun würde, tat es dann aber doch nie, scheute sich davor, schob es auf den nächsten Tag auf. Sie wusste, dass sie der Versuchung letztlich erliegen würde. Nur noch nicht.

Vorerst und für die absehbare Zukunft wäre Unwissenheit besser als die unvermeidliche Veränderung ihrer Welt, die das Wissen herbeiführen würde.

Adam kam herein und berichtete über den Vorfall der vergangenen Nacht, bei dem ein zweiundzwanzigjähriger Mann erschossen worden war; er teilte mit, dass man das Mädchen, das am Tatort war, als die Polizei eintraf und dessen Name

Henna lautete, als Verdächtige ausgeschlossen hatte; und er forderte dazu auf, Augen und Ohren offen zu halten, um zu versuchen, den Fall zu lösen. Kein Sterbenswort über den ehemaligen Polizisten, der allen im Kopf herumspukte. Danach erkundigte sich Adam nach dem aktuellen Stand bei Operation Blond. Billy ließ die Gruppe wissen, dass einer der Hellseher angerufen hatte und noch einmal in den Wald in der Nähe von Fig Tree Point wollte, weil er nach wie vor glaubte, dass die Leichen dort wären – etwa hundert Meter von der Stelle entfernt, wo sie vergangenen Monat mit ihm gesucht hatten.

Niemand lachte. Dazu waren die Ermittlungen verkommen – zu Hellsehern im Wald.

29

Die Frau im Park

Geduld, meine Brüder und Schwestern, ist sehr wichtig. Man darf nie ungeduldig sein. Das habe ich schon früh gelernt. Ich habe es beim Hocken im Bambus gelernt. Man muss sehr geduldig sein und darf überhaupt nicht ungeduldig sein, während man darauf wartet, das Paket zu sichern. Man ist der Kleinen gefolgt, man kennt ihre Routine, man hat in allen Einzelheiten geplant, wann und wo es am besten wäre, meine Freunde. Man hat sich den Van gekauft und vielleicht sogar irgendeinen Aufkleber daran angebracht, der besagt, man sei Klempner oder Elektriker, damit man nicht auffällt. Man hat das Auto geparkt und wartet darauf, dass die Kleine auftaucht, wie man es geplant hat. Und nun hört euch das an, Freunde: Das wird euch gefallen. Man ist richtig, richtig aufgeregt, weil man an all den Spaß-Spaß-Spaß denkt, den man sich für sie ausgedacht hat. Es ist, als wäre man sechs Jahre alt und erwacht am Weihnachtsmorgen oder an seinem Geburtstag. Genau dasselbe. Nur mit dem Paket hat man den Spaß von Weihnachten oder vom Geburtstag für viele, viele Tage, bis man es satthat, und dann entsorgt man es. Also ist es sogar noch besser.

Weil man eben so aufgeregt ist, könnte man ungeduldig werden, und das, meine Freunde, ist die Stelle, an der man einen Fehler begehen könnte. Man könnte etwas Dummes tun und Aufmerksamkeit auf sich lenken.

Euer Lehrmeister, der Fantastische, hat sich selbst beigebracht, geduldig zu sein, als er noch sehr jung war. Das hat er getan, indem er bei sich zu Hause die Straße zum Park überquert hat, wo er dann in einem großen Bambuswald saß. Wie ein Krieger. Ohne sich zu rühren. Wie ein Heckenschütze. Hat nur beobachtet und gewartet. Wie ein Soldat.

—

Im Moment sitze ich in meinem Van. Ich beobachte, ich warte. In neun Minuten wird Jenny G um die Ecke biegen und auf mich zukommen. Ich muss mich still verhalten, und ich muss unauffällig bleiben. Ich muss geduldig sein und warten, als würde ich ein Päuschen am Nachmittag einlegen oder als würde ich mir eine Straßenkarte ansehen, um herauszufinden, wo ich hinmuss, weil ich mich verirrt habe.

—

Freunde, hört aufmerksam zu.

Oft denken die Leute, ich sei ein Kind, und mir ist bewusst, dass auch ihr euch während unserer gemeinsamen Reise gesagt haben könntet: *Winston führt sich mit seiner Vorliebe für Zeichentrickfilme von Disney wie ein Sechsjähriger auf; wie kann er trotzdem ein solcher Meister und Anführer und Visionär sein?* Und es stimmt: Ich bin manchmal ein Kind, und manchmal bin ich klug. Aber es stimmt auch und ist äußerst wichtig zum Überleben, dass man so wie ich wissen muss, wann man kein Kind sein darf, wann man sich so wie die anderen um einen herum verhalten muss. Ich bin sehr gut darin, mich so wie die anderen um mich herum zu verhalten, wenn es sein muss, und merkt euch das gut, Brüder und Schwestern: Um zu überleben, muss man wie ein Chamäleon sein.

Ich bin außerdem sehr gebildet. Als meine Ma dachte, ich sei verrückt, hat sie mich in hervorragende Schulen gesteckt und Privatlehrer engagiert. Besonders gut bin ich in Geschichte. Überrascht? Seid es nicht. Ich werde euch auf unserer Reise noch viele Male überraschen.

Ich war von Anfang an schräg. Sonderbares Kind, dummes Kind, durchgeknalltes Kind, übergeschnapptes Kind, hässliches Kind, *»verpiss dich, Kind«*. Wohin ich auch ging, jeder, den ich ansah, weil er mich ansah, dachte sich das: *Verpiss dich, Kind, sonderbares Kind, dummes Kind, hässliches Kind, verpiss dich*. Ich hab regelrecht Angstzustände davon bekommen. Ich wusste nicht, was los ist. Denn ich dachte, ich sei in Ordnung, einfach ganz normal, nur jedes Mal, wenn einen jemand ansieht, der sich denkt, man ist ein verfluchter, durchgeknallter, unheimlicher und dämlicher Idiot, dann wird man verunsichert. *Wer bin ich?* Das hab ich mich immer gefragt.

Sonderbare Dinge, Brüder und Schwestern, sonderbare Dinge gingen mir durch den Kopf. Und dann fand ich sie. Da hat es geklickt, und ich hatte das Gefühl: *Hallo, jetzt bist du zu Hause*.

Washington hat einen Baum gefällt. So begann es für ihn. Charlie Manson hat sich einen Song von den Beatles angehört. So begann es für ihn. Ich fand in einem Park eine Frau, und so begann es für mich.

—

Nachts wurde es im Park still, und da war all dieser Bambus, breit und tief und richtig hoch, und dort hockte ich mich hin. Ich fühlte mich darin wie in einem Wald. Niemand konnte mich sehen, aber ich konnte alles sehen. Manchmal hat es sich angefühlt, als würde ich darauf warten, dass der Feind aus der Dunkelheit auftaucht. Ich saß im Bambus und rührte mich stundenlang nicht. Ich hielt den Atem an und blieb ganz, ganz reglos. So machen das Krieger.

In den meisten Nächten war ich allein, weil der Park ziemlich klein war und in einem beschaulichen Vorort lag, wo die netten Menschen nach Hause fuhren, um fernzusehen. Aber eines Nachts war jemand dort. Unter dieser riesigen Kiefer lag ein Körper im Gras. Der Körper war schon dort, als ich in Position ging. Anfangs bemerkte ich ihn nicht, aber nachdem ich eine Weile im Bambus gesessen und den Atem angehalten und hinausgestarrt hatte, um zu sehen, ob irgendein Feind anrückte, erkannte ich ihn.

Es war eine Frau. Sie rührte sich nicht. Ich brauchte etwa fünf Minuten, um zu begreifen. Es gab nur sie und mich. In jener Nacht war es richtig dunkel. Was daran lag, dass irgendwelche Kids über Weihnachten die Laternen im Park zerbrochen hatten. Ich hatte von meinem Versteck im Bambus aus beobachtet, wie sie johlend durch den Park getobt waren, betrunkene Trottel, die Steine auf die Laternen warfen. *Schepper-schepper-schepper.* Die hatten sich für clever gehalten. Am liebsten hätte ich sie mit einer M16 abgeknallt, um ihnen zu zeigen, wer clever war.

Zuerst dachte ich, die Frau sei tot, aber nachdem ich sie eine Zeit lang beobachtet hatte, stellte ich fest, dass sie lebte. Vielleicht war sie zugedröhnt, oder vielleicht schlief sie, jedenfalls merkte ich, dass sie weggetreten war. Das erkannte ich daran, wie und wo sie lag, nämlich im Gras. Eine Obdachlose hätte sich nicht so ungeschützt hingelegt. Eine Obdachlose hätte sich irgendeine Zuflucht gesucht. Sie hätte sich in der Nähe des Toilettenhäuschens zur Ruhe begeben, und sie hätte eine Decke oder irgendetwas. Außerdem wälzen sich

Obdachlose herum, was nicht weiter verwundern dürfte, weil es nun mal ungemütlich ist, in einem Park schlafen zu müssen. Die Frau hingegen sah aus, als hätte sie es richtig bequem, als läge sie in einem Bett aus Wolken, meine Freunde, einem Bett aus Wolken.

Ich schlich aus dem Bambuswald hervor. Damals trug ich meine Tarnkleidung. Ich sah mich um wie ein Jäger oder wie einer dieser Vietcong-Typen, wenn sie aus Tunneln hervorkrochen. Vier kleine Straßen umgaben den Park. Wir wohnten gleich gegenüber in einem der netten Häuser neben all den anderen netten Häusern, und weil es richtig spät war, so gegen zwei Uhr morgens, waren keine Autos unterwegs, und aus den Häusern drangen weder Lichter noch Geräusche. Es gab nur sie und mich.

Sie lag auf dem Rücken. Die Frau war hübsch und hatte lange dunkelbraune Haare. Sie trug ein knappes rotes Kleid der Art, wie es Flittchen anziehen, wenn sie auf Partys gehen oder losziehen, um sich in der Stadt zu betrinken. Die Frau hatte eine glitzernde Handtasche bei sich, und an den Füßen hatte sie hochhackige Schuhe. Sie war älter als ich. Etwa fünfundzwanzig, schätzte ich. Meine Ma hätte sie als Schlampe bezeichnet.

Also lief ich ein wenig um sie herum und vergewisserte mich, dass sich niemand in der Nähe befand, der beobachten könnte, wie ich tat, was ich tun würde. Und dann, als die Luft rundum rein war, kniete ich mich vor sie und hob ihr Kleid an und zog ihren blauen Slip runter und öffnete meinen Gürtel und meinen Reißverschluss und holte meinen Schwanz heraus und fickte sie, während sie dalag und sich nicht rührte.

Sie war nicht die erste Tussi, die ich fickte, aber sie war die erste und einzige, meine Freunde, die den Akt verschlief.

Ich bin nicht sicher, ob ich es empfehlen kann, Brüder. Ist irgendwie eigenartig. Aber ich war vierzehn, und es verlieh mir einen herrlichen Einblick in die Welt des Fantastischen. Sie lag einfach unter mir, und um ehrlich zu sein, ich war ein wenig verstört. Nicht so sehr, weil ich sie im Park vögelte, denn rings um mich herrschte ja Totenstille, sondern weil sie sich kaum bewegte und mich nicht ansah. Wenn ich heute die Pakete vögle, kann ich spüren, wie sie versuchen, sich von den Fesseln um ihre Hand- und Fußgelenke zu befreien, und sie schauen mit großer Angst in den Augen zu mir auf, was ich liebe-liebe-liebe.

Die Frau aber fickte ich einfach vielleicht so, wie man einen Frosch aufschneidet, und dann stand ich auf, zog die Hose hoch und ließ sie liegen. Ich war sicher, dass ihr irgendjemand diese K.-o.-Tropfen eingeflößt hatte, durch die Tussis wie tot werden, aber nicht richtig tot. Außerdem roch sie nach Alkohol. Und sie hatte irgendwelches klebriges, süßliches Zeug im Haar, als hätte ihr jemand Cola-Rum ins Gesicht geschüttet. Sie war wirklich hübsch.

—

Wenn ihr in einen Park kämt und eine fix und fertig angeschlossene PlayStation vorfändet, würdet ihr sie einfach unbeachtet lassen, wo sie ist? Oder eine Xbox?

Wo bleibt da der Sinn? Ihr würdet es nicht tun, richtig? Ihr würdet damit spielen und Spaß haben. Dieselben Gedanken gingen mir über die nackte Frau durch den Kopf, als ich im Begriff war, die Straße zu überqueren und ins Haus meiner Mutter zurückzukehren. Warum sollte ich sie einfach zurücklassen, wenn ich noch mehr Spaß mit ihr haben konnte?

—

Beim zweiten Mal fand ich es besser, und es war das zweite Mal, dass sich mir die Welt des Fantastischen offenbarte. Das, meine Freunde, war der Beginn der Reise.

Sie hatte sich nicht gerührt. Immer noch war der Park, abgesehen von uns beiden, menschenleer. Ich konnte dieses große Unwetter hören, das sich aus der Richtung von Noosa näherte. Aus Norden. Mittlerweile fegte Wind durch den Park, und ich konnte hören, wie der Bambus gegeneinanderklackerte. *Zeit, dich zu entblößen*, dachte ich mir.

Freunde, ich rate euch, jederzeit ein Schweizer Armeemesser bei euch zu haben. Man weiß nie, wann man es brauchen kann. Diese Messer sind überaus nützliche Werkzeuge. Manchmal benutze ich sie, um Seile durchzuschneiden oder um den Paketen in die kleine fleischige Stelle neben dem Fußgelenk zu stechen, aber in jener Nacht schlitzte ich damit ihr rotes Kleid auf. Sie sind wirklich scharf, und die Klinge glitt mühelos durch den Stoff, vom Kragen bis zum Saum, und dann faltete ich das Kleid einfach auseinander. Ihr blauer Slip lag noch auf dem Boden, wo ich ihn vorher hingeworfen hatte. Auch ihr BH erwies sich als rot. Schon mal versucht, einen BH zu öffnen? Vergesst es. Benutzt das Messer. Haltet den BH an der mittleren Stelle zwischen den Brüsten hoch und schneidet. *Schnipp.* Ganz einfach. Ich klappte die beiden Hälften seitlich neben sie.

Nun war sie splitternackt, und Big Winnie ragte über ihr auf wie ein Turm.

Wisst ihr, inzwischen war es gegen vier Uhr morgens, und ich hatte sie und den Park ganz für mich allein. Ich beeilte mich nicht, und daraus gibt es etwas zu lernen: Genießt, was ihr tut. Lasst euch Zeit. Das ist etwas anderes, als geduldig zu sein. Geduld braucht man, wenn man aufgeregt ist. Da geht es um

Kontrolle. Hier hingegen rede ich vom Genießen des Augenblicks. Volles Auskosten von etwas Gutem. Merkt euch das. Ich möchte nicht, dass euch ein Teil der Vergnügungen entgeht, die euch erwarten. Das Handwerk macht Spaß. Genießt es.

Ich fing also an, und dann hörte ich auf, während mein Schwanz noch in ihr steckte. Ich sah ihr in die Augen, die mittlerweile halb schläfrig, halb tot wirkten.

»He«, brüllte ich sie an.

Keine Regung.

»He, du«, schrie ich.

Nichts.

»He, ich ficke dich gerade«, sagte ich.

Nichts.

Ich konnte mit der Frau alles anstellen und würde ungestraft damit davonkommen. Macht, Brüder und Schwestern. Es war der größte Kick, den ich je erlebt hatte, besser als all die anderen Male, als ich andere Mädchen vergewaltigt hatte.

Ich küsste sie. Die Frau hatte roten Lippenstift aufgetragen, der sich über eine Seite ihres Gesichts verschmiert hatte. Besoffene, zugedröhnte Schlampe. Ich wette, sie hatte davor Kerle in einer Bar irgendwo in der Stadt aufgegeilt. Tja, nun bekam sie, was sie verdiente. Ich packte ihr Haar und zog daran.

»He«, brüllte ich.

Sie rührte sich ein wenig, und ich zog fester.

Nichts. Also biss ich ihr in die Wange.

»He, ich ficke dich gerade, Mitstück. Vielleicht bringe ich dich auch um.«

Nichts. Fantastisch, einfach fantastisch.

Ich rollte sie herum und fing an, sie von hinten zu ficken. Aber

Freunde, es gab ein Problem, und zwar folgendes: Wo sollte ich meinen Orgasmus entladen? Welcher Teil von ihr sollte meine Explosion, meine Kraft, meine *Macht* empfangen? Sie gehörte ganz mir, und ich hatte die Wahl. Denn ich, meine Brüder und Schwestern, fühlte es. Die nackte Frau, sie fühlte es nicht. Sie atmete nur ein und aus und stöhnte gelegentlich. Manchmal beugte ich mich runter und hielt den Kopf an ihren, um zu sehen, ob sie aufwachen würde. Was sie nicht tat.

Ich rollte sie wieder auf den Rücken.

Dann senkte ich mich auf die Hände und Knie, sodass ich auf ihr kniete. Mit beiden Händen ergriff ich ihren Kopf und drehte mir ihr Gesicht zu. Der rote Lippenstift war wie ein Schlitz über ihre Wange verschmiert, als hätte ich sie mit einem Messer geschnitten. Rings um die Augen hatte sie schwarzes Make-up, an den Mundwinkeln hatte sich Sabber gesammelt. Ich beugte mich hinab und leckte ihn ab. Ich schluckte ihn, aber ich konnte nichts schmecken.

Ihr Kopf war wirklich schwer. Ich verrenkte sie wie eine Puppe. Sie lag genau so, wie ich es wollte. Ich öffnete mit den Fingern ihren Mund.

Der Mund, meine Brüder: Dorthin wollte ich meinen Orgasmus entladen.

—

Und das tat ich. Dann legte ich ihren Kopf zurück ins Gras. Sie war wunderschön, sie war meine Prinzessin. Ich sagte ihr, dass ich sie liebte.

Dann ging ich.

Und setzte mich zwischen den Bambus. Ich beobachtete sie. Schon bald würde die Sonne aufgehen, das wusste ich. Wir hatten Spaß gehabt, die schlafende Frau und ich, aber nun wollte ich sehen, wie sie aufwachte. Sie würde entweder von selbst aufwachen, oder jemand würde sie entdecken und die Polizei rufen. Was auch geschehen würde, ich würde da sein und es beobachten. Ich wollte unbedingt den Ausdruck in ihrem Gesicht sehen, wenn sie aufwachte und feststellte, dass sie nackt war, dass man ihr die Kleider vom Leib geschnitten hatte. Würde sie wissen, dass sie gefickt worden war? Würde sie wissen, dass jemand einen Orgasmus in ihrem Mund gehabt hatte?

Es war wirklich lustig, aber ich musste echt stark sein, meine Brüder und Schwestern, als ich dort reglos und stumm hockte. Wie ein Samurai.

Dann jedoch, nach etwa zehn Minuten, überkam mich dieses neue Gefühl.

Ich musste sie noch einmal ficken. Ich musste-musste-musste.

—

Ich ging zurück zu ihr. Wahrscheinlich würde es noch etwa eine Stunde dauern, bis die ersten Leute aus ihren Häusern kämen, die Frühaufsteher, die morgens Power Walking betreiben oder mit dem Hund spazieren gehen.

Mittlerweile hatte ich einen Namen für die Frau. Kribbler.

Brüder und Schwestern, es wurde ein schrecklicher Moment. Ich öffnete erneut den Reißverschluss meiner Hose und holte meinen Pimmel heraus. Ich fiel geradezu auf die Knie, so dringend wollte ich sie ficken. Der Drang überwältigte mich regelrecht. Er war stärker als alles andere, was ich je empfunden hatte.

Aber als ich anfing, ihn an ihr zu reiben, mich darauf vorzubereiten, ihn gewaltsam in sie hineinzurammen, könnt ihr euch vorstellen, was da passiert ist?

Er wurde schlaff. Es war erschreckend. Was war nur geschehen? Wichtiger noch, Freunde: Wie konnte ich es beheben? Ich setzte mich ins Gras und schaute zum Himmel auf. Ich dachte an nackte Frauen. Verschiedene Arten nackter Frauen.

Dann hörte ich ein Stöhnen und drehte mich um.

Sie hatte sich verändert. Plötzlich war sie blond, fast golden, und auch ihr Körper war anders. Die Beine waren dünn geworden, die Brüste klein. Zierlich. Eigentlich sahen sie aus, als hätten sie gerade erst zu wachsen begonnen. Kleine Erhebungen mit Nippeln wie Knospen. Ich spürte, wie mein Schwanz hart wurde, Brüder, und ich spürte, wie der Drang zurückkehrte, Schwestern, stärker als zuvor, der Drang, sie zu ficken und in ihr zu kommen, ihren Körper zu packen und so festzuhalten, dass sie unmöglich entwischen konnte.

Auch ihr Gesicht war anders, denn wie der Rest von ihr war es das Gesicht eines Mädchens, keiner Frau. Eines wunderschönen kleinen Mädchens mit blauen Augen, die sehnsüchtig in die meinen blickten.

Und ihr Name war Jenny G.

Seht sie euch an: hübsch und kess, rundum bereit, genommen zu werden.

Bereit?

Alles klaro, Meister.

Darian? Bereit?

Alles klaro, Meister, Stille auf dem Deck. Kein Lebenszeichen von Mr Darian.

Noch lange nicht.

—

»He, entschuldige mal.«

»Ja?«, fragte Jenny. *Au!*, dachte sie. *Was war …*

30

Die Steine des Kurtz

Ich trat hinaus ins Blitzlichtgewitter der Presse.

Wenn ich versuche, ein Wort zu finden, das meine Gefühle für die Presse – Fernsehteams, Reporter, Printjournalisten, im Wesentlichen jeden, der für die Verbreitung von Nachrichten verantwortlich ist – am besten zusammenfasst, dann gelingt mir das nicht. Dafür fallen mir keine Worte ein. Ich sehe nur Bilder im Kopf, in denen Menschen mit einem AK-47 umgemäht werden.

Wenngleich Noosaville weit vom Zentrum der Nachrichtenschacherer entfernt liegt, bewog die Story von sechs hübschen, blonden vermissten Mädchen, einem Serientäter, Hellsehern im Wald, einer festgefahrenen Ermittlung und nun noch der Einmischung eines jäh in den Ruhestand abgetretenen, ehemaligen Spitzenermittlers eine Reihe von Nachrichtenredakteuren, ihre Horden zu entsenden – gelackte, übercoole Idioten, die mich allesamt mit unmöglich zu beantwortenden Fragen bewarfen. Schlimmer als diesen Überfall fand ich die Reaktion auf mein »Kein Kommentar«. Die bestand nämlich darin, dieselben Fragen zu wiederholen, nur lauter als zuvor.

In meinem Kopf hörte ich eine Salve des AK-47 und sah ein Gemetzel texanischer Ausmaße, als ich auf meinen Toyota zuging. Ich stieg ein, ließ den Motor an und sah vor meinem geistigen Auge weitere Leichen, diesmal von meinem Rammschutz umgemäht.

Ich bemühte mich, keinen Pressevertreter zu erfassen; Presseleute sind ein dünnhäutiger Menschenschlag und halten mit ihresgleichen zusammen. Rasch fuhr ich mit dem Wissen davon, dass sie alle zu ihren Autos rennen und mir folgen würden. Ich bog nach links, dann nach rechts, raste zu schnell dahin, bog erneut nach links, parkte am Straßenrand und wartete, bis ich sicher war, sie abgeschüttelt zu haben. Presseleute sind außerdem ein fauler Menschenschlag; ich hatte gewusst, dass sie es bald aufgeben würden, nach mir zu suchen, und sich entweder in die nächstgelegene Kneipe zurückziehen oder vor meinem Haus ihr Lager aufschlagen würden. Wenn das der Fall wäre, würde ich mir später darüber den Kopf zerbrechen. Ich musste mich auf die Ermittlungen konzentrieren und die Folgewirkungen ignorieren, die ein Foto auf der Titelseite der Regionalzeitung gehabt hatte. Mir hätte klar sein müssen, dass der Mörder es nicht ignorieren würde. Ich hätte bedenken sollen, was der Artikel bei ihm auslösen würde.

—

»Sie sind doch der Bursche, der nach dem Serienmörder sucht. Was machen Sie hier?«

Das gehörte zu den Folgewirkungen.

Zap Electrics entpuppte sich als Unternehmen, das aus einem Blechschuppen im sogenannten »Gewerbegebiet« von Noosaville betrieben wurde, wobei es sich um eine Straße handelt, die sich über einige Kilometer erstreckt und die zu beiden Seiten zahlreiche Blechschuppen säumen. Im Schuppen von Zap Electrics teilte eine Bank den winzigen Kundenbereich in zwei Hälften. Maria und ich standen auf einer Seite, eine Frau Mitte sechzig mit einem Hund auf dem Schoß befand sich auf der anderen. Die heutige Tageszeitung lag zusammengefaltet auf der Bank zwischen einem unordentlichen Haufen von Telefonbüchern und Branchenverzeichnissen – es ließ sich nicht übersehen, dass man bei Zap die alten nicht wegwarf, sondern die neuen einfach obendrauf packte. Ich kniff die Augen zusammen, um das untere Ende des Stapels zu betrachten und herauszufinden, wann dieser Prozess begonnen hatte: 1997. Über den Raum verteilten sich reichlich und chaotisch Rechnungsbücher, alte Karteikartensysteme und, da es sich um einen Elektroladen handelte, eine verblüffende Ansammlung von Drähten und alten Antriebsteilen. Gerümpel. Hinter der Frau und ihrem Hund folgte die »Werkstatt«, in der einige Männer in schmierigen blauen Overalls über Werkbänken aus Holz arbeiteten, auf denen weitere Antriebe und Haufen elektrischen Krempels lagen.

»Wir brauchen Informationen über einen Ihrer Mitarbeiter«, sagte ich, ohne auf ihre Bemerkung über meinen neu entfachten Ruhm einzugehen.

Ihre Augen wurden schmal. Das würde nicht einfach werden.

»Warum?« wollte sie wissen.

»Routineüberprüfung. Wir wollen bloß mit einem Ihrer Leute reden«, meldete sich Maria zu Wort.

Sie hatte mir erzählt, dass nach dem tödlichen Schuss der vergangenen Nacht alle zu einer Besprechung gerufen worden waren; Fat Adam sorgte dafür, dass seine Leute konzentriert blieben. Das war ein geschickter Zug. Adam schien nicht so dämlich zu sein, wie ich ursprünglich gedacht hatte. Das würde ich mir merken müssen. Er würde vorausberechnen, was ich tun würde.

Sowohl Maria als auch mir war die gefährliche Natur unserer »Privatermittlungen« durchaus bewusst. Ehemaliger Kriminalbeamter und Senior Constable. Wir sahen offiziell aus, wir hörten uns offiziell an, und niemand würde etwas merken, aber wir mussten diskret bleiben. Mich konnte Fat Adam nicht aufhalten, aber Maria konnte er praktisch vernichten. Ich kann nicht behaupten, dass sie mir mit überwältigender Liebe begegnete, als wir uns trafen, aber sie zeigte sich aufgeregt von den Neuigkeiten über den Funkenkitzler und bestand darauf, mitzukommen, ohne mich auch nur zu fragen. Sie hatte sich große Mühe gegeben, sich unscheinbar zu kleiden; wunderschöne Frauen bleiben nicht unbemerkt. Schlichtes weißes T-Shirt, blaue Jeans. Das Haar trug sie offen statt wie sonst streng zusammengebunden. Wenn wir uns im Freien aufhielten, setzte sie eine Sonnenbrille und eine Baseballmütze auf. Völlig anders als die Frau in Uniform. Man hätte sie ohne Weiteres für eine Ermittlerin in Zivil halten können.

»Worüber wollen Sie mit ihm reden?«, fragte die Frau. Sogar der Hund auf ihrem Schoß schien allmählich eine Abneigung gegen uns zu entwickeln.

»Es geht um eine schlichte Polizeiangelegenheit«, antwortete Maria.

»Sind alle unterwegs im Einsatz«, klärte uns die Frau auf.

»Der Nachname lautet Promise«, warf ich ein. »Winston. Dan oder Danny. Möglicherweise auch Jim. Promise«, fügte ich sicherheitshalber noch einmal hinzu. Ein Sprühregen roter Funken stob von einem der elektrischen Gegenstände in der Werkstatt hinter ihr auf wie ein Feuerwerk. Die Jungs arbeiteten weiter, achteten gar nicht auf die Funken.

Die Frau sah mich an. Sie rührte sich nicht. Der Hund starrte mich an. Er rührte sich auch nicht.

»Können Sie uns sagen, wo wir ihn vielleicht finden?«, fragte Maria.

Das Ausbleiben einer positiven Antwort bedeutete, dass Promise der Frau entweder nahestand oder dass sie etwas zu verbergen hatte. Ich habe keinen blassen Schimmer, was Elektriker so tun, und ich will es auch gar nicht wissen, dafür weiß ich etwas über die altehrwürdige Gepflogenheit, die Bücher zu frisieren und das Finanzamt zu belügen. Ich wagte einen Schuss ins Blaue: »Wir sind an nichts interessiert, was mit Ihren Büchern oder Ihrer Buchhaltung zu tun hat. Wir wollen nur wissen, wo wir ihn finden können.«

Zack. Volltreffer. Die Frau wirkte mit einem Schlag erleichtert. Der Hund auch.

»Wir haben nichts Unrechtes getan«, beteuerte sie, womit sie bestätigte, dass sie genau das getan hatten.

»Wieso dann so angespannt?«, meinte Maria scherzhaft. »Es ist geradezu Ihre Bürgerpflicht, Steuern zu umgehen.« Sie drehte sich mir zu und lachte. »Sie sollten mal die Bücher meines Mannes sehen. Unglaublich, was er alles geltend macht«, sagte sie, als steckten wir alle gemeinsam mit drin, eine große, glückliche Familie von Steuerbetrügern.

Die Frau kaufte es ihr ab; sie lachte mit Maria, sagte aber trotzdem nichts, womit sie sich belastet hätte.

»Also, zurück zu Promise: Ist er hier?«, ergriff ich das Wort, um uns wieder in die Spur zu lenken.

»Wir setzen ihn nicht mehr ein«, sagte sie. »Unheimlicher Kerl. Und faul, das war sein Problem. Ist ständig zu spät gekommen, wenn er überhaupt aufgekreuzt ist. Wenn man einen Auftrag hat, dann muss man ihn erledigen, richtig? Wenn man dem Kunden sagt, dass man um sieben da sein wird, dann hat man um sieben oder wenigstens vor acht dort zu sein. Richtig?«

»Können Sie uns seine Daten geben? Haben Sie noch seine Adresse? Und eine Telefonnummer, das wäre toll«, sagte Maria und bewies dabei ein feines Gespür für Zielstrebigkeit und Kontrolle.

Die Frau und der Hund, der übrigens Tweet hieß, beugten sich zu einem Aktenschränkchen aus Metall, das inmitten des Gerümpels auf der Bank stand, und blätterten die Karteikarten durch. Die Personalaufzeichnungen und sonstigen Akten waren eindeutig nicht digitalisiert worden, zweifellos in der Absicht, zur Verwirrung des Finanzamts beizutragen.

»Haben die anderen Mitarbeiter öfter mit ihm geredet? Hatte er hier irgendwelche Freunde?«

»Nein, hatte er nicht. Ein echter Einzelgänger. Und unheimlich, wie ich schon sagte. Hier, bitte.« Sie holte eine Karte mit Kugelschreibergekritzel darauf hervor.

»Inwiefern unheimlich?«, hakte ich nach, bevor wir gingen.

»Ist schwer zu erklären«, erwiderte sie. »Er hat einen immer angestarrt, als wüsste er alle Antworten, nur hatte niemand eine Frage gestellt. Und außerdem …« Sie verstummte kurz. »Er hatte Augen, die …« Wieder legte sie eine kurze Pause ein, dann schaute sie zu uns auf. »Augen, die irgendwie orange ausgesehen haben.«

—

Wir fuhren die Küstenstraße mit ihrer Panoramaaussicht auf das Korallenmeer entlang durch die Strandortschaften Sunrise, Castaways, Marcus, Peregian und Coolum. Dabei passierten wir Heerscharen von Rucksacktouristen, Kids mit

Surfbrettern und Familien mit Sonnencreme und Sonnenschirmen, bis wir das Flachland von Marcoola erreichten, einer unlängst um die Ränder des örtlichen Flughafens errichteten Ortschaft, die einem kilometerlangen Streifen von New Jersey ähnelte: Sexshops, Apotheken und Chinarestaurants, die ihre Gerichte zum Mitnehmen anboten. Dieses Kaff und unser Ziel – die nächste Gemeinde namens Mudjimba – galten als die Schrottplätze der Sunshine Coast. Sie lagen auf Meereshöhe, boten daher keinen Blick auf den Ozean, und aufgrund einer strengen Umweltschutzrichtlinie, die das Abholzen der Mangrovenbäume oder der armseligen Neuseelandmyrten untersagte, waren sie von Moskitos verseucht und sumpfig. Während wir fuhren, wichen die Villen und unlängst errichteten Apartmentgebäude nach und nach Ziegelstein-Gemeindebauten aus den 1970ern und Wohnblöcken aus Faserzement und Asbestplatten.

Mudjimba gleicht einer Müllhalde; vollkommen trostlos, abgesehen vom spektakulären Mount Coolum, einem einsamen, gewaltigen Vulkanberg, der den Horizont beherrscht. Wie allem an dieser Küste haftet ihm eine Mystik und eine Bedeutung an, die wir unmöglich verstehen können.

Wir bogen vom Suncoast Boulevard ab und fuhren durch die schrecklichen, von Armut gezeichneten Straßen. Vor uns tauchte der Maroochy River Conservation Park auf – eine weitere Müllhalde. Leise rollten wir vor einen dreigeschossigen Wohnblock namens *Passion* – Leidenschaft. Es war Müllabfuhrtag, und eine der Tonnen war umgekippt und hatte ihren Inhalt auf den Gehsteig ergossen. Wir umgingen ihn und die Millionen Fliegen und steuerten auf Wohnung Nummer 3 zu.

Der Ort sah aus wie ein billiges Motel. Wir klopften an die Tür. Keine Reaktion. Wir klopften erneut.

»Hoch die Flossen!«

Was? Wir drehten uns um und stellten fest, dass eine junge, etwa zwanzig Jahre alte Frau ein Gewehr Kaliber .22 aus dem Zweiten Weltkrieg auf uns gerichtet hielt. Sie war aus der Wohnung nebenan gekommen. Hinter ihr wehten Wolken von Marihuanarauch durch die Tür heraus.

Wir taten, wie uns geheißen. Es ist immer am besten, die Person mit der Waffe glauben zu lassen, sie hätte die Oberhand.

»Sagt dem Piraten, er soll sich ins Knie ficken«, forderte sie uns auf.

»Wir sind nicht wegen dem Piraten hier«, entgegnete ich. »Wir wissen überhaupt nichts von einem Piraten. Wir suchen nach dem Kerl, der hier wohnt«, erklärte ich und deutete mit dem Kopf Richtung Nummer 3.

»Ihr kommt nicht vom Piraten?«

»Nicht vom Piraten«, bestätigte ich.

»Nummer 3«, meldete sich Maria zu Wort. »Der Typ aus Nummer 3.«

»Er ist schräg«, meinte die junge Frau dazu nur und starrte uns weiter skeptisch an.

Ich kann meine Arme nur eine gewisse Zeit hoch erhoben halten, und diese Zeit war abgelaufen.

»He!«, brüllte ich und lenkte sie dadurch lang genug ab, um die Hand auszustrecken, das Gewehr zu ergreifen, es ihr aus den Fingern zu reißen und sie zu Boden zu treten. Nicht besonders hart, aber hart genug, um klare Fronten zu schaffen.

»Au!«, beschwerte sie sich, als ich den Bolzen des Gewehrs zurückzog und eine lange, schlanke Patrone entfernte, die eigens für diese antike, aber immer noch tödliche Waffe angefertigt worden war. Es hatte sich um keine besonders ausgebuffte Bewegungsabfolge meinerseits gehandelt, aber sie war trotz ihrer Waffe auch nur etwa so gefährlich wie Tweet, der Hund.

»Erzählen Sie uns etwas über den Mann aus Nummer 3«, forderte Maria sie auf.

»Geben Sie mir meinen verfluchten Schießprügel zurück«, erwiderte sie.

Ich kniete mich hin und sagte: »Wir sind Cops. Wir wollen Informationen. Du gibst sie uns sofort, oder wir verknacken deinen armseligen Hintern wegen ungefähr zwanzig Straftaten, angefangen mit versuchtem Mord an einem Polizeibeamten bis hinunter zu Marihuanabesitz. Ich zähle bis zehn. Wenn ich damit durch bin, nickst du entweder, was bedeutet, dass du unsere Fragen restlos beantworten wirst, oder du wirst dein Mittagessen in einer der Zellen in Maroochydore einnehmen. Eins. Zwei …«

»Schon gut, schon gut!« Sie rappelte sich vom Boden auf, murrte »Arsch«, damit es ihr besser ging, und sagte anschließend: »Was wollen Sie wissen? Er ist schräg. Ich schätze, er spielt mit kleinen Kindern.«

Sie erzählte uns von einem Mann Anfang zwanzig, groß und dünn, mit blondem Haar, »nicht kurz, nicht lang«. Sein Aussehen beschrieb sie als »alltäglich, gewöhnlich, klar, was ich meine?« Er trug meist Jeans, weiße T-Shirts und Arbeitsstiefel, »sandbraun, nicht schwarz, klar, was ich meine?« Er war spät eines Nachts vor etwa einem Jahr in die Wohnung eingezogen. Alles, was er damals bei sich hatte, war ein Koffer, »schwarz, normal, klar, was ich meine?« Seinen Namen kannte sie nicht. Sie sagte, dass er nicht wirklich hier wohnte, denn er kam und ging zu merkwürdigen Zeiten, »kreuzt zum Beispiel um drei in der Nacht auf und ist um fünf wieder weg, klar, was ich meine?« Sowohl sie als auch der Pirat hielten ihn für einen Serienmörder, der die Wohnung benutzte, um seine Opfer zu zerstückeln, »nur wenn er das täte, würd's hier stinken, klar, was ich meine?«

»Warum glauben Sie, dass er mit kleinen Kindern spielt?«, fragte Maria.

Sie zuckte nur mit den Schultern und starrte einen Moment lang ins Leere. »Keine Ahnung«, meinte sie schließlich. »Irgendwie sieht er einfach danach aus.«

Wir behielten die Patrone, gaben ihr das Gewehr zurück und ließen sie in die Sicherheit von Wohnung Nummer 4 zurückkehren. Als sie sich drinnen einschloss, hörten wir, wie der Riegel eines Sechs-Dollar-Schlosses über die Zehn-Dollar-Spanplattentür schabte.

Unsere Blicke fielen auf den Türgriff von Nummer 3. Mögliche Abdrücke. Wir gingen zurück zum Toyota und holten eine Rolle durchsichtiges Klebeband, das wir auf den billigen Aluminiumtürgriff aufbrachten, bevor wir es wieder abzogen und vorsichtig mit der Klebefläche nach oben auf den Rücksitz des Fahrzeugs legten.

Anschließend brachen wir ein.

Niedrige Decken, graue Wände, kleine Fenster mit weißen Metalljalousien, graue Linoleumböden – die Wohnung besaß den Charme und den Charakter eines leeren Zigarettenpäckchens. Das war wichtig; das Fehlen jeglicher Form von Dekoration verriet mir etwas über diesen Kerl: Er war kurzsichtig. Der Raum, in dem er physisch wohnte, hatte keine Bedeutung; die Farben seiner Fantasie lagen in seinem Kopf vergraben. Und woanders. Nicht hier. Es war so sauber und leer und bar jeglichen Lebens wie das Apartment, das er in der Anlage auf North Shore zum Aufnehmen der Fotos benutzte.

Der Karton mit Frischhaltefolie aus der Anlage hatte keine Fingerabdrücke aufgewiesen; vermutlich würde dasselbe für diesen Ort gelten, den er … *wofür* verwendete? Isosceles rief an und teilte uns mit, dass Promise bar in Sechsmonatstranchen bezahlte, die er der Rezeptionistin zweimal jährlich auf den Schreibtisch legte, bevor er sie aufforderte, ihm die Quittung per Post zu schicken. Er hatte die Wohnung für achtzehn Monate gemietet, eine falsche Adresse in Brisbane angegeben und einen Erwachsenenpersonalausweis als Identitätsnachweis benutzt.

»Inzwischen habe ich auch seine alte Adresse in Brisbane, wo er aufgewachsen ist. Das Haus wurde vor drei Jahren verkauft. Die aktuellen Besitzer sind eine Familie namens Ngo. Bin noch auf der Suche nach Verwandtschaft; es gibt eine Mutter und eine Stiefschwester oder Tante, ich bin nicht ganz sicher. Gefunden habe ich bislang weder die eine noch die andere.«

Selbst wenn wir sie fänden, war ich keineswegs überzeugt davon, dass unser Mr Promise zu den Leuten gehörte, die regelmäßig nach Hause schrieben. Danny Jim Promise war der Killer, *davon* war ich überzeugt. Zwar entfaltete er sich nach und nach vor uns, aber er erwies sich als clever und hatte mit uns gerechnet. Die Verkehrsbehörde von Queensland besaß keine Aufzeichnungen über ihn, folglich besaß er keinen Führerschein mit Foto, auch wenn er anscheinend einen Van fuhr, um seinen Opfern zu folgen und sie sich zu schnappen. Der Personalausweis war nutzlos. Darauf befanden sich nur ein Foto und ein Name. So etwas benutzten Jugendliche, um in Diskotheken und Bars reinzukommen. Kein Reisepass. Er hatte eine Steuernummer, damit er gewährleisten konnte, dass ihm von seinem Verdienst so viel wie möglich blieb. Außerdem hatte er eine Sozialversicherungsnummer. Das stellte jedoch schon die Gesamtheit seiner offiziellen Identifikation dar: zwei Nummern, die zu dieser unbewohnten Adresse führten. Er entpuppte sich als so gut vorbereitet und professionell wie die Besten.

Und all das hatte er bereits getan, bevor ich auf der Titelseite erschienen war. Nun würde er umso wachsamer sein.

Maria und ich durchsuchten die Wohnung. Wie erwähnt war sie leer, abgesehen von einer Rolle Klopapier im Badezimmer und zwei großen Aluminiumtöpfen in der Küche, ganz hinten in einem Regal in der Nähe eines Herds, der aussah, als sei er seit den 1980ern nicht mehr eingeschaltet worden. Das einzige Anzeichen auf etwas Ungewöhnliches bildeten ein Kunststoffbehälter voller kleiner runder Steine und ein weiterer, größerer Kunststoffbehälter voller Sand.

»Wofür benutzt er diesen Ort?«, dachte Maria laut nach.

»Gute Frage.«

Wir starrten uns gegenseitig an und überlegten, was wir als Nächstes tun sollten. Trotz der Leere, die uns umgab, wollten weder sie noch ich gehen. Wir wussten beide, dass es sich um *seine* Leere handelte.

Also setzten wir uns auf den Boden und ließen das Umfeld auf uns wirken.

Mein Telefon summte: Isosceles. Ihr Telefon summte: Casey.

»Yo«, meldete sie sich.

Yo? Ich sagte: »Yep?«

»Casey hat die Hardware, ich habe die Software, die Cloud hat die Spyware. Die Behausung des Funkenkitzlers, in der du gerade sitzt, wird schon bald ständig überwacht. In Farbe, wie ich hinzufügen möchte. Ich diskutiere gerade mit einer seltsamen Frau aus der Kleinstadt Hamilton in Neuseeland über die Möglichkeit von Überwachung in 3D …«

Ich musste ihm ins Wort fallen. »Casey redet gerade mit Maria«, klärte ich ihn auf.

Maria, die meine Unterhaltung hörte, nickte mir zu und sagte: »Er ist unterwegs. Willst du auf ihn warten?«

»Frag sie, ob er die Informationen über den Wald von Ouagadougou heruntergeladen hat«, meldete sich Isosceles zu Wort.

Ich ignorierte ihn und antwortete ihr: »Müssen wir denn?«

»Nein«, erwiderte sie. »Er kann das alleine, und …« Kurz verstummte sie und lauschte Casey am anderen Ende der Leitung. Dann fügte sie lächelnd hinzu: »Und ihm wäre ohnehin lieber, wenn du nicht hier wärst, weil du ihm immer sagst, was er tun soll, und du bei technischen Dingen ein, ich zitiere, ›ausgemachter Volldepp‹ bist, Zitat Ende.«

»Hat er die Informationen über den Wald von Ouagadougou heruntergeladen?«, fragte ich.

»Hast du das gehört?«, sagte sie ins Telefon, lauschte einen Moment lang und erklärte mir dann: »Gonse sieht besser aus als Nakambe.«

»Gonse ist besser als Nakambe«, gab ich an Isosceles weiter.

»Ist es nicht!«, lautete seine Erwiderung.

»Isosceles«, sagte ich zu ihm, »ich lege jetzt auf.« Was ich auch tat.

»Machst du bei dieser afrikanischen Binnenlandsache der beiden mit?«, wollte ich von Maria wissen.

»Nicht in tausend Jahren«, gab sie zurück. »Wenn das alles vorbei ist, will ich nur am Ende deines Stegs sitzen und Fische fangen. Wenn ich darf«, fügte sie hinzu.

»Nur, wenn du sie auch brätst«, erwiderte ich.

»Abgemacht.«

Wir lächelten. Einen Moment lang fühlte es sich tatsächlich an, als wären wir Partner. *Wird das von Dauer sein?*, fragte ich mich. Ich sah mich an dem unheimlichen Ort um. Sogar Fat Adam und die Jungs von Operation Blond würden Schwierigkeiten haben, die Ausgaben für eine Vierundzwanzig-Stunden-Überwachung zu rechtfertigen – drei Schichten zu acht Stunden; kostbare Mannstunden von Beamten, die hinter dem Lenkrad eines Autos ins Leere starren würden –, zumal es sich um eine Wohnung handelte, die ein möglicher Verdächtiger nur alle heiligen Zeiten besuchte.

Trotzdem tut die Polizei so etwas. Observierung ist wichtig, leider jedoch auch kostspielig, und die aufgewendete Zeit führt selten zu Ergebnissen, die den Aufwand wert wären. Von allen Maßnahmen, die bei Ermittlungen von mir abgesegnet worden waren, hatte Überwachung immer am meisten an mir genagt. Neben »Ergebnisse« musste ich ständig »keine« eintragen.

Aber als die brillanten, wenngleich unkonventionellen Partner, die wir waren, hatten Maria und ich das Problem in diesem Fall gelöst, indem wir auf die zwei Exzentriker – die Ouagadougouer – zurückgriffen und veranlassten, dass unaussprechliche Gerätschaften mit Kameras, Bewegungssensoren und Internetverbindungen rund um die Uhr Bilder auf Isosceles' Monitor und, wie er behauptete, auch auf meinen übertragen würden. Wie das ging, wusste ich nicht, und es interessierte mich auch nicht wirklich.

Dann tat Maria etwas, das Cops so gut wie nie tun: Sie sprach offen und ehrlich darüber, was sie empfand. »Es ist komisch. Ein Teil von mir will weg von diesem unheimlichen

Ort, aber ein anderer Teil will bleiben. Es ist, als würde ich davon angezogen, als könnte ich nicht weg. Ich weiß, dass er hier drin üble Dinge anstellt, aber daran liegt es nicht; na ja, vielleicht auch doch, ich weiß es nicht. So habe ich mich noch nie zuvor gefühlt.«

Ich stand auf. »Verschwinden wir von hier.«

Sie sah mich an, als hätte ich sie gerade getadelt. Das hatte ich nicht, aber ich hatte das Gefühl, sie beschützen zu müssen.

»Solche Typen ficken einem den Verstand. Jeder denkt, das Schlimmste sei, wenn sie einem am Verhörtisch gegenübersitzen und mit ihrer Verkommenheit prahlen. Stimmt nicht. Sicher, diese Geschichten sind genauso widerwärtig wie ihr Lächeln dabei, aber sie sind dann an einen Stuhl gekettet und ihr Untergang ist bereits besiegelt. Schlimmer ist es bei Gelegenheiten wie jetzt, wenn es nur ihn, dich und deine Fantasie gibt – und er ein Geist ist.«

Maria folgte mir hinaus, und ich schaute zu dem schäbigen, motelartigen Wohnblock zurück. Sand und Steine. *Was hat das zu bedeuten?*, fragte ich mich.

Ich wusste, dass ich es letzten Endes herausfinden würde. Ich wusste auch, dass es hässlich sein würde. Aber als wir den Ort verließen, den er nur manchmal mitten in der Nacht aufsuchte, da hatte ich noch keine Ahnung, *wie* hässlich es sein würde.

31

Thors Hammer

Ich beschließe, richtig nett zu sein. Als wir in der Garage ankommen und nur sie und ich hinten im Van sind, sage ich: »Hi, ich bin Winston.« Und ich sage: »Du bist etwas ganz Besonderes, du bist Nummer acht – das macht dich nicht zu etwas Besonderem, also dass du die Nummer acht bist. Besonders macht dich, dass du zwölf bist, denn das bedeutet, du bist meine Jüngste, und das wird richtig interessant. Was auch richtig interessant wird, ist all das Ficken, vor allem das … he, sag mal, magst du *Pocahontas*?«

—

Er fragt mich über diesen alten Disney-Film? Was soll das?, dachte Jenny. Sie wusste, welches Schicksal sie ereilt hatte, und sie wusste auch, dass sie in grauenhaften Schwierigkeiten steckte. Aber was hatte es zu bedeuten, dass er sie fragte, ob sie diesen alten Disney-Film mochte?

Der Mann wartete auf eine Antwort, nur konnte Jenny den Kopf nicht bewegen, und selbst wenn sie es gekonnt hätte, sie war vor nackter Angst so erstarrt, dass sie nichts von dem richtig hörte, was er sagte. Anscheinend hatte er ihr eine Frage gestellt, doch sie wusste nicht, welche. Sie wusste nur, dass sie hinten in einem Van aufgewacht war, fest an eine der Seiten gebunden. Dieser Kerl mit den unheimlichen, orangefarbenen Augen kniete im Laderaum des Fahrzeugs neben ihr und sprach mit ihr, als wäre alles völlig normal. Sie versuchte, ihre Atmung zu verlangsamen und zuzuhören. Wenn sie zuhörte, würde ihr vielleicht eine Möglichkeit einfallen, zu entkommen.

»Ich schätze mal, das ist ein Nein«, sagte er. »Wirklich schade. Aber wir werden ihn uns trotzdem ansehen, und vielleicht änderst du deine Meinung ja. So, und jetzt musst du aufmerksam zuhören. Wir werden gleich hineingehen, und es gibt eine Liste von Regeln. Sie hängt am Kühlschrank. Ich werde sie dich lesen lassen, und du musst sie dir merken. Dann – und das ist einer der aufregenden Teile – stelle ich dir Helen mit den dicken Titten vor. Sie ist viel älter als du, und sie hat richtige Titten, aber du hast noch keine.«

Der Mann holte ein Messer hervor. Jenny geriet in Panik. Wollte er sie stechen? Sie versuchte, sich zu bewegen und zu fliehen, aber er drückte ihr eine Hand auf den Kopf.

»Rühr dich nicht, verdammt. Kannst du ohnehin nicht, aber ich hasse es, wenn ihr Mädchen zu fliehen versucht, obwohl es unmöglich ist. Das ist wirklich lästig, also lass es, ja?«, forderte er sie auf, als er mit der Spitze des Messers in ihre Bluse stach und sie in zwei Hälften zerschnitt. »Das wird richtig cool«, meinte er, als er ihren BH mit den Fingern anhob und ebenfalls entzweischnitt. Die Hälften warf er auf ihre Brust. »Sehr kleine Tittchen. Sehr *süße* kleine Tittchen. Ich kann's kaum erwarten, dich und Helen mit den dicken Titten zusammenzubringen. Wir werden die erstaunlichsten Dinge anstellen. Das wird ja so was von toll. Hier. Schau. Das ist Thor.«

Was redet er da?, dachte sie panisch.

»Früher habe ich ihn Kribbler genannt, aber das ist ein

echt alberner Name. Jetzt heißt er Thor. Das bedeutet Gottes Donnerhammer. Ist eine uralte Geschichte. Thors Hammer konnte alles zerschmettern. Er war wirklich mächtig, genau wie mein Thor.«

Was sagt er?, ging ihr durch den Kopf.

»Sag: ›Hallo, Thor.‹«

Sie sprach kein Wort, konnte nicht sprechen, denn sie hatte Klebeband über dem Mund. Das schien er zu ignorieren. Er redete weiter.

»Du und Thor werdet beste Freunde werden. Also, du musst etwas tun, denn weißt du, hier geht es nicht nur um mich. Du musst mitmachen. Du musst jedes Mal mitzählen, wenn du Thor bekommst. Ich schätze, du bist noch wie ein kleines Kind und verstehst vielleicht nicht, was ich meine. Also werde ich es dir ganz einfach erklären, ja? Ich will keine Missverständnisse. Missverständnisse führen zu Fehlern, und Fehler führen zum sofortigen Tod. Das willst du doch nicht, oder? Hat ja keinen Sinn, dass du wegen eines dummen Fehlers vorzeitig getötet wirst. Hör aufmerksam zu. Du musst jedes Mal mitzählen, wenn Thor in dich fährt und seine Blitze abfeuert. Du musst jedes Mal mitzählen, und wenn wir bei zweiunddreißig sind – merk dir das, zweiunddreißig –, dann sagst du zu mir: ›Winston, Thor hat mich jetzt zweiunddreißigmal gefickt.‹ Dann gewinnst du einen Preis. Hast du verstanden, was ich mit Blitzen gemeint habe? Ich kann mich nicht daran erinnern, wie ich mit zwölf war, ob ich dumm war oder nicht. Was ich gemeint habe, ist Wichse oder – tun wir so, als wären wir in der Schule beim Sexualkundeunterricht – Sperma.«

Was sagt er da?, kreischte sie innerlich.

»Ich mache das schon eine ganze Weile. Ich mag meine

Routine, obwohl es neu ist, dich und Helen mit den dicken Titten zusammenzubringen, und ich hab noch nicht mal das Foto von Helen mit den dicken Titten geschossen, was ganz und gar aus der Reihe fällt, aber wir holen das heute Nacht nach, wir alle drei. Egal, zurück zum Ritual.«

Er griff nach unten und hielt sie fest.

»Das ist jetzt so etwas wie der Anfang«, erklärte er mit einem Lächeln.

Was meint er damit? Was passiert mit mir?, fragte sie sich weinend.

—

Verstanden, Freunde? Rituale. Die sind wichtig. Disziplin ist erforderlich, um das Handwerk zu perfektionieren, und dasselbe gilt für Routine oder, weil das Handwerk göttlich ist, Rituale. Dem Paket wird mitgeteilt, wie die Hausordnung lautet, und es gehorcht. Es ist einfach, und die Pakete gehorchen immer. So wird aus dem Spaß-Spaß-Spaß noch mehr Spaß.

Danach mache ich dem Paket die Fesseln ab und führe es im Polizeigriff ins Haus. Jenny G war mir bewusstlos geworden, deshalb musste ich sie tragen. Was schade war, weil ich ihr so nicht die Liste mit den Regeln zeigen konnte, die ich am Kühlschrank in der Küche angebracht habe. Spielt keine Rolle. Ein anderes Mal. Wir haben jede Menge Zeit, und erinnert euch: immer bereit sein, zu improvisieren.

Ich lud sie auf dem Boden vor dem Zimmer der Mädchen ab und öffnete die Tür. Große Überraschung, Helen!

Ich schleifte Jenny G hinein und warf sie aufs Bett zu Helen mit den dicken Titten.

»Hier«, sagte ich zu Helen. Mittlerweile wurde mir langweilig, ich wollte mit meiner neuen PlayStation spielen.

Immer vergewissern, dass die Fesseln fest und sicher sind. Ich habe die Pakete gern nackt. Denkt daran, dafür zu sorgen, dass sie geknebelt sind. Grundregel beim Gefangennehmen, Freunde. Wenn ihr das vergesst und ein Mädchen schreit und gehört wird und ihr geschnappt werdet, tja, was soll ich sagen, dann verdient ihr es nicht anders.

Es war ziemlich cool, Jenny G und Helen mit den dicken Titten zusammen nackt auf dem Bett liegen zu sehen. Ich wurde sogar so aufgeregt, dass ich ihnen am liebsten sofort und auf der Stelle die Köpfe abgeschnitten hätte. Um sie dann zwischen ihre gespreizten Beine zu stecken. Ha, ha.

Aber das tat ich nicht. Denn das kommt erst später.

Das ist ein viel späterer Schritt. Immer schön an den Plan halten. Es ist in Ordnung, zu improvisieren, klar, aber ich finde, es ist auch wichtig, konzentriert zu bleiben und an dem festzuhalten, was man bereits organisiert hat. Wer weiß schon, was passieren könnte, wenn man es nicht tut?

Ich spielte mit dem Gedanken, mir neben der PlayStation auch eine Nintendo-Konsole anzuschaffen, aber ich liebe meine PlayStation wirklich. Jedes Modell wird besser und besser. Die Spiele sind spitze. Bald werden sie alle in 3D und virtuell sein. Ich habe alle Spiele, aber manchmal werden sie mir nach einem oder vielleicht zwei Monaten langweilig. Wisst ihr, was echt beschissen ist? So lange auf die neuen Spiele warten zu müssen. Keine Ahnung, warum die nicht schneller sind. Jede Woche kommen neue Filme raus, jeden Abend gibt's was Neues im Fernsehen, warum also bekommt die Spielebranche das nicht gebacken? Das würd mich wirklich interessieren. Ich geh gern online und spiele *Warhammer*.

Normalerweise würde ich ein neues Paket ficken, und

Jenny G macht mich ganz kribbelig, aber ich muss mich konzentrieren. Ich muss mir diese Ida holen.

Ida ist nur für ein paar Tage in der Stadt. Sie übernachtet mit den Rucksacktouristen auf dem Hügel, und jeden Tag geht sie zum dunklen, bewaldeten Parkplatzende der Hastings Street runter, das ich grundsätzlich schon mag, aber nicht besonders, weil dort viele Menschen kommen und gehen und es nicht so einfach wie an anderen Orten ist, sich Mädchen zu schnappen. Aber ich kenne mich aus. Hab mir dort schon mal eine geholt. Ich weiß, was die Gefahren sind. Andere Menschen, Freunde, andere Menschen sind die Gefahren.

Ida ist wirklich hübsch, und oh großer Gott im Himmel, es wird so toll sein, dabei zuzusehen, wie der berühmte und allerbeste Mordermittler sein Geschenk auswickelt, und sein Gesicht zu beobachten, wenn sie ihm die Botschaft übermittelt. Heilige Scheiße, das alles macht jetzt so viel mehr Spaß. Jetzt habe ich jemanden, der das Handwerk, wie es der Fantastische praktiziert, wirklich zu schätzen weiß. Ich hätte mir nie zu träumen gewagt, mal jemanden zu haben, der mich versteht, jemanden, der mein Werk bewundern kann. Es ist, als wäre man ein Küchenchef und wüsste, dass ein Kritiker im Restaurant ist. Oder als hätte man einen Film wie *Pocahontas* gemacht und sähe ihn sich stumm und unsichtbar neben dem Filmkritiker einer Zeitung an. Spitze. Alles ist jetzt, da Darian und ich zusammen in der Sache stecken, so viel cooler.

32

Das Geschenk

Wie immer wachte ich um drei Uhr auf. Ich stieg aus dem Bett, machte mir eine Tasse schwarzen Kaffee und schlenderte zu meinen Glasschiebetüren. Ich entriegelte und öffnete sie, um die Geräusche des Flusses und die Brise hereinzulassen, da bemerkte ich am Fuß meines Rasens ein großes, glänzendes, silbriges, kokonartiges Objekt.

Die Strömung des Flusses hinterlässt mir gelegentlich Treibholz oder Palmwedel; sogar Boote, die sich von ihrer Vertäuung lösen, können unten am Noosa River an meinem Grundstück auftauchen. Einige Augenblicke lang starrte ich das Objekt an, trank meinen Kaffee und versuchte zu erkennen, worum genau es sich handelte … als es sich bewegte. Schlagartig begriff ich.

Frischhaltefolie.

Er wickelte die Mädchen in Frischhaltefolie ein, und dort, an einem Ende meines Grundstücks, befand sich eines. Ich preschte hin. Mich erwartete der bizarrste Anblick, den ich je gesehen hatte: ein nacktes Mädchen, eingerollt in etliche Lagen Kunststofffolie mit zwei runden Einstichen, dank der die Kleine durch die Nasenlöcher atmen konnte. Unter der Folie sah ich zwei vor Grauen weit aufgerissene Augen.

»Schon gut«, sagte ich rasch, als ich sie mit beiden Armen aufhob und behutsam, vorsichtig hinauf zu meinem Haus trug. »Es ist alles gut, du bist in Sicherheit, dir passiert nichts«, wiederholte ich immer wieder. »Ich war früher Polizist, dir passiert nichts, ich hole dich da raus, du bist in Sicherheit.«

Ich trug sie hinein und legte sie auf meine Couch. Die Plastikhülle erwies sich als dick. Promise musste tonnenweise Frischhaltefolie gekauft haben. Ich schnappte mir ein Messer und begann, das Plastik von ihr abzuschneiden, aber bevor ich loslegte, sagte ich zu ihr: »Ich war früher Polizist. Mein Name ist Darian. Ich schneide dich jetzt frei, in Ordnung?«

Jeder Teil ihres Körpers war fest eingewickelt; sie konnte weder nicken noch blinzeln. Die Arme lagen über ihren Bauch geschlungen, aber es gelang mir, ein wenig Platz zwischen ihrem Daumen und Zeigefinger zu schaffen. Ich fing an, unheimlich sachte in jenen Bereich zu schneiden. Dabei plapperte ich die ganze Zeit dümmlich, aber beruhigend vor mich hin, dass ich ehemaliger Polizist und sie jetzt in Sicherheit sei. Sie musste in etwa vierzig Lagen der Frischhaltefolie gewickelt sein. Ich hasse dieses Zeug. Ich schneide mir regelmäßig die Finger an der Abrisskante aus Metall und schaffe es nie, die Papierlasche am Beginn jeder Rolle runterzubekommen. Hochkonzentriert lenkte ich das Messer, schälte die Folie vorsichtig ab, durchtrennte die Lagen, achtete darauf, nicht die junge Frau zu schneiden, und dachte dabei unablässig: *Was soll das? Wieso hat er das getan? Ist das eine Art Herausforderung? Wird sie es wissen? Hat er ihr irgendwelche Anweisungen gegeben? Hat sie ihn gesehen? Weiß sie, wo er wohnt?*

Ich wusste, dass unser Mörder vorsichtig gewesen sein würde. Er war zwar ein gewaltiges Risiko damit eingegangen, ihren Körper nachts wie ein Geschenk bei mir zu Hause abzuliefern, aber er würde dafür gesorgt haben, dass es unter seinen Bedingungen erfolgt war. Er würde nicht zugelassen haben, dass sie irgendetwas wusste, das mich zu ihm führen könnte.

Dennoch hatte ich etwas erfahren: Er kannte den Fluss, und er benutzte den Fluss. Nur so konnte er sie dort zurückgelassen haben, wo sie gelegen hatte. Und er musste stark genug sein, um sie zu tragen.

Ich drang durch die Folie und befreite ihren Zeigefinger. Rasch ergriff ich ihn: menschlicher Kontakt. »Das wird eine Weile dauern«, erklärte ich ihr, »aber ich mache, so schnell ich kann. Zuerst arbeite ich mich nach oben vor. Ich will das Plastik so schnell wie möglich von deinem Gesicht bekommen.« Ich schnitt und schälte und riss. Nach etwa zehn Minuten gelangte ich zu ihrem Hals, teilte ihr mit, dass ich jetzt besonders vorsichtig sein und sie völlig stillhalten müsste. Mittlerweile lag die obere Hälfte ihres Körpers frei. Es war ihr gelungen, die Arme freizuwinden und über den Brüsten zu verschränken. Sie wirkte zwar älter als seine üblichen Opfer, dennoch hielt ich den Blick weitestgehend von ihr – von ihrer Nacktheit – abgewandt. Das Letzte, was sie gebrauchen konnte, war das Gefühl, von einem Perversen in die Hände eines anderen mit einem Messer übergeben worden zu sein.

Ich schob das Messer unter ihr Kinn und begann sachte, die Schichten der Folie abzuschälen. Alle paar Minuten legte ich das Messer beiseite und zog die Folie wie beim Auspacken eines Geschenks von ihr ab. Dieser Teil nahm viel Zeit in Anspruch. Ich ging so zart wie möglich vor. Endlich kam ich dazu, das Plastik um ihren Mund zu entfernen. Kaum waren ihre Atemwege befreit, fing sie an, zu hyperventilieren. »Langsam«, mahnte ich sie. »Setz dich auf.« Ich beugte mich hinter sie, um den Rest des um ihren Kopf gewickelten

Kunststoffs zu beseitigen. Ich riss ihn ab, warf ihn zu den übrigen Fetzen auf die Couch und auf den Boden rings um uns.

Dann lehnte ich mich zurück und ließ sie los. Sie sog die Luft so gierig ein, als wäre sie unter Wasser gefangen gewesen.

»Schön langsam. In Ordnung? Ich gehe jetzt und hole dir etwas zum Anziehen.« Ich gab ihr das Messer. »Benutz das – vorsichtig –, um das Zeug von deinen Beinen zu entfernen. Okay?«

Sie nickte. Dabei starrte sie mich mit einem gequälten Blick aus ihren eingesunken wirkenden Augen an.

»Wie heißt du?«, fragte ich.

»Ida«, antwortete sie. Ida hatte einen Akzent, vielleicht einen deutschen oder skandinavischen.

»Ich weiß nicht, ob du gehört hast, was ich vorher zu dir gesagt habe. Mein Name ist Darian Richards. Ich war früher Polizist. Du bist in Sicherheit. Okay?«

Wieder nickte Ida. Sie sah mich nicht mehr an. Stattdessen betrachtete sie die Wand mit den Fotos und Spuren von jedem seiner anderen Opfer.

»Ida?«, sprach ich sie an. Ida drehte sich zurück zu mir. Sie sah aus, als würde sie gleich losweinen.

»Du bist am Leben.«

Nach einem Atemzug nickte sie, als wäre ihr gerade erst bewusst geworden, dass es stimmte, dass sie *tatsächlich* noch lebte.

—

Als ich ein T-Shirt, Boxershorts, eine Jeans und einen Gürtel zusammensuchte – meine Kleidung würde ihr zu groß sein –, fing ich an, über die Möglichkeiten nachzudenken. Höchstwahrscheinlich hatte er sie angegriffen – sie vergewaltigt –, unter Umständen wäre also an ihr seine DNA zu finden. Die korrekte Vorgehensweise bestünde darin, bei der Polizei anzurufen. Das Team von Operation Blond musste informiert werden, und Ida musste ins örtliche Krankenhaus und der Routine bei Vergewaltigungen unterzogen werden; unangenehm, aber notwendig. Danach würde man ihr um die tausend Fragen stellen und ihre Antworten formell aufzeichnen. Ich hatte bereits gegen das Gesetz verstoßen, indem ich nicht unverzüglich Meldung erstattet hatte, und ich sah keine unmittelbare Notwendigkeit, die Taktik zu ändern.

»Hier«, sagte ich zu ihr, als ich ins Wohnzimmer zurückkehrte und ihr die Kleidung reichte. Sie hatte sich inzwischen vollständig von der Plastikhülle befreit und kauerte in der Ecke des Raums. Ich wandte mich ab und sagte über die Schulter: »Ich koche dir Tee und bringe dir Wasser. Du bist dehydriert.«

»Danke«, hörte ich. Sie dankte mir damit nicht für Tee und Wasser. Ich starrte durchs Fenster hinaus. Es war noch dunkel, trotzdem konnte ich sehen, wie der Fluss am Ende meines Grundstücks vorbeiströmte. Wie hatte er in Erfahrung gebracht, wo ich wohnte? Verfolgte er mich schon länger, als ich für möglich gehalten hätte? Hatte er mit mir gerechnet? Wenn andere wussten, dass ich ehemaliger Mordermittler war, wieso dann nicht er? Vielleicht kaufte er ja sogar seinen Fisch mit Fritten bei Sil, der Zwiebel. Das beunruhigte mich.

»Bist du angezogen?«, fragte ich nach einer Weile.

»Ja.« Ich drehte mich um, durchquerte den Raum und schob einen Stuhl neben sie. Dann gab ich ihr ein Glas Wasser, dessen Inhalt sie förmlich inhalierte.

»Danke«, sagte sie.

»Ich stelle dir jetzt ein paar Fragen. Fangen wir mit den einfachen Dingen an. Wie alt bist du?«

»Achtzehn.« Damit war sie eindeutig älter als seine üblichen Opfer. Abgesehen davon entsprach Ida dem Profil: blond, hübsch. Achtzehn. Volljährig. Dennoch fragte ich: »Wo sind deine Eltern?«

»Ich komme aus Wien. Ich trampe als Rucksacktouristin durch Australien. Ich bin erst am Samstag in Noosa eingetroffen. Welcher Tag ist heute?«

»Dienstag.«

Sie nickte. »Ich habe mir Sorgen gemacht, er könnte mich unter Drogen gesetzt haben, und ich könnte länger bewusstlos gewesen sein, aber nein, er hat mich gestern Nacht entführt. Wer sind diese Mädchen?« Ida betrachtete die sechs Opfer.

»Sie werden vermisst«, antwortete ich.

Ida schwenkte den Blick zurück zu mir.

»Wegen ihm?«, fragte sie.

»Ich möchte, dass du mir erzählst, was passiert ist, aber zuerst muss ich dich fragen, ob du sexuell missbraucht worden bist, und falls ja, ob du möchtest, dass ich dich ins örtliche Krankenhaus bringe.«

Sie schüttelte den Kopf. Ich fasste das als »kein Krankenhaus« auf.

»Hat er dich sexuell missbraucht?«

»Nein.« Sie starrte mich eindringlich an. »Sie sind Polizist?«, fragte sie.

Ich nickte. »War ich jedenfalls. Jetzt nicht mehr.«

Ida wandte den Blick von mir ab und richtete ihn an die Wand, auf die Gesichter der Mädchen. Ein Schauder blanken Grauens schien ihr über den Rücken zu laufen. »Warum hat er mich gehen lassen?«, fragte sie.

»Darauf habe ich keine Antwort«, erwiderte ich. »Kehren wir zurück zum Anfang. Ich würde gern wissen, was passiert ist, aber zuerst: Willst du, dass ich die Polizei anrufe?« Ich musste die Frage stellen. Immerhin war sie Opfer eines abscheulichen Verbrechens geworden. Ich hoffte, sie würde verneinen und mir erlauben, sie zu befragen, aber ich konnte ihr nicht das Recht verwehren, von den richtigen Behörden betreut zu werden.

»Nein. Keine Polizei. Versprechen Sie's?«, wollte sie von mir wissen.

Versprechen Sie's? Nicht gerade meine Lieblingsworte.

»Keine Polizei«, gab ich zurück. Ich war im Begriff, eine wichtige Zeugin zu befragen und anschließend gehen zu lassen. Wäre Maria hier gewesen, sie wäre ausgerastet. Idas Zeugenaussage wäre bei einem Prozess unverzichtbar, vielleicht der entscheidende Trumpf zur Verurteilung von Danny Jim. Zu meinem Glück befand sich Maria zu Hause in Caseys Armen, ohne etwas von dem gewaltigen Durchbruch bei unseren Ermittlungen zu ahnen.

»Er war so schnell. So flink. Ich bin durch den Parkplatz gegangen, hab Schritte hinter mir gehört, und das war's auch schon. Schwarz. Als Nächstes bin ich in einem Van aufgewacht, hinten in einem Van, an den Hand- und Fußgelenken gefesselt und an der Seite festgebunden. Ich konnte mich nicht bewegen. Den Kopf konnte ich ein bisschen drehen, und ich hab seinen Hinterkopf gesehen. Aber nicht sein Gesicht. Das Gesicht hat er mir nie gezeigt.«

Während sie die Geschichte schilderte, hielt ich die Fragen zurück, die ich ihr nacheinander stellen musste. Ich begann mit: »Parkplatz: welcher? Wo warst du?«

»Am Ende der Hastings Street.«

Das ist eine Straße mit Luxusresort und sündteuren Coffeeshops, die 5th Avenue von Australien. Am Ende der Hastings Street befindet sich ein großer Parkplatz inmitten eines Walds aus Schraubenbäumen, Palmen, Jacarandas und Frangipanis. Arbeitslose Kids, Surfer und Rucksacktouristen parken dort ihre Kastenwagen oder Kombis. Das Parken ist kostenlos, deshalb ist daraus ein provisorischer Campingplatz geworden. Gelegentlich scheucht die Polizei die Leute in dem Versuch auf, die Vorschrift durchzusetzen, dass man dort nicht schlafen darf, allerdings eher wirkungslos. Es ist ein großes, weitläufiges Gebiet so dichten Regenwalds, dass sich Menschen und Autos regelmäßig darin verirren.

»Ich konnte nicht sprechen, weil er mir Verband ... Klebeband um den Mund gewickelt hat. Ich dachte, ich würde sterben.« Wieder schaute sie zur Wand, zu den sechs Mädchen. »Davon wusste ich nichts.«

Natürlich nicht. Warum sollte man in einem Land, in dem Tourismus einer der wichtigsten Industriezweige ist, den Sonnenschein mit einer Warnung vor einem Serienmörder trüben, der frei herumläuft? Fand zumindest der Bezirksrat. Fat Adam hatte um die Genehmigung ersucht, Warnschilder in von jungen Mädchen frequentierten Bereichen aufzustellen – der Bezirksrat hatte den Antrag abgelehnt. Adam hatte argumentiert, das könnte Leben retten – der Bezirksrat hatte darauf erwidert, es würde Touristen verscheuchen. »Könnte« gegen »würde«. Was definitiv ist, gewinnt.

»Was ist als Nächstes passiert?«

»Wir sind vielleicht zwanzig Minuten oder eine halbe Stunde gefahren. Sehen konnte ich nichts. Er hat nicht gesprochen. Dann wurde er langsamer, und der Van ist langsam abgebogen. Von da an sind wir sehr langsam gefahren. Wir sind Straßen entlanggefahren. Das hab ich gemerkt. Wir haben an Ampeln gehalten, sind abgebogen, aber dann war es anders. Ich glaube, er ist mit mir in eine Einfahrt gefahren.«

»Warte mal kurz«, unterbrach ich sie. »Seid ihr aufwärts gefahren? Einen Hang? Oder abwärts? War es steil? Oder war es eine flache Einfahrt?«

»Wir sind aufwärts gefahren. Ein wenig. Nicht steil.«

Gut; dann befanden wir uns in den Vororten oder einer der Gemeinden in einem Umkreis von einer halben Stunde zur Hastings Street. Das war zwar ein dicht besiedeltes Gebiet mit Tausenden Häusern, aber zumindest fielen das Hinterland und die Berge weg.

»Ich konnte ein Garagentor hören. Ein elektrisches, wissen Sie, was ich meine?«

Ich nickte.

»Er hat gewartet, dann ist er reingefahren. Ich hab gehört, wie das Garagentor hinter uns zugegangen ist. An dem Ort war es dunkler. Ich dachte, jetzt würde er mir wehtun.« Kurz verstummte sie. Ich sagte nichts, ließ ihr die Zeit, ihr Gedächtnis zu durchforsten.

Ida wischte sich eine Träne ab. Ich hatte unauffällig, als gehöre beides zusammen, mit ihrem Tee einen Karton mit Taschentüchern auf den Tisch gestellt. Es war ihr nicht aufgefallen, jedenfalls nicht bis zu diesem Moment.

»Er ist ausgestiegen. Ich konnte hören, wie er die Tür schloss.« Sie sah mich an, als wäre ihr plötzlich etwas wieder eingefallen. »Sie ging leise zu«, präzisierte sie. »Dann hab ich gehört, wie sich eine weitere Tür geschlossen hat. Weiter weg. Keine Autotür.«

Ich hob die Hand wie ein Verkehrspolizist. »Hast du überhaupt irgendetwas gesehen, während du hinten im Van warst, abgesehen vom Inneren des Wagens?«, fragte ich.

»Nein«, erwiderte Ida. »Da waren keine Fenster, es war alles abgedeckt. Und ich war auf dem Boden. Selbst wenn ich den Kopf hätte drehen können, um vorne rauszuschauen, wäre es zu hoch gewesen. Ich konnte nichts sehen. Nur hören.«

Die meisten Zeugen sind zu verstört, um überhaupt etwas zu erzählen, und wollen nur schleunigst weg. Ida gehörte nicht zu dieser Sorte. Danny Jim hatte sie eingesackt, weil sie blond und hübsch war; unbeabsichtigterweise hatte er dabei ein gründliches und intelligentes Mädchen erwischt.

»Dann, nach ich weiß nicht wie langer Zeit, habe ich gehört, wie sich die Tür des Wagens geöffnet hat, die vordere Tür, und ich habe den Hals gestreckt, um zu sehen, was passiert, aber er hat die andere Tür geöffnet, die Beifahrertür, deshalb war ich eine Minute lang verwirrt, und dann ist da nichts mehr. Alles schwarz. Ich erinnere mich nicht.«

Sie starrte mich an, als versuche sie, der schwarzen Leere Farbe einzuhauchen. Ohne Erfolg.

»Ich habe etwas gehört, bevor ich aufgewacht bin. Streckgeräusche. Das Plastik. Das Plastik ist aus dem Karton gezogen worden. Ich wusste nicht, was mit mir passiert. Ich hab mit dem Gesicht nach unten gelegen. Ich war nackt. Ich bin in Plastik eingewickelt worden. Ganz eng in diesen Kunststoff. Ich konnte mich nicht bewegen. Es ist eng um meinen Kopf gewickelt worden. Ich hab versucht, zu atmen, aber ich konnte nicht, und ich dachte, ich würde sterben. Ich hab angefangen, auszuflippen, ich weiß nicht, ich konnte mich nicht rühren. Ich war eingewickelt, aber ich hab angefangen, auszuflippen, und dann hat er gesagt: ›Deine Nase.‹ Und er hat mich weiter eingewickelt, meinen Körper angehoben und das Plastik um mich gewickelt, immer und immer wieder, verstehen Sie? ›Deine Nase.‹ Das war alles, was er gesagt hat. Sehen konnte ich ihn nicht …«

Meine Frage wurde beantwortet.

»… denn er war bei meinen Füßen, und mein Kopf hat mit dem Gesicht nach unten gelegen. Aber ich konnte wieder atmen.«

Während ich zuhörte, fertigte ich gedankliche Notizen an. Hatte er sie sexuell missbraucht, während sie bewusstlos war und er ihr die Kleider auszog? In den meisten Fällen weiß eine Frau, wenn sie aus einer durch Drogen verursachten Bewusstlosigkeit erwacht, dass etwas passiert ist. Aber was benutzte er, um Bewusstlosigkeit hervorzurufen? Und in einem erstickenden Kokon aus Frischhaltefolie aufzuwachen, würde die Wahrnehmung dermaßen beeinträchtigen, dass die Möglichkeit einer Vergewaltigung oder Misshandlung schlagartig hinter das bloße Überleben zurücktritt. Ich wollte sie im Augenblick nicht damit verschrecken, aber die Pille für den Morgen danach und ein HIV-Test schienen mir notwendig zu sein.

»Dann sind wir wieder gefahren. Es war Nacht. Ich weiß nicht, wie lange wir gefahren sind. Dann haben wir angehalten. Als er den Van hinten aufgemacht hat, konnte ich Wasser hören. Wie kleine Wellen. Es war der Fluss. Jetzt weiß ich das, aber zu der Zeit … Er hat meinen Kopf angehoben und etwas draufgemacht. Ich konnte nichts mehr sehen.«

»Was meinst du?«, hakte ich nach.

Ida zuckte mit den Schultern. »Vielleicht eine Kapuze. Es war lose. Ich konnte noch atmen, aber nichts sehen. Er hat mich aus dem Van geschleift und getreten. Hier.« Sie zeigte auf ihren Rücken. »Ich bin auf den Boden gefallen. Aber es war mehr wie Sand. Er hat mich hochgehoben und getragen, und dann war ich in irgendeinem Boot, denn ich konnte fühlen, dass ich auf Wasser war. Er hat gepaddelt. Es war sehr still, aber ich konnte den Fluss hören. Ich dachte, er würde mich ins Wasser werfen.«

Wieder verstummte sie und starrte eine gefühlt sehr lange Zeit ins Leere. Ich wartete.

»Dann haben wir angehalten. Ich hab das Geräusch des Bootes auf Sand gehört. Ein Strand vielleicht. Ich konnte ihn unter mir fühlen.«

Erneut hob ich die Hand. »War es ein Boot aus Holz oder Metall? Blech?«

Sie sah mich an und versuchte, sich zu erinnern. »Ich weiß es nicht. Wie merkt man das?«

Vermutlich gar nicht, wenn man in etliche Lagen Frischhaltefolie eingewickelt ist.

»Vergiss es«, sagte ich.

»Er hat mich wieder hochgehoben und getragen. Nicht weit. Er hat mich auf den Boden gelegt. Der war weich. Ich konnte Gras riechen.« Mein Rasen. »Ich hab immer noch mit dem Gesicht nach unten gelegen und ihn nie gesehen. Aber dann hat er mit mir gesprochen.«

Da kam es. Die Botschaft, die Herausforderung, die Aufschneiderei: seine Stimme.

»Er hat gesagt: ›Flussaufwärts, Darian, geh nach Neebs.‹ Und dann hab ich gehört, wie er weggegangen und in das Boot gestiegen ist, und dann waren da nur noch die Geräusche vom Fluss. Und dann später, ich weiß nicht, wie viel später, haben Sie mich gerettet.«

Flussaufwärts, Darian, geh nach Neebs.

—

Und wenn du dort eintriffst, Darian, findest du ein Geschenk.

Mr Bester-Mordermittler-aller-Zeiten, ich kann sehen, wie du wie ein braver Soldat mit meinem ersten Geschenk in deinem Wohnzimmer sitzt, mit der blonden Ida aus Wien, die sich für vierzehn Tage Spaß-Spaß-Spaß ein Motelzimmer genommen hat, eines dieser kleinen Zimmer oben auf dem Hügel von Noosa. Zimmer 1a für Ida. Sieh sich einer das an. Ida beugt sich vor und gibt dem besten Mordermittler aller Zeiten eine Umarmung und einen Kuss, weil er ihr Held ist und ihr das Leben gerettet hat. He, Ida, 1a-Ida, Big Winnie hier. Ich kann dich mit meinem Fernglas sehen. Ich komme zurück. Du bist jetzt in der Phase, die ab sofort Schritt 5a heißt.

Neuer Schritt. Alternativplan. Wisst ihr noch, was ich übers Improvisieren gesagt habe?

5a: Ablenken und Entschärfen der möglichen Gefahr und potenziellen Bedrohung.

5b kommt als Nächstes. Das ist auch neu.

5b: Rückkehr zur Gefangenen und sie töten. Ich werde sie nicht entführen, weil ich ja schon Helen mit den dicken Titten und Jenny G zusammen ans Bett gefesselt habe und es, ehrlich gesagt, mit drei Mädchen überfüllt wäre. Deshalb habe ich Schritt 5b erfunden.

Entwaffnen, sichern und festbinden, Stille durchsetzen und dann mit dem Rausch beginnen. Das wird in Zimmer 1a zwischen vier und sechs Uhr passieren, weil sich da selbst die lautesten der Flegel dem Schlaf ergeben. Zwischen vier und sechs ist alles fein und still. Und Idas Schreie werden alle nach innen gerichtet sein, weil ich ihr den Mund richtig gut zuklebe, was ein bisschen schade ist, denn so kann ich sie nicht in den Mund ficken, aber das ist schon in Ordnung, immerhin habe ich ja spitzentolle Alternativen, ganz neue für 1a-Ida-aus-Wien. Von dort kam Hitler.

Konzentrier dich.

Alles klaro.

Überprüf die Zeit.

Mist. Verfliegt schneller als der Wind. In einer Stunde fängt die Morgendämmerung an. Weg von hier, Junge.

4:30 Uhr. Gut. Der Fluss wird noch eine halbe Stunde lang menschenleer sein, bevor die Ruderer und die Fischer kommen. Normale Leute. Spielt ohnehin keine Rolle. Vom Sehen kennen sie mich alle. Ich bin einer der normalen Menschen in einem kleinen Blechboot und fahre den Fluss rauf und runter, als wäre ich ein Fischer oder als suche ich nach Mangrovenkrabben. Sie winken mir zu, und ich winke zurück.

Auf dem Noosa River sind wir alle Kumpels.

33

Sechsunddreißig geteilt durch zwölf ist …

Totenstille herrschte. Sie hatte den ganzen Ort im Wesentlichen für sich allein; nur sie und eine Handvoll Uniformierter, die vorne draußen die Fragen einiger uneingeladener Neugieriger von der Straße beantworteten. Ersten Berichten zufolge hatte ein Mädchen im Teenageralter hinter dem Steuer gesessen und auf dem Bruce Highway in der Nähe des Kreisverkehrs Eerwah die Kontrolle über den Wagen verloren, war mit drei anderen Fahrzeugen kollidiert, darunter ein Minivan. Das allein klang schlimm genug, um Personal aus dem Revier abzuziehen, dann traf die nächste Meldung ein. Das Teenagermädchen war doch nicht gefahren, sondern durch die Windschutzscheibe hinausgeschleudert worden und beim Zusammenprall mit einem Baum gestorben. Der Fahrer war ein Junge gewesen. Beim Zusammenstoß sofort tot. Er war ohne Führerschein gefahren. Vier andere Personen hatten sich im Auto befunden. Alle unter achtzehn. Keine Sitzgurte angelegt. Sechs leere Wodkaflaschen auf dem Boden. Es kam noch schlimmer. Der Wagen war frontal mit einem anderen Auto zusammengestoßen und hatte dabei auf einen Schlag eine junge Familie ausgelöscht – Mutter, Vater und Baby. Außerdem hatte er ein von einem Klempner gelenktes Nutzfahrzeug gestreift. Der Mann lebte zwar noch, aber beim Versuch, die Kollision zu vermeiden, hatte er einen überfüllten Tarago mit achtzehn Sitzen gerammt, der vom Under 16 Noosa Girls' Cricket Club kam.

Maria hatte sich freiwillig dafür gemeldet, zu bleiben und das Revier zu bemannen, als die gesamte Schar der Uniformierten und Ermittler zu ihren Fahrzeugen gerannt war, um bei der Katastrophenbewältigung zu helfen. Fat Adam war ebenfalls weg. Sogar die für Fischerei zuständigen Jungs hatten ihre Hilfe angeboten.

Maria hatte reichlich Erfahrung mit blutigen Verkehrsunfällen gesammelt. Nachdem sie versucht hatte, zu berechnen, wie viele Tote ein betrunkener Junge durch einen »Unfall« verursacht hatte, gestattete sie ihren Gedanken, sich dem wahren Grund zuzuwenden, weshalb sie im Revier geblieben war.

Die polizeiliche Ablage zu Operation Blond war ziemlich schlicht. Es gab einen Aktenschrank sowie drei Kartons mit den aktuellsten Akten. Gelegentlich sah jemand die Kartons durch und archivierte einige Unterlagen im Aktenschrank. Auf dem Computersystem enthielt eine Excel-Tabelle ein offizielles Ermittlungsprotokoll, das jede Woche von der Ermittlungsabteilung aktualisiert und als Zusammenfassung der vergangenen sieben Tage an Fat Adam geschickt wurde. Selten handelte es sich um mehr als eine weitere Zusammenfassung der Zusammenfassung der vergangenen Woche und der Woche davor. Der Zugriff darauf war nicht schwierig. Man brauchte sich nur auf dem gesicherten Server des Polizeireviers von Noosa zu befinden und das Passwort zu kennen. Jeder kannte das Passwort. Soweit sie wusste, würde Adam nicht einmal nachvollziehen können, wer sich angemeldet hatte. Alle griffen darauf zu. Es war zu einem beiläufigen Zeitvertreib geworden, als ginge man zu einem Picknick.

Isosceles hatte sie um diese Information förmlich angefleht, aber Maria war eisern bei ihrem Nein geblieben. Sie fühlte sich schon genug als Verräterin, indem sie bloß mit den Fingern über der Tastatur auf den Computerbildschirm starrte.

Nur eine Sache wollte sie überprüfen. Mehr nicht. Sie wollte herausfinden, wer den Zeitpunkt des Verschwindens von Izzie Daniels protokolliert hatte, danach würde sie sich gleich wieder abmelden.

Maria musste zugeben, dass sie eine Menge von Darian lernte. Es war wie die Lehre bei einem Fachmann, allerdings wusste sie, dass er sie benutzte. Er hatte versucht, ihren Verstand zu vergiften, indem er sie dazu gebracht hatte, zu glauben, einer ihrer Kollegen könnte der Mörder sein, und er setzte die Zweifel, die er gesät hatte, dafür ein, sie zu manipulieren. Sie wusste, wenn die Zeit dafür käme, wollte er den Mörder erschießen, statt ihr zu erlauben, ihn über die ordnungsgemäßen Wege in Gewahrsam nehmen zu lassen. Er wollte sie so sehr in seinen Bann ziehen, dass sie es ihm gestatten würde. Aber nein, mein Freund, nicht auf ihrem Terrain. Und es *war* ihr Terrain. Er war der Fachmann, er leitete die Ermittlungen, er würde den Killer finden, aber dann würde sie übernehmen. Darian mochte zwar die Beretta haben, aber gegen sie würde er sie nicht einsetzen, davon war sie überzeugt. Genauso überzeugt, wie sie davon war, dass sie ihre Glock gegen ihn sehr wohl einsetzen würde. Nicht tödlich; an irgendeiner weichen Stelle, eine Fleischwunde. Maria hatte es bereits durchdacht, hatte ihn bereits eingeschätzt und in Gedanken verschiedene Möglichkeiten durchgespielt, wie sie ihn entwaffnen würde.

Aber all das war für später. Vorerst musste sie einen Namen aufdecken. Sie schob die unbedeutenderen Meldungen auf ihrem Schreibtisch beiseite: ein paar Einbrüche, ein Tipp über Marihuanapflanzen neben einer Ananasplantage in Yandina, ein Mann, der schon zum sechsten Mal wegen seiner Verlobten namens Helen angerufen hatte, die vor Tagen verschwunden war – Mitte zwanzig, dunkelhaarig, vollbusig; zweifellos hatte sie kalte Füße bekommen und versteckte sich in irgendeinem Motel, um über ihre Zukunft nachzugrübeln. Außerdem noch unzählige Beschwerden über rücksichtsloses Fahren auf dem Fluss, am Strand und auf den Straßen seitens Leuten, die zu viel Grog intus und zu viel Freizeit zur Verfügung hatten. Nichts Wichtiges.

Maria drückte ein paar Tasten und rief das Arbeitsblatt von Operation Blond auf. Als sie den Online-Ordner des Opfers öffnete, zeigte die Startseite ein Bild an: Izzie. Maria war nicht sicher, ob diese Standardeinstellung die Beamten daran erinnern sollte, wer von den Mädchen wer war, denn sie sahen sich alle ähnlich: jung, blond und hübsch. Oder vielleicht verbarg sich dahinter ein tieferer und persönlicherer Grund – um sie an das junge und unschuldige Leben zu erinnern, das genommen worden war. Um das Opfer am Leben zu erhalten. Sie hatte Darian darüber reden gehört, dass man tote Opfer, ihre Geister am Leben erhalten musste, bis man den Mörder schnappte und zuschlug. Wie er bei jener Gelegenheit am Ende seines Stegs gemeint hatte, als die Nacht allmählich in den Tag überging, hatte das etwas mit den Albträumen und den flüsternden Stimmen zu tun, die nicht weichen wollten. Danach hatte er ihr von seinem unaufhörlichen Albtraum erzählt, in dem er in einem Tunnel gefangen war und rannte, rannte, rannte, jagte, ohne je zu fangen, rannte, ohne je das Ende zu erreichen.

Sie starrte auf Izzie Daniels. All das Wissen darüber, dass sie eine Fickmaschine verkörpert hatte, verpuffte, als das unschuldige Gesicht eines dreizehnjährigen Mädchens ihren Blick erwiderte.

Dreizehn.

Maria starrte zu lange auf das Foto. Sie drückte die Eingabetaste und rief die Datei auf, um die Information zu suchen, die zu finden sie vor sich hergeschoben hatte.

Da stand der Name.

Noch schlimmer allerdings war der Link zu »Sonstiges«, durch den Maria zu einer Aufstellung der Namen aller Personen gelangte, die wegen Izzies ungehörigem Verhalten angerufen hatten, samt Datum und Uhrzeit. Neben den Einträgen der Beschwerden schienen die Namen der Polizeibeamten auf, die man losgeschickt hatte, um der Sache nachzugehen, daneben wiederum folgte eine fröhliche Reihe von Abwiegelungen im offiziellen Bürokratenjargon der Polizei. Insgesamt zwölf Cops, zwölf ihrer Kollegen waren hingefahren, um den Beschwerden über Izzies Eskapaden nachzugehen, und kein einziger war zurückgekommen und hatte etwas anderes protokolliert als »Beschwerde zurückgezogen« oder »unbegründet«. Sogar Jackson Toyne – die gute alte Jack – steckte mit drin.

Zwölf Polizisten, fast das gesamte Team von Operation Blond, teilte das Geheimnis, dass eines der Opfer vor ihnen Sex gehabt hatte, während sie aus der Dunkelheit ihrer Streifenwagen unter der Weide auf der anderen Straßenseite spätnachts dabei zugesehen hatten.

Wie konnten sie nach Izzies Mörder suchen? Wie konnte es ihnen ernst damit sein? Das entsprach doch genau dem, was *er* tat. *Er* versteckte sich, und *er* beobachtete – sie hatten dabei in ihren Autos gesessen, er hatte es vom Gebüsch aus getan. Worin bestand der Unterschied? Am liebsten hätte sie sich übergeben. Am liebsten hätte sie gebrüllt und gekreischt und ihre Pistole gezogen und jemanden abgeknallt. Aber das tat sie nicht. Stattdessen tat sie, was Darian früher immer getan hatte.

Sie meldete sich ab, fuhr das System herunter, verließ das Revier und sagte zu den Uniformierten am Empfang, sie müsste zu einem Notfall los.

34

»Die Stille dieses Lebens hatte mit Frieden nicht das Geringste zu tun.«

Abgesehen vom Trinken und Duschen halte ich nicht viel von Wasser. Ich sehe es gern an, aber wenn es darum geht, sich hineinzubegeben – vor allem im Fall eines braunen Flusses, aber sogar an einem Surfstrand –, wahre ich in der Regel einen Sicherheitsabstand. Ich gehe ungern in Häuser, wenn ich nicht weiß, wer sich drinnen aufhält, und aus demselben Grund springe ich nicht in braun verfärbte Flüsse. Nur Touristen und betrunkene Teenager schwimmen in Flüssen.

Ich weite mein Empfinden mal auf Boote aus: Ich hasse Boote. Sie können kentern oder von einer großen Welle geflutet werden, und man kann damit sinken und findet sich unverhofft triefnass mitten in den Gefilden von Haien wieder.

Flussaufwärts, Darian, geh nach Neebs.

Lange brauchte ich nicht, um die Botschaft zu verstehen. Neebs Waterhole ist ein winziges Gewässer weit oben am Noosa River, jenseits der letzten Liegeplätze, weit hinter den letzten Außenposten der Zivilisation. Es liegt Kilometer von einem schmalen Sandpfad entfernt, der keinen Namen hat, aber eine Verbindung zwischen einem nur mit Allradantrieb befahrbaren Feldweg namens Cooloola Way und einer Straße bildet, die tatsächlich, zumindest während der Trockenzeit, beinah eine Straße ist und Rainbow Beach Road heißt. Das alles ist mitten im Great Sandy National Park. Das nennen wir hier abgelegen. In einem Gebiet von rund hundert Quadratkilometern gibt es dort so ziemlich überhaupt nichts, nur ein paar Trampelpfade und das krakelige, dünne Ende des Noosa River, der sich ungefähr vierzig Kilometer durch dichten Wald windet. Es gibt keine Karte von der Gegend. Niemand fährt dort je hin. Wenn man auf Google Earth sucht, findet man dort einen Ort namens »Hier haben wir uns verirrt«.

Dieser Ort liegt so fernab von Gut und Böse, dass ich unwillkürlich das Gesicht verzog. Noch schlimmer fand ich, dass Promise die Regeln vorgab. Er hatte mir Ida gebracht und eine Botschaft geschickt; hatte dabei zugesehen und zweifellos einen Heidenspaß gehabt, als ich tat, was er wollte. Außerdem bedeutete das eine Änderung seines Musters. Prahlte er? Vermutlich. Lag es an dem Bericht auf der Titelseite über mich? Höchstwahrscheinlich. Was bedeutete, dass mein Eingreifen geändert hatte, wie er dachte und nun, mit Ida, auch wie er operierte. Vielleicht würde mir das zum Vorteil gereichen; es ließ sich schwer abschätzen.

Sicher konnte ich mir nur sein, dass er sich bei Neebs Waterhole nicht mit mir treffen und sich stellen würde. Vielmehr würde er dort oben etwas haben, um mich zu verspotten. Mittlerweile würde er seine Hausaufgaben gemacht und sich über meine Vergangenheit informiert haben. Ich verhalte mich zwar an sich unauffällig, nur gegen Zeitungsberichte kann man nichts machen, und über mich gab es Dutzende, vor allem über mich und den Zugfahrer.

»Oh ja! Da!«, rief Ida.

Wir saßen im Toyota, und ich fuhr sie gerade zurück zu ihrem Motel. Ihr Orientierungssinn war noch schlechter als meiner, weshalb wir bereits seit knapp einer Stunde durch die Gegend gurkten.

»Das ist der Hügel. Da oben ist das Motel«, erklärte sie aufgeregt. Ich war über Noosa Junction gefahren, eine Ansammlung von Geschäften, Cafés und Kinos, umgeben von den Hügeln eines Nationalparks – hier oben gibt es eine Menge Nationalparks –, auf halbem Weg zwischen der harschen Brandung des Sunshine Beach und der ruhigen Laguna Bay. Ida deutete auf Noosa Hill, als ich durch den Kreisverkehr zum vierten Mal an Ho's Chinarestaurant und einem Irish Pub vorbeifuhr, bevor sie endlich erkannte, wo wir uns befanden.

»Es ist ein Motel, ein kleines Motel neben dem Pub«, sagte sie. Ich verließ den Kreisverkehr und steuerte den Hang hinauf. Sie redete vom Noosa Hotel, einem Koloss mit Kneipen, Restaurants und Terrassen mit Aussicht auf die Bucht und das Meer dahinter, über drei Geschosse abgestuft in den Hügel gebaut. Es umfasst außerdem einen Schnapsladen und eine Diskothek für Teenager sowie auf der obersten Ebene in der Nähe des Schuppens der Gebäudereiniger fünf oder sechs Motelzimmer, zusammengeschustert wie etwas, das an eine amerikanische Autobahnraststätte aus den 1950ern erinnerte. Man muss unwillkürlich an das Motel in *Psycho* denken.

Nachdem mir Ida bei mir zu Hause alles erzählt hatte, woran sie sich erinnern konnte, war sie unter die Dusche gegangen. Ich war noch nie in der Situation gewesen, dass ein Opfer in meiner persönlichen Obhut gelandet war, deshalb handelte ich rein instinktiv und lernte dabei. Ida war ungefähr neunzig Minuten in der Dusche geblieben, bevor sie, wie ich vermute, schließlich fand, endlich den Geruch und das Gefühl des Kunststoffs, der Berührung seiner Hände und des Flüsterns seiner Stimme von sich abgewaschen zu haben. Danach hatte ich ihr Toast mit Honig gegeben und sie gezwungen, noch ein paar Liter Tee zu trinken.

Ich rollte auf den Parkplatz und hielt vor einem der Motelzimmer.

»Ich warte hier«, verkündete ich.

»Ehrlich, ich komme klar. Ganz bestimmt, versprochen.« Als Lügnerin taugte sie nicht viel.

Darüber hatten wir schon diskutiert, bevor wir uns verirrt hatten. Sie wollte ins Motel zurückkehren und ihren Urlaub in Noosa für die nächsten zehn Tage fortsetzen.

»Du kommst *nicht* klar. Du bist ins Visier genommen worden. Du schwebst in Gefahr.«

»Er hat mich gehen lassen. Ich verriegle nachts die Tür, ich gehe nicht mehr in den Wald, ich halte mich nur dort auf, wo viele Leute sind.«

Sie hatte eine entsetzliche Tortur durchgemacht, und ich wollte ihr Befinden wirklich nicht verschlimmern, indem ich ihr Angst einjagte oder ihr als der toughe Mordermittler kam, aber diese Diskussion musste ich gewinnen.

Ich wählte den ehrlichen Ansatz. »Bis vor Kurzem hatte ich beruflich mit Typen wie dem zu tun, der dich entführt hat. Sie sind skrupellos, sie sind unerbittlich, sie genießen es, zu töten. Wenn du hier bleibst, kommt er zurück. Er hat dich nicht bloß gehen lassen, um mir eine Botschaft zu übermitteln. Er hat dich gehen lassen, damit er sich dich noch einmal holen kann. Wie eine Katze, die mit einer sterbenden Maus spielt. Genau dasselbe. Du glaubst, du bist aus dem Schneider? Bist du nicht. Du hattest Glück. Du hast befristeten Freigang erhalten. Du willst zurück da rein und bleiben? Dann bist du innerhalb von achtundvierzig Stunden so tot wie seine anderen Opfer.«

Vielleicht war ich zu unverblümt, denn sie brach in Tränen aus und bat mich, sie zu beschützen. Das entsprach nicht ganz der Reaktion, auf die ich abgezielt hatte.

Ich begleitete sie in ihr Zimmer, half ihr dabei, ihre Habseligkeiten zu packen, und fünf Minuten später befanden wir uns wieder auf der Straße, unterwegs zum Bahnhof von Nambour. Ida wollte runter zur Gold Coast, etwa drei Stunden südlich von hier.

Mein Telefon summte, als ich Nambour erreichte.

»Dort ist nichts«, verkündete Isosceles. »Nur ein Süßwasserbecken, eine kreisförmige Stauung im Noosa River – den man übrigens an der Stelle angesichts seiner schmalen Breite eher als Bach denn als Fluss bezeichnen sollte. Zugänglich ist der Ort nur über eben genannten Fluss – beziehungsweise Bach – oder einen Pfad, der zwischen Rainbow Beach Road und Cooloola Way verläuft, die angeblich beide geeignet für die Fortbewegung von Fahrzeugen sind, wenngleich dieser Aufgabe meiner Ansicht nach keine der beiden Straßen gewachsen ist.« Er kicherte. »Ich könnte dich Marlow nennen.«

»Könntest du. Das wäre ungemein hilfreich«, erwiderte ich und fragte mich, wer zum Geier Marlow war.

»›Und die ruhige Wasserstraße, die zu den letzten Enden der Welt führte, strömte düster unter bedecktem Himmel dahin, wie in das Herz einer ungeheuren Finsternis.‹«

Da wir an sich über ein mögliches Versteck eines Serienmörders sprachen, fragte ich mich, was um alles in der Welt ich darauf erwidern sollte. Ich entschied mich für nichts.

»Gibt es irgendwelche Anzeichen auf Lager, Hütten, irgendetwas, das er gebaut haben oder worin er übernachtet haben könnte? Sofern er mich nicht bloß verarschen will und aus Spaß auf eine Reise in die Pampa schickt, muss er den

Ort für irgendetwas verwenden oder irgendeinen Zweck darin sehen.«

»Das war ein Zitat. Aus einer ziemlich berühmten Novelle. Hast du meine literarische Anspielung auf deine Umstände nicht verstanden?«

»Tut mir leid, ich war abgelenkt.«

»Entschuldigung vermerkt. Nichts. *Nada*. Null. Nur Leere. Es scheint inmitten des riesigen und vielschichtigen Gebiets von Wäldern und Touristenattraktionen deiner Sunshine Coast ein vergessenes und abgelegenes Fleckchen Erde zu sein. Ein simples Rund von Wasser mitten in einem sehr großen Nichts. Das war übrigens aus *Herz der Finsternis*, falls es dich interessiert, auch wenn ich weiß, dass es das nicht tut, aber was bringt es schon, etwas zu zitieren, ohne die Quelle zu nennen? Wie willst du dorthin? Per Boot oder Fahrzeug?«

Hervorragende Frage: Ich hatte noch gar nicht an die Möglichkeit gedacht, erst zu fahren und dann zu laufen. Das würde zwar länger dauern und wäre beschwerlicher, aber es wäre kein Wasser im Spiel.

»Du bist ein Genie«, lobte ich.

»Oh, du bringst mich noch zum Erröten. Wo ist Maria? Mir fehlt ihr Busen. Richte ihr aus, sie soll sich über Skype bei mir melden. Sag ihr, sie soll ein ärmelloses Top tragen.«

»Ich muss auflegen«, gab ich zurück und tat es. Das Telefon summte erneut.

»Ich brauche dich«, sagte Casey.

Ich rollte gerade vor den Bahnhof von Nambour, fünfundvierzig Minuten Fahrzeit von ihm entfernt. Unter normalen Umständen hätte ich Ida an der Bushaltestelle Noosa abgesetzt, aber ich war zutiefst besorgt: Sie war von unserem Mann ins Visier genommen worden, und er würde seine Verhöhnung meiner Person so gut wie sicher vollenden wollen, indem er sie umbrachte, um zu beweisen, dass ich unfähig war, für ihre Sicherheit zu sorgen. Sie schwebte in Gefahr – in so ernster Gefahr, dass es kaum ernster ging. Zwar bereute ich meine Entscheidung nicht, sie nach Nambour gefahren zu haben, allerdings beschlichen mich nunmehr andere Sorgen. Casey war an sich niemand, der anrief, weil er Hilfe brauchte.

»Was ist los?«

»Maria. Sie hat in den Lauf gestarrt.«

»Ich bin in vierzig Minuten da.«

Ich stieß Ida zwar nicht aus dem Toyota, aber ich hielt mich auch nicht auf, und ich muss ihr zugutehalten, dass sie aufgrund des kurzen, von ihr mit angehörten Telefonats offenbar begriffen hatte, wie dringend es war. Ansatzlos schnappte sie sich ihren Rucksack, stieg aus, warf mir zum Abschied einen Kuss zu und winkte; ich tat es ihr gleich, als ich wendete und zurück in Richtung der Eumundi Range Road raste. Ich wollte darauf achten, mich auf Haupt- und Schnellstraßen zu halten, damit ich mich nicht verirren würde.

35

Der Tunnel (i)

Jeder Mordermittler hat Albträume. Nachdem ich begonnen hatte, den Zugfahrer zu jagen, waren meine immer dieselben.

Fernes, grollendes Vibrieren. Donner? Ein Gewitter?

Ich kann nichts sehen. Aber es kommt näher, das Ferne hält auf mich zu. Vielleicht gibt es einen Horizont. Vielleicht stammen die Geräusche von hinter dem Horizont.

Kein Donner. Kanonen? Was auch immer es sein mag: Es kommt auf mich zu.

Ich weiß nicht, wo ich bin. Was ist passiert? Habe ich jemanden umgebracht? Habe ich ein weiteres Opfer gefunden?

Ich kann das Gewicht meines Körpers fühlen, der aufs Bett drückt, der ins Bett *gedrückt wird*. Mein Bett ist ein Gefängnis; keine Flucht möglich. Ich kann mich nicht bewegen … dabei renne ich. Schnell. Jetzt wird die Finsternis sichtbar.

Ein Tunnel zeichnet sich ab. Die Decke ist gewölbt, die Wände bestehen aus Stein. Es gibt kein Ende.

Ich jage ihn. Ich höre die Geräusche seines Keuchens, die Anstrengung, die durch seine Brust pulsiert, seine Schritte, wie sie über die Kopfsteinoberfläche des Tunnelbodens pochen.

Diesmal erwische ich ihn. Diesmal hole ich ihn ein. Ich kann spüren, wie meine Muskeln zu zerspringen drohen, wie mein Herz hämmert, wie meine Brust zu bersten droht, als ich mich anstrenge und anstrenge und schneller werde. Mittlerweile kann ich ihn sehen: ein kleiner Mann, drahtiger Körper. Dieser Kerl trainiert; er kann schnell rennen.

—

Da ist ein Bündel. Auf dem Boden – Kleider oder Lumpen auf dem Tunnelboden.

Als ich mich nähere, nehmen die Kleider Gestalt an, und ich erkenne einen verheerten Körper, ein kleines Mädchen, die Beine und Arme verrenkt, das Haar im Gesicht. Ich kenne sie. Blut sickert aus ihrem Mund und aus einem Loch in der Schläfe, wo er die Pistole angesetzt hat. Ihr kleiner Körper ist zerstört, zerschmettert.

Ich wende mich ab, versuche, nicht hinzusehen, als ich über ihre Leiche hinweglaufe, darüber hinwegspringe. Aber ich schaue doch nach unten, und der Blick ihrer offenen Augen folgt mir, sie beobachten mich, als ich weiterrenne, weiter hinter ihrem Mörder her hetze.

Leonie.

Ich brülle, aber in diesem Tunnel gibt es keine Laute, nur den pochenden Widerhall seiner Füße und meiner.

Dreh dich um, lass mich dein Gesicht sehen. Er tut es nie. Stattdessen rennt er weiter, ich jage ihn weiter. Vorne, wo er gerade vorbeigekommen ist, taucht aus dem Nichts noch ein zerknitterter, verworrener, verrenkter Körper auf, der am Boden liegt, während der Mörder sich weiter den Tunnel hinab entfernt. Rachel? Diana: Sie war acht. Ich hatte ihr Grab besucht, und ich hatte ihr ein Versprechen gegeben.

»Ich werde ihn finden«, hatte ich zu ihr gesagt.

Und das habe ich. Im Tunnel. Nur kann ich ihn nicht fangen.

Manchmal komme ich ihm nah, so nah, dass ich mich nach ihm strecken, ihn beinah anfassen kann. Meine Füße hämmern über den Boden, als ich mich noch verbissener antreibe, als ich beschleunige, aber ich berühre ihn nie, und ich sehe nie sein Gesicht, und ich erwische ihn nie. Und wir hören nie auf, zu rennen, der Tunnel endet nie, er hat kein Ende, in ihm gibt es nur ihn und mich und die Mädchen, willkürlich verstreut, Haufen aus Dreck, Kleidern und gebrochenen Körperteilen, nass vor Blut und der Feuchtigkeit der Erde, in der sie verscharrt worden sind.

Wozu bin ich nütze?

36

In den Lauf (i)

Casey kam mir entgegengerannt. An diesem Tag trug er ein T-Shirt mit der Aufschrift »Bozo und die Ananas«, ein Slogan, der sich über Gerald Ford und Bob Dole im Wahlkampf 1976 lustig machte.

»Was ist passiert?«, fragte ich.

»Sie ist früh nach Hause gekommen, vor etwa einer Stunde. Mit einer Flasche Grey Goose. Zwei Drittel leer. Noch eine Flasche im Auto. Völlig leer.«

»Wo ist sie jetzt?«

»Oben auf dem Balkon in der Hängematte. Ich wusste, dass sie eine Menge vertragen kann, aber heilige Scheiße, sie wollte, dass ich eine dritte Flasche hole, müsste auch kein Grey Goose sein, Smirnoff würd's auch tun. Ich hab ihr gesagt, sie kann mich mal, und einen Eimer Wasser über sie gekippt.«

»Das war sehr hilfreich«, befand ich.

»Ja, sie war nicht allzu erfreut darüber, aber weißt du, ich hab Scheiße dieser Art schon früher erlebt, Mann, und du auch. Nur das ist deine Domäne, Bruder. Ich war immer bloß auf der anderen Seite des verdammten Gitters. Was immer mit ihr passiert ist, es ist etwas, das du verstehen wirst. Richtig?«

Er starrte mich an, erwartete von mir, dass ich das Problem löste. Dabei wusste ich nur, dass ein junger Senior Constable um elf Uhr dreißig am Vormittag, eine Zeit, um die Maria eigentlich im Revier sein sollte, stockbesoffen war. Ich ahnte zwar, was geschehen sein musste, aber nach einer Flasche Goose und zwei Dritteln einer weiteren würde es vermutlich schwierig werden, etwas Sinnvolles aus ihr herauszubekommen.

»Sie hat mir alles über die Albträume und darüber erzählt, was du zu ihr gesagt hast, und sie meinte, obwohl du ein Arsch bist, würdest du sie verstehen. Ich denk mir, dieses Gespräch, das ihr zwei letzte Woche im Morgengrauen auf dem Steg hattet, das muss ja verfickt hilfreich gewesen sein. Also …« Er trat einen Schritt zurück, als wolle er für mich den Weg hinauf zu der Betrunkenen in der Hängematte auf dem Balkon freigeben.

Die meisten Cops, die bei der Arbeit mit der Zerstörung menschlichen Lebens konfrontiert sind, überleben durch den Missbrauch der einen oder anderen Substanz. Koks oder Gras oder Alkohol, Xanax, Cymbalta, Valium – ich habe alles ausprobiert, und alles wirkt, um die Dämonen in Schach zu halten. Alkohol ist am beliebtesten, weil er ohnehin Bestandteil der Kultur ist: Man geht am Ende des Tages in die Kneipe, an Freitagen und wann immer man einen Fall abgeschlossen hat, lässt sich ordentlich volllaufen, und es wird bloß als Teil des Rituals betrachtet. Vor den Arbeitskollegen Wodka in sich hineinzuschütten, ist normaler, als sich danach zu erkundigen, wie ihr Wochenende war.

Wodka ist gut, weil man ihn nicht im Atem riecht, deshalb kippen sich die meisten im Morddezernat gleich morgens einen Schluck oder zwei hinter die Binde, vor allem, wenn sie ins Leichenschauhaus müssen oder ein Besuch bei der Familie eines Opfers ansteht oder, was am schlimmsten ist, wenn sie losmüssen, um Angehörigen mitzuteilen, dass der Vater, die Mutter, der Sohn, die Tochter, der Ehemann oder die Ehefrau nie wieder nach Hause kommen wird.

Ich habe es nie zu einem Problem werden lassen. Mir war egal, ob die Jungs soffen, solange sie nicht betrunken zur Arbeit aufkreuzten oder betrunken fuhren und solange es nicht überhandnahm.

Bei mir hatte es das beinah getan. Ich fing damals an, Wodka um sechs Uhr morgens vor dem ersten Kaffee zu trinken, und dann ließ ich den Kaffee weg. So war es etwa einen Monat gegangen, bevor sich eine Kugel seitlich in meinen Kopf gegraben und ich eine Woche in der schwarzen Leere eines Komas verbracht hatte.

»He!«, brüllte ich der in der Hängematte schwingenden Gestalt zu.

»Ich will trinken. Besorg mir 'n Drink«, lallte Maria. Zur Betonung stemmte sie sich hoch und kippte dabei um ein Haar aus der Hängematte. Ich stützte das Ding und blickte auf sie hinab.

»Schwirr ab«, forderte sie mich auf. »Ich bin blau, alles klar?«

»Ja.«

»Aber ich will noch 'n Drink. Alles klar?«

»Nein.«

»Du bist 'n Trottel, weißt du das?«

»Du hast den Namen herausgefunden. Wer ist es?«, fragte ich.

Eine lange Weile starrte sie mich an. Schließlich lallte sie das Wort, von dem ich bereits irgendwie gewusst hatte, dass es die Antwort darstellen würde: »Adam.«

37

Der Tunnel (ii)

Mir wurde in den Kopf geschossen, als ich hinter einem Täter herjagte, der offenbar dachte, ich sei schneller als er, und wusste, dass er geschnappt werden würde. Er blieb einfach stehen und drehte sich zu mir um. *Oh Scheiße*, dachte ich und wusste haargenau, was als Nächstes folgen würde: eine Kugel. Einen anderen Grund für sein plötzliches Anhalten gab es nicht. Ich duckte mich und wurde seitlich in den Kopf getroffen. Mit dem Gesicht voraus fiel ich, schwer und schmerzhaft. Ich konnte mich nicht bewegen, konnte nichts sehen. *Das war's*, dachte ich. Tot wegen eines x-beliebigen Diebs, über den ich gestolpert war, während ich vom Supermarkt nach Hause spazierte. Wie ein Sack voll nassem Karton lag ich, der ich meine Pistole im Büro gelassen hatte, in einer nassen Gasse und blutete aus. Die Schritte des Schützen wurden leiser und leiser. In jenem halb bewussten Moment beschloss ich, dass ich, falls ich überleben sollte, wonach es zu dem Zeitpunkt nicht aussah, aufhören würde, diese Arbeit zu verrichten. Die Bezahlung war scheiße, die Kunden waren scheiße, die Arbeitszeiten waren scheiße, und zu allem Überfluss wurde auch noch auf einen geschossen. Es spielte keine Rolle, dass ich gut in meinem Job war – der Job schien nicht gut für mich zu sein.

»Ich kündige«, sagte ich einige Zeit später zum Polizeichef.

»Ich weiß«, erwiderte er. »Kein Cop bleibt nach einem Schuss in den Kopf ein Cop, es sei denn, der intelligente Teil des Gehirns ist zerstört worden.«

Danach packte ich meinen Krempel zusammen und verließ Melbourne für immer. Ich hörte auf, ein Bulle zu sein, verließ das Morddezernat, verließ den siebten Stock, fuhr mit dem Fahrstuhl nach unten, durchquerte das Foyer und ging zur Tür hinaus. Als Mordermittler hat man drei Möglichkeiten: Man geht mit einer Abschiedsparty und alten Geschichten in Rente, brennt verbittert in Schimpf und Schande aus oder verschwindet. Ich entschied mich für Letzteres. Ich brauchte die Albträume ebenso wenig wie die erdrückende Abscheu vor mir selbst, die mich jeden Morgen umfing und die mir den Gerechtigkeitssinn nach und nach aussaugte.

Das Elend dieser Albträume hatte ich schon davor durchlitten, eine Kakofonie der Schreie meiner Opfer in einem feuchten, endlosen Tunnel verheerter Körper und Augen, so vieler Augen, die mich anstarrten, deren Blicke mich verfolgten, wenn ich hilflos den Tunnel entlangrannte, der kein Ende hatte. Damals hätte ich fast den Verstand verloren, vielleicht hatte ich das sogar. Der Knall eines Schusses und eine Kugel in meinem Kopf streckten mich nieder, ließen meine Welt zu einer sicheren, stillen Leere zusammenfallen, in der in jeder Richtung nur Schwärze herrschte.

Als ich in einem Krankenhauszimmer mit Vasen voll welken Blumen und verblassten Genesungskarten auf dem Nachttisch aus der Leere zurückkehrte, waren die Albträume verschwunden.

Ich verließ Melbourne in meinem Studebaker Champion Coupé mit etwas Kleidung, meinen CDs und einem Karton voll Büchern. Meine Träume und Ambitionen ließ ich hinter mir zurück, meine strahlende Karriere, meinen Ruf als guter Mordermittler und als der Mann, der dafür sorgte, dass schuldige Verbrecher, denen es gelang, vor Gericht davonzukommen, im Leben nicht davonkamen. Sie verschwanden im ersten Licht der Morgendämmerung vor dem Pizzaladen, aus dem Puff am Bahnhof oder aus dem Café am Hafen, als hätte sich ein Racheengel auf sie herabgestürzt, um seine Gerechtigkeit zu verbreiten und die Achse der Welt wieder in Harmonie zu rücken.

All das ließ ich hinter mir. Der Hume Highway führte mich durch die Trostlosigkeit des nördlichen Victoria, vorbei an Eukalypten und rotem Staub, eine Schnellstraße, die sich erbarmungslos und teilnahmslos vor sich hin erstreckte, während sich die Reise in tote Stunden ausdehnte, in eine Decke tauber Zeit in einer einsamen Gegend. Darauf folgten die westlichen Vororte von Sydney, aufgegebene Fabriken, Spielplätze und Häuser, die alle gleich aussahen, junge Männer mit ausdruckslosen Augen in ihren glänzenden Autos. Dann kamen die Schornsteine von Newcastle, wo auf der Hauptstraße Stille herrschte, wo die Kinos längst geschlossen waren, wo sich Geschäfte mit Brettern vernagelt präsentierten, wo die Bergbaufamilien pleite, verschwunden, tot waren. Darauf wiederum folgte ein endloser Abschnitt der Schnellstraße, auf dem ich knisternde Radiowellen aus dem fernen Tasmanien empfing, kurz und unzusammenhängend wie Stimmen Fremder von einem anderen Planeten; pechschwarze Nächte und eine Landschaft ohne jede Form von Leben.

Ich ließ hinter mir, was mein Arzt als Angstattacken bezeichnete, das Zähneknirschen, das Gefühl, beobachtet zu werden, das schwarze Tuch, das sich über mich ausbreitete, wenn ich erwachte, und das Wissen, dass es, ganz gleich, was ich täte, wie lange ich lebte oder wie hart ich arbeitete, nie verschwinden würde. Es würde immer jene letzten, grauenvollen Momente geben, in denen die Opfer – Stunden, Tage, vielleicht sogar Wochen, bevor man sie fand, und immer Frauen oder Mädchen – in die Augen des Mörders blickten und darin die Bestätigung des Bösen sahen, das Entweichen der Hoffnung, die verzweifelte Traurigkeit weit entfernter Angehöriger. Es würde nie aufhören, aber jene schreckliche Last, die mich oft an den Rand des Wahnsinns getrieben hatte, von wo mich nur Alkohol, Sex oder die Klänge von Musik zurückhalten konnten, hatte begonnen, sich zu verflüchtigen.

Landschaft und Kilometer zogen an mir vorbei. Mein neues Leben kam näher, je weiter ich nach Norden fuhr. Die Bürden und die Albträume verließen mich. Nie hätte ich gedacht, dass ich einmal die Lektionen, die ich gelernt hatte, an eine junge Frau weitergeben müsste, meine »Partnerin«, die sich auf derselben Reise zu befinden schien, die ich hinter mir hatte.

38

In den Lauf (ii)

Psychologie und Therapien im Allgemeinen haben eine Menge für sich, aber meiner Erfahrung nach kann man nur begrenzt über ein Problem reden. Dann heißt es unweigerlich, harte Entscheidungen zu treffen und Maßnahmen zu ergreifen.

Maria war eingedöst, nachdem sie mich noch einige weitere Male als Trottel und Arsch beschimpft hatte. Casey und ich ließen sie ein paar Stunden schlafen und unterhielten uns in der Zwischenzeit darüber, wie man am besten auf dem Landweg zu Neebs Waterhole gelangen konnte; Casey gehört zu den Leuten, die gern Wegbeschreibungen geben.

Schließlich hörten wir sie stöhnen, was wir als Zeichen darauf deuteten, dass sie aufwachte. Casey überließ die Sache mir.

Als Maria dann tatsächlich die Augen aufschlug, schaute sie erschrocken drein. Sie starrte in den Lauf einer Pistole. Meiner Beretta. Ich hatte sie direkt zwischen ihre Augen gerichtet, etwa zehn Zentimeter von ihr entfernt, damit sie klar und deutlich das dunkle Loch am Ende des Laufs sehen konnte.

»Was zum …«

»Halt die Klappe«, schnitt ich ihr das Wort ab. Ich hielt die Waffe mit festem Griff. Meine Hand schwankte nicht.

»Das ist die zweite Möglichkeit. Die Kanone. Die Erste ist

der Suff. Die zwei Flaschen, die du bereits hattest, werden dich nicht viel weiter als durch die heutige Nacht bringen. Morgen früh wirst du eine neue brauchen. Und jeden Morgen danach. Die dritte Möglichkeit ist: Du kündigst, weil du den Job nicht verkraftest und keine Säuferin oder Selbstmörderin werden willst. Schau in den Lauf. Das bist du da drin im Lauf der Pistole. Du hast festgestellt, dass die anderen genauso schlimm sind wie der Abschaum, den du geschworen hast, zu fangen, wenn nicht noch schlimmer. Letzte Möglichkeit«, sagte ich und senkte die Pistole, sodass mir Maria geradewegs in die Augen starrte. »Du machst weiter.«

»Aber …«

»Kein Aber. Du machst weiter. Nimm es so, wie es ist, und mach weiter. Du findest dich einfach damit ab, Maria, denn wenn du es nicht tust oder kannst, dann wirst du krepieren. Dafür wird der Alkohol sorgen, oder du drückst den Abzug. Oder du kündigst und hasst dich dafür, eine Versagerin zu sein. Finde dich damit ab. Finde dich verdammt noch mal damit ab.«

Ich stand auf und steckte die Beretta zurück in meinen Gürtel. Sie starrte an mir vorbei hinaus zum Tal und zum Meer. Zwar herrschte blauer Himmel, doch von Norden braute sich eine Sturmbö zusammen. Für gewöhnlich ziehen solche Unwetter vorbei, aufs Meer hinaus. Gottes Parade, die Kräfte der Natur, wie Casey sie nennt. Ich nenne sie Sturmböen.

Ich musste weitermachen, in Bewegung bleiben, aber nicht mit einer selbstmitleidigen halb Betrunkenen. Ich überlegte, ob ich ihr von Ida und Neebs erzählen sollte. Sie beantwortete meine unausgesprochene Frage, indem sie selbst weitermachte. Option vier hatte den Sieg errungen.

»Adam war der Beamte, der den Zeitpunkt von Izzies Verschwinden protokolliert hat. Er war außerdem einer der zwölf Beamten, die hingefahren waren, um den Beschwerden darüber nachzugehen, dass sie Sex in der Öffentlichkeit hatte.«

»Hast du …«

»Ja«, kam sie mir zuvor. »Im Betriebsbuch hat er vermerkt, dass er zu der Zeit ein Treffen mit dem Bürgermeister hatte. Er war zwei Stunden weg.«

Als ich mein Telefon hervorholte, sagte ich: »Wir haben zwei, vielleicht drei mögliche Szenarien. Erstens: Er spürt sie auf, zwingt sie, mit ihm zu vögeln, und verlässt sie dann. Später stellt er fest, dass sie eines der Opfer geworden ist, und begreift, dass er seine Spuren verwischen muss, weil sich jetzt alle Blicke darauf richten werden, was sie wann mit wem gemacht hat. Also ändert er Zeit und Ort ihrer letzten bekannten Sichtung – er muss dabei vorsichtig sein, damit er keinen Zeugen widerspricht, es sei denn, er hat sie abgeholt und später irgendwo mitten in der Pampa abgesetzt. Zweitens: Er ist der Mörder. Drittens: Er deckt den Mörder.«

»Den Mörder decken – du meinst, er weiß, wer der Mörder ist?«

»Ja, die Möglichkeit besteht. Eines jedenfalls können wir mit Sicherheit sagen: Der Mörder weiß, was Adam getan hat. Also hat der Mörder, wenn es nicht Adam ist, etwas gegen ihn in der Hand. Er hat ein Druckmittel, ein gutes Druckmittel. Adams Karriere ist restlos im Arsch, wenn rauskommt, dass er den Zeitpunkt ihres Verschwindens manipuliert hat. Und wenn enthüllt wird, dass er Sex mit dem dreizehnjährigen Opfer eines Serienmörders hatte, bevor es entführt wurde, verbringt er den Rest seiner Tage hinter Gittern. Würde seiner Figur nicht schaden.«

Maria lachte nicht; die Nachwirkungen der sexuellen Gelüste ihres Bosses fingen an, sich vor ihr auszubreiten. »Kerle und ihre Schwänze«, meinte Maria. »Achtundfünfzig Prozent aller Gewaltverbrechen gehen auf Kerle und ihre Schwänze zurück.«

—

»Bist du schon bei Neebs Waterhole?«, erkundigte sich Isosceles.

»Nein«, antwortete ich. »Du musst für mich Adam Cross ausspionieren.«

»Fat Adam, den Müllschlucker? Gewiss. Doch bitte sag, warum?«

»Er ist die fehlende Zeit, die fehlenden achtundsechzig Minuten.«

»Oh großer Gott, man stelle sich nur vor, mit jemandem Sex zu haben, der so widerwärtig ist. Er ist so fett, dass er seinen Penis wahrscheinlich nicht mehr gesehen hat, seit die Beatles ›Hey Jude‹ herausgebracht haben. Postulieren wir demnach, dass er statt des Funkenschusters unser Mörder sein könnte?«

»Vielleicht. Unwahrscheinlich. Aber wir müssen ihn durchleuchten. Geh zurück, so weit du kannst.« Vor dreißig Jahren gab sich niemand große Mühe mit Hintergrundüberprüfungen. Hatte man eine Verurteilung, war man gebrandmarkt, aber Dinge wie Exhibitionismus oder Wichsen vor einer Mädchenschule erhielten nicht viel öffentliche Aufmerksamkeit. Erstens gab es damals noch keine Computer, zweitens juckte es niemanden. Victoria besaß nicht mal eine eigene Vergewaltigungstruppe, bis es Mitte der 1980er einige Jungs, darunter mein Kollege Claude Minisini, satthatten, mit anzusehen, wie zu viele Mädchen von vertrottelten Constables verhört wurden, die keinen Schimmer hatten, wie man mit einem Trauma umging, und die dachten, Vergewaltigung sei bloß ein Wort für Sex der härteren Gangart. Damals wäre die Aufgabe, Adams Hintergrund in Erfahrung zu bringen, etwa so anspruchsvoll gewesen wie die Frage, in welcher Kneipe er trank.

»Es tut mir leid«, sagte Maria, nachdem ich mich von Isosceles verabschiedet hatte.

»Du brauchst dich nicht zu entschuldigen.«

»Ich weiß. Aber ich fühle mich dadurch besser.« Eine Pause entstand, während der sie mich anstarrte. »Ich habe mich immer gefragt, warum du nur Wasser trinkst.«

Ich nickte bloß, wollte nicht über meine finstere Vergangenheit nachdenken. »Wir haben eine Spur«, verriet ich. »Unser Mann hat Kontakt aufgenommen, und er hat etwas für uns.«

39

Steinzertrümmerer

Helens erster Gedanke war, dass sie nun sterben würde. Warum sonst sollte Winston ein anderes Opfer mitbringen? Das neue Mädchen hatte so wie sie Klebeband über dem Mund und war, ebenfalls so wie sie, an den Hand- und Fußgelenken ans Bett gefesselt. Die Kleine war jung und blond. Sein Typ. Dasselbe Aussehen und dasselbe Alter wie die anderen vermissten Mädchen.

Warum ich?, fragte sich Helen. Sie war älter, dunkelhaarig und vollbusig. *Warum musste er mich entführen? Was habe ich falsch gemacht? Ist es vielleicht nur vorübergehend?*, überlegte sie. *Wird er mich gehen lassen?*, fragte sie sich.

Doch sie wusste, die Antwort lautete nein.

Sie hasste das andere Mädchen. Obwohl die Kleine erst dreizehn Jahre alt und hoffnungslos verängstigt war, brauchte Helen sie nur anzusehen und musste unweigerlich an die eigene Sterblichkeit denken. Ein neues Opfer verhieß zweifellos, dass ihre Nützlichkeit und damit ihre Zeit auf Erden abgelaufen waren.

Zwischen ihnen hatte sich eine Verbindung entwickelt. Sie hatten kaum eine andere Wahl, als sich gegenseitig in die Augen zu blicken. Das andere Mädchen hatte geweint. Viel geweint. Obwohl Helen sie hasste, wollte sie sich nach ihr strecken und sie umarmen. Aber natürlich konnte sie das nicht.

Helen hatte bereits alle Tränen geweint, die sie besaß. Sie war in der Lage, das andere Mädchen zu trösten. Manchmal versuchte sie, Botschaften mit den Augen zu vermitteln, Botschaften, die klar gewesen wären, hätte sie kein Klebeband über dem Mund gehabt, Botschaften, die sie mithilfe eines Lächelns aussandte, das Hoffnung und Beruhigung bieten sollte, obwohl es natürlich keine Hoffnung gab, dennoch waren es tröstliche Botschaften.

Das andere Mädchen starrte Helen mit einem Ausdruck kläglichen Grauens und hervorquellenden Augen an, als flehe die Kleine Helen an, ihr zu erklären, was eigentlich vor sich ging.

Helen bemühte sich, nicht den Körper des Mädchens zu betrachten. Die Kleine war so jung. Manchmal dachte Helen daran, wie Winston das andere Mädchen töten würde und was für eine Tragödie es war, dass ein so junger Mensch so bald sterben sollte. Zumeist jedoch dachte Helen nur an den eigenen bevorstehenden Tod. Dann kehrten die Gefühle des Hasses zurück, denn die Ankunft des anderen Mädchens verhieß, dass ihr Tod sehr bald eintreten und das andere Mädchen sie überleben würde.

Das andere Mädchen und Winston: Das würden die letzten Gesichter sein, die sie sehen würde, bevor sie starb. Nicht die ihres Freunds, nicht die ihrer Eltern, nicht die der Kinder, die sie einmal haben wollte. Die eines verrückten Serienmörders namens Winston und eines nackten, jungen, blonden Teenagermädchens ohne Namen.

Wenngleich Winston jederzeit das Zimmer betreten und sie vergewaltigen konnte, stellte Helen fest, dass es eine gewisse Routine gab. Auf seine sonderbare Weise und mit dieser Stimme, die halb einem Mann und halb einem Kind zu gehören schien, hatte er ihr den Vorgang der »Waschung« erklärt. Der abstoßend war. Nackt wie immer und mit einer Leine wie ein Hund ließ er sie auf Händen und Füßen durch den Flur zum Badezimmer kriechen, wo sie in die Dusche robbte und in der Ecke kauerte, während er das Wasser aufdrehte. Er beobachtete sie immer, während sie abgespült wurde. Sie hasste es, wenn er sie beobachtete. Dadurch fühlte sie sich wie ein wissenschaftliches Experiment. Er hatte ihr von einem Mädchen namens Izzie erzählt, das versucht hatte, sich zu wehren, und das mit sengend heißem Wasser bestraft werden musste.

In Helens Augen verkörperte Izzie eine Heldin. Sie hatte sich gewehrt. Helen tat das nicht. Sie lebte in Hoffnung. Der Hoffnung, dass er einsehen würde, dass sie nichts falsch gemacht hatte, der Hoffnung, dass er sie freilassen würde, eine Hoffnung, die, wie sie sehr wohl wusste, vergeblich bleiben würde. Eine Hoffnung, die sie zugleich wütend machte.

Während Helen auf dem Bett lag, starrte sie oft auf die Fotos all der anderen Mädchen an der Wand und fragte sich, welches wohl Izzie sein mochte. Es waren so viele.

Das Geräusch der sich öffnenden Tür des Zimmers jagte ihr mehr Angst als alles andere ein. Sie wusste nie, was es verhieß. Eine weitere Vergewaltigung, einen Vortrag, eine Reihe von Fragen über alte Zeichentrickfilme, die Waschung. Und schon bald würde es ihr Ende ankündigen.

Sie hörte, wie sich die Tür öffnete.

Winston sprang aufs Bett und stand über ihr und dem anderen Mädchen. Er lächelte. Sie hasste sein Lächeln. Es mutete an, als wüsste er alles. Er zog sein T-Shirt aus, zog den Bauch ein, schwellte die Brust und spannte die Muskeln an. Dann öffnete er den obersten Knopf seiner Hose und den Reißverschluss. Er ließ die Hose zu seinen Füßen hinabrutschen und stieg aus ihr heraus. Das tat er jedes Mal. Er hielt das für komisch.

»Hier ist Thor«, sagte er. »Thors Hammer.«

Sie wusste, was als Nächstes anstand: Er würde über ihr und dem anderen Mädchen aufragen, und er würde *ihn* lachend herumschwenken. Dann würde er sie vergewaltigen. Oder vielleicht würde er das andere Mädchen vergewaltigen. Sie war nicht sicher. Die Routine hatte sich geändert.

»Ene-mine-muh-juche, beiß einen Nigger in …«

Er lächelte Helen an und sang:

»… den …«

Er grinste auf das andere Mädchen hinab.

»… Zeh!«

—

Ich nenne sie nicht mehr Jenny Minitittchen. Das ist derb und gemein und sexistisch und nicht besonders nett. Wir werden ihren Namen ändern. Nachdem wir Sex gehabt hatten, wurde mir klar, dass Jenny mich liebt. Sie hatte gleichzeitig mit mir einen Orgasmus, und das ist noch nie zuvor passiert, und ich weiß, dass es bedeutet, wir zwei sind zusammen etwas Besonderes. Ich liebe sie. Helen mit den dicken Titten hat sich abgewandt, während Jenny und ich uns geliebt haben, was gut war, weil ich nicht wollte, dass sie dabei zusah. Jenny ist etwas Besonderes. Eigentlich wollte ich, dass wir alle zusammen im Bett sitzen und uns auf dem Fernseher *Pocahontas* ansehen, aber nachdem Jenny und ich unseren gemeinsamen Orgasmus hatten und sie sich in mich verliebt hatte und ich mich in sie, beschloss ich, Änderungen an allen Plänen vorzunehmen.

Gute Änderungen. Ich band sie los und trug sie ins Wohnzimmer, was zum ersten Mal vorkam, weil noch nie zuvor jemand dort gewesen ist, und ich sagte zu ihr, wir könnten zusammen mit der PlayStation spielen. Aber weil wir ja jetzt verliebt ineinander sind, muss ich zuvorkommender sein, also ging ich los und holte ihr eine Decke und wickelte sie darin ein, damit sie nicht mehr ganz nackt war, und ich sagte zu ihr, ich würde ihr das Klebeband vom Mund abnehmen, aber sie müsste wirklich-wirklich-wirklich versprechen, nicht zu schreien oder zu kreischen oder etwas Ähnliches zu tun, und sie nickte, und ich sagte zu ihr, dass sie unter der Decke richtig hübsch aussähe und dass es mir leidtäte, falls ich sie hinten im Van verängstigt hätte, aber da hatte ich ja noch nicht gewusst, dass wir füreinander bestimmt sind, und dann sagte ich zu ihr, sie sei das wunderschönste Mädchen, das ich je gesehen habe.

Ist sie wirklich, das stimmt. Ich liebe sie.

Ich nahm ihr also das Klebeband vom Mund ab und sagte:

Hallo.

Und sie sagte:

Hi.

Obwohl sie es sehr leise sagte. Ich glaube, sie war noch ein bisschen verdutzt darüber, dass wir uns gerade ineinander verliebt hatten, was ja verständlich ist, und ich sagte:

Ich will deinen Namen ändern, weil ich finde, du bist zu hübsch für Jenny.

Und sie sagte nichts, also sagte ich:

Wie wär's mit Boadicea?

Und sie sagte:

Das ist ein komischer Name.

Und ich sagte:

Es war der Name einer sehr berühmten Königin, die nicht

nur wunderschön, sondern auch sehr mächtig war und auf einem weißen Pferd ritt.

Und sie sagte:

Na gut.

Und dann sagte sie:

Du wirst mir wehtun.

Und ich sagte:

Nein.

Und sie sagte:

Doch, weil du hast mir schon wehgetan, und ich glaube, du wirst mich umbringen.

Und ich sagte:

Nein.

Und dann sagte ich:

Tut mir leid.

Und sie sagte nichts, also sagte ich noch einmal:

Tut mir leid.

Und dann sagte ich, dass wir heiraten sollten.

Und sie sagte nichts, also sagte ich:

Ist schon gut, du kannst noch darüber nachdenken, denn wir müssen uns überlegen, wohin wir für unsere Flitterwochen reisen würden.

Dann sagte sie:

Aber ich bin erst zwölf.

Und ich sagte:

Dann tun wir es vielleicht besser im Geheimen, du weißt schon, wir schreiben es auf ein Blatt Papier und unterzeichnen es mit unseren Namen.

Okay, sagte sie.

Und ich ging zu ihr hinüber und küsste sie auf die Lippen und sagte zu ihr:

Jetzt bist du meine Frau.

Und sie nickte und lächelte irgendwie, und ich sagte:

Nenn mich Ehemann.

Und sie sagte:

Ehemann.

Und dann sagte sie:

Du musst sehr vorsichtig sein.

Und ich fragte sie:

Warum?

Aber ich wusste, was sie sagen würde, denn wir sind ja Seelenverwandte. Sie war besorgt, weil dieser sehr berühmte und allerbeste Ermittler des Landes nach mir suchte, deshalb musste ich gut aufpassen. Es war sehr wichtig, dass ich nicht geschnappt wurde, weil ich angab und prahlte wie BTK, der es total vermasselt hatte, weil er Briefe an die Zeitungen schickte, und weil ich ja nun ihr Ehemann war, musste sie mich beschützen und dafür sorgen, dass ich keine Grenze überschritt, dass diese Sache mit Neebs Waterhole etwas Einmaliges blieb. Und wenn ich zu viel Zeit damit verbrächte, über den sehr berühmten Ermittler nachzudenken, dann würde das bestimmt zu einem Fehler führen, weil bisher war ich clever gewesen, und ich war immer noch richtig clever, weil ich sie Boadicea nannte, was ein so cooler Name ist, und ich fand, dass Thor und Boadicea jede Nacht drei Orgasmen haben sollten, und ich sagte:

Du bist wirklich klug, komm mit.

Und ich führte sie in mein Schlafzimmer, was auch etwas ganz Besonderes und Neues war, weil noch niemand außer mir in meinem Schlafzimmer gewesen ist, und ich legte sie aufs Bett und sagte:

Willst du jetzt einen Orgasmus haben?

Und sie sagte mit den Augen ja, und wir liebten uns noch mal, und diesmal war es richtig cool-cool-cool, weil sie mich festhielt-festhielt-festhielt, und als ich in ihr kam, da machte sie *oh-oh-oh* und flüsterte mir ins Ohr, dass ich der tollste Mann sei, dem sie je begegnet war, und sie wollte, dass ich sie festhielt und vor Feinden beschützte, also tat ich es, und sie lag in meinen Armen, und es war richtig schön, dass mich meine Ehefrau auch festhielt.

—

Was sagt ihr da, meine Freunde?

Winston, wie konntest du ein solches Risiko eingehen? Ein Paket ins eigene Bett lassen und dann einschlafen? Ist ein solches Verhalten nicht falsch? Wird sie nicht fliehen? Verwechselst du nicht die Fantasie mit den realen Gefahren des Handwerks? Mit der Gefahr, geschnappt zu werden?

Es stimmt, meine Brüder und Schwestern, dass ich mich für meine Boadicea weit aus dem Fenster gelehnt habe, aber es stimmt auch, dass ich eine der sehr wichtigen Regeln nicht vergessen habe: wachsam sein. Während ich also mit meiner neuen Babyfrau im Bett liege, bin ich wach. Und warte.

Es ist ein Test, Freunde.

Wenn meine Babyfrau heute Nacht in meinem Bett bleibt, dann weiß ich, dass sie Big Winnie wirklich liebt.

Versucht sie zu verschwinden, wenn sie denkt, ich würde schlafen, dann weiß ich, dass sie gelogen und mir etwas vorgespielt hat, als wir uns unterhalten haben.

Was meint ihr, meine Freunde? Was glaubt ihr, wird passieren? Lasst es mich euch sagen, denn ich weiß es: Sie wird versuchen, zu fliehen.

Was wirst du dann tun, Winnie?, höre ich euch fragen.

Ich werde sie bestrafen, Freunde, das werde ich tun.

Während wir warten, meine Brüder und Schwestern, erzähle ich euch etwas über Gefühle. Ich habe eigentlich keine. Wie ein guter Soldat, der sein Handwerk erlernt, habe ich viel über die Welt von Serienmördern und Psychopathen gelesen. Das müsst ihr auch tun. Ihr müsst recherchieren, meine Brüder und Schwestern. Ich kann euch leiten und euch viele der Regeln und Befindlichkeiten dieser Welt offenbaren, aber ihr müsst auch die verbreitet erhältlichen Bücher lesen. Mir ist bewusst, dass ich, genau wie meine Kollegen unter den Handwerkern und ihr, meine Freunde, das nicht besitze, was man *Empathie* nennt. Uns sind andere Menschen und deren Gefühle egal, und wir kennen kein Schuldempfinden. Ich weiß, dass normale Menschen, wenn sie täten, was wir tun, wenn sie dem Handwerk nachgehen müssten, ganz weinerlich und rührselig würden und dieses Ding namens Reue empfinden würden, und vielleicht würden sie zur Kirche gehen und sagen, dass es ihnen leidtäte, die kleine Jenny G umgebracht zu haben, oder wenn sie einen Zeppelin-Doktor hätten, würden sie sagen: *Bitte entschuldigen Sie, Doc, ich tu's nie wieder*. Wir sind anders. Uns ist das egal, es kümmert uns einen Scheißdreck. Manche von uns fahren sogar richtig-richtig-richtig-richtig darauf ab. Ich habe all das studiert.

Sind wir sonderbar? Stimmt etwas nicht mit uns?, höre ich euch fragen. Sind das Zweifel, meine Freunde? Ist das Besorgnis? *Nein*, lautet die Antwort. Wir sind nicht sonderbar, und mit uns ist alles in Ordnung. Lest die Bücher. Wir sind so geboren worden. Es wird als Krankheit bezeichnet, wie wenn man mit einem Loch im Kopf oder mit drei Augen geboren wird, und soweit es mich betrifft, Freunde, finde ich diese

Krankheit etwa so schlimm, als wäre man mit einem dicken, langen Schwanz oder, meine Schwestern, mit üppigen Titten geboren worden.

Jedenfalls – und erschreckt euch darüber nicht – gefällt es mir wirklich, mit meiner Babyfrau, meiner Boadicea im Bett zu liegen. Ich bin vorher noch nie mit einem Mädchen in meinem Bett gewesen, weder mit einem Paket noch mit einem normalen Mädchen. Sie ist warm, und ihr Körper riecht angenehm.

Manchmal können wir vielleicht als Partner zusammenarbeiten. Es hat in der Vergangenheit sowohl in Amerika als auch in Australien und wahrscheinlich auch anderswo Zeiten gegeben, meine Freunde, da sind ein Mann und eine Frau, die sich liebten, dem Handwerk gemeinsam nachgegangen. Das ist wahre Liebe. Ich kann mir vorstellen, dass Boadicea und ich das tun könnten. Ich könnte mir denken, dass sie mir dabei hilft, andere Pakete zu schnappen, und wir würden Spaß-Spaß-Spaß zusammen haben, und wir wären Partner auf der PlayStation und hätten Orgasmen zusammen, und weil sie erst zwölf ist, müsste ich sogar daran denken, dass sie alt-alt-alt wird.

Aber ich weiß schon, meine Freunde, und ich kann hören, wie ihr mir sagt: *Thor und Boadicea und Pocahontas sind alle dazu bestimmt, allein zu leben. So ist es nun mal.*

Wachsam bleiben, das tue ich; vorsichtig bleiben, das tue ich. Denn sie wird versuchen, zu fliehen.

—

Freunde, man braucht keinen Unterricht, um zu wissen, dass jemand versucht, unbemerkt euer Bett zu verlassen. Die Person bewegt sich dabei richtig langsam und atmet nicht. Sie steigt in Zeitlupenphasen raus. Nicht wie ihr und ich, wenn wir uns einfach hinaushieven. Nein, sie tut es wie ein Heckenschütze, der sich in Position begibt. Langsam und ganz verstohlen.

»Versuchst du gerade, zu fliehen?«

»Nein.«

»Was machst du dann?«

»Nichts.«

Nichts. Die größte Lügenantwort aller Zeiten. »Nichts« steht immer für das »Etwas«, von dem die andere Person will, dass man es nicht weiß.

Ich drückte sie fest aufs Bett und schaltete die Nachttischlampe ein. Sie sah verängstigt aus. Menschen, die verängstigt aussehen, sind Menschen, die etwas zu verbergen haben.

»Tut mir leid, ich …« Sie versuchte, irgendeine lahme Entschuldigung vorzubringen, aber …

Tut mir leid, Schätzchen, zu spät.

Bestrafung, Freunde. Davon gibt es viele Arten. Verrat ist schlimm-schlimm-schlimm und muss streng bestraft werden. Kleine Mädchen zu erdrosseln, ist einfach. Das habe ich viele Male gemacht. Ich setzte die Hand einfach unter ihrem Kinn an, schloss den Griff um ihren Hals und drückte zu, schnitt ihr die Luft ab. Simpel. Sie wehrte sich zwar, aber sie war nicht besonders stark, ich hingegen bin das schon. In drei kurzen Minuten hatte ich sie tot und erledigt, meine Brüder und Schwestern.

Ehrlich, das war ärgerlich. *Dein Fehler*, höre ich euch sagen. Jetzt müssen sich die Sache mit den Fotos und die letzten Schritte ändern. Aber erinnert ihr euch daran, was ich gesagt habe? Improvisieren zu können, ist wichtig.

Da sie nun nicht mehr fliehen würde, schaltete ich das Licht aus und lag still in dem Wissen da, dass alles gut war und ich schlafen konnte. Was ich auch tat, meine Freunde, ungefähr zwei Stunden lang, sodass ich verpasste, wie um vier Uhr der verflixte Zeitungsjunge vorbeifuhr.

Als ich aufwachte, war sie immer noch weich. Kalt, aber weich, als könnte ihr diese Steifheit normaler Toter nichts anhaben. Sie war auch nicht eiscremekalt, sondern nur mittelkalt. Vermutlich hatte es etwas damit zu tun, dass sie unter der Decke und neben meinem Körper lag. Ihre Augen waren weit offen, und sie sah ziemlich hübsch aus. Aber ich wusste, dass ich nicht bleiben konnte. Alles hatte sich geändert, und ich musste Pläne schmieden.

—

Die Tür öffnet sich schon wieder, dachte Helen. Ihr war kalt. Winston sah sie gern die ganze Zeit nackt, deshalb legte er nie eine Decke oder ein Laken über sie.

Ist es so weit?, fragte sie sich. *Bringt er mich jetzt um?* Sie war mehrere Stunden allein gewesen und hatte unruhig mit Unterbrechungen geschlafen. Seit ihrer Gefangennahme quälten sie Albträume und schreckliche Gedankensequenzen über ihr vergangenes, glückliches Leben. Es fühlte sich an, als hätte sie im Halbstundentakt geschlafen und sich bei jedem Erwachen an die Träume und Albträume erinnert, sich daran erinnert, wo sie sich tatsächlich befand, wo sie voll Grauen lag und wartete, bevor sie wieder eingeschlafen war.

»Wach auf, Helen. Schau, was über Nacht mit der kleinen Jenny passiert ist.«

Helen erkannte auf Anhieb, dass das andere Mädchen tot war. Winston hielt sie in den Armen, ihr Körper war schlaff, ihr Mund stand auf eine grausige Weise offen, die Helen unwillkürlich vermuten ließ, dass die Kleine unter großen Schmerzen gestorben war. Winston warf das andere Mädchen auf sie.

Er lachte.

»Helen mit den dicken Titten hat geschlafen, aber jetzt hat sie die kleine Jenny Minitittchen auf sich«, sagte er.

Helen musste mit ansehen, wie Winston die Leiche des anderen Mädchens so anordnete, dass sie mit ihr zugewandtem Gesicht auf ihr lag. Als würden sie sich umarmen.

»Es war eine aufregende Nacht, und wir haben einiges zu erledigen. Wir liegen bei manchen großen Dingen hinter dem Zeitplan zurück, Helen«, erklärte er. »Wir müssen deinem Loverboy dein Foto zukommen lassen.«

In der realen Welt hätte sich Helen für das gehasst, was ihr durch den Kopf ging, als er den Raum verließ: Erleichterung. *Wenn er das andere Mädchen umgebracht hat, dann verschont er mich vielleicht. Zumindest lebe ich länger*, dachte sie.

—

Freunde, ich hätte die Handys der Mädchen an Ort und Stelle verwenden können, um das Foto der toten Jenny zu schießen, wie sie auf Helen lag, zwei Nackte, die eine tot, die andere lebendig. Das würde das coolste und tollste Bild überhaupt und würde die Bullen und den besten Mordermittler aller Zeiten von Australien so was von ausflippen lassen. Ich wette, so etwas hat er noch nie gesehen.

Aber ich musste daran denken, was Jenny gesagt hatte, als sie Boadicea war, meine Frau: vorsichtig sein und sich nicht durch Prahlen zu Fall bringen lassen. *Das könnte dein Unter-*

gang sein, Winston, hatte sie zu mir gesagt. Und offen gestanden hatte sie damit recht. Was ist wichtiger? Zu zeigen, wie clever ich bin, oder Mädchen schnappen und mein Ding mit ihnen durchziehen? *Keine Frage, Meister.*

—

Einmal habe ich ein zehnjähriges Mädchen während der Mittagspause im Toilettentrakt vergewaltigt, aber die meiste Zeit schaltete ich in der Schule einfach ab. Außer in Geschichte. Ich liebe Geschichte. Alle berühmten Menschen, an die man sich für lange Zeit erinnert, haben Geschichte studiert, meine Freunde, und ich bin einer von ihnen. Mein Lieblingsthema war Cecil Rhodes, über den nicht wirklich viel unterrichtet wird. Meine Lehrerin hat ihn bloß nebenbei erwähnt, als wäre er ein Loser, während wir diesen Nelson Mandela und Südafrika durchnahmen, dämlicher, langweiliger Unterricht über Versöhnung. Die verfickten Köpfe wegpusten, das halte ich von Versöhnung. Richtig cool an Cecil fand ich, wie man ihn zu seiner Zeit nannte: den »Steinzertrümmerer«. Mrs Tonkins hat gesagt, er wurde so bezeichnet, weil er Tausende Eingeborene zwang, Straßen durch Hügel und Berge zu bauen in dem Land, das nach ihm benannt wurde: Rhodesien.

Freunde, ich sehe mich selbst auch als einen Steinzertrümmerer, und ich möchte, Brüder und Schwestern, dass ihr euch daran erinnert, wenn ihr über mich redet. Nicht in dem Sinn, dass ich Straßen durch Berge bauen lasse oder Millionen und Abermillionen von Eingeborenen herumkommandiere, obwohl das schon cool wäre, als hätte man sein eigenes Konzentrationslager. Nein, bei mir bezieht es sich darauf, wenn ich die Mädchen töte. Der Gedanke ist mir gekommen, als ich der kleinen Jenny Minitittchen das Licht ausgeblasen habe, meiner Boadicea. Als ich ihr die Luftröhre zugedrückt und sie beim Sterben-Sterben-Sterben beobachtet habe, da ging mir durch den Kopf, dass ich wie der alte Cecil bin, der Steinzertrümmerer. Auch wenn ich Thor heraushole und bei den Mädchen benutze, denke ich mir: Ich bin der Steinzertrümmerer.

Denn wisst ihr, wie der gute, alte Cecil kann ich nicht aufgehalten werden. Nichts hält Big Winnie, den Fantastischen auf. Nichts kommt mir in die Quere, nicht einmal dieser allerbeste Nummer-eins-Mordermittler der Welt, nicht einmal er, niemand.

Ja, ja, ich höre euch rufen: *Eines Tages wirst du gefasst, oder du wirst sterben, und dann ist es vorbei.* Stimmt, meine Freunde, aber wenn dieser Tag kommt, wird man sich an mich erinnern. Ich habe Pläne geschmiedet, verlasst euch darauf. Die Kette und die Antwort auf eure Frage – wie viele Tötungen – werden der Welt offenbar werden. Und dann werde ich unsterblich sein.

Ich habe Mrs Tonkins immer ersucht, im Unterricht mehr über Cecil Rhodes zu reden, aber sie hat es nie getan, und manchmal hat sie mich angeschrien. Es hat mich viel zu viel Zeit gekostet, die ich für andere Dinge besser hätte nutzen können, aber letzten Endes habe ich herausgefunden, wo das alte Miststück gewohnt hat. Sie hat allein gelebt, wodurch es wirklich einfach wurde, also bin ich eines Nachts nach drei Uhr morgens einfach in ihr Haus gegangen. Dumme Menschen in Queensland schließen ihre Häuser nie ab. Ich war schwarz gekleidet, wie ein Ninja. Ich hab sie ans Bett gefesselt und vergewaltigt. Sie war etwa dreißig Jahre oder so. Wäre sie richtig alt gewesen, hätte ich sie nicht gefickt, denn das wäre eklig gewesen. Ich hab kein Wort gesagt, sie nur gefickt, ihr reichlich ins Gesicht und in den Magen geschlagen, und dann hab ich ihren Hund tot-tot-tot gestochen. Es war eine alte Töle, die in einem Korb im Wohnzimmer vor sich hingesabbert hat. Ich wollte dem Vieh den Kopf abschneiden und ihn auf Mrs Tonkins werfen, die ich gefesselt und nackt und richtig gut zusammengeschlagen zurückließ, aber es war mir zu viel Aufwand, also hab ich mir die Mühe gespart. Sie kam nie zurück in die Schule, aber das Schlimmste war, dass die neue Lehrerin, die sie ersetzte, eine ziemlich sexy Schlampe, die Annie Soundso hieß, noch nie etwas von Cecil Rhodes gehört hatte.

Ich liebe den Steinzertrümmerer, weil er Berge aus dem Weg gesprengt hat, aber auch, weil er Pläne hatte, meine Freunde. Straßen. Er wusste, wohin er wollte. Das ist ein weiterer Grund, warum ich genau wie er bin. Die Schritte, die Pläne, die Routinen – genau wie Cecil und seine Eingeborenenarmee. Wenn man genauer darüber nachdenkt, ist das Entführen eines Mädchens eigentlich wie das Bauen einer Straße. Man plant voraus, meine Brüder und Schwestern, man sorgt dafür, dass alles, was schiefgehen könnte, berücksichtigt ist, man schaut nach links und nach rechts, und dann geht man los und tut es einfach.

Vielleicht hätte der Steinzertrümmerer Boadicea nicht in sein Bett gelassen, aber andererseits vielleicht auch doch, zumal er ja ein ganzes Land voll Eingeborener besaß. Vielleicht hat der Steinzertrümmerer kleine schwarze Eingeborenenmädchen entführt und ihnen auch Thors Hammer gegeben. Wer weiß? Sexy Mrs Annie, die neue Lehrerin, wusste es nicht.

Der Steinzertrümmerer war ein Mann, der wusste, was er wollte. Genau wie ich. Konzentration – in der Spur bleiben.

Wir warten auf die Nacht, dann fahren wir im Kanu den Fluss hinauf, machen ein paar hübsche Fotos und morgen, juhu, wenn die Bullen die Fotos auf den Telefonen der Mädchen sehen, dann heißt es *Rock 'n' Roll*, meine Freunde, *Rock 'n' Roll*. Zwei auf einmal. *Warum hat er das getan?*, werden sich die Cops fragen. Und dann werden sie sich sagen: *Wegen dem besten und berühmtesten Mordermittler im ganzen Land, deshalb. Jetzt, da der Beste an dem Fall dran ist, hat der* Täter *seine Vorgehensweise geändert. Einen Gang höher geschaltet. Ein neues Level, wie bei einem Spiel auf der PlayStation.*

Es wäre wirklich cool, bei Neebs Waterhole zu sein, wenn der beste und berühmteste Mordermittler sein nächstes Geschenk findet, aber das wäre ziemlich gefährlich und dumm. Wie Boadicea, die gute kleine Seele, vergangene Nacht zu mir gesagt hat: aufpassen und nicht übermütig werden. Auf Kurs bleiben, genau wie der Steinzertrümmerer, der seine fantastischen Straßen durch Berge baute.

Krach!

40

Aufgedeckt

Adam hatte sich sehr bemüht, nicht zu weinen, als er für die Abendnachrichten interviewt worden war. Es war so traurig. All diese Leichen, all das Blut. Und wofür? Ein Junge ohne Führerschein, der bis zum Anschlag voll mit Wodka durch einen Kreisverkehr gerast war. All diese Leben. Jugendliche. Ein Baby.

»Bitte«, sagte er, nachdem er die Zahl der Opfer bestätigt hatte, »bitte seid vorsichtig. Fahrt nicht betrunken. Es geht dabei nicht nur darum, dass es gegen das Gesetz verstößt. Es geht darum, dass es Leben zerstören kann. Das waren Jugendliche …« An der Stelle fing er an, zusammenzubrechen, und er wandte sich ab. Das Reporterteam, das ihn kannte, war so entgegenkommend, die Kameras auszuschalten, wenngleich erst unmittelbar nach dem Moment, an dem der leitende Beamte der Polizei von Noosa kurz davor stand, in Tränen auszubrechen. Das würde ein hervorragender Aufhänger für die Abendnachrichten werden.

Als die letzten Leichen vom Unfallort weggebracht wurden und die Abschleppwagen, die wie Geier am Rand der Schnellstraße lauerten, ans Werk gehen durften, teilte Adam seinen Männern mit, dass er ins Revier zurückkehren würde und sie ihn anrufen sollten, falls sie ihn bräuchten. Er war länger als nötig vor Ort geblieben, aber er konnte nicht früher weg, nicht bei einer so schrecklichen Anzahl von Opfern. Die meisten Namen kannten sie inzwischen, und er hatte seine besten Leute damit beauftragt, die Angehörigen – nach Möglichkeit persönlich – zu verständigen. Adam würde den Anruf bei den Eltern des Mädchens übernehmen, das mit einer Wucht von hundertsechzig Stundenkilometern durch die Windschutzscheibe gegen den Baum geschleudert worden war. Sie hatte in Hobart gelebt.

Auf dem Weg zurück zum Revier hielt er bei McDonald's und bestellte sich zwei Big Macs, teilweise, weil er seit sechs Stunden nichts mehr gegessen hatte, teilweise, weil er jede Verzögerung bei der grausigen Aufgabe begrüßte, die Eltern über den Tod ihres Kindes zu informieren.

Den ersten Big Mac aß er, während er fuhr – immer ein Fehler, weil der Salat aus dem Brötchen rutschte und auf den Sitz fiel, und weil Adam dann selbst darauf achten musste, keinen Unfall zu bauen. Den nächsten Big Mac wickelte er in seinem Büro aus, als er den Computer hochfuhr und sich anmeldete.

Jeder konnte sich beim Ordner von Operation Blond anmelden, solange derjenige die Zugangsdaten und die Passwörter hatte, doch Adam behielt diese Datei aufmerksam im Auge, weil er etwas zu verbergen hatte. Geheimnisse. Die er gut versteckt hatte. Zwar hatte er gründlich gearbeitet und war ziemlich sicher, nie erwischt zu werden, dennoch hielt er es für das Beste, wachsam zu bleiben und zu gewährleisten, dass niemand je auf die Idee käme, herumzuschnüffeln.

Auf Anhieb stellte er fest, dass genau das geschehen war, während er und der Rest der Jungs draußen am Unfallort gewesen waren. Jemand hatte herumgeschnüffelt.

Er hatte Maria nie gemocht, schon von dem Moment an

nicht, als er sie zum ersten Mal gesehen hatte. Sie war von seinem Vorgänger wenige Monate vor seiner Ankunft eingestellt worden. Maria gehörte nicht wirklich zur Truppe. Obwohl sie so tat, als wäre sie eine von ihnen, verkörperte sie in Wirklichkeit eine Einzelgängerin. Sie beobachtete ständig, als speichere sie Informationen. Maria war schlau. Anfangs hatte Adam gedacht, sie sei eingestellt worden, weil sie so unglaublich schön war, aber schon bald hatte er begriffen, dass sie, selbst wenn ihr Aussehen den eigentlichen Grund dargestellt hatte, hochgradig intelligent und ehrgeizig war. Sie blieb unscheinbar. Maria gehörte zu Menschen der Art, an die er sich aus seinen Tagen in Melbourne erinnerte. »Die werden den Fahnenmast erklimmen«, sagte man über solche Leute. Den Fahnenmast erklimmen: ganz oben ankommen. Maria würde sich still und leise den Weg hinauf durch die Ränge erarbeiten. Sie hatte bereits sämtliche angebotenen Kurse hinter sich. Jedes Mal, wenn ein neuer Kurs auftauchte, absolvierte sie ihn, ganz gleich, worum es ging. Sogar einen Kurs über Fischereiwesen und Wildtiere hatte sie belegt.

Menschen wie sie waren gefährlich.

Er blätterte durch die Übersichten und versuchte, nachzuvollziehen, wo sie gewesen sein konnte und nach was sie gesucht hatte.

Da. Miststück. Sie hatte den Zeitpunkt von Izzies Verschwinden aufgerufen. Der Computer hatte die Seite auf 10:28 Uhr an jenem Vormittag protokolliert.

Maria wusste Bescheid.

Aber woher?

Es stellte kein Geheimnis dar, dass ihr Lebensgefährte Casey Lack war, ein kleiner Gauner, der früher Stripklubs in Melbourne betrieben hatte. Das musste die Verbindung sein.

Melbourne: Casey Lack und Darian Richards. So etwas wie Zufall gab es bei einer Ermittlung nicht.

Richards war an sie rangekommen und hatte sie zu seiner Spionin gemacht.

Adam lehnte sich auf seinem Stuhl zurück und begann, sich zu entspannen. Da er nunmehr wusste, dass ihm nichts passieren würde, kehrte sein Appetit zurück. Er streckte die Hand aus und verschlang den Big Mac mit drei großen Bissen. Er liebte Big Macs.

Bei seiner Ankunft in Noosa hatte Adam nicht so recht gewusst, was er von der Gegend halten sollte. Natürlich war er aufgeregt gewesen, nicht wegen der Herausforderung der Polizeiarbeit – denn in dem Gebiet gab es kaum ernste Verbrechen –, sondern weil er die Kontrolle über eine der berühmtesten Touristenregionen des Landes erlangte. Die meisten Touristenziele lagen entweder in Ländern der Dritten Welt wie Bali oder Cancún, wo Polizisten unverhohlen korrupt waren, oder es handelte sich um gefährliche Orte, wo auch die Polizisten regelrecht gefährlich waren, zum Beispiel Miami oder New Orleans. Auf Noosa hingegen traf nichts davon zu. Noosa war ein Reiseziel in einer Industrienation mit einem erstklassigen Ruf.

Adam hatte gewusst, dass es ein entspannter Job werden würde. Kein Stress. Schon bald hatte er festgestellt, dass er nicht als Einziger hierher gezogen war. Fast jeder der Polizisten unter seiner Obhut war aus Gründen des Lebensstils vom Süden in den Norden migriert. So wie sie befanden sich alle in Noosa, um sich behaglich zurückzulehnen.

Adam liebte das lässige Leben. Es passte perfekt zu ihm.

Maria gehörte zu den Wenigen, die anders waren. Sie kam so zur Arbeit, als wären sie im Zentrum von Los Angeles oder

Rio oder London. Ständig bereit für Action. Wachsam. *Heilige Scheiße*, dachte er sich regelmäßig, *besorg dir ein Leben*. Die anderen erschienen völlig entspannt zum Dienst. Sie standen morgens auf und gingen erst mal surfen, spazierten am Strand entlang, chillten ein wenig. *Du willst mit der Faust um eine Waffe durch die Tür zur Arbeit antanzen? Dann such dir ein Schlachtfeld, wo du den Abzug drücken kannst.* Marias Auftreten sorgte bei den anderen für Anspannung. Es sorgte bei *ihm* für Anspannung. Wäre sie nicht so hübsch gewesen, hätte er eine Kampagne anzetteln können, um sie loszuwerden, aber die Jungs baggerten sie gerne an, und sie war so klug, mit ihnen – gerade genug – zu lachen und zu flirten, um zu den Beliebtesten in seinem Team zu gehören. Es gab keinen einzigen Kerl im Revier, der sie nicht vögeln wollte. Das machte sie beliebt. Und es war schwierig, beliebte Leute loszuwerden.

Nun jedoch kam sie ihm in die Quere und würde zu einer handfesten Bedrohung werden. Wie groß mochte die Bedrohung eigentlich sein, die sie bereits geworden war? Was, wenn sie sein Geheimnis schon preisgegeben hatte?

Das war *sein* Gebiet. Schon nach zwei Wochen hatte er Stolz über das Wissen empfunden, dass die Sunshine Coast ihm unterstand. Obwohl es mehrere Reviere über verschiedene Gemeinden verteilt sowie einen großen Stützpunkt in Maroochydore gab, konzentrierte sich die gesamte Sunshine Coast auf Noosa, und das Zentrum der Gesetzesvollstreckung stellte sein Revier auf dem Hügel dar.

Adam verkörperte den König des Hügels, Maria eine Ameise, die es zu zerquetschen galt. Und zwar rasch.

»Wo ist Maria?«, brüllte er durch die offene Tür seines Büros hinaus.

»Ist nach Hause gegangen. Krank«, lautete die Antwort.

»Ruf sie an. Sag ihr, dass ich sie sehen will. Und zwar gleich.«

»Sie ist nach Hause gegangen, weil sie *krank* ist«, wurde in einem Tonfall erwidert, in dem mitschwang: *Hast du mich beim ersten Mal nicht verstanden, du Idiot?*

»Sofern sie nicht tot ist, sag ihr, ich will sie sehen. Sofort.« Und in Adams Tonfall schwang mit: *Hast du mich beim ersten Mal nicht verstanden, du Idiot?*

41

»Wir sind kurz vor dem Verhungern …
Um meine Moral ist es bestens bestellt.«

»Haben wir uns verirrt?«, fragte ich.

»Nein«, antwortete sie in einem Tonfall, der etwas anderes erahnen ließ.

»Ich glaube, wir hätten an dem Trampelpfad kurz nach dem Kin Kin Creek abbiegen müssen.«

»Dann hätten wir uns wirklich verirrt«, meinte sie dazu.

Zwar glaubte ich ihr nicht, doch an diesem Punkt der Reise hatte ich noch nicht herausgefunden, dass ihr Orientierungssinn in Wirklichkeit genauso lausig war wie meiner. Na schön, nicht *ganz* so lausig, aber fast.

Als Casey erfuhr, dass wir zusammen zu Neebs Waterhole wollten, tat er, was Kerle eben so tun, wenn sie anderen gerne Wegbeschreibungen geben. Seine Augen weiteten sich, als hätte ihn jemand ersucht, ein sagenumwobenes Geheimnis des Universums zu lüften, wozu nur er imstande war, dann rannte er im Kreis herum, bis er beim Esszimmertisch zum Stehen kam, auf dem er eine große Karte des Great Sandy National Park mit Schwerpunkt Wide Bay Military Reserve ausbreitete. Letztere Zone, so versicherte er uns, wurde von der CIA betrieben. Dabei fiel mir ein, dass ich Maria daran erinnern sollte, wie sehr sie Isosceles fehlte, und ich legte ihr nahe, sie könnte sich ja vielleicht in einem engen, ärmellosen

Shirt, das den Busen betonte, über Skype bei ihm melden. Sie schlug mich, und Casey meinte:

»Sag diesem Nerd, er soll die verfluchten Augen von den Titten meines Mädchens lassen, sonst flieg ich runter nach Melbourne, schnappe mir sein Raquel-Welch-Poster und zerreiße es in winzige Fetzen. Bei der Gelegenheit kann ich ihn auch gleich fragen, wo er das verdammte Poster überhaupt her hatte. Nicht leicht zu finden. Wie viele junge Leute wissen heutzutage überhaupt noch, wer Raquel Welch ist, geschweige denn, wo man ein Poster von ihr auftreiben kann, auf dem sie halb nackt ist.«

Maria schlug auch Casey.

»Halt die Klappe und zeig uns, wie man zu Neebs Waterhole findet, damit wir uns nicht verirren.«

»Schon gut, Schatz, schon gut. Mann. Hab doch bloß versucht, auf dich aufzupassen und zu verhindern, dass du angegraben wirst. Hier.« Er legte den Finger zackig auf einen Punkt der Karte. »An der Stelle verirrt sich jeder, weil die Straße beschissen ist. Eigentlich ist es nicht mal 'ne Straße, es ist ein verficktes Nichts. Da.«

Sein Finger deutete auf eine Kreuzung, wenn man sie als solche bezeichnen konnte, und zwar zwischen der Tin Can Bay Road und der Courier Road.

»Hier werdet ihr euch verirren.« Er sah uns an. »Wer fährt?«, wollte Casey wissen.

»Ich«, antworteten wir beide gleichzeitig.

»Ich«, beharrte sie.

»Ich«, beharrte ich.

»Du hast den schlechtesten Orientierungssinn in der Geschichte der Menschheit«, warf sie mir vor.

»Das ist eine fiese Unterstellung«, beschwerte ich mich,

obwohl ich in Wirklichkeit fand, dass sie damit der Wahrheit ziemlich nahe kam.

»Hast du wirklich, Kumpel«, hielt Casey seiner Freundin die Stange. »Schlimmer als Burke und Wills.«

»Stimmt überhaupt nicht«, entgegnete ich. »Auf dem Gebiet bin ich vielleicht nicht … der Beste, aber ich bin auch nicht …«

»*Ich* fahre«, hatte Maria mit Nachdruck wiederholt.

Mittlerweile waren wir seit zwei Stunden unterwegs, und da wir die Kreuzung von Tin Can Bay Road und Courier Road übersehen hatten, weil es sich weder um eine Straße noch um einen Pfad handelte und es keinerlei Schilder gab, nur einen endlosen Wald aus Eukalyptusbäumen und Myrtenheiden, befanden wir uns auf dem Weg weiß Gott wohin.

»Wenn das so weitergeht, enden wir an der Tin Can Bay«, murrte ich.

»Halt die Klappe«, gab sie zurück.

Die Karte lag ausgebreitet auf meinem Schoß. Ich fand sie etwa so hilfreich, als hätte ich den Koran vor mir.

»Oder wir geraten versehentlich in die Wide Bay Military Reserve und werden wegen unbefugten Betretens erschossen. Soldaten haben heutzutage nervöse Finger.«

»Halt endlich die Klappe.«

Die Straße, wenn man sie so bezeichnen wollte – was auf mich nicht zutraf –, bestand aus Erde und Sand und war schmal. Gelegentlich strich ein Ast über das Dach oder ein Fenster.

»Nicht, dass ich die Lage irgendwie um zusätzlichen Druck verschlimmern möchte oder so, aber es *ist* bereits mitten am Nachmittag, und mir ist aufgefallen, dass es in diesem Teil der Welt nicht allzu viele Straßenlaternen gibt.«

»Sei gefälligst still. Ich weiß, wohin ich fahre. Die Abzweigung ist gleich vor uns.«

»Woher weißt du das? Durch dein angeborenes Navigationsgeschick?«

Diesmal entschied sie sich dafür, zu schweigen.

»Ich könnte ja mal anrufen und uns Zimmer im Tin Can Bay Motel reservieren. Dann müssen wir wenigstens nicht mitten im Nirgendwo im Toyota schlafen.«

Stille.

»Hast du gewusst, dass in der Kategorie fürchterlich schlechter Navigatoren ein Mann namens Robert Burke als der Schlechteste von allen gilt?«

Nach wie vor Stille. Die Art von Stille, in die Frauen verfallen, wenn sie stocksauer sind.

»Ohne jeden Orientierungssinn und bekannt dafür, sich sogar in seiner Heimatgemeinde zu verirren, brach er mit über fünfundzwanzig Kamelen und Pferden sowie zwanzig Tonnen Vorräten, darunter ein Esstisch, Schuppenbürsten und Einlaufausrüstung, quer durch Australien auf. Er hat neunzehn Männer in die Wüste geführt, ohne die geringste Ahnung zu haben, wohin er unterwegs war, und prompt haben sich alle verirrt. Die meisten, wenn nicht alle – da bin ich mir nicht ganz sicher –, sind gestorben.«

Ungebrochene Stille.

»Klingelt bei der Geschichte was?«, fragte ich.

Stille.

Ich blickte auf mein Telefon hinab.

»Selbst wenn du mit mir einer Meinung wärst, dass eine Nacht in einem Motelzimmer dem beengten Toyota am Rand eines Feldwegs in diesem gottverlassenen Great Sandy National Park vorzuziehen wäre, hier ist kein Empfang. Ich kann also nicht anrufen und sagen: ›Hallo, ich bin mit dem weiblichen Robert Burke von Noosa unterwegs, könnten Sie bitte zwei Zimmer für uns reservieren? Wir dürften so gegen Freitag eintreffen.‹«

Innerlich siedete Maria unverkennbar. Da gelangte ich zu dem Schluss, dass ich, wenn Casey nicht mein bester Freund wäre, bei Maria zu landen versucht hätte, um herauszufinden, ob es zwischen uns funktionieren könnte. Mir gefällt die Vorstellung von gefährlichen Frauen.

»Aber wenigstens ist die Aussicht toll«, meinte ich und starrte hinaus auf den endlosen, eintönigen Wald aus hässlichen Eukalyptusbäumen und Myrtenheiden. »Ganz zu schweigen von der Konversation.«

Vor uns näherte sich eine uneinsehbare Kurve nach rechts.

»Obwohl Burke wusste, dass er sterben würde, da er sich mitten hinein in eine der größten Wüsten der Welt manövriert hatte, schrieb er interessanterweise an seinen Vater: ›Wir sind kurz vor dem Verhungern … Um meine Moral ist es bestens bestellt.‹ Da fragt man sich doch, ob er vollkommen wahnsinnig oder bloß ein völliger, verfluchter Idiot war. Was meinst du?«

Keine Antwort. Mein Blick richtete sich auf die Karte. Ich hatte null Ahnung, wo wir uns befanden. Ich schaute zu der Kurve auf, der wir uns näherten.

»Da kommt die Abzweigung, oder? Da vorn, nach der Kurve?«

»Ja«, presste sie hervor.

»Spitze. Ich nehme alles zurück, was ich darüber gesagt habe, dass du der Robert Burke der heutigen Zeit bist. Uneingeschränkter Widerruf.«

Maria verlangsamte die Fahrt, als wir in die Kurve bogen.

Die Straße war wirklich schmal, und unübersichtliche Kurven konnten gefährlich sein, falls ein anderer Wagen entgegenkäme – was etwa so wahrscheinlich war, wie ein Raumschiff zu sehen.

Nach der Kurve folgte ein kurzer Abschnitt eines weißen sandigen Feldwegs, der sich über ungefähr zweihundert Meter erstreckte, bevor er an einem mächtigen, völlig undurchdringlichen Wald endete. Eine Sackgasse.

Maria brachte das Auto zum Stehen. Sie starrte geradeaus zum Ende der Straße.

»Wir haben uns verirrt«, stellte sie fest.

»Lag mir auf der Zunge«, gab ich zurück.

Sie warf den Rückwärtsgang ein und meinte in vollem Ernst: »Das ist deine Schuld.«

Instinktiv wusste ich, dass es am klügsten wäre, zu schweigen und nicht darauf einzugehen. Maria wendete, bis die Front in die Richtung wies, aus der wir gekommen waren, dann trat sie aufs Gas.

42

Schritt 8: das Foto

Es ist wichtig, dass man sich als Profi betrachtet. Was wir tun, ist ein Handwerk. Sieht man es als bloßes Hobby an, ist man gefickt. Denn das ist es nicht. Es ist ein Lebenswerk, Brüder und Schwestern. Natürlich kümmere ich mich auch um andere Dinge, beispielsweise darum, einen Job zu finden. Nicht nur, um normal zu erscheinen, sondern auch, damit ein wenig Geld in die Kasse kommt, wenn meine Ma wütend auf mich ist und sagt, dass sie ein, zwei Wochen nichts auf mein Konto überweist. Ich würde sie wirklich gern umbringen und ihr Geld erben, aber das geht nicht.

Auch mit dem Gesetz habe ich mich ausgiebig befasst. Es ist wichtig, alles über das Gesetz zu wissen. Ich habe schon jung angefangen, aber ich wusste, dass die Gerichte, da ich noch ein Kind war, meine Identität schützen mussten. Sie durften niemandem von all den Dingen erzählen, die ich getrieben hatte. Allerdings bleibt das nicht ewig so. Wenn man erwachsen wird, tun sie das nicht mehr. Das ist nur für Kinder.

Nachdem ich Brisbane verlassen hatte und an die Sunshine Coast gezogen war, verbrachte ich eine Menge Zeit mit Vorbereitungen, bevor ich mir das erste Mädchen holte. Ich plante alle Schritte nacheinander und machte eine lange Liste, die mit dem Anvisieren des Ziels begann und mit der Entsorgung sowie letzten Endes mit der Kette endete.

Ssschhh, meine Freunde. Ich verrate euch schon noch, was die Kette ist. Aber nicht jetzt. Noch nicht.

Übrigens, meine Freunde, es ist auch wichtig, seine Arbeit an einem Ort zu verrichten, der benutzerfreundlich ist. Hier oben an der Sunshine Coast gibt es so viele Rucksacktouristen und Menschen, die kommen und gehen, um vorübergehend in Kneipen oder sonst wo zu arbeiten, und so viele Orte im Buschland und im Wald, an die nie jemand geht, dass es wirklich einfach ist, dem Handwerk nachzugehen. Ich war mal im Urlaub auf Bali und hab versucht, dort ein wenig zu arbeiten, aber da haben sich so viele verfluchte Menschen herumgetrieben, dass man sich kaum bewegen konnte. Keinen Schimmer, wie man dort eine Leiche entsorgt. Nirgendwo Platz dafür. Trotzdem hab ich ein paar Kids getötet, in einem Wald abgeladen und bin abgedampft, bevor man sie fand.

Hier oben wusste ich schon früh, dass ich die Leichen verscharren musste. Wisst ihr, Freunde, Cops lieben Leichen. Ich habe dieses Buch mit dem Titel *Tote erzählen Geschichten* gelesen, das erste und wohl auch das beste Buch über die Hinweise, die man zurücklassen kann: Fingerabdrücke, Haare, Fasern und DNA. Leichen so abzuladen, dass die Bullen sie finden, ist dumm-dumm-dumm. Genauso gut könnte man darum betteln, geschnappt zu werden.

Ich suchte und suchte, und letztlich entdeckte ich mein Entsorgungsgelände. Es ist perfekt. Und eures sollte das auch sein. Schludert bei dieser Phase nicht vor Hast. Eigentlich solltet ihr das bei keiner der Phasen tun, von denen ich rede.

Wie dem Plan. Den Schritten. Ich wusste bei jedem der Schritte, dass ich, um die Cops aus dem Spiel zu halten, verschiedene Arbeitsplätze brauchte: einen Ort, um die Mädchen gefangen zu halten und mit ihnen zu spielen; einen weiteren Ort – der abgelegen sein muss, Freunde –, um die Fotos aufzunehmen; wieder einen anderen, um sie zu töten; noch einen für das Kochen; einen für die Begräbnisse. Und zu guter Letzt einen eigenen Ort für die Kette. Manchmal bin ich ein wenig nachlässig und erledige sowohl das Töten als auch das Kochen zu Hause.

Was ist das Kochen, Winston? Wovon redest du?, höre ich euch fragen. Ha, ha, meine Freunde. Vielleicht komme ich euch ja gerade ein bisschen schräg.

Cops suchen nach den »Trophäen« eines Serienmörders. Die meisten Trophäen sind Haarsträhnen oder Schmuck oder andere willkürliche Teile der Opfer. Ich steh da nicht drauf, das ist kindisch, finde ich, aber lasst euch von mir nicht davon abhalten. Jedem das seine, sage ich.

Die Kette ist jedenfalls supercool. Und obendrein historisch. Geht auf die Inkas zurück. Die Mädchen wissen die Bedeutung der Kette nie zu schätzen. Aber scheiß auf sie. Und scheiß auch auf die Cops; die Kette ist ja nicht für sie, sondern für die Menschheit. Winstons Vermächtnis.

Glück ist auch wichtig. Ich hatte das Glück, auf diese verlassene Anlage auf Noosa North Shore zu stoßen. Dort drüben ist es wirklich abgelegen, schwierig, hinzugelangen. Funktioniert echt gut. Dort mache ich die Fotos.

Ich hab euch von Angst erzählt, wisst ihr noch? Deshalb hab ich schon früh beschlossen, einen Schnappschuss des Pakets zu machen, wie es gefesselt und nackt und verängstigt auf einem Stuhl sitzt, und ihn an die Angehörigen des Pakets zu schicken. Dadurch flippen sie voll aus. Und die Bullen auch. Allerdings muss man mit solchen Dingen vorsichtig sein, denn wenn man nicht weiß, wie Handys funktionieren und dass man aufgespürt werden kann, solange der Akku noch drin ist, dann kann man geschnappt werden. Aber es ist wirklich cool. Ich liebe es, Fotos der Pakete zu schießen. Nach meinem Tod werde ich meinen Film und ein großformatiges Hochglanz-Fotobuch herausbringen.

Als Allererstes, sobald das Paket gesichert und verschnürt ist, suche ich das Telefon und nehme den Akku heraus. Damit ist es tot. Und das Paket ist von der Bildfläche verschwunden, Freunde. Es gehört mir allein.

Manchmal kann es echt schwierig sein, den Mädchen noch Angst einzujagen, nachdem man sie hat und ihnen die Regeln vorgelesen hat und sie ein paar Tage und Nächte in dem Zimmer mit all den Fotos an der Wand verbracht haben – sie werden nämlich ganz abgestumpft und schwer einzuschüchtern. Mehr Fotos zu schießen, macht ihnen Angst; das versetzt ihnen einen *Schrecken*. Sie die unzähligen Fotos an der Wand ihres Zimmers ansehen zu lassen, versetzt ihnen auch einen *Schrecken*. Aber nichts versetzt ihnen einen größeren *Schrecken*, als wenn ich ihnen von der Kette erzähle. Das hebe ich mir für zuletzt auf. Danach ist es vorbei. Töten, entsorgen, der Kette hinzufügen.

—

Ich belade meinen Rucksack mit den Festplatten, den Netzgeräten, den Kameras, dem Laptop, den Handys der Mädchen, meinen Messern, dem Klebeband und der Frischhaltefolie und verstaue ihn hinten im Van. Ich gehe ins Zimmer der Mädchen und hebe Jenny Minitittchen von Helen mit den dicken Titten.

»Herrje, inzwischen ist sie ganz steif geworden«, sage ich zu Helen, dann trage ich sie hinaus, den Gang hinunter und in die Garage, wo ich sie auf eine Seite hinten in den Van lege. Obwohl sie steif wie ein Brett ist, verzurre ich sie sicher an der Wand des Vans, damit sie nicht herumrollt, während ich fahre.

Dann gehe ich zurück zu Helen mit den dicken Titten und sage: »Wir gehen wieder ins Kanu.« Damit binde ich sie vom Bett los. Ihre Hand- und Fußgelenke sind nach wie vor gefesselt, deshalb kann sie sich nicht bewegen. Ich hieve sie mir über die Schulter, trage sie den Gang hinunter und lege sie hinten in den Van, wo ich sie an der anderen Wand festmache, damit sie nicht herumrollt. Dann werfe ich eine Decke über die beiden – nicht, weil es mich juckt, ob ihnen kalt ist oder dass sie nackt sind, sondern für den Fall, dass ich angehalten werde und den Van öffnen muss. Dann ist es besser, wenn man zwei zusammengerollte Objekte unter einer Decke statt zwei nackte Personen sieht. »Statuen, Kumpel«, würde ich sagen, sollte das je passieren. »Zerbrechlich, deshalb muss ich sie in Decken einwickeln.«

Ich überprüfe, wie spät es ist. Sechs Uhr. Perfekt. Ist nicht verdächtig, wenn der Nachbar am späten Nachmittag wegfährt. Mit einem Van. Ich fahre bloß zur Schichtarbeit los oder hole mir eine Pizza.

Vorsichtig die Straßen entlang. Haltet euch an die Regeln, überfahrt keine orangen Ampeln, Brüder.

Ich gelange zum Liegeplatz am Fluss. Hier muss ich aufmerksam sein und darauf achten, dass die Nackten, während ich sie zu meinem Boot trage, nicht aus den Decken fallen, wenn gerade ein dämlicher Fischer vorbeikommt. Zu den guten Dingen am Fluss gehört, dass man Geräusche schon aus großer Entfernung hört. Also spähe ich den Fluss in beide Richtungen entlang und lausche auf die Bewegungen eines anderen Bootes oder auf das Surren einer Angelleine, die ins

Wasser ausgeworfen wird. In einer Stunde setzt die Abenddämmerung ein. Wenn die Abenddämmerung einsetzt, füllt sich der Fluss. Die Fischer glauben nämlich, dass sie da die meisten Fische fangen können. Jetzt hingegen ist noch alles ruhig. Die Fischer bereiten sich auf den Abend vor, genau wie ich.

Die Luft ist rein.

Mein kleines Boot ist an einem Strand am Rand von Tewantin vertäut. North Shore liegt auf der anderen Seite des Flusses, weniger als hundert Meter entfernt. Der kleine Strand ist eine halb öffentliche Anlegestelle. Viele der Einheimischen benutzen sie. Hier am Strand sind immer ein paar Boote, gehalten von einem Seil oder einem Anker, die meisten aus Aluminium wie meines, obwohl ich es als Kanu bezeichne, weil Pocahontas mit einem Kanu reist.

Ich öffne den Van. Dieselbe Routine wie zuvor: zuerst der Rucksack, dann das Mädchen. Heute Nacht sogar zwei Mädchen. Erst die steife tote Kleine, danach Helen mit den dicken Titten. Ich lege sie im Boot auf den Boden. Außer Sicht.

Ich kleide mich immer gleich: vollkommen schwarz. Wie ein Ninja oder ein Geist. Und ich bewege mich auch richtig leise. Ein Blick flussaufwärts: leer. Ein Blick flussabwärts: leer. Schön starke Strömung heute Nacht. Der Mond wird von einer dunklen Wolkenschicht verdeckt, was gut ist. Ich schließe den Van ab, der unter einem großen alten Baum parkt. Sieht anonym aus. Ich stoße das Boot vom Sand ab. Es gleitet ins Wasser, ich springe hinein und greife mir ein Ruder, um es zu lenken.

Es dauert nur ein paar Minuten, den Fluss zu überqueren. Wir rudern etwa fünfzig Meter stromaufwärts, bis wir einen schmalen Nebenarm erreichen. Und hinein. So ist es viel einfacher. Keine Gezeitenströmung. Manchmal kann die Strömung des Flusses ziemlich heftig sein. Einmal hab ich gesehen, wie dieser Junge aus einem Leihboot gefallen ist, und ich hab beobachtet, wie er genauso schnell mitgerissen wurde, wie das Speedboot war, das hinter ihm hergehetzt ist. Der Junge ist untergegangen. Ich hab dabei zugesehen, wie sich das Speedboot und all die anderen Boote an der Suche beteiligten. Die Leute haben geschrien, während die Boote im Kreis herumfuhren, wo der Junge untergegangen war, und mehrere Male ist jemand ins Wasser gesprungen, wurde aber selbst fast von der Kraft der Strömung mitgerissen. Nach einer Weile sind dann alle weg, und der Junge hat wahrscheinlich im Schlamm am Grund des Flusses festgesteckt, tot-tot-tot.

Der Nebenarm ist wirklich schmal. Ich könnte die Hände ausstrecken und die Mangroven zu beiden Seiten berühren, als wir auf das verwaiste Noosa North Shore Dreaming Resort zupaddeln.

Ich packe die über das Wasser hängenden Äste der Bäume und ziehe das Boot zu einer Anlegestelle. Wie ein Uhrwerk. Jedes Mal gleich. Nichts ändert sich. Das Apartment ist in der Nähe. Im ersten Stock. In der Anlage ist es immer dunkel und ganz still. Ein paar Leute wohnen in einigen der anderen Gebäude, aber sie sind zu weit entfernt, um zu bemerken, wie ich durchs Gebüsch vom Nebenarm des Flusses zu meinem Apartment schleiche. Ich habe es sorgfältig ausgewählt. Einfach zugänglich, man kann leicht hinein und wieder raus.

Zuerst wie üblich der Rucksack. Er ist schwer, aber ich bin stark. Ich könnte ihn und gleichzeitig über der anderen Schulter ein Paket tragen.

Lassen wir die tote, steife Jenny im Boot und bringen wir

zuerst Helen mit den dicken Titten rein. Ich werd sie auf den Boden werfen, an der Wand, wo wir die Fotos aufnehmen, lasse den Rucksack bei ihr und gehe dann zurück, um die tote, steife Jenny zu holen. Ich schätze, es gibt etliche coole Möglichkeiten, sie zusammen zu inszenieren.

Zuerst war ich ziemlich wütend auf Jenny Minitittchen, weil ich eine richtig coole Idee dafür hatte, wie ich sie zusammen posieren lassen wollte, aber wisst ihr, nachdem ich mich mit der Tatsache abgefunden hatte, dass sie nun mal tot und steif ist, sind mir andere Ideen für Fotos gekommen, die noch cooler werden. Und Mannomann, was wird die Nummer eins unter den Mordermittlern beeindruckt von mir sein.

Bereit, Meister?

Ich liebe dieses Apartment. Wirklich gute Erinnerungen an die Mädchen und den Ausdruck in ihren Gesichtern, wenn ich sie splitternackt für die Sayonara-Fotos vorbereite und ihnen von den Schritten neun, zehn und elf erzähle.

Den Auslöser drücke ich, wenn ich Schritt elf erwähne. Über den Ausdruck in ihren Gesichtern muss ich immer herzlich lachen, wenn ich ihnen davon erzähle. Die besten Fotos überhaupt.

Ich öffne die Schiebetüren zu meiner leeren Wohnung und trete mit Helen mit den dicken Titten über der einen Schulter und dem Rucksack über der anderen ein.

Was zum Teufel …

43

Edinburgh of the Seven Seas

Isosceles verließ sein Apartment nur selten. Essen bestellte er sich nach Hause. Seine gesamten Einkäufe erledigte er online. Wenn er sich in die Stadt hinunterwagte, dann herrschte dort Nacht. Da er hoch über der Metropole in einem der höchsten Gebäude von Melbourne lebte, genoss er die Aussicht, wie sich die unzähligen Lichter flach und weitläufig in alle Richtungen erstreckten. Aus diesem Grund bevorzugte er die Nacht. Er war schon immer ein Nachtmensch gewesen, seit er seinen ersten Computer bekommen hatte. Schon bald hatte er sich in die Dunkelheit regelrecht verliebt und betrachtete Menschen, die bei Tag hinausgingen, als langweilig. Sich selbst sah er als Fledermaus. Seine Arbeit jedoch erforderte, dass er Tagesstunden am »Puls« verbrachte, seiner Arbeitsstation, einem riesigen Schreibtisch mit Glasplatte, auf der sich Laptops, Tastaturen und drei große Bildschirme befanden, ergänzt um fünf Festplatten, die leise zu seinen Füßen summten. Die Anlage war gewaltig, und dass er sie rund um die Uhr laufen lassen musste, bedingte eine Temperatur von zwei Grad Celsius. Es war wichtig, dass die Maschinen nicht überhitzten. Täten sie es doch: Krise.

Infolgedessen trug Isosceles übergroße Winterjacken und dicke, gefütterte Stiefel. Eine ebenfalls gefütterte Mütze bedeckte seine Ohren. Sein Headset passte bestens darunter.

Jedes Mal, wenn er sein Spiegelbild im Glas der Fenster erblickte, fand er, dass er wie ein Jakjäger aussah, bewaffnet und einsatzbereit in der gefrorenen Wildnis des Yukon. Er träumte von Urlauben in entlegenen Wüsten wie seiner Reise nach Burkina Faso, auf die er sich freute und die er antreten würde, sobald der garstige kleine Serienmörder an der Sunshine Coast gefasst wäre.

Isosceles arbeitete gern für Darian, sein Geld jedoch verdiente er als Freiberufler auf dem Gebiet der Cyberspace-Spionage. Häufig wurde er von der CIA oder von ASIS für einmalige Jobs engagiert. In der kleinen, aber hehren Welt der Cybergeeks galt er als überaus renommiert.

Von seinem Schreibtisch bewegte er sich nur selten weg. Er überflog Zeitungen aus aller Welt und behielt die verschiedenen Überwachungskameras im Auge, die über das Land verteilt installiert waren – insgesamt sechs: zwei für Darian, die anderen für das FBI, das einen potenziellen sudanesischen Terroristen verfolgte, den Isosceles persönlich für nicht gefährlicher als einen Briefmarkensammler hielt.

Beim Lesen der Morgenausgabe des *London Independent* vernahm er das seltene Geräusch eines Eindringens.

Jede Überwachungskamera war so programmiert, dass sie einen bestimmten Alarm auslöste. Das hatte er sich von Darian abgeschaut, der verschiedenen Personen auf durchaus clevere Weise Songs zuordnete. Isosceles benutzte keine Songs. Er bevorzugte Klänge, und jener, der gerade ertönte, ein hohes Geräusch, verriet ihm auf Anhieb, dass Danny Jim Promise soeben das Apartment im Noosa North Shore Dreaming Resort betreten hatte.

Isosceles griff nach seiner Tastatur, um Darians Kurzwahl zu drücken, und spähte gleichzeitig zum Monitor. Alles, was er sehen konnte, war eine schattige, am Eingang erstarrte Gestalt. Der Typ wusste es. Irgendwie wusste er es.

»Hinterlass mir eine Nachricht«, sagte Darians Stimme.

»Ruf mich an. Ein Alarm hat angeschlagen. Er ist in der Anlage, in der Wohnung.«

Isosceles wählte Marias Nummer.

»Hi, hier ist Maria. Hinterlassen Sie mir eine Nachricht, und ich rufe Sie so bald wie möglich zurück. Danke.«

»Isosceles. Ruf mich an.«

Er wählte Caseys Nummer.

»Sie ist nicht hier, und du lässt die Augen gefälligst von ihren Titten, klar?«, erhielt er als Reaktion, kaum dass der Anruf beantwortet wurde.

»Wo sind die beiden? Ich brauche sie. Dringend.«

»Dann ruf sie doch an, verdammt.«

»Habe ich schon. Ich komme nicht durch.«

»Sie werden keinen Empfang haben. Immerhin sind sie irgendwo mitten in dem verfluchten Sumpfland. Genauso gut könnten sie in Edinburgh of the Seven Seas sein.«

»Notiert. Gibt es eine Möglichkeit, wie du Verbindung mit ihnen aufnehmen kannst?«

»Nein. Aber ich werd's alle paar Minuten versuchen und ihnen sagen, dass es dir unter den Nägeln brennt.«

Isosceles legte auf, ohne sich zu verabschieden. Er starrte weiter auf den Monitor. Der Mörder hatte sich nicht bewegt. Zwar ließ sich auf dem körnigen Bild kaum etwas erkennen, dennoch war er unbestreitbar da. Der Alarm schrillte weiter, machte ihn auf das Eindringen des Mannes aufmerksam. Isosceles stellte den Ton ab und dachte an seine Kollegen mitten im Nirgendwo. Er mochte Casey; vermutlich gehörten sie beide zu den äußerst wenigen Menschen, die sich in einer

Sprache unterhalten konnten, der kaum jemand zu folgen vermochte. Tristan da Cunha galt als die abgelegenste Insel der Welt, und die Hauptstadt, Edinburgh of the Seven Seas, als die abgelegenste Ortschaft. Aber wenngleich man dort bis 2001 kein Fernsehen gehabt hatte, gab es schon davor Telefonleitungen, und er könnte dorthin anrufen und am anderen Ende der Leitung eine Person finden.

44

Strich drunter

Meister, da ist eine …

Ich weiß!

Freunde, meine Brüder und Schwestern: Im Verlauf dieser Reise habe ich euch von vielen Dingen erzählt. Ich bin euer Führer und Mentor gewesen, und ihr seid im Gegenzug gut zu mir gewesen. Vor allem, meine Freunde, bin ich ehrlich gewesen. Große Menschen sind immer ehrlich. Sie offenbaren ihre Stärken und Schwächen. Ich bin so.

Seid nicht erschrocken, Freunde. Ich möchte, dass ihr gut aufpasst, denn das könnte euch auch passieren.

Erinnert ihr euch daran, wie Superman in die Knie geht, wenn er in der Nähe von Kryptonit ist? Dasselbe kann uns widerfahren. Es nennt sich *Katastrophisierung*. Zumindest bezeichnen es die Bullen und die Seelenklempner so. Es ist wirklich, wirklich schrecklich. Und es ist nicht fair. Wir Serienmörder haben es so schon schwer genug. Ich meine, ihr wisst Bescheid, ihr versteht, wie schwierig es sein kann. Die Leute halten es für einfach. Ist es aber nicht. Die Menge an Planung und Gedanken, die in das Handwerk fließt, ist gewaltig.

—

Ich stehe ganz steif am Eingang zur Wohnung, Helen mit den dicken Titten über einer Schulter, meinen Rucksack über der anderen. Ich hatte die Tür aufgeschoben und wollte gerade eintreten, als ich spürte, dass jemand in das Apartment eingedrungen war. (Denkt daran: immer wachsam sein.)

Jemand ist seit meinem letzten Besuch hier gewesen. Ich kann das Eindringen fühlen, aber da ist *noch etwas anderes*. Da es in dem Apartment keine Möbel gibt, besteht die einzige Möglichkeit, es festzustellen, darin, auf den Boden zu schauen und nach Anzeichen von Fußabdrücken zu suchen. (Flippt nicht aus, wenn es sich irgendwie vermeiden lässt. Bleibt ruhig und prüft die Lage.)

Sehr langsam bewege ich mich rückwärts auf die andere Seite der Schiebetür, bin halb drinnen, halb draußen auf dem Balkon. Das ist eine gefährliche Situation. Was, wenn die Eindringlinge in der Nähe sind? Ich muss schnell etwas unternehmen. Ich habe nicht die Kontrolle, und jemand ist in meinen Unterschlupf eingedrungen. (Man muss immer die Kontrolle haben.)

Ein Bestandteil meines Arsenals sind Fachkenntnisse in Überwachung. Wie ein Heckenschütze. Ich beobachte und verfolge die Bewegungen meiner Zielpersonen seit Jahren. Wenn ich mich je zu nah hinwage, weiß ich, wann ich einen Schritt zurückweichen, mich zurückziehen muss und wann ich mich wieder nähern und so tun kann, als wäre ich ein dämlicher Tourist, der sich verirrt hat. Es ist eine Kunstform, die ich durch jahrelanges Üben zu einer solchen erhoben habe. Und genau, wie ich weiß, wie man beobachtet, ohne gesehen zu werden, weiß ich es auch, wenn ich beobachtet werde. (Das stellt sich mit der Erfahrung ein, Freunde.)

Was nicht besonders oft vorkommt. Aber im Augenblick passiert es gerade. Es hat sich nicht nur verändert, wie sich die leere Wohnung anfühlt, da ist noch etwas anderes.

Es dauert einige Minuten, tief genug in die Dunkelheit einzutauchen, damit ich besser sehen kann. Dann erblicke ich das Kabel. Einen dünnen schwarzen Draht, der die Fußbodenleiste des Raums entlang verläuft. Ich versuche, herauszufinden, wo er beginnt und wohin er führt, doch es gelingt mir nicht.

Im Küchenbereich verliere ich ihn aus den Augen. Ich weiß, dass er an eine Kamera angeschlossen ist. Muss so sein. Wäre ich die unangefochtene Nummer eins der Mordermittler des Landes, hätte ich es so gemacht. (Versucht, euch in die Lage der Bullen zu versetzen, die euch jagen. Denkt wie sie. Das ist wirklich hilfreich.)

Wie konnte das passieren? Die Gedanken wirbeln wild durch meinen Kopf, aber schon bald habe ich sie geordnet. Es waren die Mobiltelefone. Ich habe immer gewusst, dass es ein Risiko darstellt, die Akkus wieder einzulegen, damit ich die Fotos auf die Handys laden konnte. Obwohl es immer nur etwa eine Minute gedauert hat, wurden in der Zeit Signale ausgesendet. Ich weiß, meine Freunde: Es war ein Risiko, aber es hat sich gelohnt. Bis jetzt. Noch mal werde ich es nicht tun, so viel steht fest.

Ich weiß, dass mich die Kamera nicht direkt anstarrt. Ich habe nahezu die gesamte Wohnung im Blickfeld und kann keine Kameras erkennen, nichts, was dorthin gerichtet ist, wo ich gerade stehe. (Es empfiehlt sich, so gut wie möglich darüber Bescheid zu wissen, was für Technik die Polizei einsetzt, damit man darauf achten kann.)

Vermutlich ist die Kamera über mir. Höchstwahrscheinlich wäre sie auch beim Eintreten durch die Vordertür ausgelöst worden. Dadurch hätten sie eine erstklassige Frontaufnahme von mir erhalten. Im Moment haben sie nur meinen Schatten, mehr nicht. Glück gehabt. Das Glück, über den Balkon gekommen zu sein. (Denkt daran, Freunde: Auch Glück spielt eine Rolle.)

Ich weiche einen weiteren Schritt zurück und lege Helen auf den Boden des Balkons. Dann halte ich inne, denke ruhig über das Problem nach. Nur zu gern würde ich hineingehen, die Kamera samt Aufzeichnungsgerät finden und beides zertrümmern, allerdings kann ich das nicht, weil ich dadurch gesehen würde.

Ich stampfe auf Helens Gesicht, weil ich wütend bin und weil ohne sie nichts von all dem geschehen wäre.

Ich gehe nicht wieder hinein. Ich verschwinde auch nicht – obwohl ich das tun sollte. Freunde, ich bin wie erstarrt. Ich weiß nicht, was ich machen soll. Ich bin ratlos. Habe nicht mehr die Kontrolle. Die hat er.

45

Empfang

Das Tageslicht schwand, aber Maria war fest entschlossen, weiterzufahren, bis wir die richtige Abzweigung finden und uns den Weg zu Neebs Waterhole bahnen würden. Ich war längst zu dem Schluss gelangt, dass wir nicht den leisesten Schimmer einer Hoffnung hatten, in jener Nacht dort anzukommen, und dazu verurteilt waren, entweder am Straßenrand zu übernachten oder gedemütigt zu Casey nach Hause zurückzukehren, um wie Burke mit seiner Karawane die Reise beim ersten Tageslicht erneut in Angriff zu nehmen. Allerdings wusste ich, dass es am besten wäre, diese Gedanken für mich zu behalten. Immerhin war alles meine Schuld.

Als wir auf unserem stummen Weg zurück zu der versteckten, vom Wald verhüllten Kreuzung um eine weitere unübersichtliche Kurve bogen, summten unsere Telefone gleichzeitig.

»Halt an«, forderte ich Maria auf, »solange wir Empfang haben …«

Sie brachte den Toyota abrupt und unsanft zum Stehen. Mein Sitzgurt verhinderte, dass ich durch die Windschutzscheibe hinaussegelte.

»Acht Nachrichten«, verkündete ich, als ich wählte, um sie abzuhören.

»Ich auch.«

Meine Nachrichten begannen mit der ältesten, die von Casey stammte, der uns daran erinnerte, dass die Abzweigung auf die Courier Road wirklich schwer zu entdecken war und wir auf einen Eukalyptusbaum achten sollten, der wie ein Stuhl aussah.

Marias Nachrichten fingen mit der neuesten an.

Als ich Caseys Mitteilung löschte und die zweite aufrief, durchlief ein jäher Ruck das Auto. Diesmal wurde ich rückwärts geschleudert, und die Sitzlehne verhinderte, dass ich durchs Heckfenster hinausbefördert wurde.

»Was …«

»Es geht um ihn. Er ist in der Wohnung. Jetzt gerade.«

Ich wählte, während Maria auf extrem waghalsige Art und Weise die Straße entlangraste.

»Wo seid ihr?«, fragte Isosceles.

»Haben uns verirrt.«

»Ich fahre die Tin Can Bay Road zurück hinunter. Sie führt zur Straße zu der Anlage«, brüllte Maria, damit er sie hören konnte.

»Ich führe euch«, bot er an. »Sorg dafür, dass Maria ihr Telefon ausgeschaltet lässt, damit kein anderer Anruf den Frequenzbereich stört. Ich verfolge sie und peile gleichzeitig dein Signal an. Spielt keine Rolle, wenn ihr in ein Funkloch geratet. Da kommt ihr wieder raus. So. Hab euch. Ihr fahrt in die falsche Richtung.«

»Was?«, hakte ich nach.

»Was?«, fragte Maria.

»Dreht um. Ihr fahrt in südwestlicher Richtung die Tin Can Bay Road entlang…«

»Dreh um«, forderte ich Maria auf.

»Aber …«

»Wenn ihr in die Richtung weiterfahrt, müsst ihr einen Weg namens Courier Road finden, der wenig mehr als ein Name zu sein scheint, dann müsst ihr sechs Kilometer darauf bleiben, bis ihr zu Harry's Hut Road kommt, die genauso unsichtbar aussieht. Danach folgt ein Wanderweg zu einem Ort namens Fig Tree Point, bevor ihr etwa drei Kilometer nach Osten durch einen Wald müsst, nach Süden abbiegt und weitere acht bis neun Kilometer durch den Wald fahrt.«

Ich hatte den Lautsprecher eingeschaltet, damit Maria ihn hören konnte, wodurch sie wenigstens zu diskutieren aufhörte und das Fahrzeug wendete. *Wumm*, als das Heck des Wagens gegen einen Baum prallte, *wumm*, als die Stoßstange einen weiteren Baum küsste, *wumm*, als das Heck einen zweiten Baum begrüßte, und *wumm*, als die Stoßstange bei ihrem Wendemanöver auf dem schmalen Trampelpfad einen letzten streifte. Nun steuerten wir in die Richtung, aus der wir gekommen waren.

»Das führt in eine Sackgasse«, sagte ich zu Isosceles.

»Nein. Ihr trefft in Kürze auf eine Gabelung der Straße. Haltet euch rechts.«

»Wir kommen gleich zu einer Gab…«

»Ich hab ihn gehört, okay?«

»Und«, fuhr Isosceles fort, »ihr erreicht nach zwei Komma drei Kilometern die Rainbow Beach Road. Folgt ihr zum Cooloola Creek. Ist unter Umständen nicht angeschrieben, sogar höchstwahrscheinlich nicht, aber die Straße zweigt abrupt nach Norden ab. Also nach links, Darian. Fahrt *nicht* nach links. Am Bach ist ein Weg für Geländewagen. Der führt direkt zum Strand, wo ihr am Little Freshwater Creek rauskommt. Höchstens vier Kilometer. Dann seid ihr auf der Strandschnellstraße. Dort werdet ihr zwar ungefähr dreißig

Kilometer von der Anlage entfernt sein, aber ihr könnt in gerader Linie und sehr schnell fahren.«

Die *Mad Max*-Schnellstraße: *Auf geht's*.

»Alles verstanden?«, fragte ich.

Maria nickte, dann zeigte sie auf etwas, das vor uns auftauchte: die Gabelung, die wir zuvor nicht einmal bemerkt hatten.

»Halt dich rechts«, sagte ich.

»Halt die Klappe«, gab sie zurück.

»Was kannst du auf dem Bildschirm sehen?«, fragte ich Isosceles.

»Im Moment? Nichts. Er ist durch die Schiebetüren vom Balkon reingekommen. Dann hat er innegehalten. Ist erstarrt.«

»Und danach?«

»Etwa vierzig Sekunden lang hat er so verharrt. Ich konnte ihn kaum sehen, nur als Schatten am unteren Bildschirmrand. Schließlich ist er zurückgewichen.«

»Also ist er weg?«

»Vielleicht. Vielleicht auch nicht. Vor ein paar Momenten dachte ich, einen Schatten gesehen zu haben, nur ganz flüchtig. Könnte durchaus sein, dass er noch auf dem Balkon ist. Maria fährt aber entsetzlich schnell.«

Eine Untertreibung. Auf einem schmalen Pfad, der kaum die Bezeichnung verdiente, bretterte sie mit – ich beugte mich hinüber, um nachzusehen – hundertzehn Sachen dahin. Eine gute Geschwindigkeit für eine vierspurige Autobahn. Da das Fahrzeug zu beiden Seiten weniger als ein Meter von dichtem Gebüsch und dicken Bäumen trennte, war es, um es milde auszudrücken, eine aufregende Fahrt.

Maria wurde von Minute zu Minute sexyer.

»Fahr schneller«, feuerte ich sie an.

»Halt die Klappe«, gab sie zurück.

Das schon wieder. Aber zumindest wussten wir, wohin wir fuhren, und wir wurden geführt.

»Wie lange noch, bis wir dort sind? Wir haben hundertzehn drauf.«

»Mit dem Tempo? Zweiundzwanzig Minuten.«

Marias Telefon summte.

»Nicht rangehen«, sagte ich.

»Tu ich nicht«, rief sie zurück und blickte nach unten, um nachzusehen, wer anrief.

»Schau gefälligst auf die Straße!«, stieß ich hervor und ergriff das Handy von ihrem Schoß.

»Es ist der ›Boss‹.«

»Adam. Was will er?«

»Wahrscheinlich eine weitere Gruppentherapiesitzung«, meinte ich, als der Anruf auf der Mailbox landete.

»Gib mir mein Handy zurück.«

»Du fährst, ich halte es.«

»Gib es zurück.«

»Na schön«, lenkte ich ein und legte es in die Konsole zwischen den beiden Vordersitzen. Eine Art Kompromiss, fand ich. Maria schnappte es sich und legte es wortlos zurück auf ihren Schoß.

46

Zickzack

Es fühlt sich an, als würde man in einen Strudel gezogen. Sehr beängstigend. Nichts ergibt einen Sinn.

Das Entsetzen über das Eindringen, das Entsetzen darüber, dass sie eines meiner Verstecke gefunden haben, ist überwältigend. *Wie kann das passiert sein? Was habe ich falsch gemacht?* Mein Verstand geht rasend schnell all die Male durch, die ich hier gewesen bin, und versucht, es zu begreifen. Ich kann mich nicht bewegen.

Wut breitet sich sengend durch meinen Körper aus. Ich will hineinstürmen – in *meine* Wohnung – und die Kamera packen, sie in Stücke schlagen. Das möchte ich wirklich tun. Oder besser noch, ich will mir die Kamera greifen und sie auf Helen richten, während ich ihr den Kopf abschneide und ihn vor dem Objektiv hin und her schwinge, bevor ich das Glas mit ihrer Stirn zertrümmere.

Aber du kannst nichts davon tun, Meister! Lauf weg! Schnell! In den anderen Wohnungen könnten Soldaten sein! Lauf sofort weg.

Ich tue es nicht. Ich kann nicht. Ich kann nur auf dem Balkon stehen und weiter hinein auf das schwarze Kabel starren, das die Fußbodenleiste entlang verläuft und irgendwo in der Küche verschwindet.

Du kannst nicht so stehen bleiben.

Ich weiß.

Du musst fliehen.

Ich weiß.

Ein Alarm wird ausgelöst worden sein.

Ich weiß.

Es werden jeden Moment *Leute kommen.*

Ich weiß.

Dieser Cop. Der beste im ganzen Land. Er.

Ich weiß.

Wenn du hier bleibst, fängt er dich.

Ich weiß.

Dir passiert nichts. Er wird über die Straße kommen. Er wird den Bach nicht einmal bemerken, bis du längst weg bist, und selbst dann bekommt er unter Umständen nie heraus, dass du dir so Zugang verschaffst.

Gutes Argument. Ein Plan. Flucht. Rückzug.

Geh zum Boot und steuere durch die Sümpfe leise zurück in den Fluss. Das ist sicher.

Tu es sofort.

Aber was ist mit den Mädchen? Und den Fotos? Und damit, ihnen von der Kette zu erzählen? Was ist mit den Handys mit ihren Fotos drauf? Das kann ich zu Hause nicht machen. Ich muss es hier tun, wo es sicher ist. Deshalb bin ich doch hergekommen. Die Schritte neun, zehn und elf. Was ist damit? Wie bewerkstellige ich das? Zu Hause funktioniert es nicht. Es muss hier getan werden. In der anderen Wohnung geht es auch nicht. Die ist nur für die Schritte zwölf und dreizehn. Was mache ich mit den Mädchen?

Töte sie. Lass sie hier.

Nein!

Ich schlage mir auf den Kopf, so hart ich kann. *Klatsch,*

wumm. Woher ist diese idiotische Idee gekommen? Sie hier lassen? Das wäre ein Verstoß gegen die erste Grundregel meiner Arbeit: nie eine Leiche zurücklassen. Herrgott noch mal! Bleib konzentriert! Manchmal gibt die Stimme wirklich dummes Zeug von sich.

Dann musst du sie mit zurück nach Hause nehmen.

Das will ich nicht. Ich hasse Helen mit den dicken Titten, und Jenny ist ganz steif und wird bald zu stinken anfangen. Es sind schon Mörder wegen des Geruchs ihrer toten Opfer gefasst worden.

Dann fahr flussaufwärts. Zu Neebs Waterhole.

Das kann ich nicht, du Idiot! Dort ist doch er! Dort habe ich ihn doch hingeschickt!

Nein. Er ist unterwegs zu dir. Die Überwachung muss von ihm installiert worden sein. Er fährt in diesem Augenblick auf dich zu. Lauf. Nimm die Mädchen mit. Denk später darüber nach.

Denk später darüber nach, später-später-später.

Scheiße!

Ich bewege mich nicht.

47

Freies Schussfeld

Nachdem wir uns den Weg durch den Wald erkämpft hatten, über schmale Fahrbahnen mit wild wuchernden Büschen zu beiden Seiten, gigantischen Schlaglöchern und Bereichen, wo die Straße einfach verschwand, gelangten wir zwischen zwei mächtigen Sanddünen zu den schier endlosen Weiten des südpazifischen Ozeans, den das strahlende Nachglühen des Sonnenuntergangs in funkelndes Glitzern tünchte.

Maria zwang den Ganghebel in den Ersten und lenkte uns langsam über den dichten, weichen Sand, in dem Unachtsame nur allzu leicht hängen bleiben können. Eigentlich sollte man auf solch tückischem Untergrund den Reifendruck verringern, aber wir entschieden, es uns zu ersparen. Jede Verzögerung erschien uns tödlich.

Auf der Strandschnellstraße herrschte reger Verkehr. Ein Großteil davon kam uns entgegen und hielt auf Fraser Island zu. Da es dunkel war, konnten wir die Autos nur an ihren Scheinwerfern erkennen. Kaum erreichten wir festen, soliden Sand, richtete Maria den Toyota rasch hinunter in Richtung Noosa aus und trat das Gaspedal durch.

Innerhalb von Sekunden hatte sie hundertsechzig drauf. Es war ein Heidenspaß. Wir blieben dicht am Rand des Wassers. Ich behielt dabei nervös die Wellen im Auge, da ich wusste, dass wir in ernste Schwierigkeiten geraten würden, sollte uns ein Sog erwischen. Durch die Nähe zum Meer hielten wir einigen Abstand von den meisten entgegenkommenden Fahrzeugen, die sich mit Geschwindigkeiten zwischen achtzig und hundertzwanzig Stundenkilometern dahinbewegten. Die hohen Geschwindigkeiten hatten die Betrunkenen abonniert: Sie sahen uns kommen, schwenkten auf uns zu, als wollten sie uns einen urtümlichen Gruß zuteilwerden lassen, und drehten dann in letzter Minute wieder ab. Maria fuhr konzentriert und unübersehbar entschlossen, wich dem auf uns zuhaltenden Verkehr nicht ein einziges Mal aus. Es fühlte sich ein wenig wie in dem alten Film *Rollerball* an, aber ich wusste, dass wir gut vorankamen und dies den schnellsten Weg dafür darstellte, unser Ziel zu erreichen.

Isosceles hielt uns darüber auf dem Laufenden, was er auf dem Monitor sah. Nichts. Nur eine »Ahnung«, wie er es nannte, dass sich unser Mann nach wie vor auf dem Balkon befinden könnte.

Allmählich wurde ich wirklich aufgeregt.

Da wir uns auf einer Schnellstraße aus Sand befanden, gab es weit und breit keine Laternen. Der Mond versteckte sich hinter einer dichten schwarzen Wolkenschicht. Der entgegenkommende Verkehr ließ nach, und Maria schaltete das Fernlicht ein. Wir mussten darauf achten, die Abzweigung nicht zu verpassen. Die natürlich nicht beschildert war – bloß eine Lücke zwischen zwei Dünen, so sah die Abzweigung aus.

»Da«, sagte ich und deutete hin.

Maria nickte und schwenkte das Auto in Richtung des Landesinneren. Nun hatten wir bis zur Anlage nur noch wenige Minuten vor uns.

Wieder musste sie die Fahrt verlangsamen und im ersten Gang durch den weichen, dichten Sand kriechen. Im Schneckentempo fuhren wir zwischen den Sanddünen hindurch, dann beschleunigte Maria wieder auf hundertsechzig und achtete konzentriert darauf, keine Leute zu erfassen, die auf dem Parkplatz umherwanderten. Innerhalb von Sekunden ließen wir die Tore des North Shore Dreaming Resort hinter uns.

Fast vierzig Minuten waren vergangen. Würde er immer noch dort sein?

Maria schaltete die Scheinwerfer aus, und einen Moment lang raubte uns die Dunkelheit die Sicht. Zum Glück war die Straße breit, flach und gerade – und besaß eine harte Oberfläche. Sie verringerte die Geschwindigkeit und rollte vor Haus Sunrise Breeze. Schnell und leise stiegen wir aus dem Auto. Die Türen ließen wir offen, um beim Zuschlagen keinen Lärm zu verursachen, der ihn warnen könnte.

»Du übernimmst den Vordereingang, ich gehe hintenrum zum Balkon«, sagte ich.

Sie nickte und rannte los. Als die clevere Ermittlerin, die sie war, hatte sie von Eddie, der Kröte, einen Zentralschlüssel mitgenommen, als sie ihn unlängst befreit hatte. Den Schlüssel hatte sie bei sich.

Ich wiederum hatte meine Pistole dabei, die ich vor ihr verborgen hielt. Sie steckte unbequem hinten in meinen Jeans, seit wir die Reise vor gefühlten Stunden angetreten hatten. Wir blieben in Dauerverbindung und flüsterten einander zu, als sie und ich vorrückten.

»Ich komme gerade zur Tür«, sagte sie, als ich um die Ecke des Gebäudes bog und den Balkon erblickte.

»Er ist weg«, teilte ich ihr mit. Der Balkon erwies sich als leer. Als ich darauf zurannte, konnte ich sehen, dass die Schiebetüren noch offen standen.

»Oder er ist drinnen«, gab sie zu bedenken.

»Nein. Dann hätte Isosceles ihn gesehen.«

»Wahrscheinlich«, erwiderte sie. »Trotzdem …«

»Ich bin ungefähr zehn Meter entfernt«, fügte ich hinzu, den Blick auf den Balkon und die offene Tür geheftet. Falls er sich tatsächlich drinnen aufhielt – und es *war* möglich, denn die Kamera deckte keinen 360-Grad-Bereich ab –, dann schwebte Maria in ernster Gefahr. Typen wie Promise reagieren nicht gut darauf, verhaftet zu werden; sie segnen lieber in einem Kugelhagel das Zeitliche.

»Ich geh jetzt rein«, hörte ich sie sagen, als ich mich zum Balkon hochzog und zu klettern begann. Plötzlich vermeinte ich in der Ferne zu meiner Linken, vielleicht zweihundert Meter weit weg, ein Licht blinken zu sehen. Es blitzte nur kurz auf wie eine Taschenlampe, höchstens eine Sekunde lang. Es stammte tief aus dem Wald und war sofort wieder verschwunden. Ich konnte mir keine Ablenkung leisten und ließ den Blick auf das Apartment gerichtet, als ich auf den Balkon schlich und hineinging. Maria kam gerade durch die Tür. Stumm starrten wir uns gegenseitig an. War er hier? Kein Laut. Nichts. Sie deutete zum Schlafzimmer und bewegte sich geräuschlos darauf zu. Ich folgte ihr.

»Leer«, verkündete sie. »Er ist weg.« Natürlich hatten wir damit gerechnet, trotzdem setzte ein drückendes Gefühl der Enttäuschung ein. Es war knapp gewesen.

»Darian?«, fragte sie. »Was machst du da?«

»Ich dachte, ich hätte etwas gesehen.«

Ich trat zurück auf den Balkon und spähte in den dichten, von schwarzen Schatten beherrschten Wald.

»Was?«, fragte sie und stellte sich neben mich.

»Keine Ahnung. Ein Licht vielleicht. Eine Reflexion. Hat nur eine Sekunde lang angedauert.«

»Was ist da draußen?«, wollte sie wissen.

»Gestrüpp, ergänzt um Gestrüpp und noch mehr Gestrüpp. Und ein Bach …«

Und dann kam es mir. »Der Bach«, wiederholte ich. »Das ist sein Weg rein und raus.«

Ich sprang über das Balkongeländer und rannte auf den Bach zu, wo ich unlängst nachts gestolpert und ins Wasser gefallen war. Maria folgte dicht hinter mir.

»Wohin führt er?«, fragte sie, während wir zum Ufer des Gewässers eilten.

»Zurück zum Fluss.«

»Wie weit entfernt war das Licht?«, wollte sie wissen, während sie Isosceles' Nummer wählte.

»Vielleicht zweihundert Meter«, antwortete ich.

»Es gibt einen Bach, der hinter der Anlage verläuft. Wie weit ist es bis zum Noosa River?«, fragte sie ihn.

Dann klappte sie das Telefon zu und verkündete: »Eins Komma zwei Kilometer. Bist du sicher, dass es ein Licht war?«

»Nein!«, erwiderte ich, während ich in Richtung des Blinkens – was immer es gewesen sein mochte – rannte und mich dabei so nah wie möglich am Rand des Baches hielt.

»Ich besorge uns ein Boot auf dem Fluss«, rief Maria und wählte erneut eine Nummer auf ihrem Handy.

Spielte es denn eine Rolle, was ich gesehen hatte? *Irgendetwas* war es gewesen. Und dieses Irgendetwas konnte von unserem Mann stammen. Fast eine Stunde war vergangen, seit er durch das Betreten des Apartments den Alarm ausgelöst hatte. Jeder normale, vernünftig denkende Mensch hätte umgedreht und die Flucht ergriffen, und falls er das getan hatte, dann hatten wir keine Chance mehr. Mit sechzig

Minuten Zeit könnte er inzwischen zu Hause vor dem Fernseher sitzen. Aber falls er erstarrt war und Isosceles' Ahnung zutraf, dass er auf dem Balkon verharrt und versucht hatte, zu entscheiden, was er tun sollte, dann bestand die handfeste Möglichkeit, dass er sich noch in der Nähe befand.

Am Rand eines Baches mit bröckligem Ufer durch hohes Gras zu laufen und dabei in purer Finsternis knorrigen Wurzeln, Baumstümpfen und einem Wald von Teebäumen auszuweichen, stellte eine neue Erfahrung für mich dar. Sämtliche Verbrecher, die ich bisher gejagt hatte, waren Straßen und Gassen entlang geflüchtet. Ich kam mir vor wie ein Sheriff im Mississippi-Delta vor hundert Jahren. Ich versuchte, im Bach selbst zu rennen und sprang vom Rand hinein, allerdings erwies sich das als dumm und nass. Obwohl der Bach seicht war, bot er noch weniger Sicherheit: Ich stolperte durch etliche Strudellöcher und fiel mit dem Gesicht voraus ins eklige Wasser. Der Bach verlief so weit im Landesinneren, dass die Gezeiten des Flusses ihn nur etwa einmal jedes Jahrzehnt sauber wuschen, wenn die gesamte Gegend überflutet wurde. Das Wasser stank. Ich auch.

Bislang hatte ich nichts gesehen, das einem Boot oder einer Person ähnelte – nur jenes flüchtige Blinken, als ich auf den Balkon geklettert war. Inzwischen hatten sich meine Augen an die Dunkelheit angepasst, und ich konnte die Umrisse und Formen der Landschaft rings um mich ausmachen, wenngleich nur für etwa hundert Meter, weil sich die Bäume hervorragend darauf verstanden, mir die Sicht zu versperren. Über diese Entfernung hinaus ließ sich nichts mehr erkennen. Und der Bach selbst zeichnete sich nach wie vor als schwarze Linie ab, die sich unberechenbar hin und her schlängelte und weiter vorn mit der Schwärze verschmolz, ohne irgendetwas preiszugeben. Trotzdem kämpfte ich mich weiter, weil ich wusste, dass es unsere einzige Chance war.

Hoffentlich nicht unsere letzte. Es bestand die sehr reale Gefahr, dass ihn dieses Erlebnis so sehr verstörte, dass er zusammenpacken und die Gegend verlassen würde, das wusste ich. Wir hatten ihn gezwungen, seinen Plan neu zu bewerten. Er würde ausflippen, weil die Behaglichkeit eines aufwendigen und von ihm geliebten Teils seines Plans unwiderruflich zerstört worden war. Er würde alles überdenken müssen.

—

»Arch, hier ist Maria. Kannst du ein Boot ins Wasser schaffen und mich an der Anlegestelle der Fähre treffen? Sofort. Ich bin in etwa fünf Minuten dort. Taschenlampen.«

»Kein Ding«, hörte sie vom anderen Ende der Leitung und klappte das Telefon zu, während sie den Korridor des Wohnblocks hinabrannte.

Arch lebte flussabwärts nicht weit von Darian entfernt. Er verkörperte einen alten Freund und gehörte zu den Menschen, die man um drei Uhr morgens behelligen konnte und die tun würden, was immer man wollte, ohne Fragen zu stellen.

Maria hatte gesehen, dass Adam und das Revier sie im Verlauf des Nachmittags achtmal angerufen hatten. Zwar hatte sie keine der Nachrichten abgehört, doch sie wusste, dass entweder etwas Neues über den Mörder herausgefunden worden war oder dass Adam ihr Spionieren in den Aufzeichnungen bemerkt hatte.

Sie hatte keine richtigen Freunde im Revier, niemanden, der ihr nah genug stand, um demjenigen zu vertrauen. Ein Nachteil ihrer Attraktivität. Sie entschied sich für Billy. Er war dumm und noch verliebter in sie als alle anderen.

»Hi, Maria, was gibt's? Hab gehört, du seist krank«, sagte er.

»Ja. Ich schätze, wir sollten Sil, die Zwiebel dafür hopsnehmen, Billy. Muss an dem verfluchten Fisch liegen, den er mir verkauft hat. Ich kann dir sagen, seit ungefähr zehn Stunden reihere ich ununterbrochen.«

»Er verkauft Hai und behauptet, es wäre Kupfer-Schnapper. Wir nehmen ihn ein wenig in die Zange, dann bekommen wir Gratisessen von ihm. Aber nur Fritten.«

Sie lachten.

»Ich ruf bloß an, weil ich fragen wollte, wie der restliche Tag verlaufen ist.«

Er wurde ernst. »Oh Mann. Weißt du, dass wir in dem Wagen acht Flaschen Wodka gefunden haben? Mickey meint, er hätte noch nie etwas Schlimmeres gesehen. Ist die ganze Nacht in den Nachrichten gelaufen. Sogar der Boss war den Tränen nah. Kann ihm keinen Vorwurf daraus machen. Ich geh heut Nacht auf keinen Fall schlafen. Die Sache würde mir zu viele Albträume bescheren. Da seh ich mir lieber all meine Clint-Eastwood-Filme an. Hast du je *Zwei glorreiche Halunken* gesehen? Einfach fantastisch.«

»Das war alles? Nur dieser schreckliche Verkehrsunfall?«

»Ja. Was willst du denn noch? Elf Leichen. Muss ein neuer Rekord sein. Zumindest meint Mickey das.«

»Okay. Danke, Billy. Wollte mich nur vergewissern, dass sonst nichts passiert ist, zum Beispiel, etwas Neues von unserem Serienmörder.«

»Scheiße, nein. Muss denn ein beschissener Tag noch beschissener werden? Nee. Kommst du morgen?«

»Ist an sich mein freier Tag, aber ich hab ein paar Nachrichten von Adam, also …« Sie ließ Stille eintreten, weil sie hören wollte, ob er sie mit einer Äußerung füllte.

»Der Typ ist eine echte Nervensäge. Keine Ahnung, wie er den Job je gekriegt hat. Der Posten hätte an Mickey gehen sollen.«

»Ja, Mickey hätte die Erfahrung dafür.« Es schien an der Zeit zu sein, aufzulegen.

»Er weiß mehr über die Gegend als irgendjemand sonst, und er hat genug Dienstjahre …«

»Billy, ich muss aufhören! Dieser verdammte Fisch macht sich wieder bemerkbar. Tut mir leid!«

»Schon gut, Maria. Wir sehen uns«, sagte er und lachte, als sie auflegte.

Als sie durch die Tore der Anlage fuhr und auf die Straße zur Fähre bog, dachte sie bei sich: *Ich stecke in Schwierigkeiten.*

Wenig später traf sie bei der Anlegestelle der Fähre ein. Der Fluss, der auf der anderen Seite die Straßenbeleuchtung von Tewantin reflektierte, präsentierte sich still. Sie erkannte ein großes Blechboot, das sich näherte. Die Geschwindigkeitsbegrenzung auf dem Fluss betrug vierzig Knoten. Arch schien mindestens hundert zu fahren.

—

Ich bewegte mich durch eine Welt, die ein dunkler, schmaler Mündungstrichter, Gestrüpp und ein Dickicht aus Büschen definierten. Der Bach des Mörders. Es musste sein Zugangsweg sein. Er würde ihn in- und auswendig kennen. Für mich stellte er unbekanntes Terrain dar.

Als der Bach eine weitere unerwartete Kehre beschrieb, durch die ich hineinfiel und mich zum x-ten Mal aufkratzte, weil ich über eine Baumwurzel schabte, spornte ich mich dazu an, weiterzumachen. Das Unbekannte – die darin lauernden Ängste – ignorieren und einfach weiterlaufen. Nicht aufgeben.

Ich hatte immer noch nicht mehr als ein Gewirr schwarzer Schatten in einem penetrant miefenden Wald gesehen.

Maria hatte mir eine SMS geschickt, um mir mitzuteilen, dass Arch und sie gerade den Anlegeplatz der Fähre verließen und flussaufwärts steuerten. Vermutlich bedeutete das, sie befanden sich einigermaßen in der Nähe, allerdings hatte ich nicht wirklich eine Ahnung. Ich wusste nur, dass dieser schreckliche, in Serpentinen verlaufende kleine Bach letztlich in den Fluss münden würde.

Und dann tat er es.

Etwa achtzig Meter entfernt, wo der Verlauf des kleinen Baches endete, zeichnete sich die weitläufige Wasseroberfläche des Noosa River ab. Auf dem Fluss schimmerte Licht, Reflexionen von Zivilisationsansammlungen in der Nähe – Häuser, der helle Schein des kilometerweit entfernten Parks von Tewantin, Hausboote. Und in der Mitte, davon war ich überzeugt, konnte ich die gleitende Bewegung eines kleinen, schmalen Blechbootes ausmachen, das direkt auf das Ufer zusteuerte, als hätte es gerade den Bach verlassen, den ich mittlerweile mit voller Geschwindigkeit entlangrannte. Das Boot sah wie ein Aal aus und verursachte kein Geräusch. Es bewegte sich flott und effizient, als flüchte es vor etwas oder jemandem. Die Entfernung von mir betrug knapp fünfzig Meter.

Ein greller Lichtstrahl erfasste das Blechboot – er musste von Maria und Arch stammen. Ich erreichte das Ende des Baches und stand am Rand des Flusses, dessen Wasser mir um die Fußgelenke schwappte. Ich versuchte, die Person im Boot deutlich zu erkennen, was sich jedoch schwierig gestaltete. Die Gestalt schien sich außer Sicht zu ducken. Aber irgendjemand *war* an Bord und kauerte über dem Heck des Bootes neben dem Motor. Mittlerweile hatte das Gefährt beschleunigt und hielt schnell auf die andere Seite des Flusses zu. Dort befand sich eine Anlegestelle mit einigen Pkw und Allradfahrzeugen. Es ließ sich schwer abschätzen, weil es an der Stelle keine Beleuchtung gab, aber einer der Wagen sah wie ein weißer Van aus.

Er war es. Davon war ich überzeugt.

Ich kniete mich mit der Beretta hin, umfasste mit der linken Hand fest das Handgelenk meiner rechten. An sich war ich ein guter Schütze, allerdings handelte es sich um eine Pistole, und die Entfernung würde ein Problem darstellen.

Maria und Arch ließen das Licht auf ihn gerichtet. Hätten sie gewusst, was ich vorhatte, wären sie vielleicht nicht so großzügig gewesen.

»Promise!«, brüllte ich. Meine Stimme hallte den Fluss entlang.

Die Gestalt am Heck des Bootes wirbelte zu mir herum. Die Person befand sich zu weit entfernt, um den Ausdruck in ihrem Gesicht zu erkennen, doch das war mir egal. Ich hatte freies Schussfeld. Und ich drückte den Abzug.

48

Heimzahlung

Arch lachte. »Dein Freund ist auf der Jagd«, meinte er zu Maria.

Entsetzt fauchte sie zurück: »Schalt das Licht aus!«

Promise bewegte sich mittlerweile schneller, wirkte panisch; mein Schuss hatte ihn verfehlt. Er befand sich nah am Ufer, und er hatte sich tiefer geduckt, aus meinem Blickfeld. Ich ließ die Waffe auf die Stelle gerichtet, wo er auftauchen würde, knapp über dem Motor, und wartete auf den nächsten Schuss. Die Reichweite stellte kein Problem dar; die 92 würde mühelos über den Fluss schießen. Ich musste nur dafür sorgen, dass ich ihn beim nächsten Versuch erwischte und ausschaltete.

Und dann ging das Scheinwerferlicht aus. Mein bewegliches, in Archs Helligkeit getauchtes Ziel versank abrupt wieder in Schwärze. Es würde einige Atemzüge dauern, bis sich meine Augen an die neuen Verhältnisse anpassten. Bis dahin würde er vielleicht zu weit von mir entfernt sein, den Sand erreichen und auf seinen Van zupreschen.

»Schaltet das Licht wieder ein!«, brüllte ich flussabwärts. Ich sah, wie sich ihr Boot näherte. Es bestand keine Chance, dass sie rechtzeitig zu Promise gelangen würden. Er entkam.

»Darian! Nicht schießen!«, hörte ich Marias Stimme flussaufwärts zu mir dröhnen.

—

Ich höre, wie mein Name über den Fluss hallt. Zuerst bin ich verwirrt, aber als ich mich umdrehe, um nachzusehen, wer da ruft, stelle ich fest, dass es der Cop ist, und dann spüre ich dieses Zischen neben meinem Ohr, das an mir vorbeisaust wie ein Komet, und eine Sekunde darauf ertönt ein Knall wie ein winziger Donner, den ich als Schuss einer Waffe erkenne. Heiliger verschissener Tornado! Der Bulle schießt auf mich!

»Schaltet das Licht wieder ein!«, höre ich und begreife, dass mich der Schütze, die Nummer eins der Mordermittler des Landes, als Ziel aus den Augen verloren hat. Ich schaue flussabwärts und sehe das große Speedboot, das auf mich zuhält.

Ich schwenke den Blick zum Ufer und erkenne, dass ich es schaffen werde. Das andere Boot ist zu weit weg.

Und es hat den großen Suchscheinwerfer nicht mehr auf mich gerichtet. Ich bin in der Dunkelheit. Schnell jetzt.

Das war Katastrophisierung. Bis vor wenigen Momenten war ich durchgedreht, hatte weder einen Plan noch ein klares Ziel. Brüder, das kommt davon, wenn man gegen die Regeln verstößt. Auf dem Balkon, nachdem dieser wilde Ansturm verrückter Gedanken im Zickzack durch meinen Kopf gewirbelt war, tat ich, was ein guter Soldat unter feindlichem Beschuss getan hätte: Ich packte zusammen und zog mich zurück, um den Kampf an einem anderen Tag auszutragen.

Im Augenblick gibt es viele Dinge, über die ich nachdenken muss. Mein gesamtes Leben ist gerade auf den Kopf gestellt und von innen nach außen gekehrt worden, und ich fühle mich wie Willy Wonka in einer Waschmaschine. Während ich mit den Mädchen auf dem Boden meines Kanus den Bach entlang navigierte, noch bevor ich das Zischen, das Geräusch des Schusses hörte, und obwohl ich mich auf der Flucht befand und mich sicher-sicher-sicher wähnte, da fühlte ich mich ganz durcheinander, konnte mich kaum auf die Notwendigkeit konzentrieren, den Fluss zu überqueren und nach Hause zurückzukehren.

Nach Hause-Hause-Hause. Das ergibt Sinn, und im wirbelnden Sog der Katastrophisierung ist es das *Einzige*, was Sinn ergibt. Dadurch habe ich etwas zu tun. Einfach an der Idee festhalten, nach Hause zu gelangen, Helen mit den dicken Titten und den Geruch von totem Mädchen und die Telefone vergessen und das tun, was der Zeppelin gesagt hat: konzentrieren.

Wenn du ein Problem hast, dann leg es auf ein Blatt und beobachte, wie es einen Bach entlang davontreibt. Seht ihr? Da treibt es dahin. Jetzt ist es weg. Quält euch nicht mit einem Problem, das ihr im Augenblick nicht lösen könnt. Legt es auf das Blatt, beobachtet, wie es davontreibt, und kommt dann darauf zurück, wenn es sein muss. Das nennt man kognitives Denken. Danke, Zeppelin.

Aber das Zischen und der Knall, der unmittelbar darauf gefolgt ist, haben alles verändert. Der beste Mordermittler des Landes versucht, mich zu töten. Und er hätte es fast getan!

Wow. Was für ein geballter Augenblick.

Ich hoffe, es widerfährt euch nie, Brüder und Schwestern, aber falls doch, dann betrachtet es als geballten Augenblick. Empfehlen kann ich es zwar nicht, aber es ist definitiv eine hervorragende Möglichkeit, um das Katastrophisieren zu beenden. All das Zickzack ist weg.

Jetzt bin ich ruhig.

—

Maria erfuhr einen Moment der Klarheit. Der Mörder ging mit seinem Blechboot an Land. Arch und sie näherten sich ihm. Darian saß auf der anderen Seite des Flusses fest und hatte keine Chance, ihn zu überqueren. Sein Schuss war daneben gegangen, und noch einmal würde er es nicht versuchen, weil mittlerweile die Entfernung zu groß geworden war. Darian war damit praktisch aus dem Spiel.

Die Festnahme gehörte ihr allein.

»Drück drauf«, forderte sie Arch auf.

Das Ende seines Bootes grub sich ins Wasser, und sie pflügten mit noch größerem Nachdruck voran.

Maria beobachtete, wie der Mörder in der schrumpfenden Ferne sein Blechboot auf den Sand bugsierte, heraussprang und erst seinen Rucksack, dann eine junge Frau ergriff, die er sich wie einen Sack über die Schulter hievte, bevor er zu seinem Van rannte. *Heilige Scheiße*, ging Maria durch den Kopf. *Er hat sich noch ein Mädchen geholt.* Er warf die Gestalt in den Van, dann hastete er zurück zu seinem Boot. Sein Blick schwenkte flussabwärts zu ihnen. Zu weit entfernt, um eine Vorstellung davon zu bekommen, wie er aussah. Vollkommen schwarz gekleidet. Er war groß und dünn, das war alles, was sie aus der Entfernung erkennen konnte. Sie kamen ihm nahe, wirklich nahe.

Maria sah zu, wie er ein zweites Mal in sein Blechboot fasste und ein weiteres Mädchen heraushob.

Heilige Scheiße, dachte Maria erneut. *Er hat sich ein zweites Mädchen geholt, von dem noch gar nichts bekannt ist.* Dann bemerkte sie, wie er sie trug, nämlich so, als wäre sie eine Statue. Eine nüchterne Tatsache, ordentlich in ein Notizbuch geschrieben, vermerkt bei einem ihrer Abendkurse und seither vergessen, hallte durch sie. *Die Leichenstarre tritt zwölf Stunden nach dem Tod ein und dauert drei Tage.*

Maria spürte, wie Arch den Motor härter antrieb, aber die Geschwindigkeit ihres Bootes steigerte sich nicht. Sie rasten bereits mit vollem Tempo. Maria beobachtete, wie der Mörder zu seinem Van lief, das zweite Mädchen hineinwarf und die Türen zuschmiss. Ohne einen weiteren Blick in ihre Richtung eilte er zur Fahrerseite und stieg ein.

Sie befanden sich zu weit entfernt. Er würde entkommen.

Machtlos beobachtete sie, wie der Van losfuhr. Keine Scheinwerfer. Das Nummernschild konnte sie nicht erkennen. Maria musste mit ansehen, wie der Van um eine Ecke auf die Straße über der Anlegestelle bog und außer Sicht verschwand.

Meldung zu erstatten, hätte keinen Sinn. Sämtliche Polizeireviere in der Gegend waren nachts geschlossen.

—

Schnell nach Hause, schnell nach Hause, schnell nach Hause.

Ich nehme Nebenstraßen. Ich kenne alle Straßen. Das war knapp, viel zu knapp. Ich mag keine Anspannung, Freunde, und das war richtig stressig. Aber nach zehn Minuten, die ich sehr vorsichtig fuhr und mich immer wieder im Rückspiegel vergewisserte, dass ich nicht verfolgt wurde, befand ich mich wieder in der Sicherheit meiner Garage.

Helen mit den dicken Titten und die tote, steife Jenny waren während der Fahrt wie Kegel herumgerollt. Helen sah aus, als wäre sie vielleicht tatsächlich tot. Ich hatte zwar schon ziemlich heftig auf ihren Kopf gestampft, aber das hatte sie verdient gehabt. Die beiden glichen Wracks. Es war wirklich witzig. Vor allem die tote, steife Jenny, weil sie wie eine Schaufensterpuppe aussah. Ganz blass und teigig-weiß. Und ihre Augen haben irgendwie merkwürdig gewirkt. Am liebsten hätte ich sie gefickt. Ich wollte schon immer mal eine Schaufensterpuppe ficken, aber dann fiel mir ein, dass sie zu stinken anfangen würde. Andererseits …

—

Ich bin davongekommen, aber jetzt sind die Dinge ein richtiges Durcheinander. Hier ist echte Improvisation gefragt, Freunde. Allerdings nicht zu viel. Ich höre euch sagen: *Lass dich nicht hinreißen, Winston, tu nichts, was dich zu weit aus der Spur führt, sonst wirst du geschnappt.* Denn der Plan ist wie ein ausgetretener Pfad, ein sehr sicherer Pfad.

Was ich also tun werde, ist, mich hinzusetzen und eine lange Liste zu schreiben. Eine neue Liste. Eine Heimzahlungsliste. Eine Liste mit allem, was mir einfällt, das dem besten Mordermittler im ganzen Land wirklich wehtun und schaden könnte.

49

Neebs Waterhole

»Herrgott noch mal, würdet ihr zwei wohl die Klappe halten?«, sagte Arch, als er das Boot flussabwärts steuerte. Nachdem mir klar geworden war, dass mein zweiter Schuss nicht erfolgen würde, hatte ich keine andere Wahl gehabt, als mit anzusehen, wie das Auto des Mörders davonfuhr, ein Schatten in der Nacht. Archs Boot hatte auf der anderen Seite des Flusses zu mir herumgeschwenkt, mir mit dem Licht direkt in die Augen geleuchtet, und ich hatte gehört: »Du verdammter Idiot!« Von Maria.

Das war vor fünf Minuten. Sie hatten den Fluss überquert und mir über die Seite des Bootes hineingeholfen. Mittlerweile befanden wir uns auf dem Rückweg zu Archs Anlegestelle, wo Casey auf uns wartete.

»Ich geh zurück ins Bett. Weckt mich, falls ihr mich braucht«, lautete Archs erster Kommentar, auf den eine Rüge folgte, als wir nicht aufhörten, darüber zu zanken, dass ich auf den Mörder geschossen hatte.

»Ich kann einfach nicht fassen, wie dämlich du bist«, warf mir Maria an den Kopf.

»Halt die Klappe«, gab ich zurück.

»Gib mir die Pistole«, erwiderte sie.

»Auf keinen Fall«, entgegnete ich bestimmt.

»Ich stecke so schon tief in der Scheiße. Adam weiß, dass

ich ihm auf die Schliche gekommen bin, und wenn er etwas von Schüssen am Fluss erfährt …«

»Pah, ich erzähle einfach jedem, wir haben bloß ein paar alte Raketen abgefeuert«, warf Arch im Brustton der Überzeugung ein. Er war übrigens der Mann, der die Handgranate im Büro des Bürgermeisters gezündet hatte. Arch besaß ein sehr gebieterisches Auftreten.

»Schmollst du da drüben, Schwester?« fragte er.

»Nein«, murmelte Maria.

»Also, wie sieht der Plan aus, Team?«, fragte er.

Wir sahen uns gegenseitig an. Gute Frage. Promise war weg, vielleicht für immer, mit zwei neuen Opfern, eines davon tot. Marias Frustration darüber, ihn nicht gefasst zu haben, war geradezu greifbar. Ich wusste, was ihr durch den Kopf ging. Jede Sekunde, die es uns nicht gelang, ihn zu schnappen, kam einer Sekunde der Qualen für das noch lebende Mädchen gleich. Für uns fühlte sich jede Sekunde wie ein Monat völliger Nutzlosigkeit an. An der Stelle fängt man an, sich selbst zu geißeln. An der Stelle wird alles zur eigenen Schuld.

Unser ursprüngliches Ziel mussten wir erst noch erreichen. Wir mussten in Bewegung bleiben, aktiv sein. Das würde zwar nicht zur sofortigen Befreiung des Mädchens beitragen, andererseits ließe sich das ohnehin höchstens durch ein flächendeckendes Bombardement der gesamten Gegend mit Hausdurchsuchungen erreichen.

»Neebs Waterhole«, sagte ich, obwohl es bereits nach Mitternacht war.

»Bin froh, dass *ihr* dorthin müsst und nicht *ich*. Ein Drecksloch«, meinte Arch. »Warum wollt ihr da rauf?«

»Der Mörder hat etwas für uns hinterlassen«, antwortete

Maria, allerdings merkte ich ihr an, dass sie nicht mit dem Herzen dabei war. Sie wollte sich auf die Suche machen, die Straßen in der Hoffnung auf und ab rollen, vielleicht etwas zu finden. Als führe man nachts auf der Suche nach einem vermissten Hündchen durch das eigene Viertel.

»Eine Falle? Gut, dass Casey euch da raufbringt. Trotzdem solltet ihr besser auf der Hut sein. Dieser Kerl hat euch jetzt auf dem Kieker. Niemand hört das Vorbeipfeifen einer Kugel, ohne etwas als Gegenleistung zurückzuschicken. Glaubt mir. Ich weiß es.«

Casey stand am Ende des Stegs. »He, Bruder«, rief Arch, als er das Boot an den Rand des Stegs lenkte und ausstieg. »Bringst du diese Verrückten den Fluss hinauf? Ich hatte genug Spaß für eine Nacht. Hau mich jetzt aufs Ohr. Bis denn«, verabschiedete er sich und schlenderte auf die offenen Türen seines Hauses zu, die so wie bei mir zum Fluss wiesen.

—

»Ihr zwei seid echte Trottel. Ich hab euch doch erklärt, dass ihr auf die Kurve achten sollt, wo der Baum wie ein Stuhl aussieht, denn dort zweigt die Courier Road von der Tin Can Bay Road ab.«

»Wenn du noch ein Wort sagst, schlage ich dich«, drohte Maria.

»Schon gut, schon gut! Herrgott, ich will doch bloß etwas klarstellen. Und schönen Dank auch für all die Hilfe, Case. Also, was machen wir jetzt? Fahren wir zu Neebs Waterhole rauf?«

»Wie lange dauert es auf dem Wasserweg dorthin?«, fragte ich Casey.

»Jetzt? Sechs bis acht Stunden.«

Ich sah auf die Armbanduhr. Es war 00:15 Uhr.

»Was ist mit Adam und dir?«, wollte Casey von Maria wissen.

Sie wirkte verloren und starrte an einen dunklen Ort, an den ihre Einbildung sie lockte.

»Ich will das Mädchen finden«, sagte sie.

Darauf erwiderte ich nichts, begegnete nur ihrem Blick. Sie wusste, dass es nutzlos wäre, eine Verschwendung unserer Zeit. Und ich wusste, was sie dachte. Ich hatte das schon zu oft durchgemacht.

»Aufgeschoben ist nicht aufgehoben«, sprach ich ihr Mut zu.

»Fahren wir zu Neebs Waterhole«, gab sie zurück.

—

Ein weiteres Problem, das ich mit Wasser habe, besteht darin, dass man, wenn man sich auf einem fahrenden Boot befindet, nicht davon runter kann – was ich von dem Moment an wollte, als wir aufbrachen. Casey holte während der gesamten Reise kein einziges Mal Luft. Er schien sich in eine besessene Enzyklopädie sowohl der Geografie als auch der Flora seiner neuen Heimat verwandelt zu haben.

»Da. Schaut, das ist ein Bloodwood-Baum. Davon werden wir noch einige zu sehen bekommen.« Oder: »Hier: Das ist der Lake Cootharaba. Ist der größte Salzwassersee von Australien. Und der seichteste! Man könnte glatt drüberlaufen.« Er sprang sogar hinaus und watete im hüfthohen Wasser neben dem Boot einher. »Schau. Schau, Darian, schau. Komm auch rein. Ist erstaunlich. Der ganze See ist so seicht. Und hast du gewusst, dass hier Eliza Fraser, die Schiffbruch erlitten hatte, in Sicherheit gestapft …«

Maria – die den Umgang mit solchen Anstürmen von Informationen, die für ein Rudel zahlender Touristen vielleicht interessant gewesen wären, längst gewohnt sein musste – war eingeschlafen und überließ es mir, zu nicken und zu lächeln, bis ich schließlich hervorstieß: »Casey, halt einfach die Klappe.«

»Warte nur, bis du siehst, was passiert, wenn wir an Harry's Hut vorbei sind. Echt verblüffend. He, Darian?«

»Ja?«

»Was hältst du von diesen Fotos, auf denen Lady Gaga einen Fleischanzug trägt?«

Und so ging es weiter und weiter. Das Morgengrauen kam und ging.

Dann passierten wir den nächsten See, den Como, den dritten in einer Reihe großer, seichter Seen. Von da an veränderte sich alles. Es fühlte sich an, als hätten wir soeben die Grenze in ein anderes Land überquert. Der Noosa River wird dort schmal. Zu beiden Seiten des Flusses drängen Mangroven, Myrtenheiden, Bloodwood-Bäume und schnörkelige Eukalypten heran, Teebäume und Niaulibäume besudeln das Wasser mit verrottender Vegetation, der Himmel wird von einem Baldachin blockiert, der über einem hängt, und eine merkliche Stille beherrscht die Umgebung. Die Touristenboote fahren hierher bis zu einer Anlegestelle namens Harry's Hut. Weiter nicht. Wir hatten noch ungefähr zwanzig Kilometer vor uns.

Zum Glück bewirkte die Unheimlichkeit, die der Fluss von dort an vermittelte, dass Casey verstummte. Sogar als wir Harry's Hut passierten, wurde das nur mit einem Nicken in Richtung des Wassers unter uns quittiert. Was zuvor ein grünliches Braun gewesen war, wurde plötzlich schwarz. Eine klare Abgrenzung, wo der Fluss nicht mehr aus Salzwasser, sondern aus Süßwasser bestand, wo seine natürlichen Farben zutiefst unnatürlich und unheimlich wurden. »Süßwasser«, blieb Caseys gesamter Kommentar, als er sich hinabbeugte, eine Handvoll Wasser herausschöpfte und es trank. Von da an blieb der Noosa River schwarz, so weit wir flussaufwärts sehen konnten.

Während wir langsam weitertuckerten, veränderten sich auch die Ränder des Flusses und verschwanden, als wir ins sumpfige Grasland gelangten. Zu beiden Seiten konnte ich hinter den Wällen aus dichtem grünem Gebüsch vereinzelt erkennen, wie sich das Wasser zu Morasten voll Gras und Schilf ausbreitete.

»Wie weit noch?«, erkundigte ich mich und fürchtete mich vor der Antwort.

»Ein paar Stunden. Zuerst kommen wir zum Teewah Creek, dann geht's westwärts Richtung Cooloola Way.«

Ich sank tiefer auf den Boden des Bootes und versuchte, zu schlafen. Unmöglich.

»Einfacher als auf dem Landweg, was?«, meinte Casey. »So kann man sich nicht verirren.«

Ich überprüfte mein Telefon; wir hatten wieder keinen Empfang. Marias Handy hatte fünf Mal gesummt. Adam war offensichtlich auf der Jagd. Dennoch wirkte sie in Hinblick auf den Dicken ziemlich entspannt. Immerhin hielt *sie* die Karten in der Hand.

Er konnte sie einschüchtern, soviel er wollte, aber sie konnte ihn innerhalb eines Blinzelns zu Fall bringen wie einen zu Boden plumpsenden Sack Kartoffeln.

Die normalen Geräusche des Flusses waren längst verschwunden. Es gab keine Echos anderer Boote oder Stimmen, keine entfernten Geräusche von Autos oder das Plätschern von Fischen unter der Wasseroberfläche. Nicht einmal die Laute von Vögeln. Alles schien vom schwarzen Wasser unter uns verschluckt worden zu sein. Casey setzte sein Schweigen fort, und ich begann, über die Möglichkeiten nachzudenken.

Promise hatte zwei weitere Mädchen entführt, aber deren Verschwinden war nicht gemeldet worden. Noch nicht; das würde sich höchstwahrscheinlich ändern, je nachdem, ob sie Eltern oder sonst jemanden hatten, der bemerken würde, dass sie nicht nach Hause gekommen waren. Falls es sich um Touristinnen wie Ida handelte, um zwei der Zehntausende, die auf Urlaub kamen und gingen, dann würde vielleicht nie eine Meldung über sie erfolgen.

Wichtig war im Augenblick seine Gemütsverfassung. Offensichtlich hatte er in der Wohnung katastrophisiert, doch es war ihm gelungen, sich aus dieser Starre zu lösen. Und das hatte an ihm gelegen, nicht an uns. Er war geflüchtet, bevor wir eingetroffen waren. Wir hatten ihm nicht auf die Sprünge geholfen. *Er* hatte das geschafft. Was bewies, dass er einen starken Willen besaß. Zweifellos ließ sich das den zahlreichen Kognitivtherapiekursen zuschreiben, die zu absolvieren er gezwungen wurde, als er ein jugendlicher Straftäter gewesen war, wobei seine Identität von den Gerichten geschützt wurde. Nichtsdestotrotz war es beeindruckend und ließ mich vermuten, dass er in der Gegend bleiben würde, statt seine Verluste zu begrenzen und zu fliehen. Es gefiel ihm hier oben, und dieser Ausflug zu Neebs Waterhole, auf den er uns geschickt hatte, stellte eine neue Form von Prahlerei dar.

Der Zeitungsartikel musste das ausgelöst haben. Mein »Ruhm« sprach ihn an, hatte ihn dazu gebracht, in Form von Ida und der Botschaft, flussaufwärts zu reisen, einen neuen

Kurs einzuschlagen. Er gab an. Das war gut. Solche Typen sind allesamt narzisstisch, aber Promise hatte diese Neigung bislang beeindruckend unter Kontrolle gehabt.

Seine eigene Fantasiewelt hatte ihm genügt. Die reale Welt schien keine Rolle für ihn zu spielen. Er musste keinen Eindruck in ihr hinterlassen, abgesehen von den Handys, allerdings vermutete ich, dass dies eher seinem eigenen sadistischen Vergnügen diente. So, wie Maria es beschrieben hatte, erzeugte er Schrecken, der sich für die Fotos in den Gesichtern der Mädchen zeigen sollte. Vermutlich flippten sie aus, wenn er ihnen sagte, dass die Telefone zu ihnen nach Hause geschickt würden. Außerdem konnte er so den von ihm verbreiteten Schmerz auf mehr Menschen ausdehnen, und zwar auf eine äußerst spezifische Weise. Der Kummer über den plötzlichen Verlust einer Tochter würde ihm weniger als ein Wetterumschwung bedeuten, aber er konnte sich ausmalen und fühlen, welches Grauen die Angehörigen empfinden mussten, wenn sie ihre geliebte Tochter in den letzten, hilflosen Zügen ihres Lebens sahen. Kontrolle in ihrer schrecklichsten Form.

Unabhängig davon, was uns bei Neebs Waterhole erwarten mochte, würde ich versuchen müssen, ihn zu noch mehr Angeberei zu verführen. Was immer wir vorfinden würden, er war stolz darauf. Wenn ich es als das Werk eines Amateurs abtäte oder völlig ignorierte, würde er wahrscheinlich darauf reagieren, indem er etwas täte, um zu beweisen, dass es *sehr wohl* beeindruckend war. *Hier, lass es mich dir noch einmal zeigen, aber diesmal ist es noch besser.*

Wahrscheinlich würde eine von zwei Möglichkeiten eintreten: Entweder würde er untertauchen und vielleicht die Mädchen entsorgen, ohne die Telefonfotos zu schießen, oder er würde aufs Gas steigen und waghalsiger werden. Es gab noch eine dritte Möglichkeit, die ich jedoch für eher unwahrscheinlich hielt: Er könnte im Plan bleiben und wie bisher weiter vorgehen. Aber dafür schien er mir zu gerissen zu sein. Sein Überlebensinstinkt hatte eingesetzt. Das Apartment in der Anlage auf North Shore war unbrauchbar geworden, und dasselbe galt für die Wohnung in Mudjimba mit ihrer Ansammlung von Sand und Steinen. Ich musste davon ausgehen, dass er beide nie wieder benutzen würde, dennoch hatte ich Isosceles gebeten, die Überwachung aufrechtzuerhalten. Narzissmus verleitet zu Blindheit. Vielleicht würde er immer noch glauben, dass er uns zumindest mit letzterer Wohnung überlistet hatte.

Mich beschlich das ungute Gefühl, dass wir wieder ganz am Anfang standen, dass er untertauchen, seine geliebte, eingespielte Vorgangsweise auslöschen und eine neue erarbeiten würde, bei der er den Feind berücksichtigte, der auf ihn lauerte: mich.

»Da ist Teewah«, verkündete Casey. Ich schaute auf und sah, dass sich der schmale schwarze Fluss nach rechts krümmte. Casey lenkte das Boot nach links. Es handelte sich nach wie vor um den Noosa River, doch so unmöglich es zu sein schien, er wurde noch schmaler und unheimlicher als zuvor. Ich musste mich ducken, um nicht vom über das Wasser hängenden Geäst einer Mangrove getroffen zu werden.

»Nur noch ungefähr zehn Kilometer«, sagte Casey. Wir fuhren mit der Geschwindigkeit eines einbeinigen Hundes. Ein Mensch konnte schneller laufen. Der Fluss war seicht, und Casey musste vorsichtig sein, damit die Schraube des Motors nicht im schwarzen Schlamm stecken blieb. Er hatte den Motor höher gekippt, sodass die Schraubenblätter nur wenige Zentimeter unterhalb der Oberfläche durch das Wasser schnitten. Die Ufer des Flusses rückten immer näher. Das Gefühl von Klaustrophobie ließ sich nur schwer ignorieren. Ich schaute nach oben, wartete auf das vereinzelte Aufblitzen des blauen Himmels zwischen dem knorrigen grünen Baldachin, der sich über uns erstreckte.

Maria war aufgewacht, saß auf dem Boden des Bootes und starrte geradeaus.

»Was glaubst du, werden wir dort oben finden?«, fragte Casey.

Ich sah ihn an. »Keine Ahnung«, erwiderte ich. »Aber du weißt, warum er uns hinschickt, nicht wahr?«

Casey nickte. »Ja.« Wir alle wussten, dass es dazu gedacht war, Dämonen in unserem Geist zu entfesseln.

Ich hatte den Überblick über die Zeit verloren, als ich endlich hörte: »Wir sind da. Neebs Waterhole.«

Der Fluss – mittlerweile so schmal, dass er zu einem Bach verkommen war – verbreiterte sich plötzlich zu einem großen, runden Tümpel, der an einen sehr kleinen See erinnerte. Hohes Gras umgab ihn. Niaulibäume mit ihren gespenstisch weißen Ästen wuchsen in alle Richtungen verstreut und bis unmittelbar ans Ufer heran. Sie beugten sich über das Wasser, sahen aus, als wollten sie hineinfallen. Casey schaltete den Motor ab, hob ihn aus dem Wasser und ließ das Boot zu einem offenen Fleckchen Gras gleiten. Ich sah mich um. Auf der anderen Seite fand der Fluss einen Ausgang, wiederum in Form eines schmalen Abflusses. Es gab keinerlei Anzeichen auf irgendetwas wie einen Wanderweg oder einen auffälligen Baum oder Stumpf, einen Hinweis oder einen Anhaltspunkt, wohin wir gehen, wonach wir Ausschau halten sollten.

»Da drüben ist eine Lichtung«, verriet Casey und zeigte in

die Richtung. »Man kann sie nicht sehen, weil sie hinter all den Bäumen verborgen liegt, aber dort soll man sein Lager aufschlagen.«

»Hier campen Leute?«, fragte ich.

»Nee, glaub ich nicht. Außer, man ist ein Desperado.« Er sah sich um, genau wie Maria, genau wie ich, und wir alle dachten: *Wohin jetzt?*

»Das ist ein ziemlich unheimlicher Ort«, befand er.

Wir stiegen aus dem Boot und fingen an, uns den Weg zum Campinggelände zu bahnen. »Passt auf Rotbauchschwarzottern und Braunottern auf. Die tummeln sich hier oben überall auf dem Boden.« Schlangen, die beide zu den tödlichsten der Welt gehörten – der Sorte von tödlich, bei der man zehn Sekunden nach einem Biss abkratzt.

Wie Entdecker auf der Suche nach dem großen Binnenmeer stapften wir durch den Busch, schlugen uns eine eigene Schneise, bis wir das Campinggelände von Neebs Waterhole erreichten, ein flaches, offenes Fleckchen Erde, das etwa so viel Charme und Zauber versprühte wie eine Schottergrube. Wie ein Großteil des Untergrunds hier oben im Great Sandy National Park bestand der Boden aus hartem weißem Sand. Es war ein kleiner Bereich. Wir konnten den Himmel sehen. Die Sicht über das Dickicht des hohen Grases und der knorrigen, dünnen Niauli- und Bloodwood-Bäume hinaus beschränkte sich auf etwa achtzig Meter. Danach: dichter Wald.

Wir standen mitten auf dem Campinggelände und ließen die Blicke um uns wandern.

»Ich sehe Bäume«, teilte Casey uns mit.

Weder Maria noch ich wussten darauf etwas zu erwidern. Wir alle sahen Bäume.

»Und Gras«, fügte er hinzu.

Ich bin kein Experte für Campinggelände. Meine Tatorte waren Straßen und Häuser, Wohnblöcke und Parks in der Stadt gewesen. Ich befand mich mitten im Nirgendwo, abgelegen, in der Pampa. Dennoch musste ich die Umgebung wie einen Tatort behandeln. *Er* war hier gewesen. Persönlich oder in seiner Fantasie. Ich schloss die Augen und versuchte, er zu werden. Ich stellte mir die Karte an meiner Wand zu Hause vor: die Linien und Spuren von seinen Opfern, von ihm, ein Schatten, ein Meister der Täuschung, gründlich; ein Mann, der den Fluss und dessen Nebenarme kannte. Er hatte sich die gesamte Landschaft zu eigen gemacht, vom Parkplatz am Ende der Hastings Street über die Einkaufszentren bis hin zu einem schmalen, unscheinbaren Bach ohne Namen auf North Shore. Er bewegte sich mit Leichtigkeit. Diesen Ort hatte er ausgewählt, weil er ihm gefiel. Er war für ihn wie ein weiteres Zuhause.

Nach einer Weile öffnete ich die Augen und ließ den Blick erneut prüfend über das Campinggelände wandern. Hübsche weiße Rinde an den Bäumen. Ein Fleckchen mit sattgrünem Gras, das sich vom Rest unterschied, fast wie ein Rasen. Wie ein Friedhof. Ich ging darauf zu und überquerte den Rand des Geländes, wo das Gestrüpp die Herrschaft zu übernehmen begann. Wie eine letzte Ruhestätte.

Ungefähr drei Meter breit. Ein grüner, weicher Streifen mitten in der von Buschwerk überwucherten, sandigen Gegend. Was wächst in Sand?

Ich stand auf dem grünen Fleck und überlegte, wie lange es wohl dauern würde, bis wir fanden, wonach auch immer wir suchten.

Casey und Maria waren die gegenüberliegenden Enden des Bereichs abgeschritten und kamen gerade zurück. In der

Mitte trafen wir aufeinander. Maria drehte sich um und setzte dazu an, etwas zu sagen, als ich plötzlich einen Ausdruck blanken Grauens in ihrem Gesicht sah. Sie starrte über mich.

Ich schaute hoch.

Von dem Baum, unter dem ich stand, hing ein Schädel.

In das Kranium waren zwei saubere Löcher gebohrt worden, durch die jemand Zwirn gefädelt und diesen an einem Ast festgebunden hatte; der Schädel baumelte einen guten Meter unter dem Ast und schaukelte in der leichten Brise.

Casey reagierte sofort, indem er zu dem Baum ging, ihn wie ein Insekt erklomm und sich auf einem Ast in Position brachte, der aussah, als würde er unter seinem Gewicht brechen. Vorsichtig löste er den Knoten, dann kletterte er zurück herunter und achtete darauf, mit dem Schädel nirgends anzustoßen und ihn nicht fallen zu lassen.

Er legte ihn auf den weißen Sand.

»Jesus, Maria und Josef!«, stieß er hervor.

Wir hatten alle drei an den dunklen Rändern der Menschheit gelebt, aber was zu unseren Füßen lag, war schlichtweg entsetzlich. Schädel, die man im Fernsehen oder in Kliniken und Krankenhäusern sieht, sind gereinigt worden. Sie haben einen Prozess durchlaufen, der Zeit in Anspruch nimmt, einen Prozess, bei dem menschliches Fett, Gewebe und Haare entfernt werden. Bei dem Schädel, den wir vom Baum geholt hatten, war nichts dergleichen geschehen. Was vom Gesicht des Mädchens übrig war, verrottete noch an den Knochen. Promise hatte eine Linie um den Hals geschnitten, sich durch die verschiedenen Muskeln gehackt, die den Kopf mit dem Rest des Körpers verbanden, und ihr dann das Gesicht abgeschält und das zurückgelassen, was wir finden sollten.

Ich weiß das eine oder andere über den menschlichen Körper und dessen Verwesung. Ich habe Hunderte Leichen gesehen und bin vielen zurück ins Leichenschauhaus gefolgt, habe sie auf die klinische Weise gesehen, wie niemand sie je sehen sollte, nämlich während des Vorgangs der Autopsie. So etwas jedoch hatte ich noch nie zu Gesicht bekommen. Aber ich wusste genug, um zu sagen: »Das ist Brianna.«

Ich sah Maria an. Sie wirkte wie erstarrt. Diese Erfahrung hatte sie an einen für sie neuen Ort geschleudert.

»Wir melden es«, fuhr ich leise fort. »Casey, du kannst behaupten, du wärst querfeldein gefahren und hättest nach Überresten der alten Minen gesucht …«

»Es gibt keine alten Minen, nicht hier in der Gegend.«

»Das wird niemand wissen. Du bist ein Sammler. Du treibst dich überall rum. Denk dir was aus. Man wird dir schon glauben.«

Ich wandte mich an Maria. »Du bist zu Hause, leidest immer noch an einer Lebensmittelvergiftung. Okay?«

Sie nickte zwar, aber sie vermittelte den Eindruck eines Boxers in der letzten Runde: erschöpft. Bei einem normalen Ablauf der Ereignisse hätte sie sich sicher gefühlt: Der Täter hätte einen Namen, er hätte einen Job, man könnte ein Phantombild von ihm erstellen, das zusammen mit seinem Profil entlang der Küste in den Zeitungen und Abendnachrichten verbreitet werden könnte. So würde es der Ermittlungsabteilung gefallen. So kannte es Maria. Mit dieser Vorgehensweise hätte sie sich wohlgefühlt. Stattdessen hatte sie sich auf unkonventionelle Pfade gewagt. Ein Spiel der Improvisation, das auf seinen Handlungen und unseren Instinkten beruhte, geleitet von Spionageausrüstung, die zur fortschrittlichsten auf dem Planeten zählte.

In den Vereinigten Staaten benutzen Polizisten manchmal ein geflügeltes Wort, um auszudrücken, dass jemand ausgeschert ist, jegliche Überwachung abgeschüttelt hat, verschwunden ist und nicht gefunden werden kann: »Vom Winde verweht«.

Im Augenblick traf das auf Maria zu. Vom Winde verweht. Weg.

»Okay?«, fragte ich erneut.

Sie nickte nur.

»Man wird die DNA testen und bestätigen, dass es Brianna ist«, sagte ich.

»Glaubst du, das hier ist …« Kurz verstummte Casey. »Sein Entsorgungsgelände?«

»Nein. Das ist eine einmalige Sache. Es soll mich verspotten. Mich anwidern. Mir zeigen, dass er uneingeschränkt die Kontrolle hat. Aber hier werden keine Leichen sein, weit gefehlt. Die hält er weiter geheim. Er weiß, dass uns die Leichen näher zu ihm führen können. Hiermit ist er zwar ein Risiko eingegangen, aber es wird nichts dabei herauskommen. Nur eine Bestätigung der Identität des Opfers.«

»Und ein paar verschissene Albträume.«

»Ja. Darum ging es ihm auch.«

»Herrgott noch mal, je eher du die Welt von diesem Typen befreist, desto besser«, meinte Casey und bekreuzigte sich. Da wurde mir zum ersten Mal klar, dass er an Gott glaubte.

50

Improvisation

»Hallo, ich möchte einen Gefrierschrank kaufen.

Nein, das wird nicht nötig sein, ich habe die Webseite vor mir und weiß genau, was ich will. Wenn Sie mir sagen, ob er auf Lager ist, kann ich mit meiner Kreditkarte dafür bezahlen, aber Sie müssen ihn mir zustellen. Wie ich gesehen habe, kostet die Zustellung fünfzig Dollar extra, ist das richtig?

Ja, ich wohne an der Sunshine Coast.

Dienstag? Herrje. Mann. Die Sache ist die: Ich war gerade angeln, habe eine Unmenge Fische gefangen und muss sie so schnell wie möglich einfrieren. Wissen Sie, was ich meine? Es ist echt superdringend.

Tja … Brassen und Weißlinge. Ja, die Weißlinge beißen wie verrückt. Ha, ha, das ist wirklich witzig. Wie heißen Sie?

Also, Jack, was meinen Sie? Glauben Sie, dass Sie auch früher liefern können?

Tewantin. Überhaupt nicht weit von Ihrem Geschäft im Noosa Civic entfernt.

Ja, der Kelvinator. Der Große, genau. Klar, ich warte.

Super! Das sind tolle Neuigkeiten, Jack. Sie sind der Beste. Gut dann, hier sind meine Kreditkartendaten. Und es wird wirklich gleich morgen früh geliefert?

Wow. Sie sollten zum Geschäftsführer befördert werden, Jack. Ha, ha. In Ordnung. Bereit für die Kartennummer?«

—

BTK wurde erwischt, weil er eine Computerdiskette an die Regionalzeitung schickte und man sie zu einem Computer zurückverfolgte, den er in seiner örtlichen Kirche benutzte. So ziemlich alles kann zurückverfolgt werden. Die werden das Papier untersuchen und höchstens herausfinden, dass es sich um die billige Bürobedarfsmarke handelt, die bei Woolworth verkauft wird. Und wenn schon. Das wird sie nicht zu mir führen. Sie werden den Toner untersuchen und höchstens herausfinden, dass er für einen Laserdrucker von HP ist. Davon wird bei Big W haufenweise verkauft. Und wenn schon. Das wird sie nicht zu mir führen.

Wirklich-wirklich-wirklich wichtig ist der Hintergrund. Ich muss tun, was diese arabischen Terroristen tun, wenn sie einem Menschen vor laufender Kamera die Kehle durchschneiden: Ich muss im Hintergrund ein weißes Laken aufhängen, damit man nichts sehen kann, was beispielsweise die Farbe der Wand oder so verraten könnte. Keine Möbel. Nur ein weißes Laken auf dem Boden und ein weiteres weißes Laken an der Wand. Die zwei Mädchen auf die weißen Laken legen, die Fotos aufnehmen, sie auf meinen Laptop übertragen, sie auf dem schlichten Papier von Woolworth mit dem HP LaserJet ausdrucken und dann zusammen mit den Telefonen in braune Umschläge stecken. Es ist wichtig, dass die Angehörigen die Telefone bekommen, denn sie sollen ja ihre eigenen Stimmen hören, wie sie nach Helen mit den dicken Titten und der toten, steifen Jenny rufen und dabei immer verzweifelter und verzweifelter werden. Ist zwar jammerschade, dass die Fotos nicht mehr auf den Telefonen sein können, aber so ist nun mal das Leben. Man muss mit dem

Strom schwimmen, Mr Darian, der versucht hat, mich mit einer Kugel abzuknallen, die an meinem Ohr vorbeigesaust ist. Gott beschützt mich. Und mit Improvisation gehen Verbesserungen einher. Das habe ich gerade festgestellt. Denn jetzt kann ich mehr als ein Foto aufnehmen. Vorher ging das nur bei Schritt acht, der dem Foto entsprach, wie ihnen von den Schritten neun, zehn und elf erzählt wurde. Diese Schritte konnte ich früher nicht fotografieren, aber jetzt schon. Und ich werde es tun. Eigentlich hätte ich es *schon* tun können, ich hätte es nur nicht für möglich gehalten. Ich war in meinem Denken und Planen gefangen gewesen, aber jetzt, da ich improvisiere, mache ich es sogar besser.

Schritt acht war der entsetzte Ausdruck in ihren Gesichtern, wenn ich ihnen erzählte, was in den Schritten neun bis elf folgen würde. *Knips.* Und weggeschickt.

Jetzt … danke ich dem besten Mordermittler des ganzen Landes dafür, dass er mich gezwungen hat, zu improvisieren und den Prozess noch zu verbessern.

Jetzt … ist Helen nicht tot, was gut ist. Von einer Toten bekommt man keinen Ausdruck des Grauens. Sie ist ganz sauber und frisch geduscht, und obwohl sie einen großen Bluterguss seitlich im Gesicht hat – der davon stammt, dass ich auf sie getrampelt bin – und weitere große blaue Flecken an den Fußgelenken – die davon stammen, dass ich sie gestochen hab –, sieht sie wirklich recht hübsch aus. Ich habe ihr die Hände hinter den Rücken gefesselt und ihr die Fußgelenke zusammengebunden, damit sie nirgendwohin kann.

»Hi, Helen.«

Sie starrt mich nur an.

»Du lebst noch, nicht wahr? Würdest du mal blinzeln, um es zu bestätigen?«

Nein? Auch gut. Wie du willst.

»Das hier nennt sich Schritt acht. Normalerweise hätten wir das schon in der Nacht gemacht, als wir zusammengekommen sind, oder vielleicht in der Nacht darauf, aber in letzter Zeit geht es so verrückt zu, dass alles Kraut und Rüben ist. Was sagst du zu letzter Nacht? Kannst du fassen, dass dieser Typ auf mich geschossen hat? Schritt acht besteht darin, dass ich ein Foto von dir aufnehme. Normalerweise mache ich das anders, aber ich improvisiere gerade, daher werde ich meine Digitalkamera verwenden. So ist es auch viel besser. Lächeln.«

Das erste Foto zeigt Helen, wie sie an der weiß verhangenen Wand lehnt, nackt und gefesselt.

»Jetzt mach ich eine Nahaufnahme von dir. Lächeln.«

Auf dem nächsten Foto ist nur ihr Kopf zu sehen. Das ist komisch – ihre Augen sind offen, trotzdem sieht sie bereits tot aus.

Weitere Fotos von ihr: weit, nah, ihre Brüste, der Schambereich zwischen ihren Schenkeln.

»Cool. Du siehst nicht besonders glücklich auf diesen Fotos aus. Du weißt ja, dass es die letzten Bilder sind, die dein Loverboy je von dir zu sehen bekommen wird, deshalb hättest du dir ruhig etwas mehr Mühe geben können, aber das ist deine Entscheidung. Jetzt sind wir fertig.«

Ich hole das Klebeband hervor und bedecke damit ihren Mund. War ein kleines Risiko, die Fotos ohne Knebel zu schießen, denn sie hätte schreien können, aber mittlerweile bin ich ein ziemlicher Experte darin, wie die Pakete reagieren werden, und ich hab ihr schon angemerkt, dass sie dazu nicht mehr in der Lage ist. Nur jetzt werden sich die Dinge gleich ändern. *Raufschalten, Meister!* Jetzt ist sie ruhig gestellt.

Ich lasse sie zurück und gehe hinunter ins Badezimmer, wo die tote, steife Jenny in der Dusche an der Wand neben den Armaturen lehnt.

Ich hebe sie hoch, trage sie in den Raum mit Helen und sage: »Sieh mal, wen wir hier haben.« *Ha, ha.* Dann lege ich den Körper der kleinen Jenny quer über Helen, sodass die Form eines Kreuzes entsteht.

Zu Jenny gibt es nichts zu sagen, also nehme ich einfach die Fotos von den beiden zusammen auf. Dann lehne ich Jenny, steif wie ein Stock, an die Wand und schieße ein paar Weitwinkelaufnahmen. Toll. Gut, dass ich morgen den Gefrierschrank bekomme.

»Nun denn. Ich wette, du hast dich schon gefragt, wie alles enden wird, nicht wahr?«, sage ich zu Helen. Das ist der beste Teil. »Denn du weißt ja, dass dir beim Zählen ein Fehler unterlaufen ist, richtig? Du hast völlig vergessen, mich darauf aufmerksam zu machen, als wir bei Nummer zweiunddreißig waren. Spielt keine Rolle. Es endet ohnehin alles auf dieselbe Weise.«

—

Ich bin tot. Ich kann diesen Mann nicht hören. Er ist nicht hier. Ich bin tot. Ich bin in einem Sarg. Begraben. Wo bist du, Gott?

Er redete wieder mit ihr. Zwar klang er weit entfernt, doch sie konnte genug von seinen Worten hören, um ihre Bedeutung zu verstehen.

Knips. Ein weiteres Foto.

Ich bin tot. Ich bin tot. Ich bin tot.

Knips. Knips. Knips.

»Der Ausdruck auf ihren Gesichtern, wenn ich ihnen von

der Enthauptung erzähle, ist so cool. Aber ich nehme mir zuerst Jenny vor. Du kannst dabei zusehen, damit du weißt, wie es gemacht wird. Außerdem werde ich eine Menge Fotos schießen, während ich es tue, und dann lege ich ihren Kopf genau da hin.« Er deutete zwischen ihre Beine. »Das wird das Foto, an das sich jeder erinnern wird.«

Helen starrte hin, als er eine Säge hervorholte.

Dann schloss sie die Augen. *Ich bin tot. Ich bin tot. Ich bin tot.*

»Mach die Augen auf!«, hörte sie ihn brüllen.

Sie tat es nicht. *Ich bin tot. Ich bin tot.*

Helen spürte ein Brennen, als seine offene Handfläche in ihr Gesicht klatschte.

»Mach die Augen auf!«, brüllte er abermals.

Und plötzlich senkte sich eine eigenartige Ruhe über sie. Ihr wurde klar, dass sie in ihren letzten Momenten Macht über ihn besaß. Er könnte sie nicht zwingen, die Augen zu öffnen. Den Rest ihres Lebens würde sie mit dem Wissen ertragen, dass sie ihn am Ende besiegt hatte.

»Mach die Augen auf!«

Er beugte sich über sie und zwängte ihre Lider auf, aber sie schloss sie sofort wieder. Er schlug sie und schlug sie und schlug sie und schrie: »Mach die Augen auf!«

»Verdammtes Miststück«, war das Letzte, was sie hörte, und dann wurde plötzlich, ohne Vorwarnung und völlig anders, als er es beschrieben hatte, alles schwarz.

51

Juanita und Jim

Man kann es tausendmal tun, trotzdem wird man nie bereit dafür sein. Ich stand da, starrte auf die Eingangstür und zögerte, bevor ich klopfte. Anschließend trat ich einen Schritt zurück und holte tief Luft. Ich konnte Schritte hören, die sich näherten, und die Tür öffnete sich. Juanita, Briannas Mutter, starrte mich an. Sie war die Kluge, diejenige, die an dem Morgen, als sie mich zur Rede stellten, gewusst hatte, dass ich sie belog.

Der Ausdruck in meinem Gesicht verriet ihr alles. Ihre Schultern sackten herab, und sie kämpfte die Tränen zurück.

»Ich wollte nur herkommen und Sie persönlich sehen«, sagte ich.

Sie wich beiseite, um mich hineinzulassen. Ich dachte daran, die Schuhe auszuziehen, die ich an der Vordertür ließ, bevor ich in Socken das Haus betrat.

»Ich hole Jim«, flüsterte sie und zeigte auf eine Couch. »Möchten Sie …«

»Ja. Ich warte einfach. Holen Sie Jim.«

Juanita ging davon und rief: »Jim!«

Das hatte ich schon lange nicht mehr gemacht. Wenn man Leute unter sich hat, delegiert man die Aufgabe, die Eltern zu informieren. Man tut es fair und verteilt die Last gleichmäßig. Wenn es besonders schlimm war, tat ich es früher trotz allem selbst. Immerhin verkörperte ich damals den Boss. Ich glaube an Verantwortungsbewusstsein. Man soll nie von jemandem etwas verlangen, das man selbst nicht tun würde.

»Jim!«, hörte ich von weiter weg.

Im Notfalldienst wird einem beigebracht, wie man die Nachricht von einem Todesfall überbringt. Man sagt nicht »von uns gegangen«, weil man gefragt werden könnte: »Wohin?« Oder: »Sie ist nicht mehr bei uns.« Denn darauf könnte die Frage kommen: »In welches Krankenhaus geschickt?« Oder auch nur: »Es tut mir leid«, weil man darauf zu hören bekommen kann: »Wieso?«

Juanita und Jim kamen Hand in Hand herein. Juanitas trauervolle Reaktion hatte nicht auf Jim abgefärbt.

»Hallo, Mr Richards«, begrüßte er mich.

»Hallo, Jim.« Ich sah die beiden an. »Ich bin nicht in offizieller Eigenschaft hier. Aber ich habe heute eine Leiche gefunden. Brianna. Sie ist tot. Es tut mir sehr leid.«

Jim brach auf der Couch zusammen und begann, zu schluchzen. Juanita blieb stehen und kämpfte nach wie vor mit den Tränen. Sie hatte es von Anfang an gewusst.

»Woher wissen Sie, dass sie es ist?«, fragte sie.

Jeder reagiert auf tragische Neuigkeiten auf seine eigene, einzigartige Weise. Sie zeigte sich klinisch. Ihr Zusammenbruch würde später folgen, wenn ich weg wäre.

»Als sie acht Jahre alt war, wurde sie von einer Glasscherbe getroffen. Die hat sie seitlich am Kopf über dem linken Ohr erwischt. Ein richtig tiefer Schnitt. Dreiundsechzig Stiche, richtig?« Davon war ihr eine Narbe geblieben, die ihr peinlich gewesen war. Sie hatte nur ihren engsten Freundinnen davon erzählt, zu denen Henna gehörte, die es wiederum mir erzählt hatte.

Juanita nickte.

»Ich habe sie anhand dieses Schnitts und dem davon zurückgebliebenen Narbengewebe identifiziert.«

»Warum teilt uns das nicht die Polizei mit? Warum Sie?«, wollte sie wissen.

»Das kommt noch. Letzten Endes. Aber zuerst wird die Polizei eine Menge Untersuchungen vornehmen. Die Presse wird ausgiebig darüber berichten. Die Polizei denkt nicht an die Hölle, die das für Sie bedeutet. Das Warten. Die Ungewissheit. Ich wollte, dass Sie es sofort erfahren.«

Juanita nickte, als wolle sie sich damit bedanken. Dann setzte sie sich neben Jim und umarmte ihn. Er schien nicht mehr zu wissen, dass ich mich im Raum befand.

Ich zögerte, war nicht sicher, ob ich sie einfach allein lassen oder ihnen auch den Rest erzählen sollte, den sie noch hören würden, wenn schon nicht formell, dann durch die Gerüchteküche der Boulevardpresse. Bei Fat Adams Armee konnte man sich getrost darauf verlassen, dass sie die grausigen Details verschweigen würde.

Juanita wusste, dass ich etwas zurückhielt.

»Was noch?«, fragte sie.

»Nichts«, erwiderte ich.

Sie wusste, dass ich log.

»Noch mal, es tut mir sehr leid wegen Ihres Verlusts. Ich gehe jetzt.«

Damit wandte ich mich ab und steuerte auf die Vordertür zu. Sie stand von der Couch auf und begleitete mich hinaus, schloss die Tür, als wir uns auf dem Balkon befanden.

»Soll ich bei der Polizei anrufen?«

»Nein. Wie schon gesagt, ich bin in dieser Sache nicht offiziell hier. Man würde es weder bestätigen noch leugnen. Und Sie würden höchstens wütend werden.«

»Was haben Sie uns nicht gesagt? Drinnen, gerade eben. Was?«

»Dass sie sehr schnell gestorben ist und nicht gelitten hat«, log ich.

»Das ist alles? Das wollten Sie uns drinnen nicht sagen?«

»Nein, aber daran sollen Sie sich erinnern.«

Sie begegnete meinem Blick.

»Glauben Sie an Gott?«, fragte ich.

Sie nickte.

»Er hat sie in dem Moment zu sich geholt, als sie gestorben ist. Erinnern Sie sich daran.«

52

Im Reich der Cops

Die meisten Menschen lassen sich von Polizisten leicht einschüchtern. Wird jemandem von einem Polizisten eine Frage gestellt, verhält sich derjenige respektvoll. *Ich bin ein anständiger Bürger, der nichts zu verbergen hat.* Es liegt teilweise an Angst, teilweise an Unterwürfigkeit. Neunzig Prozent der Menschen glauben, respektieren und vertrauen Leuten in Uniform. Sogar Apotheker haben in der Hinsicht Glück. Polizisten nutzen es aus. Eine der ersten Erkenntnisse, nachdem man die Uniform angezogen hat, ist, dass man von den Menschen anders behandelt wird. Sie schauen zu einem auf. Sie bitten einen um Hilfe und Rat. Man gewöhnt sich ziemlich schnell daran, respektiert zu werden. Natürlich ist das zugleich der Moment, in dem Polizisten auf den Pfad abbiegen können, der zu Machtmissbrauch führt. Den Pfad, der Fat Adam zu seinen achtundsechzig Minuten mit Izzie geführt hat. Aber selbst wenn man diesen Weg nicht einschlägt, selbst wenn man ein Constable mit Pflichtgefühl ist, der unscheinbar seiner Arbeit nachgeht, nimmt man es nicht gut auf, wenn sich Zivilisten benehmen, als verstünden sie nicht, was Respekt bedeutet.

»Sir, Sie können hier nicht durchgehen«, sagte der uniformierte Constable am Empfangsschalter des Polizeireviers von Noosa, als Casey das Foyer durchquerte und geradewegs an ihm vorbei in den Korridor marschierte, der zum Hauptraum verlief.

»Kein Grund zur Panik, Bruder«, gab Casey zurück und ging weiter. Der Constable wollte gerade hinter ihm herhetzen, dann fiel ihm auf, dass in der Hand des Mannes schwingend etwas baumelte, das nach einem menschlichen Schädel am Ende eines Stücks Zwirn aussah. Er rief nach hinten, um die anderen zu warnen und sich abzusichern. Casey betrat die Einsatzzentrale, wo sämtliche Ermittler beisammen hockten, und sagte: »Wo ist Fat Adam?«

So sehr Polizisten Respektlosigkeit hassen, so vorsichtig verhalten sie sich jenen gegenüber, die sie zeigen. Sie alle kannten Casey, weniger als Marias Lover, sondern mehr als einen ehemaligen Gangster aus Melbourne. Er wusste mehr über das Gesetz als die meisten von ihnen, und er war ein Cowboy. Auch ihm war durchaus zuzutrauen, im Büro des Bürgermeisters eine Handgranate zu zünden. Bei einem Kerl wie Casey verschwammen die Grenzen zwischen Respekt und Verachtung beträchtlich.

Und was um alles in der Welt hält er da?, ging allen durch den Kopf.

»Ich bin hier, du Arsch, was willst du?«, fragte eine Stimme. Adam kam durch die Tür neben den Schreibtischen der für Fischerei zuständigen Beamten – die zu den Toiletten führte.

»Dir das hier geben.« Er hob den Schädel an.

»Das ist ein Schädel«, stellte Adam fest.

»Ja, ist mir aufgefallen«, gab Casey zurück.

Adam starrte darauf, als er ihn von Casey entgegennahm – und auf Armeslänge an der Schnur hielt.

»Allmächtiger.«

»Ich hab ihn oben bei Neebs Waterhole gefunden. Hat von

einem Baum gehangen. Ich bin direkt hierher zum Revier gekommen, um ihn dir zu geben.«

»Allmächtiger«, stieß Adam erneut hervor, während er darauf starrte. Seine Erfahrung mit Leichen beschränkte sich auf Verkehrsunfälle und Überdosen.

»Ich dachte, er könnte etwas mit eurem Serienmörder zu tun haben«, meinte Casey.

»Geben Sie her, Boss«, meldete sich Billy zu Wort und trat neben Adam. »Ich rufe im Labor in Brisbane an. Soll ich ihn hinbringen?«

Adam starrte immer noch auf den Schädel, als versuche er, ihn mit einer vollständigen Person in Verbindung zu bringen.

»Boss?«

»Ja«, erwiderte Adam und schüttelte seine Starre ab. Er reichte Billy den Schädel. »Schaff ihn sofort hin. Wenn er *tatsächlich* von einem der Opfer stammt …« Er wollte gerade sagen, dass ihnen in dem Fall ein gewaltiger Durchbruch in dem Fall beschert worden war, dann jedoch kehrte sein Blick zu Casey zurück.

»Du hast ihn gefunden?«, fragte er argwöhnisch. »Bei Neebs Waterhole? Was zum Teufel hast du bei Neebs Waterhole getrieben?« Die Unwahrscheinlichkeit der Geschichte begann, an ihm zu nagen wie ein Schwarm Piranhas. »Niemand fährt dort rauf. Was zum Henker ist hier los?«

»*Ich* fahre dort rauf. Treibe mich überall dort oben rum. Durchsuche die alten Minen nach Ausrüstung, die ich einsacken kann.« Rasch fügte er hinzu: »Natürlich frag ich immer bei der Park- und Wildtierverwaltung nach, bevor ich was mitnehme. Die Gegend ist übersät mit alten Goldminen. Wenn du nächstes Mal nach einem Hochzeitstagsgeschenk für deine Frau suchst, solltest du raus zum Emporium kommen, Adam.«

»Und was ist passiert? Du hast ihn einfach gesehen?«

»Ja. Kennst du das Campinggelände dort? Da hat er von einem der Bäume gehangen.«

»Und weiter? Du bist auf den Baum geklettert und hast ihn runtergeschnitten?«

»Genau.«

»Das nennt man Manipulation von Beweismaterial.«

»Leck mich, Adam. Ich tue dir gerade einen Gefallen, du fetter Pisser. Da draußen gibt's kein Mobilfunknetz. Ich konnte den Fund nicht melden. Ich hätte zurück in mein Boot steigen, acht verfickte Stunden zurück nach Noosaville fahren und es dann melden können, und anschließend hätten wir alle zusammen acht weitere verfickte Stunden wieder hinfahren können, und in der Zwischenzeit hätte er verschwunden sein können. Also hab ich's nicht getan. ›Manipulation von Beweismaterial.‹ Herrgott, Kumpel, bleib auf dem Teppich. Na egal. Ich bin weg.«

Er wandte sich zum Gehen.

»Wo ist deine Holde?«, fragte Adam.

»Krank, Kumpel. Lebensmittelvergiftung. Hat verdorbenen Fisch gegessen.«

»Richte ihr aus, dass ich sie sehen will.«

»Ja, die Botschaft ist schon bei ihr angekommen. Aber wenn man die gesamte Zeit abwechselnd auf dem Klo verbringt und schläft, ist es nicht so einfach, einer solchen Aufforderung nachzukommen.« Casey kannte die Bürokratie. »Sie hat angerufen und sich krank gemeldet, eine Nachricht hinterlassen. Außerdem ist heute ihr freier Tag. Sie wird ein ärztliches Attest mitbringen, wenn sie zur Arbeit zurückkommt. Wahrscheinlich morgen.«

»Ich brauche kein Attest, ich will sie nur sehen.«

»Willst du nicht, jedenfalls nicht im Moment, glaub mir.« Casey hörte, wie einige der anderen Cops darüber lachten.

Er wollte gerade weitergehen, hielt jedoch noch einmal inne. »Da fällt mir ein ... Gibt's nicht eine Belohnung für Hinweise bei dieser Untersuchung? Ja, gibt's. Hab grad meine eigene Frage beantwortet. Fünfzig Riesen, richtig?«

Adam starrte ihn ungläubig an.

»Schon gut, ich fordere sie nicht sofort ein, weil der Hinweis ja erst zur Verhaftung des Mörders führen muss. Aber sorg dafür, dass mein Name aufgeschrieben wird. Ganz oben auf der Liste. Casey Lack: Schädel. Das könnte der Durchbruch sein, hinter dem ihr her gewesen seid, Dickerchen. Wir sehen uns«, rief er den versammelten Beamten zu, als er hinausschlenderte.

Adam starrte ihm mit einer Wut nach, die jener gleichkam, die er für Caseys Geliebte und dieses Ass aus Melbourne empfand. Er war überzeugt davon, dass sie alle gemeinsame Sache machten. Sie alle führten irgendwelche inoffiziellen Ermittlungen durch. Allerdings hatte er im Augenblick Wichtigeres, womit er sich befassen musste.

»Toyne«, rief er. »Schwing dich rauf zu Neebs Waterhole. Mit einem Team. Nehmt die gesamte Gegend gründlich unter die Lupe.«

»Wo zum Geier liegt Neebs Waterhole?«, fragte sie.

»Ist ganz einfach zu finden, keine Sorge«, meldete sich einer ihrer Kollegen zu Wort. »Du fährst hoch nach Tin Can Bay und nimmst einfach die als Courier Road gekennzeichnete Abzweigung.«

Adam kehrte in sein Büro zurück. Er schloss nie die Tür, weil er gern den Unterhaltungen seines Teams lauschte, auch wenn sie mal hirnverbrannt waren wie gerade eben – wie man zu Neebs Waterhole gelangte, ohne sich zu verirren –, denn er konnte sie ausblenden. Darin war er gut. Ausblenden, um sich auf andere Dinge zu konzentrieren. In Hinblick auf Maria konnte er noch nichts unternehmen. Er war nicht sicher, ob er glauben sollte, dass sie krank war. Warum sollte sie auf Zeit spielen? Im schlimmsten Fall würde sie ihn bei der Kommission verpfeifen, aber dafür wäre keine Abwesenheit von der Arbeit erforderlich. Sie konnte problemlos die Tage mit dem Wissen im Büro verbringen, dass sie ihn angeschwärzt hatte. Tatsächlich ergäbe es so noch mehr Sinn: den normalen Schein wahren und ihn hinterrücks verpfeifen. Vielleicht war sie tatsächlich krank. Oder sie steckte mit Richards und Casey unter einer Decke und betrieb heimlich eigene Ermittlungen.

Anfangs hatte er den Vorwand des Durchforstens alter Minen geschluckt. So etwas taten Typen wie Casey Lack. Nun jedoch, als er sich auf seinem Stuhl zurücklehnte und einen Karton mit Donuts öffnete, wurde ihm klar, dass er reingelegt worden war. Oberstes Gesetz bei einer Ermittlung: Zufälle gibt es nicht. Casey sollte bloß zufällig auf einen Schädel gestoßen sein, der wahrscheinlich zu einem der vermissten Mädchen gehörte? Blödsinn.

Schlagartig verlor Adam den Appetit, was immer geschah, wenn er sich bedroht fühlte. *Es ist an der Zeit, proaktiver zu werden*, dachte er unwillkürlich. Er hatte sich zu sehr zurückgelehnt und die Dinge rings um ihn geschehen lassen.

Damit würde es vorbei sein.

53

Der Unsichtbare

Ich war der Presse ausgewichen, seit ich den Reportern vor meinem Haus entkommen war und nur knapp vermieden hatte, sie über den Haufen zu fahren. Einige trieben sich immer noch in der Gegend herum und dehnten ihren Auftrag in Noosa, für den sie immerhin sämtliche Spesen bezahlt bekamen, so lange wie möglich aus, aber die meisten hatte man mittlerweile zurückgepfiffen. In den alten Tagen hätten ihre Redakteure das Geld dafür ausgegeben, sie mich beschatten zu lassen, bis es einen Durchbruch gegeben hätte. Jetzt nicht mehr.

Als ich in die Auffahrt zu meinem Haus bog, bemerkte ich einige Hartnäckige, die immer noch ausharrten. Jedes Mal, wenn sie mich sahen, kamen sie angerannt, weil sie auf etwas Brauchbares hofften, um damit Sendezeit in den Nachrichten zu füllen. Das Sensationspotenzial der Story war keineswegs erloschen. Es war nur mangels Brennstoff zu einer lahmen Glut verkommen. Ich war im Begriff, einen Eimer Kerosin darüber zu gießen.

»Womit wir es zu tun haben, ist ein Kerl, der sich verzweifelt nach Aufmerksamkeit sehnt, aber niemand hört ihm zu, weil er ein rattengesichtiger Loser ist, der nichts zu sagen hat. Wahrscheinlich hält er sich für clever, nur ist er das nicht. Spinner dieser Art leben im Schatten, weil sie zu große Angst davor haben, sich herauszuwagen. Mich würde überraschen, wenn dieser Typ den Mumm hätte, sein Haus zu verlassen, außer nachts, wenn er sich rausschleicht, um Mädchen zu entführen. Er ist ein gewöhnlicher, jämmerlicher kleiner Niemand, der die Hose gestrichen voll hat. Niemand interessiert sich für ihn oder nimmt ihn auch nur wahr; es dreht sich alles um die Mädchen: Jenny, Marianne, Izzie, Jessica, Carol, Brianna.« Natürlich gab es noch zwei weitere, allerdings wusste ich bei ihnen nicht, um wen es sich handelte. Noch nicht.

»Es geht allein um sie. An sie werden wir uns erinnern, nicht an den verängstigten Spinner, der sie sich geholt hat. Dieser Kerl ist ein solcher Verlierer, dass er an der Schule vermutlich nie ein Date gehabt hat. Belanglos. Das ist der Mann, nach dem wir suchen: Mr Banal; Mr Belanglos. Verglichen mit dem, woran ich gewöhnt bin, ist dieser Kerl ein Nichts. Mr Farblos, das ist der Mann, nach dem wir suchen. Eine einfallslose Vergeudung von Atemluft.«

Für die Presse kam das als Schock. Die Reporter waren an das knappe »Kein Kommentar« oder bestenfalls an »Verpisst euch, oder ich mach euch alle« gewöhnt. Nachdem ich meine Ansprache beendet hatte, schwiegen alle einige Atemzüge lang. Bevor sich daran etwas änderte, sagte ich »Danke« und wandte mich ab, um hineinzugehen.

Und dann kamen sie zur Besinnung. Alle brüllten sie mir gleichzeitig Fragen zu.

Ich antwortete auf eine.

»Ja, ich gehe deshalb an die Öffentlichkeit und sage, was für eine erbärmliche Kreatur dieser Penner ist, weil er heute versucht hat, uns zu beeindrucken.«

Ich blickte in die Kamera.

»Wow«, sagte ich und gab mich dabei so unbeeindruckt,

wie ich nur konnte. »Loser. Amateur. Dort, wo ich herkomme, hätten es selbst Schulkinder besser machen können.«

»Zu beeindrucken versucht? Wie? Was bedeutet das?«

»Tut mir leid, Leute, mehr hab ich nicht für euch.« Und damit verschwand ich hinein. Mit angezogenen Schuhen.

—

Da Noosa nun mal Noosa ist, hat der Revierleiter keinen Fernseher in seinem Büro. Er hat ein Klimagerät aus den 1980ern, das nicht besonders gut funktioniert. Das ist so ziemlich die Gesamtheit seiner Elektrogeräte. Es dauerte eine Weile, bis Fat Adam erfuhr, dass ich hinter seinem Rücken mit der Presse geplaudert hatte.

Als die Reporter das öffentlich zugängliche Revier stürmten und von Adam verlangten, dass er die merkwürdige Anspielung darauf erklärte, der Mörder habe »zu beeindrucken versucht«, hatte er deshalb keine Ahnung, wovon sie redeten. Als er den Fernsehkommentar dann sah, hatte er immer noch keinen echten Schimmer, ihm kam lediglich der Gedanke, dass es etwas mit dem grausigen Schädel zu tun haben könnte.

Er rief Casey an.

»Lack, hast du Richards von dem Schädel erzählt?«

»Ja. Dachte, es würde ihn interessieren.«

»Tja, nächstes Mal lass es einfach, verdammt, alles klar?«

»Sicher doch, Boss«, erwiderte Casey.

Adam verlor die Kontrolle. Normalerweise hätte er Billy damit beauftragt, hinauszugehen und die Fragen der Presse zu beantworten, nur der war unten in Brisbane, um den Schädel dem kriminaltechnischen Labor zur Untersuchung zu überbringen. Die zweite Wahl wäre Toyne gewesen, doch sie und ein Team waren bereits zu Neebs Waterhole aufgebrochen und somit unerreichbar. Also watschelte er hinaus, stellte sich der Meute mit einem knappen »Im Augenblick kein Kommentar« und kehrte schnurstracks in die Sicherheit seines Büros zurück.

54

Tsantsa

Aus dem Nichts und ohne jede Vorwarnung, meine Freunde, kamen sie mit dem donnergleichen Lärm des Trommelschlags des Teufels. So fühlten sie sich an und klangen sie. Albträume. Ich war neunzehn, als sie einsetzten. Zu dem Zeitpunkt hatte ich elf Mädchen und Frauen vergewaltigt. Ich habe jung angefangen. Das Töten kam erst später. Nach der Frau im Park. Ich muss gestehen, für das Töten musste ich erst den nötigen Mut aufbringen. Ich plante eine Menge dafür, aber nachdem es getan war, fühlte es sich wie die einfachste Sache der Welt an. Die Planung half. Alles war wirklich sorgfältig ausgearbeitet und entsprechend durchgeführt worden – von der Beschattung bis hin zur Entsorgung. Wie ein Soldat auf feindlicher Mission. Von da an wusste ich, dass es ein Bestandteil meines Lebens sein würde, Mädchen zu töten. Das gibt mir einen solchen Kick, dass ich mir nicht vorstellen kann, ohne es weiterzuexistieren.

Nur die Albträume hatten nicht zum Plan gehört. Wisst ihr, nach der Entsorgung war da nur eine Leere. Mit ihr war das Ende erreicht. Ich hatte alles so sorgfältig durchdacht und geplant, hatte jeden erdenklichen, willkürlichen Fall höherer Gewalt mitberücksichtigt, dass ihr euch vielleicht vorstellen könnt, wie entsetzt ich war, als ich gegen drei Uhr morgens mit einem Grauen erwachte, einem wahrhaft schrecklichen

Grauen. Dem Grauen jener toten Mädchen, die mich heimsuchten. Wieso? Wie konnte das passieren? Sie wollten nicht verschwinden. Während ich schlief, starrten sie mich wie Geister an, wirbelten um mein Bett, flüsterten mir Dinge zu. Ich wusste nicht, was sie sagten, aber ich wusste, es war schlimm. Richtig schlimm, meine Freunde. Ich wusste auch, dass sie mir nichts tun konnten – immerhin waren sie tot und tief begraben –, aber sie wollten einfach nicht verschwinden.

Albträume.

Was, wenn sie so schlimm werden sollten, dass ich nicht damit weitermachen könnte, Mädchen zu töten? Was, wenn ich wirklich von einem Geist heimgesucht wurde? Freunde, das war undenkbar.

Es schien sich der Kontrolle des Fantastischen zu entziehen. Stellt euch das nur vor – die Ausübung meines Handwerks wegen meines schwachen, dämlichen Gehirns einstellen zu müssen.

Ich versuchte es mit Schlaftabletten, heißer Schokolade, Alkohol. Nichts funktionierte. Ich versuchte es mit Meditation und mit Gras. Nichts funktionierte. Ich betete. Nichts funktionierte. Die mich quälenden Geister der toten Mädchen weigerten sich, zu verschwinden. Nur die Zeit half. Erst nach Monaten, in denen ich das Grauen ihrer schrecklichen Geister ertragen musste, hatte ich eine Nacht, in der sie mich in Ruhe ließen. Wenige Nächte später jedoch kamen sie zurück. Und wenn ich weiterhin Mädchen töten wollte – was ich musste –, dann musste ich das Problem in den Griff bekommen. Das war genauso schlimm wie ein Mädchen, das flüchten könnte und zu den Cops liefe. Es war eine Bedrohung höchsten Ranges. Eine Überlebensfrage. Ich konnte unmöglich jede Nacht das nervenaufreibende Schluchzen und Heulen dieser Dämonen über mich ergehen lassen. Und ich musste wieder töten – unbedingt. Das nächste Mädchen hatte ich bereits gefunden, und ich war so aufgeregt vor lauter Vorfreude darauf, sie zu entführen und zu quälen und zu töten, nur konnte ich es nicht tun, weil ich wusste, dass sie zurückkommen und sich den anderen anschließen würde. Man stelle sich vor, wie es erst sein würde, wenn ich dreißig wäre und über hundert Mädchen getötet hätte, vielleicht auch mehr. Ich liebte es, und es war so einfach – nur wie sollte ich damit klarkommen, jede Nacht so viele Dämonen in meinem Kopf zu haben? Ich hatte schon von Leuten gelesen, die sich erschossen hatten, um Albträume loszuwerden. Nun verstand ich, weshalb.

Und genau das hätte passieren können, hätte sich nicht ein göttlicher Eingriff ereignet. Ich habe nie an Gott geglaubt. Aber irgendetwas *gab* es. Dinge geschahen nicht einfach so ohne Grund. Es gab einen spirituellen Führer. Vielleicht war es nicht unbedingt Gott als alter Kerl mit schlohweißem Bart und Jesus als Sohn. Spielte keine Rolle. Jedenfalls gab es eine Kraft, die größer war als ich, und sie stand auf meiner Seite. Da saß ich also in der U-Bahn-Station Fortitude Valley, meine Brüder und Schwestern, als sich dieser alte Mann umdrehte und mich fragte: »Wollen Sie die haben?«

Er hielt mir eine Zeitung entgegen, die er zu Ende gelesen hatte. Normalerweise hätte ich zu ihm gesagt, er soll sich verpissen. Ich hasse Zeitungen, es sei denn, es steht etwas über mich in ihnen, aber aus irgendeinem Grund, den nur Gott kannte, nahm ich sie an, und weil der Zug Verspätung hatte, beschloss ich, darin zu lesen und nachzusehen, ob sie Bilder von hübschen Mädchen enthielt, und kurz, bevor ich sie wegwerfen wollte, stieß ich auf einen kleinen Artikel unten in der Ecke auf Seite acht, der meine Aufmerksamkeit erregte. Es ging um einen Stamm namens Shuar im Amazonasgebiet. Das hat mich gerettet.

—

Bei Helen mit den dicken Titten hatte ich wirklich die Beherrschung verloren und sie nur umgebracht, damit sie aufhörte, die Augen geschlossen zu halten. Nun standen sie offen und beobachteten mich. Aber ich habe gewonnen! Und du hast verloren! Weil ich wütend war, habe ich eine kleine Sauerei angerichtet. An der Wand waren einige Blutspritzer. Aber das machte nichts. Darum würde ich mich später kümmern.

Vorerst konzentrierte ich mich auf den Tsantsa-Prozess. Normalerweise mache ich das in meiner kleinen Wohnung in Mudjimba, aber ich kann es mir nicht leisten, dieses Risiko einzugehen. Ich werde nicht dorthin zurückkehren. Sie werden auch dort Kameras haben und auf mich warten.

Hört gut zu, meine lieben Brüder und Schwestern. Eines Tages, wenn die Welt des Fantastischen offenbart wird, werden die Menschen darüber staunen. Ihr, meine Freunde, meine Anhänger, meine Verfechter, bekommt eine kleine Vorschau.

—

Zuerst entfernt man den Kopf. Ich benutze dafür gern eine Säge. Eine ganz schlichte aus einem beliebigen Heimwerkermarkt genügt, aber ich kaufe gern bei Bunnings, weil man dort oft etwas im Sonderangebot findet. Ach ja, das hätte ich erwähnen sollen: Bevor ihr zur Tat schreitet, müsst ihr einige Lagen Plastikfolie auf dem Boden ausbreiten.

Den Kopf lege ich erst mal beiseite. Als Nächstes rolle ich

die Körper in jede Menge Frischhaltefolie ein, ganz fest und eng und glänzend wie Raupen. Bei Helen musste ich eine Rolle mehr als sonst aufbrauchen. Sie ist ein solches Miststück. Helen hat viel von meinen Plänen ruiniert, aber ja, Freunde, die Schuld liegt auch bei mir. Das gebe ich zu. Immerhin war sie älter. Reif. Nicht mein üblicher Typ. So eine hole ich mir nie wieder. Na ja, doch, allerdings für einen bestimmten Zweck, nicht wahr, Darian?

Das nächste Unterfangen ist ein wenig heikel, also überstürzt nichts. Man muss das Gesicht vom Schädel entfernen. Wegen der Kette nehme ich mir für diese Phase viel Zeit. Das Letzte, was ich will, ist, mit dem Messer abzurutschen. Wenn das geschieht, könnte das Gesicht zernarbt werden, und dann würde die Kette nicht so gut aussehen. Arbeitet euch mit dem Messer von unten am Hinterkopf vor. Schneidet nach oben, als wolltet ihr eine Orange schälen.

Und jetzt, Brüder, hört zu. Ihr müsst nähen. Zum Glück hat es mir meine Ma beigebracht, als ich klein war. Sie meinte, jeder brave Junge müsse wissen, wie man näht. Verwendet bloß nicht Baumwolle, sondern dünnen Kunststofffaden. Baumwolle löst sich nämlich auf. Danach geht es runter in die Küche.

Alles, was ihr braucht, ist ein großer Topf. Füllt ihn mit Wasser. Ich benutze gern einige getrocknete Kräuter, zum Beispiel Thymian, und dazu Knoblauch, damit der Geruch die Nachbarn nicht denken lässt, irgendetwas Merkwürdiges ginge vor sich. Neunzig Minuten lang kochen. Freunde, macht das nicht zu Hause. Ich habe das früher immer in meiner kleinen Wohnung in Mudjimba erledigt. Die Rohrleitungen dort unten sind völlig verseucht mit der DNA meiner Pakete. Jetzt wird an den Rohren in meinem Heim die DNA von Jenny G und Helen sein. Aber das macht nichts, weil ich ja ziemlich bald umziehe. Ich lege mir eine Ranch zu. Wie ein Cowboy.

Starrt aber nicht neunzig Minuten lang den Topf an, Freunde. Vertreibt euch die Zeit. Spielt etwas, seht fern, geht online. Allerdings müsst ihr den Wasserpegel unter Umständen ein paar Mal auffüllen, also behaltet das im Auge.

Wenn die neunzig Minuten um sind, lasst ihr das Wasser abfließen und nehmt den Kopf heraus. Benutzt Gummihandschuhe, keine Zange. Eine Zange kann ihn zerreißen. Er ist jetzt klein. Durch das Kochen hat sich die Größe ziemlich verringert.

Ihr braucht einen Vorrat an kleinen runden Steinen und etwas Sand. Glatte Steine, feinen Sand. In der nächsten Phase steckt ihr die kleinen runden Steine einen nach dem anderen in den Kopf. Als würde man einen Beutel mit Bonbons füllen. Danach gießt ihr ein wenig Sand hinein. Füllt ihn. Nicht zu viel, nicht zu wenig. Schüttelt ihn leicht, damit sich der Sand setzt. Das, Freunde, verleiht ihm Form und Gestalt.

Er sollte in eure Handfläche passen.

—

Die Shuar waren ein Indianerstamm, der im Amazonasgebiet lebte. Sie glaubten, dass Geister ein realer Bestandteil der Welt seien, wie die Albträume in meinem Schlafzimmer. Und sie kannten Wege und Mittel für den Umgang mit ihnen. Vor allem für den »Muisak«, den Rachegeist einer Person, die sie getötet hatten. Der war ein mächtiger Geist, aber er konnte aufgehalten werden.

Sie und einige der anderen Stämme im Amazonasgebiet ließen sich clevere Lösungen einfallen, um die Muisak-Geister fernzuhalten. Wie Knoblauch bei Vampiren. Aber das war eine alberne Hollywood-Erfindung. Die Sache mit den Geistern hingegen war real. Die Rachegeister waren ebenso real wie diese Möglichkeit, sie aufzuhalten. Ich weiß es.

Die Shuar glaubten an drei Arten von Geistern. An den Muisak, den Rachegeist von jemandem, den man getötet hatte; den »Wakani«, einen schlichten Geist, der überlebte, nachdem eine Person gestorben war; und den »Arutam«, den Problemgeist, der Albträume verursachte. Dieser Geist sollte einen Menschen davor schützen, ermordet zu werden. Wurde der Mensch *doch* ermordet, verwandelte er sich in den Muisak, der die Dämonen erschuf, die mich in den Nächten heimsuchten.

Die Shuar hatten eine Möglichkeit gefunden, die Dämonen zu verhindern. Und bei ihnen fand ich meine Antwort. Um den Muisak abzuwehren, fing ich an, Tsantsas anzufertigen, was übersetzt *Schrumpfköpfe* bedeutet. Kaum hatte ich über die Shuar und darüber gelesen, was sie getan hatten, da tat ich es auch. Und es hat gewirkt.

Seither hatte ich keinen einzigen Albtraum mehr.

55

Der Haftbefehl

Versuchen Sie mal, einen Schatten zu fangen. Geht nicht. Es ist unmöglich. Er existiert nicht, obwohl man ihn sehen kann, obwohl er einem überallhin folgt. Versuchen Sie mal, einen Serienmörder zu fangen. Geht nicht. Es ist unmöglich. Schlimmer als beim Schatten ist, dass man ihn obendrein nicht sehen kann. Man hat nur seine Spuren, Wege und Routen, die er vor langer Zeit beschritten hat. Ich bin Experte dafür, Serienmörder zu fangen, aber in Wirklichkeit bedeutet das, ich bin Experte dafür, wie Serienmörder denken und handeln. Wenn ich Glück habe, gelingt es mir, so wie sie zu denken und ihnen einen Schritt voraus zu sein. Vorauszuschauen und mich so zu wappnen, wie sie es tun würden. Bereit für sie zu sein. Wie ihr Zwilling zu handeln, wie ihr Schatten.

Man kann sie nicht fangen. Man wird von ihnen gefangen. Der Trick besteht darin, bereit zu sein, wenn sie es nicht sind, wenn sie stolpern. Bevor sie erkennen, wo sie hineingestolpert sind – dann muss man bereit und wachsam sein. Sonst verschwinden sie wieder und kommen nicht zurück.

—

Ich hörte, wie sich ein Auto näherte. Ich hörte den Schotter knirschen, als zwei Personen meinen Hinterhof durchquerten. Cops. Fat Adam hatte sie geschickt, um mich zu verhaften. Man lernt, die Geräusche von Cops von jenen zu unterscheiden, die Reporter, Zivilisten oder Gangster verursachen; jeder klingt anders. Und man lernt, anhand der Geräusche zu erkennen, warum sie kommen. Um traurige Nachrichten zu überbringen, um Fragen zu stellen, um einem eine Falle zu stellen, um die Scheiße aus einem rauszuprügeln oder um einen zu verhaften. Noch bevor sie die Tür erreichten und mit dem gerechten Zorn von Vollzugsbeamten klopfen konnten, die ermächtigt waren, im hehren Namen der Gerechtigkeit eine Verhaftung durchzuführen, wusste ich Bescheid. Ich ergriff zwei Telefone und wählte gleichzeitig auf jedem eine andere Nummer.

»Sie kommen, um mich zu verhaften«, teilte ich Isosceles über eines der Geräte mit. Er wusste, was zu tun, wer zu verständigen, wie der Plan auszuführen war.

»Bei mir auch«, erwiderte Maria auf dem anderen Telefon.

»Nicht kooperieren«, sagte ich. »Mach es ihnen so schwer wie möglich.«

»Okay«, erwiderte sie in einem Tonfall, der mich nicht überzeugte.

»Wenn du mit ihnen kooperierst, bist du im Arsch.«

Eine Pause folgte. »Verstanden«, sagte sie mit deutlich festerer Stimme. Ich legte auf.

Bevor sie klopfen konnten, stand ich an der Eingangstür.

»Sie betreten unbefugt mein Grundstück«, sagte ich. Damit hatten sie nicht gerechnet. Cops verlassen sich darauf, dass Menschen wegen der Uniform auf eine bestimmte Weise reagieren. In neunundneunzig Prozent aller Fälle funktioniert es. Diesmal nicht.

Alle Männer vom Revier auf dem Hügel hatten angefangen, gleich für mich auszusehen: groß, bullig, blond, sonnengebräunt, dämlicher Gesichtsausdruck.

»Leck mich am Arsch«, erwiderte einer der beiden.

»Wie bitte?«, entgegnete ich mit meiner Interpretation der Empörung eines braven Bürgers. »Was haben Sie gerade zu mir gesagt?«

Cops sagen zu den Leuten andauernd, sie sollen sie am Arsch lecken, allerdings verstößt das gegen das Gesetz, und sie wissen es. Sie haben sich so sehr daran gewöhnt, damit um sich zu werfen, ohne je Widerspruch zu hören, dass sie gar nicht mehr an die Vorschrift denken.

»Vergessen Sie's«, meldete sich der andere zu Wort und wollte gerade fortfahren, als ich ihn unterbrach.

»Ganz sicher nicht. Wie ich schon eingangs erwähnte, befinden Sie sich widerrechtlich auf meinem Grundstück. Dann bin ich auch noch verbal angegriffen worden. Wenn Sie sich nicht umgehend von meinem Eigentum entfernen, nehme ich eine Jedermann-Verhaftung gemäß Paragraf fünf sechsundvierzig in Anhang eins des Strafgesetzbuchs vor. Paragraf zwei sechzig selbigen Gesetzbuchs behandelt unorthodoxe Friedensstörungen, worunter Ihre Äußerung ›Leck mich am Arsch‹ für mich eindeutig fällt.«

Damit schloss ich die Tür und vermutete, mir eine halbe Stunde Zeit verschafft zu haben. In Melbourne wären es gerade mal zehn Minuten. Nach einigen Augenblicken der Unsicherheit hörte ich das Knirschen ihres Rückzugs.

Ich rief bei Maria an.

»Sie ist weg«, sagte Casey.

»Weswegen ist sie verhaftet worden?«, fragte ich.

»Gar nicht. Es hieß nur: ›Du solltest besser mitkommen.‹ Adam ist nicht so dämlich, wie wir manchmal glauben.« Er hielt die Sache unter dem Radar. Das war klug, wenn man bedachte, dass er tief fallen konnte und Maria das Wissen besaß, um ihn in den Abgrund zu stürzen.

»Was ist mit dir?«, erkundigte er sich.

»Ich lass sie gerade zwischen ihrem Haftbefehl, Hausfriedensbruch, beleidigendem Angriff und einer angedrohten Jedermann-Verhaftung abwägen«, erwiderte ich, während ich mir den Weg durchs Haus bahnte, vorne hinausging und mich hinunter zum Steg begab. Archs Blechboot näherte sich gerade, als ich das Ende der Planken erreichte. Ich stieg an Bord und legte mich auf den Boden, verschwand außer Sicht. Er raste flussaufwärts los. »Ich hab ein Spiel am Laufen. Verhaftet zu werden, ist dabei nicht vorgesehen.«

»Bist du auf dem Fluss?«, fragte Casey.

»Ja.«

»Grüß Arch von uns. Erinnere ihn daran, dass er mir noch zwei Flaschen Rum schuldet.« Damit legte er auf.

»Wohin, Bruder?«, wollte Arch wissen.

»Kann ich mir deinen Geländewagen borgen?«, fragte ich.

»Kein Ding.«

»Dann zu dir.«

Gemächlich wendete er, und die Wogen aus seinem Kielwasser schwappten ans nahe Ufer, als er zurück flussabwärts fuhr.

Da sie mir keinen Haftbefehl zugestellt hatten, war ich nicht in Gewahrsam genommen worden und befand mich offiziell nicht auf der Flucht. Ich war, wie die Bullen in Amerika sagen, vom Winde verweht.

56

Das »Spiel«

Eine Verhaftung kam nicht infrage. Welche Anklagepunkte sich Fat Adam auch ausgedacht haben mochte, um mich holen zu lassen, ich würde mindestens einen halben Tag in Gewahrsam verbringen. So lange dauert allein schon der Papierkram. Wenn er schlau wäre, könnte er mir eine unmöglich zu widerlegende Anklage um die Ohren hauen, beispielsweise Behinderung polizeilicher Ermittlungen oder noch Schlimmeres. Damit würde er erreichen, was er wollte: mich aus dem Spiel zu nehmen. Er könnte mich tagelang mit Gerichtsterminen und Kautionsanträgen beschäftigen. Offensichtlich hatte ich seine Geduld überstrapaziert, und er wollte mich daran erinnern, wer das Sagen hatte. Ich hätte dasselbe getan, nur hätte ich mich nicht entkommen lassen. Inzwischen würde den Bauerntölpeln eine Möglichkeit eingefallen sein, mich zu ihm zu schleifen. Sie würden erkannt haben, dass meine mit rechtlichem Kauderwelsch gespickten Drohungen hohl waren. Etwa in diesem Augenblick würden sie zu meiner Vordertür zurückkehren.

Ich musste in Freiheit bleiben. Kaum war ich in Archs Pick-up gestiegen, wählte ich Isosceles' Nummer und teilte ihm mit, dass ich bereit war.

»Was ist mit Maria?«, fragte er.

»Keine Ahnung«, gab ich zurück, aber ich vermutete, dass

sie durchaus in der Lage sein würde, sich gegen den fetten Kerl auf dem Hügel zu behaupten.

—

Niemand wusste, worin das Problem bestand. Man wusste nur, dass es eines gab. Warum sonst sollte der Boss zwei der Jungs losschicken, um Maria zu holen und an ihrem freien Tag herzuschleifen, obwohl sie eine Lebensmittelvergiftung hatte? Das Revier stellte eine enge Gemeinschaft dar, eine Bruderschaft, einen Clan. Durch ihre Arbeit standen sie quasi ständig in der Schusslinie, und das schuf Verbundenheit. Die Uniform einte sie, aber zusammen im »Team« zu sein, hielt sie zusammen.

Maria war an der Sunshine Coast aufgewachsen. Einige der Jungs hatten mit ihr die Schule besucht. Sie fanden zwar merkwürdig, wen sie zu ihrem Lebensgefährten auserkoren hatte, trotzdem war sie eine von ihnen. Der Boss hingegen war der Neue. Er kam aus dem Süden, und Gerüchte besagten, dass er sich den Job durch Bestechung erschlichen hatte. Die Leitung des Reviers auf dem Noosa Hill galt als so ziemlich die beste Position, die ein Polizeibeamter in Queensland je erlangen konnte. Mickey versah seit über zwanzig Jahren gewissenhaft Dienst auf dem Hügel. Alle fanden, dass der Job ihm zugestanden hätte.

Aber als sie beobachteten, wie Maria ins Büro des Bosses eskortiert wurde, ging allen dasselbe durch den Kopf: *Wenn er ihr auf die Pelle rückt, warum dann nicht auch mir?*

»Ich bin krank«, verkündete Maria, als sie Adams Büro betrat.

»Mach die Tür zu«, forderte Adam sie auf.

Maria drehte sich von ihm weg, und als sie tat, wie ihr geheißen, begegnete sie durch die Glaswand den Blicken ihrer Kollegen. Sie verdrehte die Augen, als wolle sie sagen: *Was für ein Trottel.* Alle sahen es. Alle spürten es. Alle hörten es förmlich: *Was für ein Trottel.* Kameradschaft.

Adams ursprünglicher Plan hatte vorgesehen, sie an einen entlegenen Außenposten seines Zuständigkeitsbereichs zu versetzen, in eine Hippiegemeinde mit einem von neun bis fünf geöffneten Revier. Aber je mehr er darüber nachdachte, desto klarer wurde ihm, dass er das Problem damit nur außer Sicht abgeschoben hätte. In diesem Fall käme »aus den Augen« nicht »aus dem Sinn« gleich – wahrscheinlich würde sich die Lage sogar eher verschlimmern.

»Sag nicht, ich hätte dich nicht gewarnt, wenn ich dir auf den Schreibtisch kotze.«

Kleine Klugscheißerschlampe. Adam war überzeugt davon, dass die Lebensmittelvergiftung bloß gespielt war, um sie vom Revier fernzuhalten, damit sie sich mit ihrem Kumpel Darian Richards herumtreiben konnte.

»Ich werde versuchen, mich kurz zu fassen. Es gab eine Beschwerde«, sagte er.

»Tatsächlich?«

»Tatsächlich.«

Das oder eine Versetzung, aber Maria hatte eher mit einer Beschwerde gerechnet. Sie fragte sich, als wie einfallsreich er sich erweisen würde. Maria wusste, dass er ihr ein Bein stellen konnte, aber sie wusste auch, das sie dasselbe mit ihm anstellen konnte – und noch Schlimmeres.

»Einer deiner Kollegen hat die Anschuldigung sexueller Belästigung gegen dich vorgebracht.«

Das kam unerwartet. Wer um alles in der Welt mochte sich mit Fat Adam zusammengetan haben, um das zu inszenieren? Welcher der Jungs konnte ihr ein solches Verhalten vorwerfen? Vermutlich würde sie es gleich erfahren.

»Ich habe hier einen Bericht«, verkündete er und ergriff ein Blatt Papier, »aber ich habe den betroffenen Beamten gebeten, mich zuerst mit dir reden zu lassen, bevor die Sache weitergeht. Bestimmt kannst du verstehen, dass ich verpflichtet bin, zu gewährleisten, dass diese Angelegenheit ordnungsgemäß behandelt wird, aber bevor ich diesen Bericht einreiche und damit offiziell mache – was verheerende Auswirkungen auf deine Karriere hätte –, hielt ich es für besser, mich zuerst mit dir zu unterhalten.«

Maria verspürte einen kalten Schauder, als sie an Darians zornige Worte über ihre männlichen Kollegen zurückdachte: *Sie werden dich ins Hirn ficken, weil sie dich so wenigstens überhaupt ficken können – auf die eine oder andere Weise.*

»Ich bestreite jegliche sexuelle Belästigung«, erklärte sie.

»Natürlich tust du das. Deshalb führen wir dieses Gespräch ja: damit ich der Wahrheit auf den Grund gehen und eine fundierte Entscheidung darüber fällen kann, ob daraus eine offizielle Beschwerde wird oder nicht. Falls ja, muss ich dich von deinen Pflichten entbinden. Mit oder ohne Bezahlung: Das ist eine Gewerkschaftsfrage und muss von den Jungs von der Dienstaufsicht geklärt werden. Und natürlich von den Jungs der Straftatkommission. Die dürfen wir nicht vergessen.«

Er begegnete ihr mit einem steten Blick. Sein Telefon klingelte. Adam schaute verärgert drein, ergriff den Hörer, zischte: »Ich sagte, keine Störungen« und legte gleich wieder auf.

»Ich möchte nur, dass du den Ernst der Lage verstehst. Du bist eine gute Polizistin, Maria. Denk sehr sorgfältig darüber nach, wie du reagierst und mit dieser Situation umgehst.«

»Danke, Boss. Warum sagst du mir nicht, was genau diese falschen Anschuldigungen beinhalten?«

Wieder klingelte sein Telefon. »Herrgott noch mal, was ist denn?« Er lauschte, ohne den Blick von Maria zu lösen. Nach einigen Atemzügen fauchte er: »Sag ihnen, sie sollen ihre Pflicht als Gesetzesvertreter erfüllen und aufhören, sich von einem verfickten Zivilisten rumkommandieren zu lassen!« Damit legte er auf.

Er schaute auf das Blatt Papier. Die Anschuldigungen.

»Laut dem involvierten Beamten hast du dich von hinten genähert, die Arme um die Schultern des Beamten gelegt, nach unten in den Bereich zwischen den Beinen gegriffen und besagten Bereich dann ›massiert‹.«

»Wann soll das vorgefallen sein?« Unwillkürlich spürte Maria, wie Wut in ihr aufstieg.

»Dazu komme ich gleich. Kleinen Moment. Es war am Dienstag, achtzehnter Juli. Um ungefähr zwei Uhr fünfzehn morgens. Der Beamte hat dich zurückgewiesen, aber in der Nacht darauf, ungefähr um elf Uhr dreißig, bist du ihr in die Toilette gefolgt und hast ihre Brüste massiert.«

Ihre?

»Senior Constable Toyne nennt vier weitere Begebenheiten, bei denen du dich ihr auf ähnliche Weise angenähert hast. Sie hat dir mitgeteilt, dass sie nicht lesbisch sei, du jedoch hast darauf erwidert: ›In jeder Frau steckt ein wenig von einer Lesbe‹.«

—

Ich hatte mir von Arch eine Sonnenbrille und einen Cowboyhut geliehen. Darin bestand meine gesamte Verkleidung, trotzdem funktionierte sie, als ich an den zwei Bullen vorbeifuhr, die sich den Weg über die Straße zu mir bahnten. Ich winkte ihnen sogar zu. Vermutlich war das die ausschlaggebende Geste.

Ich tankte den Pick-up voll und überprüfte, ob meine Waffe geladen war. Dann schloss ich das Ladegerät meines Handys am Zigarettenanzünder an, damit das Telefon vollständig geladen blieb, und fuhr in Richtung Buderim zu einer Ortschaft namens Tanawha.

—

Dort wartete ich. Die erste von etlichen SMS, die noch folgen sollten, traf ein:

Aber kein Murren, nicht laut, nicht leis,
Keines, obwohlen ein jeder weiß,
's ward irgendwo geblundert –
Vorwärts; sie fragen und zagen nicht,
Vorwärts; sie wanken und schwanken nicht,
Vorwärts, gehorchen ist einzige Pflicht,
Ins Todesthal,
In voller Zahl,
Reiten die Sechshundert,

Tennyson über den Angriff der Leichten Brigade.

—

Adam hatte sie an den Eierstöcken. Zwei weibliche Ermittler, eine Damentoilette. Es war eine perfekte Inszenierung. Marias Wort gegen das von Jack. Keine Zeugen. Jack war extrovertiert. Maria? Tja, sie war anders. Ruhig. Sie gehörte nicht zu den Jungs. Jack war hetero: Daran bestand kein Zweifel.

Maria? Angesichts der Tatsache, dass niemand aus dem Revier mit ihr geschlafen hatte und dass sie ziemlich verkrampft wirkte, wenn Witze über Sex gerissen wurden, hatten sie alle in Ruhe gelassen. Wenn man genauer darüber nachdachte, ergab es durchaus einen Sinn. Wer hätte gedacht, dass sie eine Lesbe war? Die arme Jack, die auf der Toilette angemacht worden war.

Selbst wenn Darian und Casey ihr Versprechen hielten und Adam wünschen ließen, er wäre nie geboren worden, würde an ihr immer der Schandfleck kleben bleiben, und schlimmer noch, sie würde ihre Unschuld nie beweisen können. Sie war im Arsch.

Maria ließ Adam fortfahren, wartete ab, welchen Deal er ihr anbieten würde.

»Ich habe mit Senior Constable Toyne über die schwerwiegenden Konsequenzen gesprochen, die es hätte, eine solche Beschwerde offiziell zu machen. Sie weiß darüber Bescheid. Ich habe zu ihr gesagt, dass ich Probleme vorzugsweise unbürokratisch löse. Das entspricht meinem Führungsstil. Ich habe ihr erklärt, dass wir angesichts dieses Serienmörderfalls alle unter extremem, ungewöhnlichem Druck stehen. Ist wie ein Gewicht, das man nicht abschütteln kann.«

Wieder klingelte sein Telefon. Er hob den Hörer ab, drückte ihn sofort wieder auf die Gabel und legte ihn anschließend daneben.

»Jeder begeht Fehler. Menschliche Schwächen. Was wären wir ohne sie? Hm? Ich habe zu Toyne gesagt: ›Vielleicht stand Maria unter Stress. Vielleicht war es nur ein Anflug von geistiger Umnachtung. Vielleicht können wir die Sache hinter uns lassen, wenn sie verspricht, es nicht noch einmal zu tun, wenn sie versteht, was auf dem Spiel steht. Weitermachen.

Geben und Nehmen.‹ Ich gebe. Du gibst. Toyne hat gemeint, das fände sie fair. Was ist mit dir, Maria? Wie denkst du über all das?«

»Das klingt wirklich fair«, meinte Maria langsam, weil sie wusste, dass sie keine andere Wahl hatte.

»Finde ich auch. Gut. Ich bin froh, dass du dieser Meinung bist.« Er beugte sich zur Betonung seines nächsten Punkts vor. Dabei erblickte er einen der Diensthabenden, der durch das Fenster versuchte, seine Aufmerksamkeit zu erlangen. Adam ignorierte ihn.

»Was wir nicht wollen«, sagte er und lehnte sich so weit über den Schreibtisch, wie es sein fetter Wanst zuließ, »ist, den Ruf eines Beamten wegen einer menschlichen Schwäche zu ruinieren. Es war kein *Verbrechen*, Maria. Es war Verlangen. Kein Verbrechen beabsichtigt. Kein Verbrechen passiert. Wenn du bereit bist, die Vergangenheit ruhen zu lassen, dann bin ich es auch.«

Sie nickte. Stille: So also sah der Deal aus. Wenn sie enthüllte, dass er die dreizehnjährige Izzie gevögelt hatte, würde er untergehen und sie mit ihm. Es sah nicht gut für sie aus. Jack würde als Zeugin auftreten. Sexuelle Belästigung, Abstempelung als Lesbe: Ende der Karriere. Und es bestand sogar die Gefahr, dass Adam von der Schippe springen würde. Er könnte jene achtundsechzig Minuten noch einmal manipulieren, und irgendein armer Teufel wie Mickey würde die Schuld ausbaden. Immerhin hatten zwölf Kollegen beobachtet, wie Izzie gevögelt und geblasen hatte wie eine Hollywood-Schlampe.

»Abgemacht«, sagte sie.

Lächelnd lehnte sich Adam zurück, ließ den Schreibtisch wieder atmen. »Fein.«

Dann schaute er auf und durchs Fenster. »Billy! Mickey!«, brüllte er durch die geschlossene Bürotür. Sie kamen angerannt.

»Ja, Boss?«

»Bringt die arme Frau nach Hause. Sie hat eine Lebensmittelvergiftung. Wenn wir nicht verdammt vorsichtig sind, kotzt sie ihre Eingeweide über das ganze verdammte Büro. Los doch, raus hier.«

Als Maria aufstand, um zu gehen, fiel ihr auf, dass von Jack jede Spur fehlte. Billy und Mickey wirkten erleichtert darüber, dass offenbar erledigt war, was immer vor sich gegangen sein mochte. Stabilität und Ordnung hatten sich wieder eingestellt. Sie würden Maria danach fragen, was das alles sollte, allerdings nicht sofort. Es wurde nie sofort gefragt. Man ließ immer eine Woche verstreichen.

»Ach übrigens«, meldete sich Adam noch einmal zu Wort, als wäre ihm plötzlich etwas eingefallen. »Da du zum Team gehörst, solltest du die letzten Neuigkeiten über den Serienmörder kennen – auch wenn du zu Hause sein wirst, um über deine Lebensmittelvergiftung hinwegzukommen.«

Maria vermutete, dass er ihr von dem Schädel erzählen würde – da sie ja nun zum Team gehörte.

»Ich musste einen Haftbefehl für Darian Richards erwirken. Ich habe Grund zu der Annahme, dass er mit dem Mörder zusammenarbeitet. Ich glaube, die beiden stecken unter einer Decke.«

»*Was?*«, fragte Mickey. »Das ist etwa so wahrscheinlich wie …«

»Es sind schon merkwürdigere Dinge passiert, Mickey«, schnitt Adam ihm das Wort ab. »Menschen sind seltsam. Das solltest du eigentlich mittlerweile wissen. Man kann aufgrund dessen, wie ein Mensch aussieht oder wie er sich gibt, nie wissen, wie er in Wirklichkeit ist. Wer weiß schon, was im Inneren vor sich geht?«

Maria starrte ihn an.

»Ja, ich weiß. Ich konnte es auch nicht glauben. Aber wir haben seine Fingerabdrücke auf einem Schädel gefunden, den vermutlich der Mörder bei Neebs Waterhole gelassen hat – davon müsstest du ja wissen. Immerhin hat ihn dein Lebensgefährte gefunden und zu uns gebracht.«

—

Ich habe es gern sauber in der Küche. Nichts ist schlimmer als Unordnung. Nachdem ich Jenny und Helen geschrumpft und ihre kleinen Köpfe in eine Keramikschale gelegt hatte, scheuerte ich den Topf, säuberte das Spülbecken, belud den Geschirrspüler und schaltete ihn ein – Vollwäsche. Danach ging ich, um mit der PlayStation zu spielen. Der Tsantsa-Prozess war keineswegs abgeschlossen; er würde noch zwei weitere Tage in Anspruch nehmen, die man auch nicht abkürzen konnte, wenn man es ordentlich machen wollte.

Ich ließ mich auf die Couch plumpsen, um mit der PlayStation zu spielen, dann jedoch überlegte ich es mir anders. Stattdessen ging ich online und spielte *Warhammer*.

Nach etwa zehn Minuten wurde mir klar, dass ich ein Nickerchen brauchte. Ich teilte den anderen Spielern mit, dass ich offline gehen würde, legte mich hin und schlief innerhalb von Sekunden tief und fest. Ganz ohne Albträume.

—

Immer noch wartete ich.

Und wen es aus dem Sattel schoß,
Den Reiter zertritt sein eigen Roß,
Das Fahnentuch mit flatterndem Band
Geht schon in dritt' und vierte Hand,
Ist zerschossen und zerzundert,
Der Tod mäht rascher von Schritt zu Schritt,
Leichte Brigade, was bringst Du noch mit?
Dein Siegesritt war ein Todesritt …

—

Als Harold um die Ecke in die Park Street bog, dachte er bei sich: *Häuser haben eine Persönlichkeit*. In der Park Street standen vierundachtzig Häuser, und alle sahen ähnlich aus. Alle bestanden aus Ziegelsteinen und wiesen dieselbe Bauform auf. Er stellte jedem der Häuser die Morgenzeitung zu. Während er mitten auf der Straße entlangradelte und die eingerollten Ausgaben auf die Rasen der Vorgärten, gelegentlich auch gegen die Fassade warf, ließ er den Gedanken freien Lauf. In letzter Zeit nahm er öfter die Fassaden ins Visier, weil es Spaß machte und sein Boss Cliff auf einem anderen Planeten zu weilen schien, seit seine Tochter, die rattenscharfe Henna, in die mysteriöse Schießerei verwickelt worden war, bei der man diesen Kerl am Straßenrand abgeknallt und sie es bezeugt hatte. Entweder hatten die Leute aufgehört, sich zu beschweren, oder, was wahrscheinlicher anmutete, es juckte Cliff nicht mehr. Harold drängte sich geradezu der Eindruck auf, sein Boss wäre gestorben. Ein wandelnder Leichnam.

Das merkwürdigste Haus in der Park Street war unangefochten Nummer 36. Harold wusste, dass dort jemand wohnte, denn jeden Morgen war die Zeitung vom Vortag vom Rasen verschwunden. Wer immer darin lebte, war herausgekommen, um sie zu holen. Aber gerade dadurch wirkte das Haus so merkwürdig: Es gab dort rein gar nichts. Bei allen Häusern – außer bei Nummer 36 – gab es ein Auto oder ein Fahrrad davor oder ein Haustier oder ein auffälliges Schild mit dem Namen des Hauses oder einen Grill vorne oder an der Seite. Irgendetwas. Nicht so bei Nummer 36. Nichts. Es war immer alles verschlossen. Die Vorhänge vollständig zugezogen. Keinerlei Anzeichen von Leben.

Das machte Harold zunehmend neugieriger. Da sich sein Boss nunmehr von dieser Welt verabschiedet zu haben schien, hatte Harold beschlossen, die eingerollte Zeitung gegen die Fassade von Nummer 36 zu schleudern, so kräftig er konnte, in der Hoffnung, dass die Person, die darin wohnte, vielleicht herausstürmen und ihn anbrüllen würde. Irgendetwas.

Aber nichts. So kräftig er auch warf, immer dasselbe Ergebnis. Was lief dort drin ab? Als sich Harold an diesem Morgen Nummer 36 näherte, spielte er kurz mit dem Gedanken, auf das vordere Fenster zu zielen und zu versuchen, es mit der Zeitung einzuschmeißen. Das würde bestimmt eine Reaktion provozieren. Außerdem würde es zweifellos dazu führen, dass er gefeuert wurde.

Er verlangsamte die Fahrt, als er 36 erreichte. Jawohl, wie erwartet. Nichts. Er schaute zu 34 und 38 sowie zu den Häusern mit ungeraden Nummern auf der gegenüberliegenden Straßenseite. Überall ging irgendetwas vor sich. Harold seufzte. Es würde wohl ein Rätsel bleiben, das er niemals lösen würde. Mit dieser Erkenntnis holte er aus und warf die eingerollte Zeitung mit aller Kraft, die er aufzubringen vermochte, gegen die Vordertür.

—

Klatsch!

Dieser kleine Flachwichser! Ich war mitten im Tiefschlaf. In meinem Traum schwebte ich durch einen goldenen Palast mit unzähligen Mädchen, die alle lange, wallende blonde Haare hatten. Es sah aus, als wären sie alle unter Wasser.

Vier Uhr morgens. Immer dieselbe Zeit. Dieser kleine Penner fängt allmählich an, mir wirklich auf die Nerven zu gehen. Ich bin sicher, dass der Scheißer die Zeitungen absichtlich gegen meine Fassade oder Tür wirft. Jeden Morgen scheint es lauter und lauter zu werden.

Ich schwöre, wenn der Pisser es noch ein einziges Mal macht, verstoße ich gegen die Regeln und hole ihn mir. Ich bringe ihn um – nein, ich schiebe ihm zuerst einen Besenstiel in den Arsch, dann bringe ich ihn um – und verscharre ihn in einer Grube in der Nähe der Mädchen. Zwar habe ich noch nie einen Jungen kaltgemacht, aber das ist etwas anderes. Das ist so, als würde ich Rechnungen bezahlen oder zum Arzt gehen, etwas, das erledigt werden muss, um die natürliche Ordnung der Dinge aufrechtzuerhalten.

An diesem Morgen sind keine Mädchen zum Spielen hier, Freunde, deshalb spule ich meine normale Routine ab, die ich befolge, wenn ich allein bin. Duschen. Rasieren. Anziehen. Die Zeitung holen. Die kleine Arschgeige ist längst weg. Frühstück machen. Gebackene Bohnen auf Toast. Essen und lesen.

—

Mr Farblos? Erbärmlich? Rattengesichtiger Loser? Amateur?

»Mr Richards, der als überaus erfahrener Experte für Morduntersuchungen gilt, insbesondere in Hinblick auf Serienmorde, brach heute Nachmittag sein Schweigen und teilte mit, dass der Mörder die Polizei ›zu beeindrucken‹ versuche. Einen offiziellen Kommentar seitens der Polizei gab es dazu nicht, aber Quellen aus dem Umfeld der Ermittlungen meinten, der Täter hätte versucht, mit seinen Morden zu prahlen. Mr Richards ging nicht näher darauf ein, in welcher Form geprahlt wurde, daher steht diese Information zurzeit nicht zur Verfügung, jedoch bezeichnete er den Mörder als ›Loser‹ und prägte bewusst oder unbewusst den Ausdruck ›Mr Farblos‹.«

Meine Brüder und Schwestern, könnt ihr euch vorstellen, wie ich mich gefühlt habe? Er will einen farblosen Loser? Dann soll er einen zu sehen bekommen. Ich hatte meine Rache gegen Darian bereits geplant, aber Freunde, ich habe darauf geachtet, mich an die Liste und an die Routine zu halten. Eigentlich hatte ich vorgehabt, erst in einer Woche tätig zu werden.

Damit war es vorbei.

Wie ein Soldat mit neuen Befehlen stand ich auf und marschierte in die Garage, holte meine Ausrüstung hervor, Decken, mein Seil, und verstaute alles hinten im Van. Ich setzte mich auf den Fahrersitz, schloss die Tür, drückte auf die Fernbedienung und hörte das Geräusch des sich öffnenden Garagentors. Erblickte das Licht des frühen Morgens. Setzte mit dem Van zurück, hielt an, um die Garage mit der Fernbedienung wieder zu schließen, beobachtete, wie das Tor zuging, ließ den Blick noch einmal über das Haus wandern und fuhr dann die Straße hinab – die sich um diese frühmorgendliche Zeit verwaist präsentierte – in Richtung Tanawha.

Teil 3

»Und da durch sie der Sünder Stolz erstünde,
Nimmt sie nicht ein der tiefen Hölle Graus.«
DANTE ALIGHIERI – »INFERNO«

57

Roter Himmel am Morgen

… *bereit dem Bauer Sorgen*, ging mir durch den Kopf, als die Sonne aufging.

Mein Telefon summte. Maria.

»Ich rufe dich mit einem anderen Telefon zurück. Auf dem hier muss ich die Leitung frei halten.« Ich legte auf, ergriff ein zweites Handy und rief sie an.

»Was ist passiert?«, fragte ich.

»Er hatte mich mit einer Anschuldigung wegen sexueller Belästigung – *lesbischer* sexueller Belästigung. Ich bin auf seinen Deal eingegangen. Mein Schweigen für sein Schweigen.«

»Und das war's?«

»Das war's. Für mich, Darian, aber er hat einen Haftbefehl für dich.«

»Ich weiß.«

»Er bringt dich mit den Morden in Verbindung. Er behauptet, auf dem Schädel sei ein Fingerabdruck von dir. Jeder Bulle in der Gegend ist auf der Suche nach dir. Und es ist Rache im Spiel. Sie haben nicht vergessen, was du mit Dennis gemacht hast.«

»Wer ist Dennis?«

»Der Cop, dem du den Arm wie einen morschen Zweig gebrochen hast.«

»Ach, der. Ich komm schon klar. Die kriegen mich nicht.«

»Sei dir da nicht so sicher.«

»Okay, ich werde vorsichtig sein.«

»Wo bist du?«

Kurz verstummte ich. Fehler. »Ich fahr bloß durch die Gegend.«

»Nein, tust du nicht. Du hast mich gerade belogen. Wo steckst du?«

Ich wollte sie nicht mehr dabeihaben. Wenn alles so verliefe, wie ich es geplant hatte, würde sie ein Problem werden. Sie würde versuchen, mich davon abzuhalten, die Sache zu Ende zu bringen. Wenn – natürlich ein großes *Wenn* – ich ihn fände.

»Also, wo bist du?«

»Ich verstecke mich in Boreen Point.« Der Ort lag etwa achtzig Kilometer entfernt.

»Du kennst doch diese Spionage-Software, die Isosceles benutzt, um die Position von Personen anhand ihrer Handys zu ermitteln, oder?«

»Ja. Ohne die wären wir ganz schön angeschmiert.«

»Richtig. Total angeschmiert. Jedenfalls dachte ich mir, ich rufe ihn besser an, da er ja unbedingt mit mir reden wollte.«

»Ich hoffe, du hast dabei ein enges ärmelloses Shirt getragen«, sagte ich und lachte.

»Hauteng.« Auch sie lachte. »So ist es mir gelungen, ihn zu überreden, sie mir zu geben.«

Die Beifahrertür des Pick-ups öffnete sich. Da stand sie, das Telefon ans Ohr gedrückt, und starrte mich an. »Und sie funktioniert wirklich gut.«

Maria legte auf, stieg ein und schloss die Tür.

»Hallo, Partner«, sagte sie.

—

Angie betrachtete sich im Spiegel. Zwar handelte es sich nur um eine Vorlesung – sie würde im Halbdunkel des Saals sitzen und einem Vortrag über Yeats lauschen –, trotzdem sah sie gern gut aus. Manchen Studentinnen schien ihr Erscheinungsbild egal zu sein. Ihr nicht. Wann immer sie zur Uni ging, wählte sie ihre Kleidung sorgsam aus und trug Make-up auf. Nicht, weil sie jemanden beeindrucken wollte, sondern weil sie es für wichtig hielt, professionell zu wirken. Sie träumte davon, eine Schriftstellerin wie Flannery O'Connor zu werden, auch wenn die Frau arm gewesen war. Noch besser wäre es natürlich, wie J K Rowling oder Stephen King zu werden – Autoren, die arm angefangen hatten, aber durch Talent und Ausdauer reich geworden waren. Sie konnte kaum glauben, wie viel es kostete, die Universität zu besuchen. Ihre Ma und ihr Pa hatten in den 1970ern studiert, als es noch kostenlos gewesen war; Angie musste $ 4.000 pro Semester bezahlen. Hinzu kamen die Extras – Bücher und Miete, Essen, Transport. Und an der Sunshine Coast herrschte ein Mangel an Teilzeitjobs. Hier oben war alles weitläufig verteilt. Vorwiegend kleine Gemeinden und Dörfer. In Noosa gab es einige Jobs in Bars, die jedoch ließ sie links liegen. Ein paar Stellen waren auch im Einkaufszentrum in Maroochydore zu haben, aber auch die ließ sie sausen. Dann hörte sie, wie sich zwei Mädchen auf der Toilette darüber unterhielten, wie sie während des Indy für eine Woche runter an die Gold Coast gereist waren, sich eine Wohnung gemietet und über zweitausend Dollar die Nacht als Escorts verdient hatten.

Escorts? Das war doch eine höfliche Umschreibung für »Prostituierte«, oder?

Genau. Angie stellte einige Nachforschungen an und fand heraus, dass es sich um eine hoch bezahlte Arbeit handelte, die gut organisiert und sicher zu sein schien. Sie dachte, wenn sie viel verlangte, würde das die Spinner von den netteren Kunden trennen, doch nach einer Weile wurde ihr klar, dass es so einfach nicht ging. Angie wusste, dass sie hübsch war. Sie wusste auch, dass sie auf diese Weise Geld verdienen konnte, nachdem sie ein Bordell besucht hatte, um einige Fragen zu stellen, und man sie regelrecht angefleht hatte, dort zu arbeiten. Skrupel hatte sie wegen ihrer Tätigkeit keine. Bei erstmaligen Kunden war sie immer ein wenig nervös, aber mittlerweile, nach zwei Jahren, hatte sie eine Liste von Stammkunden und verdiente mehr als genug, um die Studiengebühr, die Miete und ihr Essen zu bezahlen und noch etwas beiseitezulegen, um nächstes Jahr die Anzahlung für eine Wohnung zu leisten.

Sie erzählte niemandem davon. Es war, als führte sie ein geheimes Leben – ein Schattendasein. Sobald sie mit dem Studium fertig wäre, würde sie es aufgeben, obwohl es ihr irgendwie gefiel. Manche ihrer Kunden betrachtete sie als mehr denn als Kunden. Sie verkörperten Geliebte. Ihnen bedeutete sie viel. Manche wie Darian brauchten sie zum Überleben. Ihn liebte sie mehr als jeden anderen. Zumindest im Rahmen dessen, was Liebe für sie bedeutete.

Am Dienstag hatte er ihr einen Ring geschenkt. Ein schmales Goldband mit winzigen Diamantsplittern. »Trag ihn ständig«, hatte er sie eindringlich ersucht. »Er basiert auf einem keltischen Muster, das den Träger schützt.«

»Ich werde ihn nie abnehmen«, hatte sie gesagt, als sie den Ring vor sich gehalten und das Funkeln der Diamantsplitter betrachtet hatte.

»Versprochen?«, hatte er nachgehakt.

»Versprochen«, hatte sie erwidert.

Angie schloss die Tür ihrer Wohnung, sperrte ab und ging den Flur hinab zum Aufzug. Ihr Auto parkte in der Nebenstraße um die Ecke. Sie warf einen Blick auf die Armbanduhr. Obwohl sie ein wenig spät dran war, würde sie es rechtzeitig zum Beginn der Vorlesung schaffen.

—

»Boreen Point?«, sagte Maria.

»Diese Phase sollte ich besser allein abwickeln«, meinte ich.

»Damit du ihn töten kannst. Vergiss es. Das wird nicht passieren. Er wird in Gewahrsam genommen. Und jetzt klär mich darüber auf, was läuft.«

Ich starrte sie an. Sofern mein Plan aufginge, würden wir eine grundlegende Meinungsverschiedenheit haben, entweder sofort oder mitten in einer hochgradig brisanten Lage. Ich musste Promise umbringen, aber sie würde versuchen, mich davon abzuhalten. Schließlich *ist* Mord ja illegal. Es würde hässlich werden. Aber musste ich den Streit unverzüglich austragen? Es war ein Streit, den keiner von uns beiden gewinnen konnte. Ich beschloss, dass die beste Möglichkeit darin bestünde, zu lügen.

»Ich werde ihn nicht umbringen.«

Maria wirkte überrascht.

»Bist du abergläubisch?« Ich wusste, dass sie es war. Maria erwiderte nichts. »Denn ich bin es bei solchen Gelegenheiten. Ich habe ihm eine Falle gestellt, aber ob sie zuschnappt oder nicht, hängt ganz vom Zufall ab. Das ist die Phase, in der ich bloß *hoffen* kann, dass alles nach Plan verläuft. Ist aber nur selten der Fall, und ich habe keine Kontrolle darüber. Deshalb rede ich nicht darüber. In dem Moment, in dem ich den Plan in Worte fasse, ist er dazu verurteilt, in sich zusammenzufallen.«

»Du willst ihn deshalb nicht in Worte fassen, weil du weißt, dass ich dir dabei im Weg stehen werde.«

»Schon mal vom Zugfahrer gehört?«

»Dem Mörder in Melbourne? Das ist doch der Typ, der Mädchen aus Zügen entführt. Du hast ihn nie geschnappt.«

»Es wäre mir fast gelungen. Einmal. Auch ihm hatte ich eine Falle gestellt. Das war, nachdem das siebte Mädchen verschwunden war. Da hatte ich gedacht, sein Muster zu kennen. Ich glaubte damals, ich könnte seine Handlungen vorhersehen. Ich teilte den Teams mit, wie der Plan aussah. Ich war selbstsicher. Mehr als das, ich war überzeugt davon, ich würde ihn fassen. Aber das tat ich nicht. Vielleicht ist er mit Kopfschmerzen aufgewacht. Vielleicht war es der Geburtstag seiner Mutter. Jedenfalls hat er sich nicht so verhalten, wie ich es erwartet hatte. Vielleicht war es Überheblichkeit meinerseits. Jedenfalls hat es mich gelehrt, mich nie auf Hoffnung zu verlassen, und mir den einzigen Aberglauben beschert, den ich habe. Daher«, beendete ich meine Ausführungen, »warte ich und beobachte.«

—

Überhaupt nicht mein Typ. Über zwanzig, goldblondes Haar, große Brüste. Zu alt, zu selbstsicher, voll entwickelt. Aber darum geht es nicht, oder? Hier dreht es sich nicht um mich. Hier dreht es sich um *ihn* und mich.

—

»Hi.«

Angie hörte, wie sich ihr jemand von hinten näherte, und drehte sich um. *Was für eine seltsame Augenfarbe*, dachte sie …

—

Es lag an ihm. Alles hing von Isosceles ab. Obwohl er sich zweitausend Kilometer entfernt befand, beobachtete er und wartete, wie er es schon tat, seit Darian ihm das »Spiel« erläutert hatte. Er war aufgeregt, aber dieser Teil seiner Aufgabe ängstigte ihn zugleich. Ein Menschenleben lag in seinen Händen. Verlöre er sie aus den Augen, wäre sie tot. Er aß nicht, nippte nur an seiner Cola und hatte die Musik richtig laut aufgedreht, damit er sich voll konzentrieren konnte.

Es erinnerte ihn daran, am nächtlichen Himmel auf die Sterne zu starren und darauf zu warten, dass einer erlosch. Als Kind hatte er das öfter getan, nachdem er erfahren hatte, dass sich die Sterne so weit entfernt befanden, dass sie bereits tot waren. Sie alle waren bereits erloschen. Es dauerte bloß Millionen Jahre, bis ihr Licht das Universum durchquerte und es uns wissen ließ.

Da war es: wie ein Stern, der erlosch. Die Ausstrahlung von Angies Mobiltelefon. Weg. Er drückte die Kurzwahl für Darian.

—

Mein Telefon klingelte. »Er hat sie. Ihre Handyausstrahlung ist gerade verschwunden.«

»Wo?«, fragte ich.

»Bei ihrem Wohnblock.«

Ich legte den Gang ein und fuhr los, sprach gleichzeitig mit Isosceles weiter.

»Gut. Ich bin zwei Häuserblocks von dort entfernt.«

»Er ist in Bewegung.«

»Aber du hast das Signal?«

»Ja. Sie fahren … Moment … die Morris Street entlang. Nach Norden. Das ist die Richtung nach oben, Darian.«

»Was läuft hier ab?«, wollte Maria wissen.

Ich deutete auf ein Navigationssystem, das ich unlängst gekauft hatte. Es war an den Zigarettenanzünder auf dem Rücksitz angeschlossen. »Gib die Morris Street ein. Wir müssen sie finden.«

Sie tat wie befohlen. »Ist er es?«

»Ja, ich denke schon«, gab ich zurück.

»Er hat sich jemanden geholt, den du kennst?«

Ich erwiderte nichts.

»Du hast eine Freundin?« Maria klang überrascht.

»Hast du die Morris Street gefunden?«

»An der nächsten Kreuzung nach rechts.« Sie starrte mich eindringlich an. Ich fuhr weiter, ignorierte ihre Fragen.

»Weiß diese Frau, dass sie ein Bestandteil deines Plans ist?«

Ich bog auf die Morris Street. Dann sagte ich zu Isosceles: »Wir sind in der Morris Street.«

»Ja, ich kann euch sehen. Er ist ungefähr vier Kilometer vor euch. Er fährt nicht zu schnell, hält sich an die Geschwindigkeitsbegrenzung von fünfzig Stundenkilometern. Ihr fahrt beide in Richtung der Autobahn, die hinauf nach Noosa und Tewantin führt.«

»Okay. Danke«, sagte ich. Maria starrte mich nach wie vor an.

»Großer Gott. Du hast ihr einen Funkchip verpasst, stimmt's?«

Ich nickte.

»Aber sie weiß es nicht, weil der Plan nur funktionieren kann, wenn sie ahnungslos ist. Und diese Chips sind heutzutage so klein und ausgeklügelt, dass sie in ein Armband passen. Oder in einen Ring. In ein Geschenk. Etwas, das sie anbehalten und er ihr nicht abnehmen wird, bis er sich in der Sicherheit seines Hauses befindet oder wohin auch immer er uns führt. Großer Gott«, entfuhr es ihr noch einmal. Sie wandte den Blick ab. »Ich hoffe, sie ist ein versöhnlicher Typ.«

Durch den Schuss auf ihn hatte ich mich meinerseits in seine Schusslinie gebracht. Allerdings würde er mich nicht direkt ins Visier nehmen, sondern jemanden, durch den er mich verletzen konnte. Er wusste, wo ich wohnte, und länger als eine Woche brauchte er nicht, um zu erkennen, dass Angie die Summe meines Privatlebens ausmachte. Auch mit Henna hätte er es tun können, da ich mich aus dem Fenster gelehnt hatte, um sie zu beschützen, doch sie befand sich unten in Brisbane in einer Privatklinik, wo sie wegen des Traumas behandelt wurde, das sie beim Bezeugen jenes »mysteriösen und ungelösten Schusses« erlitten und das ihr einen Gedächtnisverlust beschert hatte. Außerdem verkörperte Angie das bessere Ziel. In Wirklichkeit das einzige Ziel, den einzigen Menschen, an dem mir wirklich etwas lag. Mit Angie konnte er mir richtig wehtun.

Ich hatte sie benutzt. Die einzige Person, die mir wirklich am Herzen lag: Ich hatte sie dem Mörder in die Hände gespielt. Eine andere Wahl hatte ich nicht gehabt. Ich hasste mich dafür und wusste, dass ich damit die einzige Liebe töten würde, die ich je gehabt hatte. Sie würde mir nicht verzeihen. Ich würde mir selbst nicht verzeihen.

Ich bog auf den Sunshine Motorway und beschleunigte den Pick-up auf einhundert Stundenkilometer, die erlaubte Höchstgeschwindigkeit. Auch ich musste darauf achten, keine Aufmerksamkeit zu erregen. Immerhin suchte die Polizei nach mir. Vor mir in etwa zwei Kilometern Entfernung konnte ich einen weißen Van ausmachen. Auch Maria sah ihn. Sie richtete sich im Sitz höher auf und starrte eindringlich hin. Der Mörder: Danny Jim Promise.

Wir sprachen kein Wort. Es gab nichts zu sagen.

—

Angie begriff auf Anhieb, dass es sich um den Mörder handelte und dass er sie als Rache für das entführt hatte, was Darian tat. Sie wusste, dass sie nicht seinem Typ entsprach; nein, hier ging es darum, etwas zu beweisen. Darian hatte Druck auf ihn ausgeübt, war ihm zu nahe gekommen, hatte einen Nerv getroffen, und nun wollte er sich rächen, indem er sie benutzte. Sie wusste, dass sie sterben würde und dass die Zeit bis zu dem Moment, in dem er sie endgültig tötete, unvorstellbar grauenvoll sein würde. Angie versuchte angestrengt, sich nicht von ihrer Vorstellungskraft in die Tiefen menschlicher Abgründe ziehen zu lassen, zu den Gesichtern der toten Mädchen an Darians Wand, zu den Geschichten, die sie darüber gehört hatte, was solche Kerle taten – das Verlängern der Schmerzen, das Abtrennen von Trophäen. Er würde ihr wehtun. Er würde sie quälen und terrorisieren. Er würde es aufzeichnen, es filmen, Darian damit verhöhnen.

Es war Donnerstag. Das bedeutete, Darian würde es erst nächsten Dienstag erfahren. Bis dahin würde alles normal erscheinen. Wenn sie am Dienstagabend nicht auftauchte und ihn nicht anriefe, würde er wissen, dass etwas nicht stimmte. Dann würde er sich auf die Suche nach ihr begeben. Nächsten Dienstagabend. Noch fünf Tage bis dahin. Angie hoffte, der Mörder würde sie schon davor töten. Sie hoffte, er würde es so schnell wie möglich erledigen.

Allerdings wusste sie tief in ihrem Herzen, dass es nicht so kommen würde. Vielmehr würde er es hinauszögern. Je länger sie Qualen litt, desto mehr Vergnügen würde ihm das Wissen bereiten, dass sich Darian sorgte und nach ihr suchte. Er würde sie sogar länger als fünf Tage am Leben erhalten. Das würde ein Bestandteil seines Plans sein.

Einen Moment lang verspürte sie blanke Wut auf Darian, weil er zugelassen hatte, dass dies geschehen war. Er hätte es voraussehen müssen! Der Anflug verschwand so schnell, wie er sie überwältigt hatte. Denn wer war sie in Wirklichkeit schon? Eine Prostituierte, die er jeden Dienstag genüsslich vögelte. Angie: So lautete nicht einmal ihr richtiger Name. Sie hatte ihm ihren richtigen Namen nie verraten. Sie konnte nur sich selbst die Schuld geben.

—

Wir hatten weitere zehn Kilometer auf der kerzengeraden Autobahn zurückgelegt, als ich das Geräusch einer Polizeisirene hörte. Ein Blick in den Rückspiegel offenbarte mir, dass ich von einem Streifenwagen verfolgt wurde.

»Scheiße!«, stieß Maria hervor.

»Ich werde rangewunken«, ließ ich Isosceles wissen. »Hast du sie noch?«

»Ja.«

»Alles klar. Das sollte nicht allzu lange dauern.«

»Nicht allzu lange?«, rief Maria. »Das sollte nicht allzu lange dauern? In welchem Alternativuniversum lebst du eigentlich? Die werden dich verhaften, du Idiot! Du hast bloß Glück, dass ich hier bin und die Verfolgung übernehmen kann!«

Ich hielt den Wagen an, ließ jedoch den Motor laufen. Ich öffnete die Tür und stieg aus.

»Hallo, Jungs«, begrüßte ich die beiden Uniformierten, die sich mir näherten.

»Darian Richards?«, fragte der Cop auf der linken Seite.

»Genau der«, bestätigte ich.

»Wir haben einen Haftbefehl gegen Sie. Ich fürchte, Sie müssen uns begleiten.«

Polizeibeamte in Queensland sind gut bewaffnet. Sie tragen eine Glock und einen Elektroschocker. Die meisten, wie diese beiden, sind zudem fit und stark. Abgesehen von der Tatsache, dass ich sowohl Karate als auch Judo sowie einige andere Kampfsportarten beherrsche, war ich waffentechnisch schwer unterlegen. Ich wartete, bis sie in Angriffsreichweite kamen. Zwei Glocks, zwei Elektroschocker, zwei von ihnen gegen mich allein. Sie wirkten ziemlich entspannt. Unter normalen Umständen schaltet ein ehemaliger Bulle nicht zwei bewaffnete Bullen am Rand einer verkehrsreichen Autobahn aus. Dennoch tat ich genau das. Ich stieß mich vom Boden ab, holte mit dem rechten Bein aus, trat dem Cop auf der linken Seite in den Hals – er ging zu Boden – und nutzte den Schwung meiner Drehbewegung, um mit dem anderen Bein den zweiten Cop außer Gefecht zu setzen, der ebenfalls zusammensackte. Hatte keine fünf Sekunden gedauert.

»Was zum Teufel machst du da?«, kreischte Maria hinter mir aus dem Auto. Ich hielt kurz inne, um mich zu vergewissern, dass sie unten bleiben würden. Sah ganz so aus. Ich hatte sie dort getroffen, wo ich gewollt hatte, was bedeutete, dass sie die nächsten zehn Minuten lang gleichsam gelähmt bleiben würden.

»Tut mir leid, Jungs«, entschuldigte ich mich, rannte zurück zum Auto, warf die Tür zu, legte den Gang ein und schenkte Maria keine Beachtung, die völlig außer sich war, als ich mit Vollgas losraste.

»Oh mein Gott, oh mein Gott, oh mein Gott, hast du eine

Ahnung, in was für Schwierigkeiten wir jetzt stecken? Oh mein Gott.«

»Isosceles?«

»Ja?«

»Kommt vor uns demnächst eine Ausfahrt? Ich glaube, ich sollte eine Weile von der Autobahn runter und stattdessen Nebenstraßen nehmen. Du musst für mich arrangieren, dass Casey zu uns stößt; wir müssen die Autos tauschen. Obwohl ich nicht weiß, ob uns genug Zeit dafür bleibt. Wie weit noch bis zur Zivilisation?«

»In drei Kilometern kommt eine Ausfahrt. Es ist eine alte Straße, die nach Tewantin und Noosa führt. Sieht so aus, als wäre sie mal ein Teil der alten Schnellstraße gewesen. Er ist immer noch auf der Autobahn und wird in acht Minuten die Vororte erreichen. Du wirst zwischen fünf und zehn Minuten hinter ihm sein.«

»Du Vollidiot!«, war alles, was Maria beizusteuern hatte.

»Ich höre gerade den Polizeifunk ab. Ich glaube, sie haben keine Meldung erstattet, bevor sie dich rausgewunken haben. Wahrscheinlich wollten sie sich zuerst vergewissern, dass wirklich du in Archs Pick-up sitzt. Auch noch kein Sterbenswort über einen Angriff auf Polizeibeamte.«

»Tja, das kommt aber verflucht noch mal noch!«, tobte Maria.

Ich hatte während des kurzen Intermezzos mit den Cops nicht allzu sehr auf den Verkehr geachtet, aber uns hatten genug Autos passiert, dass jemand gesehen haben würde, wie ich die Jungs niedergestreckt hatte. Mit größter Wahrscheinlichkeit würde es bald im Polizeifunk auftauchen.

»Haben die hier oben einen Helikopter zur Verfügung?«, wollte ich von Maria wissen.

»Nein. Ja. Manchmal.« Sie schien mir ziemlich durcheinander zu sein. »Die verwenden den Notfallhubschrauber unten in Coolum, wenn er verfügbar ist. Es ist der einzige an der Sunshine Coast.«

»Noch einen Kilometer bis zu deiner Ausfahrt«, kündigte Isosceles an.

»Ist keine große Straße. Schmal. Lkw benutzen sie. Ist schwierig, darauf zu überholen«, sagte Maria.

»Hast du sie noch?«, fragte ich Isosceles.

»Klar und deutlich. Sie wird uns zu ihm führen«, erwiderte er.

»Prima«, gab ich zurück und begann, die Fahrspur zu wechseln, um auf die Nebenstraße abzufahren.

»Das gibt ihm zwischen fünf und zehn Minuten mit ihr, bevor wir eintreffen«, gab Maria zu bedenken.

Ich erwiderte nichts. Es war mir vollauf bewusst, und ich brauchte es nicht von ihr zu hören. Aber auf der Autobahn zu bleiben, kam nicht infrage. Ich fuhr ab und musste sofort verlangsamen, weil etwa einen Kilometer vor uns ein Traktor in derselben Richtung unterwegs war und die gesamte Breite der Straße einnahm.

—

Angie spürte, wie der Van langsamer wurde. Die Autobahn hatten sie vor etwa fünfzehn bis zwanzig Minuten verlassen. Zeitweise konnte sie klar denken, dann wieder umfing sie ein Nebel blanken Grauens, und sie hatte keine Ahnung, was vor sich ging. Die letzten Minuten lang jedoch hatte es sich so angefühlt, als führen sie durch Vorortstraßen, wo sie mit geringem Tempo links und rechts abbogen. Nun wurde der Van noch langsamer und schien eine kurze Anhöhe hinaufzukriechen. Dann blieb er stehen. *Sein Zuhause*, ging Angie durch den Kopf. Sie hörte das elektrische Surren eines Garagentors, das sich öffnete. Der Van beschleunigte kurz. Dunkelheit umfing das Fahrzeug. Sie befanden sich in der Garage. Angie hörte dasselbe Surren, als sich das Garagentor schloss, und damit wurde es noch dunkler. Sie versuchte, sich zu verrenken und in seine Richtung zu spähen, zum Fahrersitz. Der erwies sich als leer. Die Tür schien offen zu stehen, allerdings ließ es sich schwer erkennen. Er musste ausgestiegen sein, ohne dass sie es gehört hatte.

Angie versuchte, sich zu befreien, was sich jedoch, wie erwartet, als nutzloses und schmerzhaftes Unterfangen herausstellte. Sie lag still. Und wartete.

—

Es gab nichts, was Isosceles tun konnte, außer zu warten. Er starrte auf das unaufhörliche Blinken des – mittlerweile bewegungslosen – Funksenders und auf die Entfernung zwischen Park Street 36 und Darians Pick-up auf der einspurigen Landstraße. Isosceles bemühte sich, nicht daran zu denken, was in der Park Street Hausnummer 36 vor sich gehen mochte, und da er seine Aufgabe nunmehr erledigt hatte, spielte er mit dem Gedanken, den Schreibtisch zu verlassen, um sich die Beine zu vertreten. Immerhin hatte er etliche lange Stunden vor den Monitoren gehockt. Aber er rührte sich nicht von der Stelle. Stattdessen ließ er den Blick darauf geheftet, wie Darian und Maria nur im Schneckentempo vorankamen, und wünschte, es gäbe eine Möglichkeit, Blitze auf die Lastwagen und Traktoren hinabzuschleudern, die ihnen ständig im Weg zu sein schienen.

—

Mit der werde ich keine Zeit vergeuden. He, ich kenne ja noch nicht mal ihren Namen. Sie ist bloß die Frau, die den ach so besten Mordermittler des ganzen Landes an Dienstagabenden in seinem Haus besucht. Seine Freundin. Ich bin durch meine jüngsten Probleme so von der Rolle, dass mir die Freude und das Vergnügen, ein Babygirl bei mir im Mädchenzimmer zu haben, ziemlich fehlen. Die Nächste habe ich schon gefunden. Ich bewahre immer den Überblick über mögliche Ziele. Ich habe eine Liste, die ich jeden Tag ergänze. Im Moment stehen acht Namen darauf. Belinda wird die Nächste. Sie ist vierzehn und arbeitet an den Wochenenden bei KFC. Es wird einfach werden, sie zu holen. Nach der Arbeit geht sie zu Fuß nach Hause, und dieses Wochenende hat sie die Nachtschicht. Ich werde sie mir am Beginn der dritten Straße nach KFC schnappen. Den Van parke ich gleich um die Ecke, dann greife ich sie mir, wenn sie an mir vorbeispaziert. Es fehlt mir wirklich, ein Babygirl ganz für mich allein zu haben. In letzter Zeit hat es so viel Tohuwabohu gegeben.

Ich weiß, Freunde, ich weiß. *Winston*, sagt ihr, *warum weichst du vom Plan ab? Warum bist du so versessen auf Rache? Ist das nicht eine Schwäche?*

Ich muss diesem Klugscheißer von einem Bullen eine Lektion erteilen. Ich muss ihm wehtun, und ich will es schnell tun. Das ist keine Schwäche. Es muss einfach erledigt werden. Keine Sorge, Freunde, mit der hier werde ich mich nicht lange aufhalten – *Namenlose, so nennen wir dich.* Ich bin nicht mal sicher, ob ich sie überhaupt ficken werde. Was soll das bringen? Schließlich ist sie keine sexy Granate wie Belinda, die mich aufgeilt. Am besten schaffe ich sie einfach in das Zimmer, schieße ein paar Fotos von ihr, wie sie nackt ist und ihr vor Grauen die Augen aus dem Kopf springen, wenn ich ihr beschreibe, was ich mit ihr anstellen werde. Dann erledige ich sie und entsorge ihre Leiche gleich morgen früh mit den zwei anderen.

Ich stelle dem besten Cop, den's überhaupt je gegeben hat, die Fotos zu, und am Nachmittag hole ich mir Belinda. Pfeif aufs Wochenende, ich mache es schon morgen. Und am Abend werde ich jede Menge Babygirlsex haben. Perfekt.

Ich habe darauf geachtet, den Schrumpfkopfprozess ordentlich abzuschließen. In der letzten Phase habe ich sie mit dem Sand und den runden Steinen gefüllt wie Beutel mit Murmeln. Man darf nicht vergessen, den Mund und die Augen zuzunähen, damit der Sand nicht herausrieselt. Muss alles dicht sein. Ist es. Keine eingefallenen Wangen oder unschönen Ausbuchtungen. Es sind perfekte kleine Abbilder von Helens und Jenny Gs Köpfen.

—

Angie hörte, wie sich die Hecktür des Vans rasch öffnete.

»Hallo, Namenlose«, sagte der Mann. Er kletterte herein und starrte sie an. »Normalerweise machen wir eine Menge Dinge und fangen gleich hier hinten im Van damit an, aber wir beide werden sie nicht machen, wir werden uns nicht mal die Liste am Kühlschrank ansehen, weil ich's eilig habe. Wir gehen direkt runter ins Mädchenzimmer, haben dort ein wenig Spaß, und das war's dann. In Ordnung?«

Der Mann löste die Klammern, die ihre Handgelenke an einem Ende eines Drahtgitters befestigten, dann befreite er ihre gefesselten Fußgelenke vom anderen. Er stieg hinaus, schleifte sie über den Boden des Vans, ergriff sie, hievte sie sich über die Schulter und trug sie ins Haus.

Angie wehrte sich nicht, versuchte es nicht einmal. Sie fühlte sich bewegungsunfähig. Sie wusste, dass sie sterben würde.

Die Garage geriet außer Sicht, als sie eine sauber wirkende Küche betraten.

Lieber Gott im Himmel, habe ich da gerade zwei Schrumpfköpfe gesehen?

Sie bewegten sich in einen Korridor und durch ein normal aussehendes Haus. Angie erhaschte flüchtige Blicke auf ein Wohnzimmer, ein Schlafzimmer, ein Badezimmer, bevor sie stehen blieben und er eine Tür öffnete. Plötzlich befand sie sich in einem weißen Raum, einem Schlafzimmer. Auf dem Boden wand sie sich hin und her, um sich Überblick darüber zu verschaffen, was sich in dem Raum befand.

Sind das Köpfe?

Sie erblickte eine mit Hunderten Fotos übersäte Wand. Dutzende Mädchen. Angie sah ihre Gesichter, aus denen Qualen und Grauen sprachen; sie sah frische Blutschlieren an der Wand. Plötzlich wurde sie an den Füßen quer durch das Zimmer geschleift. Der Mann bewegte sich rasch und klinisch effizient. Er sah sie nicht einmal an. Ungefähr in der Mitte des Raumes legte er sie ab.

Großer Gott, er hat ein Messer. Er sitzt auf mir. Und starrt mich an. Ich wünschte, ich könnte schreien. Oder irgendetwas tun. Er ist so schwer, dass ich mich nicht rühren kann.

»Zeit, dich nackig zu machen«, meinte er, und Angie beobachtete, wie er das Messer senkte.

Großer Gott, wo ist das Messer? Was macht er damit?

Sie spürte, wie er ihr die Bluse vom Leib riss und ihren BH durchschnitt.

Oh mein Gott!

Er zog ihr die Jeans runter und zerschnitt die Unterwäsche, wobei er sie in den Oberschenkel ritzte.

Au! Lieber Himmel. Was macht er wohl als Nächstes? Bring mich doch einfach um. Bitte, töte mich einfach.

Der Mann beugte sich zurück und ergriff eine Kamera. *Knips.* Ein Foto von ihrem Kopf. *Knips.* Eine Nahaufnahme ihres Körpers. *Knips.* Eine Ganzkörperaufnahme. *Knips. Knips. Knips.*

»Glaubst du an Improvisation? Ich schon. Du bist ja an sich ziemlich fickbar, aber ich will mir Belinda holen, also mache ich mit dir kurzen Prozess. Darian Richards wird diese Fotos lieben.«

—

Wir kamen an. Siebzehn Minuten waren vergangen, seit Angie und Promise eingetroffen waren.

Ein schlichter weißer Mitsubishi Pajero parkte vor Promises Haus. Casey. Die Park Street gehörte zu einer erst unlängst errichteten Siedlung. Jedes Haus besaß einen Hinterhof, der an drei andere Hinterhöfe grenzte, hinten, links und rechts. Jeden umgab eine zweieinhalb Meter hohe Ziegelsteinmauer im beliebten Stil der Toskana, um Privatsphäre zu gewährleisten. Das war hilfreich; eine zweieinhalb Meter hohe Mauer würde eine etwaige Flucht erschweren.

Ich sah mich um. Die Straße präsentierte sich verwaist. Es handelte sich eindeutig um eine Hypothekengegend. Hier wohnten gewöhnliche Durchschnittsbürger. Außer in Nummer 36.

Maria und ich rannten zur Vordertür, Casey eilte seitlich zum Hintereingang los.

—

Was zum Teufel ist das für ein Geräusch? Klopft da jemand an meine Tür? Verpisst euch! Ich bin beschäftigt! Einfach nicht beachten. Zurück zur Namenlosen …

Was ist bloß mit manchen Leuten los? Haut ab! Vergiss sie einfach, Namenlose, die werden schon verschwinden …

Herrgott noch mal! Das ist ja schlimmer als dieser kleine Scheißer von einem Zeitungsjungen! Müssen die verfickten Mormonen oder so sein, die ihre Runden drehen und ihre Gotteszettel verteilen. Zieht Leine!

Ich muss hingehen und ihnen sagen, sie sollen abrauschen …

Moment, Meister. Hast du Blut an dir?

Nein. Okay. Hört mit dem verdammten Klopfen auf! Ich schwöre, sobald ich aus diesem Haus draußen bin, denke ich über eine Ranch tief im Wald nach. Das ist genauso anonym, und ich brauche mich nicht mit Leuten herumzuschlagen.

—

Über sechzig Sekunden waren vergangen. Das ergab achtzehn Minuten, die er mittlerweile mit ihr gehabt hatte. Ich sah Maria an. Zu sagen brauchten wir nichts. Sie wusste, was ich dachte, und nickte. Ich wich einen Schritt zurück, dann trat ich zu. Der Türknauf gab auf Anhieb nach und fiel geradewegs ab. Ich blieb in Bewegung, als die Tür splitterte und aufging, stürmte hinein, dicht gefolgt von Maria.

58

Roter Himmel am Abend

»He, Darian, hast du gezählt, wie viele Mädchen an der Wand waren? Ja? Mehr als acht, nicht wahr? Viel mehr. Hast du sie gezählt? Ich könnte es dir sagen, aber mich würde wirklich interessieren, ob du sie gezählt hast. Da du ja so clever und die Nummer eins unter den allerbesten Mordermittlern bist, wollte ich wissen, ob du dir die Punkteübersicht angesehen hast.«

Wir fuhren einen namenlosen Feldweg entlang. Ich saß auf dem Fahrersitz, Maria auf dem Beifahrersitz und Promise mit Handschellen an den Hand- und Fußgelenken auf der Rückbank. Er war ein großer, dünner Typ mit gewellten blonden Haaren. Glatt rasiert. Er sah aus wie ein Surfer, abgesehen davon, dass er blass war. Offenbar gehörte er nicht zu den Menschen, die viel Zeit in der Sonne verbrachten. Äußerlich wirkte er vollkommen gewöhnlich, wenn man seine orangestichigen Augen außer Acht ließ, die einen unheimlichen Eindruck vermittelten. Promise war Mitte zwanzig und schien eine Mischung zwischen Mann und Kind zu sein. Abwechselnd jammerte er, prahlte er und stellte mir respektvoll Fragen, als spiele er mit dem Gedanken, sich um eine Stelle bei der Polizei zu bewerben. Maria gegenüber zeigte er sich höflich, und er gab uns eine hervorragende Wegbeschreibung. Außerdem erzählte er uns, wie er sich mit den Flüssen und deren Nebenarmen als Transportwege vertraut gemacht hatte, er erzählte uns von seinem Kanu, und er erzählte uns, dass er wegen des Lebensstils an die Sunshine Coast gezogen sei. Entspannt, chillig. Er ließ uns wissen, dass er in der Schule gut in Geschichte gewesen sei, und er fragte, ob wir etwas über Cecil Rhodes wüssten.

»Vierzig? Mehr als vierzig? Oder weniger als vierzig? Was meinst du?«

Wir befanden uns in Caseys weißem Pajero. Ein neueres Modell mit automatischer Türverriegelung, über die ich die Kontrolle hatte. Zusätzlich hatte ich eine Kette an Promises Gürtel befestigt, die Kette wiederum an einer Schraube im Fond des Fahrzeugs.

»Soll ich dir einen Hinweis geben?«

Obwohl es sich um keine Straße handelte, die wir zuvor befahren hatten, kam mir das Terrain bekannt vor. Wir befanden uns wieder im Great Sandy National Park, genauer gesagt im Cooloola Forest.

»Wenn ich neun sage, hilft dir das weiter?«

Indem wir Promises Wegbeschreibung gefolgt waren, hatten wir eine Anlegestelle am Fluss namens Fig Tree Point erreicht, die zwischen dem zweiten und dem dritten der drei Seen lag. Danach waren wir auf einem Wanderweg durch Gestrüpp und über eine Holzbrücke gefahren, bevor wir nach links in Richtung Norden abgebogen waren.

»Neununddreißig? Neunundvierzig? Neunundfünfzig? Neunundsechzig? Heiß oder kalt, was glaubst du?«

Wir hielten auf Coloured Sands oder ein wenig landeinwärts davon zu. Der Ort gehörte zu den Touristenattraktionen an der Küste: ein langer, hoher Streifen aus dem Meer zugewandten Sanddünen in den Farben des Regenbogens.

»Ich meine jetzt die Fotos an der Wand, nur die Mädchen an der Sunshine Coast. Wenn wir nämlich von der Gesamtzahl reden, also wirklich von der *Summe aller*, bewegen wir uns deutlich im dreistelligen Bereich. Tatsächlich habe ich nach hundertsiebenundvierzig zu zählen aufgehört. Ist wie beim Zählen von Sternen. Was bringt das schon? Findest du nicht auch? Darian? Findest du nicht auch?«

Ich merkte, dass Maria kurz davor stand, die Beherrschung zu verlieren. Ich legte die Hand auf ihr Knie, tätschelte es. *Ruhig. Lass ihn nicht an dich ran.* Sie verstand die Botschaft, nickte kaum merklich.

—

Die Wucht, mit der ich die Tür auftrat, erfasste Promise, der auf der anderen Seite stand und sie gerade öffnen wollte. Überrumpelt fiel er nach hinten, hatte sichtlich Schmerzen.

»Was zum Teufel soll das?«, brüllte er.

Ich packte ihn, rammte ihn mit dem Gesicht voraus gegen die Wand, spreizte mit den Füßen seine Beine, legte ihm Handschellen an und klopfte ihn auf Waffen ab. Nichts.

»Wo ist sie?«, spie ich ihm ins Gesicht. Maria war bereits durchs Wohnzimmer und den Korridor hinabgelaufen. Ich hörte, wie Türen geöffnet wurden. Ich hörte Casey an der Rückseite des Hauses.

»Ich bin's, Casey. Ich komme durch die Küche rein«, kündigte er sich an.

»Darian!«, vernahm ich aus den Tiefen des Hauses. Es war Maria.

»Darian«, äffte Promise sie mit hoher, nasaler Stimme höhnisch nach. Er schien nicht außer sich darüber zu sein, dass wir ihn gefasst hatten, sondern geradezu entzückt. Promise führte sich auf wie ein junger Bursche bei der Feier seines einundzwanzigsten Geburtstags. »Geh besser nachsehen, ob sie noch lebt oder kopflos ist, *Darian*.«

Ich widerstand dem Drang, ihn an Ort und Stelle abzuknallen. Wir hatten noch etwas zu erledigen. *Bleib geduldig*, sagte ich mir vor. *Bleib konzentriert. Verlier nicht die Beherrschung.* Casey übernahm den Kerl. »Ich hab ihn«, sagte er. Ich wandte mich ab, verließ das Wohnzimmer und trat in den Korridor, der bedrückend wie der Tunnel aus meinen Albträumen aussah.

»Wo bist du?«, fragte ich.

»Hier. Drittes Zimmer auf der linken Seite. Sie lebt«, antwortete Maria.

»Noch zwei Minuten, und sie wäre …«, hörte ich von hinten. Außerdem hörte ich einen Knall, der wohl daher rührte, dass Casey seinen Kopf gegen die Wand geschlagen hatte, um ihn zum Schweigen zu bringen. »Aua!«, schrie Promise auf.

Ich gelangte zur Tür, zögerte jedoch. Wir hatten sie zwar gerettet, aber wir, nein *ich* hatte sie als Köder benutzt. Ich trat ein. Maria hatte die Arme um sie geschlungen. Angie war teilweise nackt. Es war ihr gelungen, sich einige ihrer zerrissenen Kleider zu schnappen, doch sie hatte sich nicht die Mühe gemacht, sie anzuziehen. Sie kauerte auf dem Boden, wie es Ida auf meiner Couch getan hatte. Die Arme um sich geschlungen wiegte sie sich vor und zurück und weinte dabei. Auf dem Boden lag eine Säge. Mir fiel ein Rinnsal Blut auf, das seitlich an ihrem Hals auf ihre Brust hinablief. Er hatte bereits begonnen, zu schneiden.

Ich kniete mich vor sie, achtete jedoch darauf, sie nicht zu berühren, ihr nicht zu nahe zu kommen.

»Alles in Ordnung, du bist in Sicherheit«, sagte ich. Hohle Worte.

»Du hast mir das angetan. Nicht wahr?« Sie redete in ihre Arme und Beine, hatte den Kopf immer noch tief in ihren kauernden Körper vergraben.

Ich wusste nicht, was ich erwidern sollte. Weder wollte ich sie belügen, noch wollte ich ihr die Wahrheit sagen. Ich hatte sie benutzt und wurde dafür verdammt. Sie schaute zu mir auf. Ihre Augen quollen über vor Tränen. Die Linie des Blutes zeichnete sich nun deutlicher ab. Es musste wehgetan haben. Und es würde ihr für den Rest ihres Lebens Albträume bescheren.

»Der Ring«, sagte sie und sah mich unverwandt an. Ich konnte beobachten, wie sich Begreifen in ihre Züge schlich. »Du hast mir den Ring gegeben, um mir einen Peilsender unterzujubeln. Ich habe mir gewünscht, dass du kommen und mich retten würdest. Mein Held. Aber als ich dich gehört habe, da ist es mir plötzlich klar geworden. Wie konnte mein Held wissen, wo ich war? Schließlich ist das kein Hollywoodfilm, Rose. Das ist das wahre Leben, und im wahren Leben gibt es keine Helden. Richtig? Es gibt nur ›sie‹ und ›uns‹.« Sie wandte sich ab, vergrub den Kopf wieder in ihren Knien.

»Ich mache sie sauber. Casey kann sie nach Hause bringen«, meldete sich Maria zu Wort.

Ich nickte. Und wünschte, ich hätte irgendetwas zu sagen gewusst. Ich sehnte mich nach Wiedergutmachung, wusste jedoch, dass es keine gab. Das hatte ich schon gewusst, als ich ihr den Ring auf den Finger geschoben hatte und sie versprechen ließ, ihn nie abzunehmen.

—

Maria würde den Fall knacken.

Mir fiel ein weißer Van auf, der einem blonden Mädchen im Teenageralter nachgestellt hat, und ich beschloss, ihm zu folgen. Die Chance schien mir eine Million zu eins zu sein, nicht wert, darüber Meldung zu erstatten. Es sah tatsächlich so aus, als würde der Van dem Mädchen folgen, als er plötzlich wendete und davonfuhr. Komisch, *dachte ich mir.* Ich sollte an ihm dranbleiben. *Immer noch eine Chance von einer Million zu eins. Der Van führte mich zur Park Road Nummer 36. Nichts schien ungewöhnlich zu sein. Ich wollte schon wegfahren, als ich zu hören glaubte, dass eine weibliche Stimme von drinnen um Hilfe rief. Der Verdächtige hatte das Gebäude bereits betreten. Als ich mich dem Haus näherte, fing mich Darian Richards ab und erklärte mir, er hätte es so eingefädelt, dass eine junge Frau vom Verdächtigen entführt worden sei und dass sie sich drinnen befände. Wir brachen zusammen ein. Es war sofort klar, dass es sich um das Zuhause des Serienmörders handelte, nach dem wir gesucht hatten. Es war ein Schock für mich. Richards befreite die junge Frau, die daraufhin flüchtete. Ich hatte keine Gelegenheit, mit ihr zu reden, habe sie kaum zu Gesicht bekommen. Dann verlangte Richards von mir, den Tatort nicht zu melden, weil er wollte, dass ihn der Verdächtige zu dem Ort führt, wo er seine Opfer vergraben hat. Ich weigerte mich, aber Richards entwaffnete mich und fixierte mich auf dem Vordersitz seines Fahrzeugs, wo ich außerstande war, ein Telefon oder sonstiges Gerät zu verwenden, um mich zu befreien oder Kontakt mit dem Revier aufzunehmen. Den Verdächtigen sicherte Richards im Fond des Fahrzeugs, bevor wir eine Zeit lang fuhren, bis wir die Stelle erreichten, an der die Opfer vergraben worden waren. Alles, woran ich mich erinnern kann, ist, dass sich der Ort ein*

Stück landeinwärts von Coloured Sands befindet. Wir fuhren eine ganze Weile. Als der Verdächtige Richards mitteilte, dass wir da wären, stellte Richards das Fahrzeug ab, nahm den Verdächtigen mit und ließ mich im Wagen zurück. Gefühlte zwei Stunden verbrachte ich allein im Fahrzeug. Dann kehrten Richards und der Verdächtige zurück. Der Verdächtige wurde wieder auf der Rückbank gesichert, und Richards fuhr uns zurück nach Noosaville. Er parkte den Wagen vor dem Haus des Verdächtigen, rief meinen Lebensgefährten Casey Lack an, teilte ihm mit, dass der Verdächtige und ich in der Park Street 36 wären, und verließ anschließend den Tatort. Seither habe ich Mr Richards nicht mehr gesehen.

Maria war zufrieden mit der Geschichte. »Aber dir brockt das einen Riesenhaufen Ärger ein«, meinte sie, nachdem ich alles mit ihr durchgegangen war.

»Mehr, als zwei Cops, die mich verhaften wollten, neben der Autobahn niederzuschlagen?«

Ich sagte zu ihr, ich würde den Cops aus dem Weg gehen. Ich sagte zu ihr, ich sei Experte in solchen Dingen. Ich sagte zu ihr, dass sie vielleicht eine Schweigevereinbarung mit Fat Adam wegen der achtundsechzig Minuten Fickzeit mit Izzie getroffen haben mochte, ich jedoch nicht. Ich sagte zu ihr, dass ich einige Gefallen einfordern würde, die man mir noch schuldete, und dass ich immer noch eine Menge Einfluss hätte. Alles davon stimmte, nichts davon würde eine Rolle spielen. Ihre Geschichte war genau das: eine Geschichte. Und mehr würde daraus auch nie werden. Maria würde nie dazu kommen, sie zu erzählen. Ich würde nämlich eingreifen. Ich würde sie tatsächlich fixieren und entwaffnen, allerdings auf eine Weise, die *meiner* Geschichte entsprach, nicht *ihrer*.

»Halt. Du bist zu weit gefahren«, meldete sich Promise

vom Rücksitz zu Wort. »Zurück, Soldat, du hast die Abzweigung gerade verpasst.«

Ich setzte zurück, dann folgte ich seinen Anweisungen einen schmalen Wanderweg hinab, der nicht für Fahrzeuge gedacht war. Neben uns floss der Noosa River vor sich hin. Promise hatte die Leichen in seinem kleinen Blechboot hergebracht. Der Fluss, dessen Bäche und Nebenarme waren sein Hoheitsgebiet. Er kannte sie so gut, wie mein Zugfahrer die Fahrpläne kannte.

»Jawohl, das reicht«, sagte er. Ich hielt den Wagen an und stellte den Motor ab.

»Hast du eine Kamera dabei?«, fragte Promise. »Es ist wirklich etwas Besonderes. Meine Aladdin-Höhle.« Ich stieg aus, öffnete die hintere Tür und begann, ihn loszuschrauben. Seit Angie – *Rose* – von uns befreit worden war, hatte sich Promise kooperativ gezeigt. Tatsächlich ließ er eine geradezu kindliche Freude über seine Enthüllung für uns am Ende der Reise erkennen. Seit unserem Aufbruch zu dritt vor über einer Stunde hatte er ununterbrochen geprahlt.

»Kommt mit, Darian und Fräulein Ich-bleibe-ganz-stumm-und-verrate-dir-meinen-Namen-nicht. Hier lang«, sagte er, als wären wir zusammen zu einem Picknick unterwegs. Wir marschierten einen Pfad entlang und konnten kaum zwanzig Meter nach vorn sehen, da das Gebüsch so dicht wucherte.

Ein Großteil dieser Region war gegen Ende der 1920er vollständig abgeholzt worden. Ganze Wälder wurden damals gerodet. Die Stämme wurden der Äste entledigt, in den Fluss gerollt und stromabwärts zum alten Sägewerk befördert, wo sich heute der öffentliche Steg von Tewantin befindet. An manchen über die Gegend verstreuten Stellen gibt es noch Überreste der Lager der Holzfäller oder, wie an dem Ort, der vor uns auftauchte, in die Erde gegrabene und von Hartholzbalken gestützte Höhlen. Der Anblick erinnerte an einen Eingang zu einer alten Mine. Der Ort musste früher als Lager – für Sägen, Äxte, Werkzeug – und als Camp gedient haben, wo sich die Holzfäller ausgeruht, ein Feuer angezündet, gegessen und geschlafen hatten. Die Höhle sah aus, als wäre sie seit den 1920ern unbenutzt geblieben und in Vergessenheit geraten.

»Mein ganz besonderer Ort«, erläuterte Promise, als wir den offenen Eingang durchschritten. Ein Nebenarm des Flusses strömte träge und schwarz an uns vorbei. Mir fiel auf, dass der Boden aus einem kleinen Bereich fester dunkelbrauner Erde in dem weitläufigen Sandumfeld bestand. Das Meer befand sich in der Nähe. Ich konnte die Brandung hören.

In eine der Seiten war ein Loch gegraben worden. Vielleicht hatte es ursprünglich als zweiter Lagerraum gedient. Es maß etwa zehn Meter in der Tiefe und kaum drei Meter in der Höhe. Pechschwarze Finsternis herrschte. Man konnte kaum einen Meter weit hineinsehen.

»Da drin«, flüsterte er. Ich leuchtete mit der Taschenlampe hinein.

»Heilige Mutter Gottes …«, entfuhr es Maria.

Wie die Perlen eines Rosenkranzes hing eine Reihe von Schrumpfköpfen in einer Zickzacklinie von der Decke der Höhle über uns. Sie schaukelten leicht, als hätten wir eine sanfte Brise mitgebracht.

»Die Kette«, verkündete Promise stolz.

Zwei Köpfe hatten wir bereits in seiner Küche gesehen. Wir hatten daher gewusst, womit wir rechnen mussten. Was wir jedoch nicht erwartet hatten, war die Menge. Als hätte er meine Gedanken gelesen, flüsterte er: »Neunundachtzig.«

»Wo liegen sie begraben?«, fragte ich.

»Unter dir«, antwortete er. »Tsantsa«, fügte er hinzu. »Hält die Geister der Toten fern.« Er beugte sich mir zu und lächelte, als würden wir gleich ein Geheimnis teilen. »Es funktioniert«, verriet er mir.

»Verstehe«, gab ich zurück. »Gehen wir.« Ich fasste hinten in meine Jeans und ergriff die Beretta.

»Darian«, sagte Maria. Als ich mich umdrehte, starrte ich in den Lauf ihrer Glock. »Gib mir deine Pistole«, forderte sie mich auf.

Einen Moment lang schaute Promise verwirrt drein, dann jedoch begriff er. »Oh, wollte er mich umbringen? Lass ihn das nicht tun. Herrje, das wäre schrecklich. Dann würde niemand erfahren, wer ich bin. Niemand würde von der Kette erfahren.«

Weder Maria noch ich hörten ihm zu.

»Deine Pistole«, wiederholte sie.

Ich händigte sie ihr aus.

»Danke«, sagte sie.

»Ja, danke«, stimmte Promise mit ein. »Ein schrecklicher Mann«, urteilte er über mich.

Ich hielt den Blick auf Maria gerichtet, wartete darauf, dass sie das Kommando übernahm und uns zurück zum Fahrzeug führte.

Und darauf, dass Promise aktiv wurde. Wir befanden uns in seinem Hoheitsgebiet. Wir verkörperten Eindringlinge, sowohl physisch als auch psychologisch. Er hatte uns seine Kette gezeigt und Eindruck bei uns hinterlassen. Hatte sich an dem Ausdruck der Überraschung in unseren Gesichtern aufgegeilt. *Echter* Überraschung. In Australien verschwinden jedes Jahr dreißigtausend Menschen von der Bildfläche.

Nicht viele von ihnen freiwillig. Die meisten tauchen irgendwann wieder auf. Nicht viele davon in einem Massengrab wie jenem, das wir gerade verließen. Dennoch überstieg die Zahl neunundachtzig unsere Erwartungen deutlich. Das genoss er. Nun blieb für ihn nur noch, zu fliehen. Das Gefängnis kam für ihn nicht infrage. Wenn wir ihm seinen Lebensgrund entzögen, würde er den Tod vorziehen, sofern sich ihm die Gelegenheit dafür böte. Er fürchtete sich nicht vor dem Tod. Er arbeitete damit. Der Tod war sein Freund. All das wusste ich, sah es voraus, und ich sagte Maria nichts davon.

Sie hatte keine Zweifel geäußert, als ich ihm die Handschellen von den Fußgelenken abnahm, nachdem ich ihn vom Rücksitz geschleift hatte. Warum auch? Es ergab durchaus Sinn: Wie sollte er mit Fußfesseln durchs Gebüsch gehen?

Bald würde es dunkel sein. Ein lückenhafter roter Streifen zog sich über den Himmel. Roter Himmel am Morgen macht dem Bauer Sorgen. Roter Himmel am Abend beschert dem Bauer Gaben. *Und ein Tag mit klarem blauem Himmel?*, fragte ich mich.

Zwei Pistolen und ein Verbrecher in Handschellen; Maria hatte allen Grund zu glauben, sie hätte die Kontrolle. Ich konnte förmlich sehen, wie das stille Hochgefühl des Erfolgs in ihr aufstieg. Promise schritt zur Tat, als sie die hintere Tür für ihn öffnete, damit er einsteigen konnte. Die Fahrertür hatte sie bereits aufgemacht und sich unbeabsichtigterweise perfekt für ihn in Position gebracht. Plötzlich schwenkte er von der Tür weg, rammte Maria, stieß sie rückwärts gegen das Auto und schleuderte dann unter Einsatz seines Rückens die Tür gegen sie. Die Tür traf sie im Gesicht und an den Knien. Schonungslos, schlicht, kraftvoll. Ich stand auf der anderen Seite des Wagens, als wollte ich auf der Beifahrerseite einsteigen. Außer Reichweite. Außerstande, ihn aufzuhalten.

Er preschte los. Die ruhigen schwarzen Gewässer waren seine Welt. Sie bildeten ein eigenes Trapez des Lebens: Bäche, Wasserlöcher, Flüsse und Nebenarme. Sobald er das Wasser erreichte, wäre er für uns verloren.

»Halt!«, brüllte Maria.

»Lass ihn nicht entkommen!«, schrie ich. Sowohl ihr Befehl als auch meine Aufforderung waren gänzlich nutzlos, erfolgten rein instinktiv. Maria sah, wie er rannte und in den dichten Wald entschwand. Endgültig weg. »Halt!«, brüllte sie erneut.

»Maria!«, rief ich. »Wenn er es zum Bach oder an diesen Bäumen vorbei schafft, ist er weg! Für immer!«

»Halt!« Ein letztes Mal brüllte sie es und legte gleichzeitig mit der Glock auf ihn an.

»Lass ihn nicht entkommen!«

Ich beobachtete, wie sie ihn beim Flüchten beobachtete. Das gesamte Dasein als Polizist läuft auf solche Augenblicke hinaus. Ein einziger, überwältigender Instinkt übernahm in ihr die Kontrolle.

Sie drückte den Abzug. Verfehlte. Drückte erneut ab. Diesmal traf sie ihn in den Rücken. Eine rote Wolke spritzte dort auf, wo die Kugel in ihn eindrang und seine Eingeweide zerfetzte. Er erschlaffte, schaffte noch ein, zwei Schritte, als liefe er in Treibsand, und brach schließlich zusammen.

Auch wenn es sich um einen Serienmörder handelt, eine Bestie, die anderen Schmerzen zugefügt hat, ist es ein zutiefst quälender Moment, ein Leben zu nehmen.

Maria rannte zu der Stelle, wo er auf dem Boden lag. Kurz darauf traf ich neben ihr ein.

Ich kniete mich hin und untersuchte ihn. Kein Puls.

»Du hast getan, was du tun musstest«, sagte ich.

»Hab ich das?«, gab sie zurück. Vielleicht würde sie später begreifen, dass ich sie dazu verleitet hatte. Vorläufig jedoch zitterte sie nur. Schuldgefühle und Verblüffung darüber, das Leben eines Menschen beendet zu haben, durchliefen ihren Körper wie ein Beben.

»Komm«, forderte ich sie auf und führte sie zurück zum Wagen. »Setz dich einfach«, sagte ich zu ihr. Ich öffnete den Kofferraum. Casey hatte eine Schaufel eingepackt und eine Spitzhacke für den Fall, dass der Untergrund hart wäre. Letztere würde ich nicht brauchen. Ich ergriff die Schaufel und bahnte mir den Weg durchs Gebüsch zu der Stelle, wo Promise lag.

»Was machst du da?«, fragte Maria mit leiser, teilnahmsloser Stimme – einer Stimme, die keiner Antwort bedurfte. Sie wusste genau, was ich tat. Sofern es für sie einen triftigen Grund gab, Einwände dagegen zu erheben, nannte sie ihn nicht. Es gab nämlich keinen.

Einen Mörder verscharrt man nie neben seinen Opfern. Das wäre eine Beleidigung für ihr Andenken und ihre Geister. Ich schleppte ihn tief in den Wald, hob ein Loch aus, warf ihn hinein und schaufelte Erde auf ihn. Binnen einer halben Stunde war er verschwunden.

Ich kehrte zum Auto zurück. Maria war eingeschlafen, hing schlaff über dem Lenkrad. Ich hoffte, die Albträume würden sie nicht allzu sehr heimsuchen. Der Himmel präsentierte sich in schillerndem Rot, der Farbe von Blut, der Farbe der Gaben des Bauers.

59

Mittagsfinsternis

Syd Barrett litt unter einer psychischen Störung, die möglicherweise dadurch ausgelöst wurde, dass er zu viel LSD einwarf. Teilweise zeigt es sich in seiner Musik. Mein persönliches Lieblingsalbum von Pink Floyd ist *Dark Side of the Moon*. Mein Dad hat es mir zu meinem zehnten Geburtstag geschenkt. Zu dem Zeitpunkt war er bereits von zu Hause weg und nach Thailand geflüchtet. Nach seinem Aufbruch von mir, unserem Zuhause und meiner Mutter habe ich ihn nie wiedergesehen. Das Album kam per Post. Auf dem Cover klebte eine gelbe Haftnotiz. »Alles Gute zum Geburtstag, Junge«. Mehr stand nicht darauf.

Auch Harold Shipman litt unter einer psychischen Störung. Er war der englische Arzt, der klammheimlich über 250 seiner betagten Patienten tötete. Niemand weiß, warum. Aus dem psychologischen Bericht über ihn geht hervor, dass er ein Kontrollfreak war, Depressionen und größenwahnsinnige Gedanken hatte und sich zu sehr auf Schmerzmittel verließ. Was unterschied Harold Shipman von Syd Barrett? Wer weiß.

War Winston Promise verrückt gewesen? Er war in der Lage gewesen, einer geregelten Arbeit nachzugehen, wenn er wollte, war den Menschen in der Straße, wo er gewohnt hatte, als normal erschienen und hatte regelmäßig eine Psychologin besucht, um mit ihr über seine Probleme zu sprechen. Ihr war nie aufgefallen, dass er ein Monster war, dass ihr Patient ihre junge Rezeptionistin entführt und ermordet hatte.

Derzeit ist sie auf Urlaub.

—

Die Entdeckung eines Massengrabs ist immer eine große Sensation. Helikopter kreisen am Himmel, während Spurensicherungs- und Bergungsteams sorgfältig Promises Beerdigungsstätte ausheben. Bislang hat man den Suchradius eher eng gehalten, sich auf die Höhle und deren unmittelbares Umfeld beschränkt. Sollte er ausgeweitet werden, würde man den erst unlängst verscharrten Leichnam eines jungen vierundzwanzigjährigen Mannes entdecken. Die Kugel, die ihn getötet hat, wird man jedoch nicht finden. Sie hat ihn glatt durchschlagen.

Unsere Fingerabdrucksuche hat seine Identität nie offenbart. Das hat er getan. Ohne seine Entschlossenheit, anzugeben, indem er die Fotos der Mädchen mit ihren Telefonen aufnahm, um sowohl Angst als auch Bewunderung zu verbreiten, hätten wir ihn vielleicht nie gefunden.

Die Familien der Mädchen haben mich nacheinander aufgesucht.

»Ist es vorbei?«, fragten sie mich.

»Ja«, antwortete ich.

Sie warten immer noch darauf, dass der quälend langsame Prozess der Identifizierung in die Gänge kommt. Und sie müssen die Zeitungsberichte und die morbide Faszination von Promises Kette ertragen. Die blindwütigen Entführungen und Morde durch Promise haben Narben hinterlassen, die sich weitläufig und tief durch das Gebiet ziehen.

—

Ich fuhr Maria nach Hause, und sie verließ mich ohne ein Wort. Seither habe ich sie weder gesehen noch mit ihr gesprochen. Aber am nächsten Tag machte sie Fat Adam und die Cops auf ein Haus in der Park Street aufmerksam. Nummer 36. Laut Zeitungsberichten war Maria an dem Haus vorbeigefahren. Dabei war ihr aufgefallen, dass sich davor ein Haufen Zeitungen stapelte und sämtliche Jalousien geschlossen waren. Dem sechsten Sinn einer Polizistin folgend war sie ausgestiegen und hatte sich bei den Nachbarn erkundigt, die sagten, der junge Mann, der dort wohnte, wäre seit Tagen nicht mehr gesehen worden. Einer erwähnte außerdem etwas von einem merkwürdigen Geruch, der aus dem Haus drang. Mittlerweile argwöhnisch sah sich Maria die Sache näher an und stellte fest, dass die Vordertür aufgetreten worden war. Sie rief ins Haus, erhielt jedoch keine Antwort. In der Überzeugung, dass die Situation ein umgehendes Handeln ihrerseits erforderte, betrat sie das Gebäude.

Später, nachdem die Spurensicherungsteams und Sondereinsatztruppen durch Promises Haus ausgeschwärmt waren, meinten die Nachbarn einhellig, der junge Mann hätte so normal gewirkt.

Maria wurde für ihre hervorragende Polizeiarbeit befördert, die zum fehlenden Teil in dem Puzzle geführt hatte. Danny Jim Promises Gesicht ziert die Liste der meistgesuchten Verbrecher, und man hat eine Belohnung für seine Ergreifung ausgesetzt. Er wollte berühmt und berüchtigt sein. Das hat er bekommen. Es war mir eine Freude, ihm seinen Wunsch zu erfüllen.

Casey lädt mich immer noch regelmäßig zum Essen ein. Ich lehne immer noch regelmäßig ab.

—

Noch ist die Ruhe nicht in die Gemeinde zurückgekehrt. Momentan trifft eher das Gegenteil zu, aber das geht vorbei. Im Verlauf der Zeit, wenn keine Mädchen mehr verschwinden, werden Promise und der von ihm verbreitete Schrecken verblassen.

Fat Adam hat noch versucht, mir zuzusetzen.

Ich fügte mich dem Haftbefehl. Zwei Uniformierte geleiteten mich zum Revier, wo mir mehrfacher Widerstand gegen die Verhaftung, Angriff auf zwei Polizeibeamte und ein paar Hundert weitere Dinge zur Last gelegt wurden.

Ich verriet Adam, dass ich über seine sexuellen Eskapaden mit Izzie Bescheid wusste. Und erkundigte mich, wie sehr er mich wirklich bestrafen wollte. Für gewöhnlich halte ich nichts von Erpressung, aber wenn sie dabei hilft, ein Ärgernis zu beseitigen, warum nicht? Er zog sämtliche Anklagepunkte zurück. Der Überlebensinstinkt steht immer an erster Stelle und setzt sich durch. Adam wünschte mir alles Gute und begleitete mich aus dem Revier. Wir trennten uns wie Kumpels voneinander, die sich darauf freuen, demnächst miteinander ein Bier zu kippen.

—

Tage später stehe ich auf dem Felshang von Granite Bay im Nationalpark. Noosa Heads zu meiner Linken, Sunshine Beach zu meiner Rechten. Ich bin allein. Ich war zur Waffe zurückgekehrt, und nun war es an der Zeit, sie wieder ins Meer zu werfen. Casey wird mir das nicht verzeihen, aber ich habe vor, zu lügen und zu behaupten, ich hätte die 92 mit dem Respekt behandelt, den sie verdient.

Ich schaue zur Sonne auf. Heute wird es eine Sonnenfinsternis geben. Genau zu Mittag. Die Strände strotzen vor Touristen und Einheimischen, die alle auf den Moment warten, in dem sich der Mond vor die Sonne schiebt. Es wird eine totale Finsternis. Einige Atemzüge lang wird das gesamte Sonnenlicht blockiert.

Ich denke über meine Vergangenheit nach, über das Leben, das ich hinter mir gelassen habe, das Leben, das einer endlosen Reise mit Mord, Ermittlungen und Verhaftungen glich. Geprägt von Tod. Geprägt von Mördern. Geprägt von quälenden Albträumen, dem Tosen der vereinten Schreie der Opfer, die nach mir riefen, wenn ich schlief.

Ich höre die Schreie von Promises Opfern nicht mehr. Jetzt schlafe ich wieder friedlich. Ich habe keine Albträume mehr – Albträume, die mich heimgesucht haben, die ich nicht zurückdrängen konnte, die mich gezwungen haben, ihn zu finden und zu töten. Die Schreie der Opfer sind verstummt.

Ich denke an Rose, die sich früher Angie genannt hat. Eine Zeit lang hatte ich mir Glück durch sie und mit ihr ausgemalt. Ich habe nicht versucht, Kontakt mit Rose aufzunehmen. Werde ich auch nicht tun. Ich kann sie nicht um Vergebung bitten. Das wäre zu grausam. Ebenso wenig kann ich sie um Verständnis bitten. Das wäre zu selbstsüchtig.

Mit der Pistole in der Hand blicke ich aufs Meer hinunter. Wieder schaue ich zum Himmel auf. Die Sonnenfinsternis beginnt gerade. Ich höre die fernen Geräusche der Scharen von Schaulustigen, die sich an den Stränden eingefunden haben. Ich stelle mir all die Mütter, Väter und kleinen Kinder vor, die innehalten, um zum Himmel aufzuschauen und zur Sonnenfinsternis zu deuten. Ein Ereignis, an das sich die Kinder für immer erinnern werden. Ich höre verzückte Laute.

Der Himmel verwandelt sich in fahles Silber. Eine Sonnenfinsternis beschert nicht wirklich Dunkelheit, sondern ein unheimliches, unwirklich und jenseitig anmutendes Licht.

Die Vögel hören zu zwitschern auf. Stille breitet sich über die Menschenmengen aus. Alles ist ruhig, als der Mond langsam vor der Sonne vorbeizieht. Ich stelle mir eine vollkommene, totale Finsternis vor, aber sie bleibt aus.

Ich denke an *Dark Side of the Moon* zurück. Syd Barrett gehört nicht mehr zu der Band, die er gegründet hat, als jenes Album entstand. Er war verrückt geworden. Es war das beste Album der Gruppe. Darauf kommen Texte vor, die von der Welt erzählen, in der wir leben, und von allem, was sie beinhaltet, von allem, was unter der Sonne blüht und gedeiht, aber auch davon, dass die Sonne immer wieder vom Mond verfinstert werden wird.

Ich umklammere die Pistole mit festem Griff. Unter mir tost die Brandung gegen die Felsen.

Mein Blick wandert zurück zur Sonne, als der Mond beginnt, von ihr abzurücken und eine gleißende Lichtsichel an sich vorbeilässt. Ich stecke mir die Pistole unter den Gürtel. Dort fühlt sie sich angenehm an.

Dann drehe ich mich um und gehe davon.

Danksagung

Einen ersten Roman zu schreiben, ist eine schräge Erfahrung. Ich möchte den Menschen danken, die dazu beigetragen haben, es überhaupt möglich zu machen. Claude Minisini für seine Ratschläge und sein Geleit. Ross Macrea für seine Hilfe bei den regionalen Landschaften und seine Auskünfte über das Leben am Fluss. Danke auch an Claude und Ross für ihre Rückmeldungen und ihren ehrlichen Rat zu frühen Fassungen. Jegliche Fehler oder Irrtümer gehen allein auf meine Kappe. Jasin Boland für seine lebensrettende Großzügigkeit und Unterstützung. Meinen Lektoren und Verlegern bei Hachette Australien: Bernadette Foley für die ersten Rückmeldungen und ihre Unterstützung; Claire de Medici, Karen Ward und Kate Stevens für ihre Sicht der Dinge und für die hervorragende Lektoratsarbeit; Vanessa Radnidge für ihren vorbehaltlosen Rat, ihre Hilfe, zusätzliches Lektorieren und ständige Unterstützung während des gesamten Verlaufs. Danke auch an Vanessa, die den Titel vorgeschlagen hat. Und an Rachael McGuirk, ohne die dieses Buch und eine Menge anderer Dinge nie geschehen wären. Danke für das außerordentlich ehrliche Feedback, für Hilfe bei den Zeiten und der Zeichensetzung, für Liebe und Unterstützung.

Ferner möchte ich den zahlreichen Polizeibeamten, mit denen ich im Verlauf der Jahre zusammengearbeitet habe, dafür danken, dass sie ihre Erfahrungen mit mir geteilt haben. Meine Darstellung der Polizei von Melbourne und Noosa ist völlig fiktiv, und die Figuren weisen keinerlei Ähnlichkeiten mit realen Personen auf. Die Beamten dieser beiden Organisationen sind in höchstem Maße kompetent und gehen ihrer schwierigen Arbeit extrem engagiert nach.

Und zu guter Letzt danke ich Ihnen, dem Leser. Wenn Sie so weit gekommen sind, stehe ich für immer in Ihrer Schuld.

Jens Østergaard

Bis ans Ende ihrer Tage

Thriller

Und sie lebten glücklich und zufrieden …

Blutüberströmt bricht eine junge Frau mitten in Kopenhagen zusammen. Seltsamerweise ist sie völlig unverletzt. Kommissar Thomas Nyland steht vor einem Rätsel, denn die Frau schweigt beharrlich über die Geschehnisse. Kurze Zeit später wird die Leiche eines Mannes entdeckt – von einem eisernen Speer durchbohrt. Ist es sein Blut, mit dem die Frau bedeckt war? Nyland versucht Licht ins Dunkel zu bringen, doch seine Ermittlungen führen ihn in die kranke Welt eines wahnsinnigen Mörders …

»Ein Debüt weit über das Gewöhnliche hinaus. Atemlos, spannend, überraschend anders.« *Horsens Folkeblad*

Band 1 der Serie
288 Seiten, kartoniert mit Klappe
€ 9,99 [D]
ISBN 978-3-8025-9267-6

Bernhard Stäber

Vaters unbekanntes Land

Thriller

Gäbe es das Dunkel nicht

Der Psychologe Arne Eriksen – halb Norweger, halb Deutscher – zieht nach einem traumatischen Erlebnis von Berlin nach Haugesund in Norwegen. Hier trifft er auf die junge Kommissarin Kari Bergland, die in einem grausamen Mordfall ermittelt und in einer Sackgasse gelandet ist. Arnes Wissen auf dem Gebiet der Psychologie könnte helfen, ein Profil des Täters zu erstellen, um neue Opfer zu verhindern ...

Ein Sog aus Nervenkitzel, Emotionen und Überraschungsmomenten!

416 Seiten, kartoniert mit Klappe
€ 9,99 [D]
ISBN 978-3-8025-9579-0